Steven Hall
Maxwells Dämon

Steven Hall

Maxwells Dämon

Roman

Deutsch von Stephan Kleiner

BERLIN VERLAG

Mehr über unsere Autorinnen, Autoren und Bücher:
www.berlinverlag.de

Unser Versprechen für mehr Nachhaltigkeit
Klimaneutrales Produkt
FSC®-zertifiziertes Papier
Hergestellt in Deutschland

FSC
www.fsc.org
MIX
Papier aus verantwortungsvollen Quellen
FSC® C014496

ISBN 978-3-8270-1422-1
Die Originalausgabe erschien 2021 unter dem Titel
Maxwell's Demon bei Canongate Books Ltd, Edinburgh

Abbildungen: Shutterstock (Fragment des Steins von Rosetta oder der Granodiorit-Stele), EikonPhotoGrafx via Deviant Art (Kaffeefleck)
Satz: psb, Berlin
Gesetzt aus der Minion Pro
Druck und Bindung: GGP Media GmbH, Pößneck
Printed in Germany

Für das Mächtige A
und meinen Zweiten, Stanley

TEIL I

Ich glaube nicht an Gott, aber ich vermisse ihn.

Einen Augenblick lang war alles klar,
und wenn das passierte, sah man, dass die Welt
in Wirklichkeit kaum da war. Wussten wir
das insgeheim nicht alle? Es war ein perfekt
ausbalancierter Mechanismus aus Rufen und Echos,
die vorgaben, Räder und Zahnräder zu sein:
eine Traumuhr, die hinter einem milchigen Glas
schlug, das wir als Leben bezeichneten.

Stephen King

1

Rosen

Als ich klein war, war mein Vater berühmt. Dr. Stanley Quinn war ein Mann des Wortes, ein Mann der Worte, ein Mann, der sich aus Tastengeklapper und Farbband mit einem tüchtigen Ruck selbst zum größten Dichter, Journalisten und Kriegsberichterstatter seiner Generation zusammengeschnürt hatte.

Effektiv bedeutete das, dass ich ohne meinen Vater aufwuchs, wenngleich er in meiner Erinnerung immer sonderbar anwesend war. Während seiner zahlreichen Abwesenheiten blieb mein Vater ein aktiver Teil meines Lebens – sein Foto in der Presse, seine Gedanken in Druckerschwärze, die mir die Finger verfärbte, seine körperlose Stimme, die aus dem Küchenradio drang.

Als Kind von vielleicht drei oder vier Jahren erschien es mir, als entfernte sich mein Vater stets nur teilweise von zu Hause. Sein Name, seine Stimme, seine Bilder waren immer für mich da, waren da, um über uns zu wachen. Selbst jetzt, nach fast dreißig Jahren, kehrt mein Vater noch zurück, wenn auch weit seltener. Seine Stimme taucht in Fernsehdokumentationen über die alten Konflikte wieder auf. Beirut, Suezkanal, Maskat.

Original-Tonbandaufnahme lautet die Einblendung, und dann ist er im Zimmer, berichtet durch statisches Zischeln und Rauschen hindurch, noch immer mein Vater.

Und, wissen Sie, es ist nicht unbedeutend, wie ein Kind

einen Elternteil sieht. Die Welt dringt durch unsere Mütter und unsere Väter herein wie Licht durch ein Buntglasfenster, und unser kindliches Ich wird dadurch unwillkürlich und ein für alle Male gefärbt. Für mich war Dr. Stanley Quinn immer ein demontierter Mann, und Alexandra Quinn – nun ja, sie war immer eine dahinschwindende Frau.

Als Kind fiel mir nicht auf, wie seltsam es war, dass meine Mutter ihre Tage im Bett verbrachte. Das wurde mir erst Jahre später klar. Damals glaubte ich einfach, dass sich das so gehörte, und ehrlich gesagt, gefiel es mir. Die Morgen und die Abende meiner frühesten Kindheit verbrachte ich in unserem Haus auf dem Land oben in ihrem Zimmer, wo wir miteinander redeten und sie mir aus einem der vielen Bücher vorlas, die jeden Winkel des Hauses füllten.

Meine Mutter war eine schöne Frau, blass und zierlich, mit Haar von der Art, das in der Sonne wie ein Heiligenschein aufleuchtet. Ich habe das Wissen darüber, was mit ihr geschah, dass ihre Krankheit immer schwerer wurde, nie mit meiner Erinnerung an die Veränderungen, die sie durchmachte, in Einklang bringen können. Sie wurde einfach nur immer weicher, blasser, leichter. Irgendwie mehr *anders*, mehr anderswo. Soweit ich mich erinnere, gab es keine schlechten Tage, keine Hustenanfälle, keine unangenehme Verschlechterung, nur den Eindruck, dass sie weniger das eine und mehr das andere wurde. Sie sprach leise und las mir jeden Tag mit dieser sanften Stimme vor; bald hatten wir alle Kinderbücher im Haus gelesen und gingen zu den vollgestapelten Regalen mit der Büchersammlung meiner Eltern über. Bald war ich ein Kind der griechischen Tragödien, der darwinschen Kämpfe und der hell entfachten Tiger. Sie las die Worte der großen Denker, Schriftsteller und Künstler quer durch die Geschichte vor, und während sie es tat, las sie sie in mich hinein.

Oh, missverstehen Sie mich nicht, wenn ich das sage – ich weiß, dass ich nichts Besonderes bin. Was ich bin, denke ich oft, ist eine kleine Gartenhütte, ein mit alten, aus den prächtigen Häusern von Dickens und Darwin geborgenen Holzbrettern zusammengezimmerter klappriger Kasten, gedeckt mit geborstenen und herabgefallenen Schindeln von Herman Melvilles Zuhause. Mein Schloss schließt nicht, meine Fenster lassen sich nicht öffnen, und wenn es regnet, dauert es keine halbe Stunde, bis in meinem Inneren alles nass ist. Und, nun ja – das ist in Ordnung, wissen Sie? So ist es eben, und es stört mich viel weniger, als man meinen sollte. Denn die Sache ist die: Es waren nie das Lernen und das Wachsen, weshalb ich vor all den Jahren diese knarzenden alten Stufen hinaufstieg, das nächste schwere gebundene Buch fest an die Brust gedrückt. Alles, was zählte, waren die stillen Stunden zusammen mit meiner Mutter, wenn ich auf dem Bett saß und den Worten lauschte, die aus ihrem Mund kamen. Erst Jahre später begriff ich, dass die Geschichten, die sie mir vorlas, ein Teil von mir geworden waren, von der Qualität ihrer Stimme in meine Haut und mein Blut gewirkt, und ich begriff die unkomplizierte Liebe, die diese Zeit erleuchtet und bestimmt hatte.

o

Ich erinnere mich an zwei Jahreszeiten aus diesem sehr frühen Teil meines Lebens, einen Sommer und einen Winter, wobei es dazwischen natürlich einen Herbst gegeben haben muss. Dieser Sommer war ein außergewöhnlicher, da Dr. Stanley Quinn einen seiner seltenen längeren Besuche zu Hause machte.

Ich erinnere mich, dass mir die Körperlichkeit meines Vaters magisch erschien. Ich hatte mich daran gewöhnt, dass er ein Bild war, eine Stimme, der Geruch von Kleidern in einem Kleiderschrank und hundert andere nur mit einem einzigen Sinn wahrnehmbare Avatare. Nun aber war es, als hätte irgendeine Kraft sein ganzes Ich zusammengezogen, als hätten sich diese bruchstückhaften Elemente für kürzeste Zeit verdichtet, um einen Mann zu formen, und dieser Mann konnte mit einem Mal seinen körperlichen Willen auf die Welt ausüben. Die einfachsten Dinge – dass mein Vater auf ausgesprochene Wörter reagierte, dass er sich von einem Teil des Hauses in einen anderen bewegte, dass er die Rosensträucher beschneiden konnte, dass er berührt und gefühlt werden konnte und eine echte Hand hatte, die meine eigene halten konnte –, diese Dinge waren Wunder, Zauberei, erstaunliche Ereignisse, die mich voller Verblüffung zurückließen.

Ich erinnere mich genau an ein bestimmtes Gespräch mit meinem Vater aus dieser Zeit.

Die Erinnerung beginnt mit Rosen in einem Korb.

»Wieso machst du das?«

Mein Vater schaute zu mir herunter, einen frisch abgeschnittenen Rosenstängel in einer Hand, eine silbern funkelnde Gartenschere in der anderen.

»Damit wir sie deiner Mutter hineinbringen können. Sie liebt Rosen.«

»Am liebsten mag sie die roten.«

»Ja.« Mein Vater schnitt einen weiteren Stängel ab. »So ist es.«

»Aber jetzt, wo sie abgeschnitten sind, sterben sie doch.«

Ich muss sehr ernst geklungen haben, als ich das sagte, denn Dr. Stanley unterbrach seine Arbeit und kniete sich vor mich hin.

»Aber wenn wir sie nicht abschnitten, wie könnte deine Mutter sie dann sehen?«

Ich dachte nach.

»Wir könnten doch ein Foto für sie machen«, sagte ich.

»Und wäre das dasselbe?«

Ich dachte wieder nach.

»Nein.«

»Nein«, sagte er. »Die Rosen strahlen, sie sind schön, aber

sie halten nicht sehr lange. Und das ist in Ordnung so, es ist ein wichtiger Teil von dem, was sie ausmacht.«

Wir brachten die Rosen ins Haus.

o

Meine nächste Erinnerung ist, wie ich im darauffolgenden Winter ins Elternschlafzimmer geführt werde, um den Leichnam meiner Mutter zu sehen und *mich zu verabschieden.*

Ich erinnere mich an den Schnee, der sich vor der Fensterscheibe türmte, und den Schneesturm, der draußen blies, aber im Zimmer selbst war es still und ruhig. Staubpartikel hingen wie Sterne in der Luft, Fixpunkte in einem unveränderlichen Raum. Der Kopf meiner Mutter sah so leicht aus auf ihrem Kissen; sie schien kaum da zu sein.

Ich trat ohne Angst an ihr Bett.

Ich verspürte keinen jähen Trennungsschmerz. Wie mein Vater, nur in einem anderen Sinn, hatte meine Mutter unser Zuhause immer schon Stück für Stück verlassen.

Ich weiß noch, dass es mir vorkam, als hätte ihr Leben nicht geendet, sondern als wäre sie eher am natürlichen Schlusspunkt irgendeines mütterlichen Prozesses angelangt. Seit Anbeginn der Zeit war ihre Stimme beständig leiser, waren ihre Bewegungen immer langsamer geworden. In den letzten Wochen hatte sie mir mit einem kaum hörbaren Flüstern vorgelesen, und in den letzten paar Tagen hatte sie stumm gelesen, hatte ihr Mund Wörter geformt, die ich nicht hören konnte. Sie bewegte sich weniger und weniger, bis ihre Bewegungen unmerklich wurden, bis es schließlich gar keine Bewegungen mehr gab. Eines wurde zum anderen – so war es immer gewesen, und komplizierter war es auch am Ende nicht.

Ich stand still neben dem Bett, meine Hand auf der meiner Mutter, und sah zu, wie die Schneeflocken wirbelten und sich vor der Fensterscheibe auftürmten. Mir wurde bewusst, dass ich auch in mir selbst Schnee fallen spürte, eine sich herabsenkende weiße Decke, die meine Gedanken still und konturlos und auf eine behagliche Art taub machte.

Nach kurzer Zeit senkte sich mein Blick und landete auf einem großen Buch, *Broten's Encyclopaedia of British Plants and Trees*, das am Rand des Nachttischs meiner Mutter lag. Wir hatten dieses Buch gemeinsam gelesen, und die Hunderte von Beschreibungen, Radierungen und farbigen Drucke waren mir alle sehr vertraut. Ich zog mich auf die Matratze, griff nach der Enzyklopädie, hievte sie auf meinen Schoß und schlug sie auf.

Das Buch öffnete sich, und da, zwischen zwei Textseiten, lag etwas, was ich dort noch nie gesehen hatte.

Eine echte rote Rose, vollkommen platt gedrückt – so platt, dass sie beinahe durchsichtig war.

Zögerlich streckte ich einen Finger aus und stellte fest, dass ich sie bewegen konnte.

Vorsichtig, sehr vorsichtig, löste ich die Rose von den gedruckten Zeilen.

So verharrte ich sehr lange, still dasitzend, die Rose einfach nur in meiner Hand haltend.

2

Dreißig Jahre später

Broten's Encyclopaedia of British Plants and Trees ist das erste Buch in meinem Bücherregal, aber wüsste man das nicht, könnte man es nicht erkennen. Es ist in Blisterfolie und die Art von UV-resistentem Plastik eingesponnen, das verhindert, dass Superman-Comics im Sonnenlicht zerfallen.

Die dreißig Jahre alte Rose darin hat nur leicht gelitten. Ein einziges Blütenblatt fehlt, ausgerissen von meinem strubbeligen sechzehnjährigen Ich. Der Idiot. Er verspürte das Bedürfnis, das Blütenblatt mit sich herumzutragen und es bei der Art von Party, auf der immer The Cure lief, den Mädchen zu zeigen. Natürlich gab er es irgendwann einer von ihnen, als sie spät in einer Sommernacht in einem geschlossenen Park saßen.

Es gibt noch weitere, geringere Schäden. Hier ein versehentlich geknicktes und eingerissenes Blatt, dort ein Dorn, der sich gelöst hat und in die Bindung des Buches pikt. Diese Dinge nehmen mit jedem Hervorholen zu. Darum bleibt die Rose meiner Mutter heutzutage fest zwischen die Seiten gepresst, sicher verborgen in der pechschwarzen Obhut radierter Weißdorne und Hyazinthen, eingewickelt in ihre Blisterfolie und Supermans Spezialplastik.

Das nächste Buch in meinem Bücherregal – angenommen, wir bewegen uns in östlicher Richtung, wie es bei uns alle jungen Leser zu tun lernen♣ –, das nächste Buch also ist eine große gebundene Ausgabe der *Gesammelten Werke* meines Vaters.

Die Widmung auf der Titelseite lautet: »*Ich werde immer für dich da sein, Tom*«, und wenn man mich darum bäte, könnte ich auch heute noch jeden Kringel und jede Linie dieser Mitteilung aus dem Gedächtnis nachzeichnen. Es ist ein gebundenes Buch mit einigen Anzeichen von Verschleiß – abgegriffene Seiten, geknickte Ecken, Unterstreichungen. Ein Antiquariat beschriebe es vielleicht mit »starke Gebrauchsspuren«, aber wäre es ein Teddybär, man würde nicht zögern, ihn »ein wenig abgeliebt« zu nennen.

Nach den *Gesammelten Werken* kommen wir zu drei Büchern aus meiner frühen Jugend. Eine hübsche gebundene Ausgabe von *Don Quijote*, eine Taschenbuchausgabe von *Es* und ein eselsohriges Exemplar von *Der Hexenmeister vom flammenden Berg*.

Diese Bücher sind Überlebende, bemerkenswert aufgrund der Tatsache, dass sie noch existieren. Im Alter von dreizehn Jahren, an einem längst vergessenen Julitag, nahm ich jedes von ihnen aus dem Regal in unserem Haus auf dem Land und legte es in einen Koffer (zusammen mit den *Gesammelten Werken* und der Enzyklopädie der Pflanzen und Bäume, die mich überallhin begleiteten), um sie als Lesestoff für die Sommerferien ins Haus meiner Tante am Meer mitzunehmen. Darum waren die Bücher nicht in unserem Haus, als die zweite Frau

♣ Im Englischen weist der literarische Zeitpfeil nach rechts. Das ist unser Gesetz der Seiten, Zeilen, Wörter und Buchstaben. Links befindet sich eine hinter uns liegende Vergangenheit und rechts eine unbekannte Zukunft. Das wissen Sie natürlich. Sie reisen in diesem Augenblick mit der Richtung jenes Pfeils. Aber Vorsicht, es könnte erscheinen, als ratterten diese Worte vorbei wie eine durch ein Zugfenster betrachtete Landschaft, doch genau wie die Landschaft steht in Wahrheit alles auf dieser Seite still.

meines Vaters, die Dichterin Margery Martin, es niederbrannte und auch alles andere zerstörte, was wir besaßen.

Aber lassen wir das.

Nach den Überlebenden kommt ein weiteres Buch meines Vaters, *Die neuen gesammelten Schriften*. Es ist ein schmales schwarzes Buch, eine Linie aus Ruß und Trostlosigkeit, die das Regal teilt wie die K-T-Grenze. Die Widmung lautet: »*Für Thomas, meinen Sohn*«. Dr. Stanley Quinn ließ noch Raum für weitere Wörter, muss es sich aber anders überlegt haben oder nicht dazu gekommen sein, sie hinzuzufügen. Der Rest der Seite blieb unangetastet. Und es markiert ein Ende, dieses Buch, eine zerfurchte und zerbombte Maginot-Linie zwischen mir und meinem Vater. Eine Linie, die in den vielen langen Jahren danach keiner von uns beiden mehr überschreiten sollte.

Die Bücher ziehen sich weiter im Regal entlang, mehr als ein Jahrzehnt vergeht mit ihnen, bis wir schließlich bei *The Qwerty Machinegun* von Thomas Quinn ankommen, meinem ersten eigenen Roman. Ich hatte dieses Exemplar am Veröffentlichungstag meinem Vater geschickt, nur um es eine Woche später mit einem knappen Vermerk von jemand Unbekanntem zurückzuerhalten – »*Zu wenig und zu spät*«, stand da.

Zu wenig und zu spät. Die Nachrufe erschienen wenige Tage darauf. Ich hatte schon immer ein lausiges Timing. Mein Vater – mein sprechender, Reden schwingender, sich bewegender, atmender, meine Hand haltender Vater – hatte sich endgültig aufgelöst.

o

Gleich nach *The Qwerty Machinegun* kommt ein weiterer Erstlingsroman, der hinter meinem eigenen aufragt wie das Empire State Building hinter dieser kleinen Kirche in New York – *Cupid's Engine*.

Dieses riesige Buch steht genau in der Mitte meines Regals wie ein großer, dunkler Scheitelstein, jeder Quadratzentimeter des verknitterten und abgestoßenen Einbands mit Lob zugekleistert: »Der Kriminalroman des Jahrzehnts«, »Eine verschachtelte Trickkiste voller Entzücken«, »Suchterzeugend und erstaunlich«, »Ein Fest für Krimifans«, »Makellos«, »Bemerkenswert« und irgendwo dazwischen »›Ein Schriftsteller von einzigartiger Begabung‹ – Stanley Quinn«. Mein Vater leistete selten Büchern anderer Autoren Schützenhilfe, aber *Cupid's Engine* ist auch sonst, auf mindestens ein Dutzend verschiedene Weisen, bemerkenswert. Der Verfasser des Buches, Andrew Black, wird auf diesem Umschlag kaum hervorgehoben, doch das hat in den neun Jahren seit der Erstveröffentlichung von *Cupid's Engine* nicht verhindert, dass sein Name in der Vorstellungswelt des Feuilletons und der Leserschaft eine enorme Bedeutung einnimmt. »Ein mysteriöses, geheimnisumwobenes Genie«, lautet das Zitat vom *Independent*. Und die müssen es wissen. Wie alle anderen auch hatten sie kein Interview oder auch nur ein Autorenfoto bekommen, das sie neben ihrer 5-Sterne-Besprechung hätten abdrucken können. Bei Veröffentlichung des Buches wusste man nichts über Andrew Black; niemand konnte mit Black sprechen, niemand konnte Black treffen, und so ist es bis heute geblieben. Verschwörungstheorien, Täuschungsversuche, unscharfe Autorenfotos und gefälschte Dokumente machten die Runde und wurden Stück für Stück widerlegt und verworfen. Blacks Verlag hatte auf Nachfrage nur kokettes Lächeln und Schulterzucken anzubieten, wusste man doch, dass ein Mysterium Buchverkäufen nicht schadet, und Blacks Agentin, Sophie Almonds, beantwortet Jahr für Jahr sämtliche Nachfragen mit ein und derselben Verlautbarung: »Andrew Black steht nicht für Kommentare oder Interviews zur Verfügung, dankt Ihnen jedoch für Ihr Interesse an seinem Werk.«

Eines der wenigen konkreten Details, das Blacks Jäger zutage fördern und überprüfen konnten, betraf jenes ungewöhnliche Umschlagzitat meines Vaters. Ich war nicht der Einzige, der ein Lob von Stanley Quinn überraschend fand, und an diesem bestimmten Faden zu zupfen, führte diejenigen, die nach Einzelheiten zu dem mysteriösen Autor suchten, zu Ergebnissen.

Andrew Black war Assistent und später Protegé meines Vaters gewesen.

Auserwählter. Thronanwärter. Jünger. Suchen Sie sich aus den Zeitungsausschnitten etwas aus. Gelegentlich hatte ich auch *geistiger Sohn* gelesen, was noch ein klein wenig mehr wehtat als die anderen Bezeichnungen, wie Sie sich sicher vorstellen können. Mein Vater war enorm stolz auf Black, und im Gegenzug – so hieß es in mehreren Berichten – vergötterte Black meinen Vater. Sie waren ein Team, eine Einheit, eine zweiköpfige literarische Familie. Mein Vater verriet nie auch nur ein einziges weiteres Detail über Black, ganz gleich, wie oft man nachbohrte, doch die schlichten Tatsachen bestätigte er gern. *Zum Protegé gewordener Assistent. Stolz.*

Und die Sache ist die: Mein Vater war *zu Recht* stolz auf Black. Und ja, manchmal schmerzt es mich innerlich ein bisschen, wenn ich daran denke, aber was spielt das für eine Rolle? Er hatte recht.

Cupid's Engine wurde zu einem globalen Phänomen und verkauft sich Jahr für Jahr für Jahr weiter in hohen Stückzahlen. Und das ist verdient; *es ist verdient.* Andrew Black ist ein Genie. Das Buch ist – das lässt sich nicht abstreiten – durch und durch ein Meisterwerk.

Dieses Exemplar hier wurde fast bis zur Zerstörung gelesen: Der Buchrücken ist eine einzige Masse weißer Bruchlinien, der Leim ist gesplittert, und Dutzende vergilbter, eselsohriger Seiten ragen in schiefen Winkeln hervor. Es ist ein faszinierendes Objekt, ein riesiger, schäbiger Monolith, ja tatsächlich so groß und so dominant, dass man das Buch dahinter leicht übersehen könnte.

Auf der anderen Seite von *Cupid's Engine* steht, auf dem Regalbrett so weit nach hinten versetzt, dass es halb im Schatten versinkt, ein zweites Exemplar von *The Qwerty Machinegun*. Dieses ist schadhaft, sein Rücken von einer Kollision mit etwas Hartem schrecklich verkrümmt.

Nähme man dieses Exemplar aus dem Regal und schlüge es auf, stellte man fest, dass die Seiten fast bis zur Auslöschung voller Änderungen, Streichungen und Aberhunderten von Anmerkungen und Korrekturen in säuberlicher Handschrift mit einem feinen schwarzen Stift sind. Blätterte man zum Anfang, zur Titelseite, fände man eine kleine, ebenso säuberlich geschriebene Notiz:

Thomas,
Sie wollten wissen, was ich von Ihrem Roman halte.
Andrew Black

3

Warum boxt ein Engel?

Die Bücher im Bücherregal stehen in stummen, staubigen Reihen.

Sie stehen und stehen und stehen.

Nichts geschieht. Nichts verändert sich.

Innerhalb gewisser Parameter könnte dies jeder beliebige Tag sein.

Die Bücher sind die Bücher. Der Staub ist einfach nur … Staub.

Wissen Sie, was Staub ist? Haben Sie je ernsthaft darüber nachgedacht?

Staub ist alles und nichts zugleich.

Er ist der Rauch und die Abgase der atmenden Stadt; er ist der Große Brand von London und der Blitzkrieg, die Crossrail und die Feuerschalen im Mithras-Tempel. Er ist die Lebenszeit von Thomas und Imogen Quinn, die Fasern ihrer Taschentücher, Strümpfe und Weihnachtspullover; er ist Hautschuppen, die davonstieben von gekratzten Köpfen, geriebenen Augen und heftigen Umarmungen, von High Fives, Heimwerkerarbeiten, albernen Tänzen und Handjobs, von ungeduldig heruntergezogenen Slips und hochgezogenen Socken, von heftigem Winken und Rufen und einem Jucken, das *ein Stückchen höher, ein Stückchen höher, noch ein Stückchen höher* sitzt. Er ist eine Vermischung all dieser Dinge und Ereignisse und all der unterschiedlichen Menschen, die wir gewesen sind, während wir gemeinsam an diesem Ort gelebt haben, er ist eine Vermischung von fast allem, durch die – fast nichts entsteht.

Nur Staub.

»*Hast du dir schon mal überlegt, was für Geschichten er erzählen könnte?*«, sagte meine Tante einmal zu mir, als sie ihn in großen Wolken aus dem Läufer klopfte, der an den Knoten ihrer Wäscheleine zerrte. Nun, ich habe ausgiebig darüber nachgedacht, und die Antwort ist: gar keine. Wissen Sie, der Staub kennt kein *und* oder *wie* oder *wann* oder *aber.* Er hat keinen Begriff von *so* oder *dann* oder *weil.* Selbst wenn er sprechen könnte, würden sich in seinen Geschichten keine Geschehnisse entfalten, sie hätten keinen Anfang und kein Ende, nur eine sinnlose, einsilbige Kakofonie von Mittelteilen.

Beim Staub ist das Medium die einzige Botschaft.

Manchmal lässt mich die Art und Weise, wie er sich um die Bücher im Bücherregal sammelt, an jene ersten Säugetiere, die winzigen prähistorischen Urmäuse, denken, die den Dinosauriern zusahen und darauf warteten, dass ihre Zeit kommen würde.

»Scheiße.«

Und mit einem Mal könnte es *nicht mehr* jeder beliebige Tag sein.

Mit einem Mal ist es – jetzt.

Dieses *Scheiße* kam von mir draußen auf dem Flur, in dem Augenblick, als ich merkte, dass mein iPad und auch, Moment bitte – »Ach, verdammter Mist« –, mein iPhone beide mit dem Installieren von Updates beschäftigt waren, wodurch mir nichts zur Zerstreuung blieb, obwohl ich ausgesprochen dringend auf Toilette musste.

Ich schob die Tür zum Gästeschlafzimmer auf und tappte rasch durch den Raum. Ich zog meine große, zerfledderte Ausgabe von *Cupid's Engine* aus der Regalmitte und ging zur Tür zurück.

Zwei Minuten später saß ich mit heruntergezogener Hose in unserem winzigen Bad und blätterte zum ersten Mal seit Jahren an den Herausgeberinformationen und der vergilbenden Titelseite des Buches vorbei.

In diesem Augenblick klingelte das Festnetztelefon.

Ich schaute hilflos durch den Flur zur Wohnzimmertür. Ich war auf der Toilette immer noch sehr beschäftigt und ganz und gar nicht in der Lage, den Anruf anzunehmen.

Was, wenn es Imogen ist?, dachte ich. *Na ja, dann springt der Anrufbeantworter an, und du kannst sie in ein paar Minuten zurückrufen. Davon geht die Welt nicht unter.*

Ich wandte mich wieder meinem Buch zu und bekam kaum mit, wie es zu klingeln aufhörte und der Anrufbeantworter sein lautes Piepen von sich gab.

Dann nahm ich allmählich die Stimme aus dem Lautsprecher wahr.

Zuerst erkannte ich sie unbewusst, glaube ich, ihre Vertrautheit, und sie riss mich halb aus meinen Gedanken. Doch die Worte klangen gedämpft, und eine Nachricht von nachrangiger Bedeutung drang durch den Rand meines Bewusstseins – im Radio lief wieder einmal eine seiner alten Aufnahmen: ein Interview oder ein alter Frontbericht. Ich hörte nicht sehr aufmerksam hin und bekam daher nur die letzten Wörter mit.

»... Warum boxt ein Engel in Bethlehem?«

Eine kurze Pause entstand, und dann sagte seine Stimme:

»Bist du da, Tom?«

Mein Kopf schoss nach oben.

Was?

Ich ließ *Cupid's Engine* fallen, lose Seiten flogen über den Boden des Badezimmers.

Was?

Ka-klank. Tuuuuuuuuuuuuuuuut.

Die Hose noch um die Knöchel, rannte ich durch den Flur in Richtung Wohnzimmer.

Der Teilnehmer hat das Gespräch beendet.
Der Teilnehmer hat das Gespräch beendet.
Der Teilnehmer hat das Gespräch beendet.

Ich stieß die Tür auf, stand mit klopfendem Herzen im Türrahmen und starrte auf das Telefon.

Der Teilnehmer hat das Gespräch beendet.

Mein Vater war seit fast sieben Jahren tot.

4

Analog

Sie haben keine neuen Nachrichten.

Sie haben keine neuen Nachrichten.

Sie haben keine neuen N–

Sie haben keine –

Sie haben. Eine. Gespeicherte Nachricht. Vom. 11. Mai …

»Hey, ich bin's … Ich, Imogen … deine Frau. Bist du da? … Bist du da? … Nein? Na gut. Ich hoffe, du hast nicht vergessen, was zu essen, und bist gestorben. Ich liebe dich. Melde mich später noch mal. Alles Liebe –«

Nachricht gespeichert.

1471

Sie wurden gestern angerufen um. Vierzehn Uhr. Sechsund–

100

»Hallo. Vermittlung.«

»Ja, hallo. Könnten Sie mir sagen, wann diese Nummer zuletzt angerufen wurde, bitte?«

»Ja – dieser Anschluss wurde zuletzt gestern Nachmittag um 14.36 Uhr angerufen. Möchten Sie die Nummer des Anrufers wissen?«

»Nein, ist schon gut. Das war, äh, irgendein Werbeanruf. Und danach kam nichts mehr?«

»So ist es, Sir.«

»Ich frage nur, weil das Telefon gerade geklingelt hat.«

»Oh. Also, im System wird nichts angezeigt.«

»Okay. Also –«

»Da haben sich vermutlich zwei Leitungen überschnitten.«

»Überschnitten?«

»Richtig, Sir. Das kommt gelegentlich noch vor. Möchten Sie, dass ich Sie mit dem BT-Helpdesk verbinde? Die können die Verbindung überpr–«

»Nein, ist schon gut. Danke.«

»In Ordnung, Sir, danke schön.«

[Klack]

HALLO 30. SEPT

Sie haben keine neuen Nachrichten.

Sie haben keine neuen Nachrichten.

o

Der Whisky kreiste im Glas, und ich starrte aus dem Fenster auf den alten Kirchturm, der auf der anderen Seite des Parks aus dem Orange und Gelb des Blätterdachs ragte.

Es ist merkwürdig, wenn man einen unverstellten Blick in sein Inneres erhascht, wenn irgendein Ereignis daherkommt und – nur einen winzigen Augenblick lang – den Deckel wegstößt und das Licht hereinfallen lässt. Vor wenigen Stunden hatte ich eine gedämpfte Stimme aus dem Anrufbeantworter im anderen Zimmer gehört, und ich war mir nicht nur augenblicklich sicher gewesen, dass es die Stimme meines toten Vaters war, sondern auch, dass er mir etwas mitteilen wollte. Es hatte ein einziges Wort gebraucht, um zu dieser unmöglichen Schlussfolgerung zu gelangen.

Tom. Ein Wort, das bei Licht besehen wahrscheinlich

ein ganz anderes Wort gewesen war – etwas halb Gehörtes, gedämpft durch zwei Wände, einen Flur und eine Wohnzimmertür. Dennoch war ich mir in dem bewussten Augenblick so sicher gewesen, dass ich durch die Wohnung gehetzt war, um dieser Stimme mit der Hose um die Knöchel nachzujagen.

Was wissen wir letzten Endes denn schon über uns? All die Jahre der Trennung von meinem Vater, der Groll, die Distanziertheit, das Begräbnis in Spanien, an dem ich nicht teilgenommen, und die Grabstätte, die ich nie gesehen habe, wenngleich ich mir sagte, dass ich sie eines Tages besuchen würde, wenngleich ich wusste, dass ich es nicht tun würde. All der Schnee von gestern, der seitdem geschmolzen ist, Schnee, der immer nur schmilzt und schmilzt und nie, wirklich *niemals* zurückkommt, und doch hatte irgendein dunkler Teil meines Gehirns trotz allem darauf gelauert, dass er diesen alten Zaubertrick vollführte – sich selbst aus verstreuten Wörtern und alten Tonaufnahmen wieder zusammenzusetzen und zurück zu mir nach Hause zu kommen, so wie er es in meiner Kindheit getan hatte.

Google bestätigte, was die Telefonistin über die sich überschneidenden Leitungen gesagt hatte – das kommt gelegentlich vor. Es hat mit den alten analogen Kabeln zu tun, die es im Telefonnetz noch gibt. Kabel nutzen sich durch die langen Jahre im scharf wehenden Wind ab, werden in der Sonne spröde oder verrotten in undichten Verbindungskästen. Das bedeutet, dass aus heiterem Himmel das Telefon klingelt – man hebt ab, und zwei Fremde sprechen über ein Garagentor oder vereinbaren einen Termin in der Autowerkstatt oder reden über den neuen Freund von jemandem namens Alison. Diese Anrufe sind eigentlich keine Anrufe, es sind Pseudoanrufe, Nichtanrufe, und sie stellen die merkwürdigsten Dinge mit Anrufbeantwortern und Kommunikationsdatensätzen an. Es ist sonderbar, es ist ungewöhnlich, aber mehr auch nicht. Fehler im System sind unvermeidlich, denn alle

Systeme sind bis zu einem gewissen Grad fehleranfällig. Wie Max Cleaver, der Detektiv und Held aus *Cupid's Engine*, es formuliert: *Für den Triumph des Chaos ist nichts weiter notwendig, als dass die Reparateure nichts tun.*

Ich fand es poetisch, dass dem Ganzen ein analoger Fehler zugrunde liegen sollte, war mein Vater doch ein so entschieden analoger Mensch gewesen. Ein analoger Geist in einem analogen Kabel. Nur dass es natürlich keinen Geist gab. Dr. Stanley Quinn hatte keine Zeit für Nullen und Einsen gehabt. Er vertraute auf Tinte, und er vertraute auf Papier. Er trug immer einen Stift bei sich, und er tauschte seine Schreibmaschine nie gegen einen Computer, nicht einmal, als leichtgewichtige Laptops zu etwas wurden, was einfach jeder besaß. Ich weiß noch, wie er im Gespräch mit *Paris Review* sagte: »Ich habe die verdammten Dinger noch nie gemocht und fange in meinem Alter bestimmt auch nicht mehr damit an.« (Von Zeit zu Zeit las ich Interviews mit meinem Vater; sie stahlen sich mit den Zeitungen und abonnierten Zeitschriften ins Haus, ein weiterer papierener Aspekt eines Mannes, der nie an nur einem Ort zugleich war.)

Ich rieb mir die Augen, leerte mein Glas und ging in die Küche, um mir noch einen Drink zu machen.

o

Als ich an jenem Abend schlafen ging, hatte ich schon ein viel besseres Gefühl.

Wäre irgendjemand da gewesen, dem ich die Geschichte mit dem Anruf hätte erzählen können, dann hätte ich es wohl mit einem ungläubigen Lächeln und leicht gerötetem Gesicht getan. Das heißt, wenn ich überhaupt etwas gesagt hätte. Imogen würde ich es ganz bestimmt nicht erzählen, nicht zuletzt weil ich kein Interesse an einer schwungvollen Interpretation von *Cabin Fever* hatte, wann immer ich ans Telefon ging.

Und so ist das manchmal, nicht wahr? Wenn das Pendel in eine Richtung besonders stark ausschlägt, trägt der Schwung es auch auf der anderen Seite weit nach oben. Liebe wird zu Hass, Scham wird zu Wut, erschrockene Fassungslosigkeit wird zu – einer Art peinlich berührter, komischer Ungläubigkeit.

Ich beschloss mehr oder weniger, mir nicht weiter den Kopf darüber zu zerbrechen.

Morgen ist ein neuer Tag.

Ich zog die Decke unters Kinn und begann, wieder in *Cupid's Engine* zu lesen, und bald riss und zerrte der Sog des Romans an mir, forderte meine ganze Konzentration. Ich ließ es nur zu gern geschehen und mich forttragen, raste flussabwärts davon, verschwand in der Ferne wie ein kleines Boot auf den Stromschnellen.

o

Cupid's Engine beginnt mit einem groß gewachsenen, ungepflegten Mann in einem verknitterten Leinenanzug und mit einem weißen Fedora auf dem Kopf. Er zieht sich an einem Türrahmen hoch, blutüberströmt. Wir wissen das noch nicht, aber der Name dieses Mannes lautet Maurice Umber. Er hält ein blutiges Messer in der rechten Hand und drückt einen Telefonhörer ans linke Ohr.

»*Polizei*«, murmelt er in den Hörer. »*Sie werden wohl jemanden schicken müssen.*«

Während meine Augen sich zum Ende dieses ersten Absatzes vorarbeiteten, wallte eine völlig unerwartete Gefühlswoge in mir auf: eine jähe, überwältigende Kraft aus wieder aufgesuchten Worten und Welten, eine Rückkehr in eine andere Zeit. Es war so tief und so stark – es fühlte sich an wie eine feste Umarmung mit jemandem, von dem man geglaubt hatte, man werde ihn nie wiedersehen; oder als würde man sein altes Ich überstreifen wie einen verwaschenen alten Kapuzenpullover, nicht verloren, wie geglaubt, nur einige Jahre lang ganz unten im Kleiderschrank verlegt. Das ist eine der Stärken von Büchern, nicht wahr? Und eine, die man heutzutage leicht vergisst, bei allem, was sonst noch so los ist.

Ich lag jedenfalls im Bett, fühlte mich noch immer etwas sonderbar wegen des Telefonanrufs, kam mir aber vor allem schlicht albern vor und erlaubte mir, in diesem tiefen, nostalgischen Nebel zu versinken, als mir eine Idee für ein Skript kam, mit dem ich mich seit Monaten herumschlug.

So verdiente ich meinen Lebensunterhalt, wissen Sie. Ich schrieb Geschichten und Skripts. Ich weiß, was Sie denken, aber nein, wir reden hier nicht über Filme und auch nicht über Romane. Die Manuskripte meiner letzten beiden Romane lagen fein säuberlich in Manila-Umschlägen ganz unten in der Bettwäschekiste am Fußende des Bettes. Mein Agent hatte nach dem durchwachsenen Erfolg von *The Qwerty Machinegun* niemanden überzeugen können, einen von ihnen zu veröffentlichen, und so war ich – nachdem ich mich jahrelang trotzdem abgeplackt hatte – eines gewöhnlichen Nachmittages vom Schreibtisch aufgestanden und hatte mitten in einem langen Kampf mit einer besonders heiklen Passage einfach den Computer abgeschaltet.

Klick – und das war's.

Wenn ich sage, ich verdiente meinen Lebensunterhalt mit dem Schreiben von Geschichten und Drehbüchern, dann meine ich, dass es kaum für diesen Lebensunterhalt reichte und dass ich digitale, herunterladbare Kurzgeschichten und Audioskripts für bereits vorhandenes geistiges Eigentum schrieb. Ich schuf, was in der Branche *Tie-ins* oder *offiziell lizenzierte Story-Produkte* oder in einer Sprache, die tatsächlich von echten Menschen benutzt werden könnte, schlicht Zusatzinhalte genannt wird.

Für manche Bewunderer von Dr. Stanley Quinn war das

etwas Unvorstellbares, Verabscheuungswürdiges. Es machte mich zu dem völlig unmusikalischen Kerl, der auf die Bühne springt und am Ende eines virtuosen Klaviervortrags »Ten Green Bottles« schmettert. Diese Leute setzten immer die gleiche Miene auf, wenn sie hörten, wovon ich lebte. *Um Himmels willen*, sagte dieser Blick, *wenn du es nicht anständig machen kannst, lass es doch ganz bleiben. Weißt du denn nicht, wer dein Vater war?* Natürlich verletzte mich das. Es verletzte mich jedes Mal. Das tut es noch immer, wenn auch im Laufe der Jahre hauptsächlich auf eine dumpfe Weise, die sich wie juckendes Narbengewebe anfühlt. Tatsächlich beschäftigt es mich nicht mehr so sehr. Diese Leute sind nicht die Torhüter, Richter und Geschmackswächter, die ich früher in ihnen gesehen habe. Sie sind Flüchtlinge aus der Zeit meines Vaters, ein Haufen alternder Bruce Willise aus *The Sixth Sense*, die nicht begreifen, dass ihre ganze Welt untergegangen ist, und von der Welt, in der wir heute leben, nicht die blasseste Ahnung haben.

Eine Frage: Was glauben Sie, wie viele Autoren ihre Tage mit der Arbeit an neuen Geschichten mit neuen Figuren und neuen Plots verbringen? Ich würde sagen, es ist eine sehr geringe Anzahl, verglichen mit denen, die an den alten weiterarbeiten. Und das trifft nicht nur auf das untere Ende der Nahrungskette zu, wo ich herumkrebse; ganz oben ist es das Gleiche: Denken Sie nur an die großen Markenautoren, die an großen Markenfortsetzungen schreiben – mehr James Bond, mehr *Per Anhalter durch die Galaxis*. Und für die Filmindustrie gilt das in millionenfacher Weise – eine ganze Generation von Filmemachern arbeitet an *Star Wars*, *Captain America* und *Batman*. Eine ganze Horde von uns widmet ihr schriftstellerisches Leben – auf jeder vorstellbaren Ebene – dem Fortschreiben von Geschichten, die in unserer Kindheit oder der Kindheit unserer Eltern neu waren, statt selbst neue Welten zu schaffen. Und diese Geschichten sind meist Kindergeschichten, das ist Ihnen doch sicher aufgefallen, nicht wahr?

Nicht dass ich ein Snob wäre. Auch wenn ich Herman Melville und B. S. Johnson liebe, ebenso sehr liebe ich *Star Wars* und Harry Potter. Selbstverständlich tue ich das, wir alle tun das, also krempeln wir die Ärmel hoch und dienen der Marke. Ich will mich gewiss nicht beschweren, und selbst wenn ich mich beschweren wollte, bringt es nichts, den Kopf in den Sand zu stecken und zu hoffen, dass das schon vorbeigeht, denn – so viel kann ich Ihnen versprechen – das wird es auf gar keinen Fall. Es ist ein ehernes Gesetz des Spätkapitalismus – große, etablierte Marken beherrschen den Markt, und aufstrebenden Marken fällt es zunehmend schwer, Fuß zu fassen. Es lässt sich nicht ändern. Das ist unsere Welt, und es ist eine Welt der Sequels, Prequels, Remakes und Remakquels. Das ist unsere Zeit, und es ist die Zeit des Hyperlinks und des *shared universe*, wo alle Geschichten miteinander verbunden sind und jeder mal an allem mitschreiben darf.

Das raubt mir nicht den Schlaf.

Nicht dass mich jemals irgendwer gefragt hätte, ob ich an *Star Wars* schreiben will.

Am Abend der Nachricht auf dem Anrufbeantworter war ich dreiunddreißig Jahre alt, war verheiratet, lebte aber vorübergehend allein in unserer kleinen Wohnung in East London und benötigte dringend eine Rasur und etwas natürliches Sonnenlicht. Sieben Jahre zuvor hatte ich ein Buch veröffentlicht, dann zwei weitere geschrieben, die niemand wollte, und somit die beeindruckende Leistung vollbracht, mit Mitte zwanzig auf eine gescheiterte literarische Laufbahn zurückblicken zu können.

Und wissen Sie, so ist das nun mal.

Ich hatte neue Abenteuer für *Thunderbirds* geschrieben, für *Stingray, Doctor Who, Sapphire & Steel, He-Man, Die dreibeinigen Herrscher, ThunderCats* … Ich nahm diese Projekte ernst, und auch wenn ich nicht der beste und auch ganz gewiss nicht der schnellste Autor in diesem Bereich war, empfand ich einen leisen Stolz auf die Hörspiele, an denen ich mitgearbeitet hatte. Im Großen und Ganzen machte mir die Arbeit Spaß, und insgesamt gefielen den Fans der alten Shows meine Geschichten eher, als dass sie sie hassten – was ungewöhnlicher ist, als Sie vielleicht glauben.

Und nun hatte ich eine Idee für das *Captain-Scarlett*-Skript, das mich seit Monaten ratlos machte, eine wirklich gute Idee, tatsächlich die erste gute Idee seit Ewigkeiten. Ich sprang auf, schrieb enthusiastisch eine Seite mit Notizen voll, stieg wieder ins Bett und löschte das Licht.

Ich lag eine Zeit lang da, lauschte dem fernen Verkehr und dem Summen der Stadt.

»Warum boxt ein Engel in Bethlehem?«

Was soll das überhaupt heißen?, dachte ich. *Warum boxt ein Engel? Das ist Unsinn. Es ist Unsinn, und darum ist es wahrscheinlich auch gar nicht, was die Stimme gesagt hat.*

Allein im Dunkeln, rutschte ich auf Imogens Seite des Bettes.

Zerbrich dir nicht den Kopf darüber. Vergiss es einfach. Morgen sieht die Welt schon anders aus.

Imogens Kissen fühlte sich eiskalt an und hatte längst aufgehört, nach ihr zu riechen, aber ich drückte dennoch mein Gesicht hinein, die Augen fest geschlossen, und wartete darauf, dass die Besinnungslosigkeit aufstieg wie dunkles Wasser.

5

Imogen in Grün

Zehn Stunden später, am Morgen des nächsten Tages, war ich einer von 927 Menschen, die meiner Frau beim Schlafen zusahen.

Wenn diese Zahl sonderbar präzise wirkt, dann liegt das daran, dass es auf der Internetseite unter jedem Kamerafenster einen Zähler gab, sodass ich jederzeit sehen konnte, wie viele Leute daraufgeklickt hatten. Wenn die Zahl hoch war – und über 900 war ziemlich hoch –, notierte ich sie auf einem Post-it.

Ich hatte Imogen den größten Teil des Morgens beim Schlafen zugesehen, auf dem Bildschirm, der das unscharfe grüne Nachtsichtbild von Schlafsaalkamera zwei übertrug. Sie hatte die gesamte Zeit über auf der Seite gelegen, das Gesicht der Kamera zugewandt, die Decke bis unters Kinn hochgezogen. So schlief sie immer, nur dass sie es zu Hause normalerweise von mir abgewandt tat. Das hieß, dass ich, indem ich Imogen auf einem Computerbildschirm und aus 13 491 Kilometern Entfernung betrachtete, mehr darüber erfuhr, wie meine Frau beim Schlafen aussah, als ich es je tat, wenn ich neben ihr im Bett lag. Irgendwie ließ mich das an die Schwierigkeiten denken, die Wissenschaftler beim Studieren sehr kleiner Dinge in Laboren haben.

Ich leerte die Tasse mit dem Aufdruck »I ❤ Coffee« und schaute zu dem Anrufbeantworter auf dem Schreibtisch.

Er stand einfach nur stumm und unauffällig da.

Ich stellte die Tasse ab und fuhr mir mit den Fingern durch die Haare.

Auf dem Bildschirm verrieten nur die sich mit den Atemzügen meiner Frau hebende und senkende Decke und eine leichte digitale Unschärfe, dass das Bild eine Liveübertragung und keine starre, tote Darstellung war. Und da keine der Kameras Ton hatte, war die Szene auch vollkommen geräuschlos.

In jedem herkömmlichen Sinne passierte nichts.

Der Zähler stieg auf 945 Zuschauer.

Ich strich die alte Zahl auf dem Post-it durch, setzte die neue darunter und hängte es dann an die Tafel.

Es ist spannend und beruhigend zugleich, jemandem in Echtzeit beim Leben zuzuschauen. Die langen Pausen. Die Stille. Schlafen, starren, nachdenken, lesen – alles vollzieht sich in seiner ausgedehnten und ausdruckslosen Gänze, umgibt diese vertrauten kleinen Inseln des Redens, Streitens und Lachens, die wir in unserer Vorstellung als *das, was Menschen tun*, abgespeichert haben, mit weiten, leeren Ozeanen aus Kontext. Und dann, am anderen Ende der Skala, das Gegenteil dieser stillen Phasen – die seltenen, machtvollen, privaten Dinge, das Wahre, das Enthüllende, das Sexuelle. Diese extrem raren Augenblicke, die sich wahrscheinlich nicht ereignen werden, während man zuschaut, aber vielleicht, vielleicht, vielleicht …

Das Telefon klingelte, ein schrilles Geräusch in der stillen Wohnung.

Ich sprang auf und griff nach dem Telefon, ehe es ein zweites Mal klingeln konnte.

»Hallo?«

»Hallo, Euston«, sagte Imogen. »Hier spricht Eagle One.«

Auf dem Bildschirm schlief meine Frau tief und fest. »Hallo, lange nichts von dir gehört«, sagte ich. Ich rechnete halb damit, dass sich das Beben des Adrenalins durch meine

Stimme übertragen würde, und so überraschte mich die Härte, die ich stattdessen heraushörte.

»Sei nicht so, ich habe nicht viel Zeit.«

»Nein, so war das nicht gemeint.«

»Ich hatte dir ja gesagt, dass ich nicht weiß, ob ich anrufen kann.«

»Ich weiß, schon gut. Es war nicht böse gemeint.«

»Ganz ehrlich?«

»Ja. Es ist bloß das erste Mal, dass ich heute überhaupt irgendetwas gesagt habe. Mir geht's ... merkwürdig.«

»Das erklärt alles«, sagte die Imogen am Telefon. »Ich wollte anrufen, als ich zurück war, aber wir waren länger vor Ort, als ich dachte, und bei dir wäre es drei Uhr morgens oder so gewesen.«

Die Imogen auf dem Bildschirm machte keinerlei Anstalten aufzuwachen. Sie machte nur weiter ihre langsamen, tiefen Atemzüge – ein ... aus ... ein ... aus ...

»Alles gut, ich fühle mich nur ein bisschen komisch, irgendwie ...« Das Wort, das ich benutzen wollte, war *schal*, aber ich tat es nicht. »... abstrakt. Hallo?«

»Hallo. Ich bin noch dran. Hallo?«

»Hallo. Ich höre dich.«

»Was hast du gesagt? Abstrakt?«

»Ja, irgendwie nicht ganz da.« Ich schaute aufs Telefon. »Ich glaube, es liegt daran, dass ich nicht unter Leute komme. Ich sollte nachher wohl mal rausgehen, ein bisschen durch die Gegend laufen.«

»Das klingt doch vernünftig. Mach das unbedingt. Tank ein bisschen Sonne, und iss ein bisschen Obst.«

»Ja, ich glaube, das mache ich.«

»Sonne und Obst verhindern erwiesenermaßen, dass man sich abstrakt fühlt.«

»Das wusste ich nicht.«

»O doch, es gibt kein besseres Mittel dagegen.«

»Ich werde die entsprechenden Schritte einleiten.«

»Mach das. Also, sag mal, bist du mit deinen *ThunderCats* vorangekommen?«

»Mit *Captain Scarlett*?«

»Meine ich ja.«

»Ja, alles gut. Das Skript ist abgegeben, und das Geld müsste nächste Woche auf dem Konto sein.«

Das stimmte nicht. Das Skript war nicht abgegeben. Das Geld würde nicht überwiesen werden. Ich hatte kein einziges brauchbares Wort geschrieben. Aber das war mein Problem, und es war an mir, es zu lösen. Imogen brauchte nicht zu wissen, wie groß das Problem geworden war.

»Das freut mich für dich, Quinn«, sagte sie. »Und, was machst du gerade?«

Freut mich für dich, Quinn. Schuldgefühle bohrten sich in meinen Bauch. Ich schob sie weg.

»Hallo?«

»Entschuldige. Ich bin noch da. Was hast du gesagt?«

»Was machst du denn gerade?«

»Ich sehe dir beim Schlafen zu.«

»O Gott, nicht im Ernst, oder? Wälze ich mich viel herum? Ich träume in letzter Zeit vielleicht ein komisches Zeug.«

»Nein, du liegst einfach nur da. Ganz still und ruhig.«

»Na, das ist doch mal was.«

»Du bist wirklich ganz ruhig. Und gerade eben hattest du eine neun-vier-fünf.«

»O Gott. Wie viele?«

»Neunhundertfünfundvierzig.«

»Warte, das schreibe ich mir kurz auf. Neun-vier-fünf. Und ich mache überhaupt nichts?«

»Nein. Nichts. Du atmest. Aber sonst nichts.«

Die Imogen am Telefon dachte kurz nach.

»Es ist komisch«, sagte sie. »Es stört mich eigentlich nur, wenn du mir die Zahlen sagst; den Rest der Zeit ist es so, als wäre dieses Kamerading gar nicht, na ja, ich meine, es stört mich nicht wirklich, aber du weißt schon.«

»Ja.«

»Das heißt, eigentlich stört es mich schon, jetzt, wo ich darüber nachdenke. Ich winke mal.«

»Ja, mach das mal.«

»Bin schon dabei.«

Die Imogen auf dem Bildschirm schlief fest. Ein ... aus ... ein ... aus ...

»Ich winke zurück, wenn es kommt«, sagte ich.

»Du bist ein Schatz.«

»Danke.«

»Du fehlst mir, weißt du.«

»Du fehlst mir auch. Wie läuft's denn?«

»Ach Gott. Langsam.«

Imogen war seit fast sechs Monaten am anderen Ende der Welt. Sie arbeitete in einem Forschungsteam mit, das auf einer sehr abgelegenen Insel nach einem kleinen Flecken Erde suchte, auf dem sich der wichtigste Vorgang in der gesamten Menschheitsgeschichte vollzogen haben könnte. Weil wir uns im einundzwanzigsten Jahrhundert befanden, war die Forschungsstation mit Webcams ausgestattet.

»Aber ihr könnt die Bewegungen insgesamt noch gut nachvollziehen, oder?«

»Stellenweise«, sagte sie. »Aber es ist nicht so, als wären sie einfach von Osten nach Westen gezogen oder so.«

»Na ja, das wäre wohl auch zu – oh, warte mal.«

»Was?« Die Imogen auf dem Bildschirm bewegte ihren schlafenden grünen Kopf, wie um etwas abzuschütteln.

»Du träumst.«

»Sag ich doch. Ganz komisches Zeug.«

»Ich glaube, du wachst jeden Moment auf.«

»Ja. Hör zu, ich muss Schluss machen. Ich versuche, morgen anzurufen, aber sonst melde ich mich Mittwoch Morgen.«

»Okay.«

»Meiner Zeit.«

»Okay. Und sag denen, sie sollen sich das mit den Videoanrufen noch mal ansehen.«

»Mache ich. Aber Johnny sagt, mein Laptop hat Suizid begangen.«

»Super.«

»Ich weiß. Mist, oder? Ich muss wirklich –«

»Okay. Hab dich lieb.«

»Ich dich auch. Und geh mal raus.«

»Mache ich.«

»Also, ciao.«

»Ciao.«

»Ciao ciao ciao …«

Die Verbindung wurde zu einem leeren Rauschen.

Ich hielt das Telefon noch kurz in der Hand und legte es dann in die Dockingstation zurück.

Die Imogen auf dem Bildschirm verzog im Schlaf das Gesicht und zerrte an der Decke. Die Zahl der Zuschauer war stetig gesunken, aber sobald die Träume anfingen, hatte sie sich stabilisiert. Jetzt kletterte sie in Einer- und Zweierschritten wieder auf die 900er-Marke zu.

Ich wartete und sah mit verschränkten Armen zu.

Imogen schreckte hoch, ihre Augen zuckten panisch hin und her, ehe sie begriff, wo sie war. Sie entspannte sich, während sie die Orientierung wiedererlangte, rieb sich mit den Händen über das Gesicht, stützte sich auf einen Ellbogen und sah sich im Schlafraum um. Als sie sah, dass sie allein war, lehnte sie sich aus dem Bett und schaltete das Licht ein.

Das grüne Bild flammte sofort zu einer weißen Leere auf, und dann tauchte der vertraute Schlafraum der Forschungseinrichtung vollständig in Farbe wieder auf. Acht Betten, Kleiderschränke, Tische, Lampen, Unordnung – alle Anzeichen menschlicher Besiedlung, einer auf engem Raum zusammenlebenden Gruppe.

Meine Frau stieg aus dem Bett und ging im Schlafanzug aus dem Bild.

Ich wartete.

Nach fast vier Minuten kam sie wieder, ein Glas Wasser und ein industriell wirkendes Telefon mit langem Kabel in den Händen. Sie setzte sich auf die abgewandte Seite des Bettes, den Rücken zur Kamera gedreht, tippte eine Nummer in das Telefon ein und hielt es ans Ohr.

Ich konnte nur Imogens Nacken und ihre Kieferpartie sehen, doch das genügte, um zu merken, dass sie mit jemandem redete, dass sie ins Telefon sprach und dann zuhörte. Nach kurzer Zeit drehte sie sich um, sah genau in die Kamera und formte stumm die Worte: *O Gott. Wie viele?*

Sie lauschte einen Augenblick lang. Ihr Mund machte die notwendigen Bewegungen für … *Warte, das schreibe ich mir kurz auf.* Sie hielt das Telefon in der Halskuhle, griff nach einem Zettel und machte sich eine Notiz. *Neun-vier-fünf*, sagten ihre Lippen, dann wandte sie sich wieder von der Kamera ab, sodass ich nicht sehen konnte, was als Nächstes kam. Beinahe augenblicklich drehte sie sich wieder um, und ich erkannte … *jetzt, wo ich darüber nachdenke.*

Ich hob die flache Hand zum Monitor.

Ich winke mal. Sie lauschte, noch immer winkend, und erwiderte: *Bin schon dabei.*

Ich winkte dem Bildschirm zu.

Imogen lächelte.

Du bist ein Schatz, sagte sie geräuschlos in die Kamera; dann wandte sie sich wieder ab und sprach weiter ins Telefon.

»Ich gebe mir Mühe«, sagte ich zu mir selbst.

Nicht lange darauf beendete die Imogen auf dem Bildschirm ihr Gespräch. Meine Frau nahm das Telefon vom Ohr und drückte einen Knopf. Sie warf der Kamera nur einen kurzen Blick zu, als sie aufstand und aus dem Bild ging.

Ich hatte mich halb von meinem Bürostuhl erhoben, als sie plötzlich wiederauftauchte.

Diesmal beugte sie sich dicht an die Kamera, lächelte und sagte stumm: *Geh raus.*

Dann war sie fort.

6

Von selbst kommt nur die Entropie

Ich wartete noch ein paar Sekunden ab, aber Imogen erschien nicht wieder vor Schlafraumkamera zwei.

Doch ihre Worte blieben mir im Kopf.

Geh raus. Ein guter Rat.

Ich bummelte zur Küche, balancierte meine Tasse auf dem Berg dreckigen Geschirrs im Spülbecken aus und stocherte dann auf der Suche nach etwas halbwegs Sauberem zum Anziehen in der Waschmaschine herum.

Ich schaute mich um, sah die Tellerstapel in der Spüle, die Überreste vom Kochen, Curry-Töpfe, marmeladebeschmierte Brotrinden, Fish-and-Chips-Zeitungen, Baked-Beans-Dosen, leere Instant-Nudel-Becher. *Die Telefonkabel sind vielleicht hier und da leicht defekt*, dachte ich, *aber das hier, mein Freund, ist ein kompletter Systemzusammenbruch.*

Für den Triumph des Chaos ist nichts weiter notwendig, als dass die Reparateure nichts tun.

Imogen war immer die Organisierte, Ordentliche, Wohlvorbereitete von uns beiden gewesen. Ohne sie ging es ziemlich rasch den Bach runter. An der Kühlschranktür stand in mehrfarbigen magnetischen Plastikbuchstaben eine alte Nachricht von ihr:

Ac tung: Di ser Küche droht Entr pie.

Eines Abends hatte ich kurz vor dem Schlafengehen das »h«, das »e« und das »o« aus ihren jeweiligen Wörtern gepflückt und vor die Kühlschranktür gelegt, sodass es aussah, als wären sie heruntergefallen und in einem Haufen auf dem Boden gelandet. Ich weiß noch, wie ich am nächsten Morgen im Bett lag und sie *Ach, was haben wir gelacht!* rufen hörte, während sie den Kühlschrank öffnete, um sich Milch für ihren Tee zu holen.

Frage: Wissen Sie, warum die Zeit so funktioniert, wie sie es tut?

Es liegt an der Entropie.

Um das zu verstehen, müssen Sie sich meine Küche als das Universum vorstellen. Oder wenn Ihnen das lieber ist, stellen Sie sich Ihre eigene Küche als das Universum vor – das spielt eigentlich keine Rolle. Aber entscheiden Sie sich für eine Küche.

Also. Es gibt nur eine relativ geringe Anzahl von Möglichkeiten für diese Küche, ordentlich zu sein. Eine geringe Anzahl von Möglichkeiten, wie die Schachteln in die Schränke passen, die Schüsseln auf die Teller gestapelt werden können, die Flaschen in der Kühlschranktür stehen können und so weiter. »Relativ gering« meine ich im Vergleich zu den unzähligen Milliarden von Möglichkeiten, auf welche dieselbe Küche unordentlich sein kann. Wenn sich die Rice Krispies *irgendwo anders* als in der Rice-Krispies-Schachtel befinden, ist die Küche unordentlich. Wenn die Milchflasche *irgendwo anders* ist als aufrecht stehend in der Kühlschranktür (während sich die Milch noch darin befindet), ist die Küche unordentlich. Wenn eine oder mehrere der Schüsseln auf der Arbeitsplatte, auf dem Boden, auf dem Tisch stehen oder kaputt in der Spüle liegen, *irgendwo anders* als säuberlich aufeinandergestapelt im Küchenschrank – dann ist die Küche unordentlich.

Sie merken, worauf ich hinauswill. Unordentlich ist wahrscheinlicher als ordentlich. Aber um den Gesamtzusammenhang zu verstehen, müssen wir begreifen, wie viel wahrscheinlicher unordentlich tatsächlich ist.

Um einen Eindruck von der kolossalen Unwahrscheinlichkeit von Ordnung im Vergleich zu Unordnung zu bekommen, holen wir einmal sämtliche Teller, Tassen, Schüsseln, Lebensmittel, Getränke, Besteckwaren, Papiertücher, Schwämme, Geschirrtücher, Pulver und Reinigungsmittel aus unserer Küche und stellen nur eine einzige Sache wieder hinein – die Butter.

Nehmen wir jetzt einmal an, die Butter könnte sich in der leeren Küche an vielleicht fünfhundert Stellen, die wir als unordentlich, und an vielleicht fünf Stellen, die wir als ordentlich bezeichnen würden, befinden. Es gibt also eine Wahrscheinlichkeit von eins zu hundert, dass die Butter an einer Stelle steht, die wir als ordentlich beschreiben würden. Erhöhen wir nun auf zwei Gegenstände – die Butter und ein Streichmesser. Angenommen, das Streichmesser verfügte über die gleiche Anzahl von unordentlichen und ordentlichen Positionen wie die Butter, sinkt die Wahrscheinlichkeit, dass *beide* an einem Ort sind, den wir ordentlich nennen könnten, von eins zu hundert auf eins zu zehntausend. Bei drei Gegenständen – der Butter, dem Streichmesser und einer Scheibe Brot – beträgt die Wahrscheinlichkeit, dass sich alle drei an einem Ort befinden, den wir als ordentlich beschreiben würden, jetzt eins zu einer Million.

Unordentlich ist nun schon eine Million Mal wahrscheinlicher als *ordentlich* – und das in einer Küche mit nur drei Gegenständen darin. Drei. Nun stellen Sie einmal die vielen Hundert anderen Objekte in Ihre ganz normale, alltägliche Küche, und Sie beginnen zu ahnen, wie ausgesprochen unwahrscheinlich *ordentlich* im Vergleich zu *unordentlich* ist.

Natürlich ist das Universum weit größer als eine Küche und besteht aus weit mehr Dingen. Und diese Dinge bestehen auch aus Dingen, die wiederum aus Dingen bestehen, und so weiter, bis hinunter zu einer elementaren, atomaren Ebene. Etwas verkompliziert die Sache zusätzlich – das Universum hat niemanden, der ab und zu kommt, um aufzuräumen. All das zusammengenommen bedeutet, dass, wenn sich irgendetwas – die Butter, das Streichmesser, ein Ziegel, ein Stein, eine Schraube, ein Atom – irgendwo im Universum an eine andere Stelle bewegt, es unzählige Milliarden Mal wahrscheinlicher ist, dass es sich an eine unordentliche Position bewegt als an eine ordentliche.

Ohne jemanden, der hin und wieder aufräumt, würden die Küche und das Haus um sie herum immer unordentlicher werden, bis alles auseinanderfiele. Wir wissen alle, dass das mit alten Häusern passiert, weil wir es schon gesehen haben – sich selbst überlassene Gebäude verfallen und stürzen irgendwann ein. Das ist allgemein bekannt. Dass es passiert, hat einen einfachen Grund: All die Dinge, aus denen das Haus besteht – Ziegel, Träger, Nägel, Türstürze, Balken und ihre sämtlichen Atome –, können sich in unzähligen Milliarden von unordentlichen Situationen befinden, die *alle* zum Einsturz des Hauses führen, und nur in einer Handvoll ordentlicher Situationen, in denen das Haus stehen bleibt.

Diese stetig zunehmende Bewegung in Richtung Unordnung nennt sich *Entropie*.

Doch die Sache ist die: Wir würden nicht sagen: Das Haus ist aufgrund der allmählichen Bewegung seiner gesamten Bestandteile von einem Zustand niedriger Entropie hin zu einem Zustand hoher Entropie eingestürzt (jedenfalls würden das die meisten von uns nicht tun). Wir würden sagen – das Haus ist *mit der Zeit* eingestürzt.

Die Entropie ist das, was die Zeit vorantreibt, und zwar eben nur voran. Sie ist der Grund dafür, dass man die Milch nicht wieder aus dem Kaffee herausrühren kann, dass man eine Glasvase nicht wieder entzerschmeißen kann und dass, wenn man eine Glasvase zerschmeißt und sie dann sehr gut wieder zusammenklebt, jemand sagen könnte: »Sieht wieder aus wie neu.« Menschen werden *mit der Zeit* alt und sterben, Sachen gehen *mit der Zeit* verloren, Gegenstände gehen *mit der Zeit* kaputt. Die Entropie ist das unvermeidliche Abgleiten aller Dinge von einem geordneten Zustand hinein in Unordnung und Bedeutungslosigkeit; Eiswürfel schmelzen, Tee wird kalt, Dächer stürzen ein, Glasvasen werden zerschmissen, Menschen altern, was auch immer wir beiläufig mit dem Vergehen der Zeit assoziieren.

Und während alles zunehmend unordentlich wird, landen immer mehr Dinge am falschen Ort, bis es irgendwann keine falschen Orte mehr gibt, da die größeren Dinge, von denen die kleineren Dinge einmal ein Teil waren, ebenfalls vollständig zerfallen sind. Je weiter sich unser Universum auf einen Zustand maximaler Entropie zubewegt – von einem verwirrenden Haufen kaputter und deplatzierter Dinge über einen Haufen kaum noch zu erkennender Bestandteile zu einem Haufen austauschbarer Partikel –, desto weniger kann tatsächlich passieren und desto langsamer kann sich der Zeitpfeil nur noch vorwärtsbewegen. Um eine Ahnung davon zu bekommen, stellen Sie sich vor, Sie stocherten mit einem Stock in einem Sandhaufen. So viel Sie auch stochern, Sie werden den Sandhaufen nicht unordentlicher machen, da die Sandkörner ohnehin keine Ordnung haben – es spielt keine Rolle, an welche Stelle sich die einzelnen Sandkörner bewegen, es ist einfach nur ein Haufen Sand. Weil es in dem Sandhaufen nicht unordentlicher werden kann, kann die Entropie nicht zunehmen, und daher kann es kein unterscheidbares *Vorher* oder *Nachher* geben, nichts kann passieren, nichts kann sich verändern, oder, um es anders auszudrücken, *es vergeht keine Zeit.*❟

❟ Allerdings befindet sich unser Sandhaufen innerhalb eines größeren geschlossenen Systems (unseres Universums), in dem die Entropie weiterhin zunehmen und die Zeit weiter ablaufen kann. Sie können also durch den Sandhaufen hindurchlaufen und ihn wegfegen, Ihren Namen hineinschreiben, eine Burg daraus bauen, wenn Sie mögen. Aber wenn das gesamte Universum und alles darin (Sie

»Meidet die Welt«, hat Kerouac gesagt, »sie besteht nur aus einer Menge Staub und Mühe und bedeutet am Ende gar nichts.« Nun ja, die Diagnose mag voreilig gewesen sein, aber dass sie wissenschaftlich begründet ist, lässt sich nicht in Zweifel ziehen. Wenn die Entropie ein universelles Maximum erreicht, kann nichts irgendetwas sein oder tun oder bedeuten. Wenn die Tage unseres Universums gezählt sind, wird es nicht auf irgendein großes, höhepunktartiges Ende im Stil der Offenbarung des Johannes zusteuern, sondern sich durch ein zunehmend bedeutungsloses Durcheinander sich zerstreuender Bestandteile schleppen und dann der fadesten, einförmigsten, ganz und gar generischen Mitte entgegenhumpeln, die man sich nur vorstellen kann, um dort zu sterben.

Ich weiß, das ist alles etwas trostlos, aber es ist wichtig, die Fakten zu klären. Es ist auch wichtig und vielleicht sogar ein wenig ermutigend festzuhalten, dass zwischen all der Düsternis und dem Verfall etwas wissenschaftlicher Feenstaub zu finden ist. Wissen Sie, die Entropie und der Zeitpfeil werden nicht von einer unveränderlichen Konstante angetrieben – sagen wir, der Lichtgeschwindigkeit –, sondern von Wahrscheinlichkeit, und nur von Wahrscheinlichkeit. Ich meine damit, dass es keine Regel gibt, die ausdrücklich besagt, dass nicht alles in der Küche durch bloßen Zufall von einem ungeordneten in einen geordneten Zustand fallen, hüpfen oder auf irgendeine Weise überwechseln kann. Nur ist die Wahrscheinlichkeit, dass dergleichen geschieht, so frappierend, unglaublich, schwindelerregend, unvorstellbar gering im Ver-

selbst eingeschlossen) denselben Zustand maximaler Entropie erreicht hätten wie der Sandhaufen, dann wäre das gänzlich unmöglich. Es gäbe kein Außen, von dem aus man hineinschauen könnte. Die Entropie könnte nicht zunehmen, also gäbe es keine Möglichkeit für echte, bedeutsame Veränderungen, und nichts könnte oder würde je geschehen. Der Zeitpfeil würde schlicht zum Stehen kommen.

gleich zur üblichen »Von geordnet zu ungeordnet«-Bewegung, dass wir aus praktischen Gründen sagen, es würde nie passieren.

Aber es könnte.

Man müsste unzählige Milliarden von Küchen unzählige Milliarden von Jahren lang beobachten, um auch nur einen flüchtigen Blick auf etwas Derartiges zu erhaschen, aber – es könnte theoretisch passieren.

Was wäre es für ein Gefühl, so etwas zu erleben?

Überwiegen würde wohl der Eindruck, dass es sich um Zauberei handelte, dass etwas Unmögliches passiert wäre – ein Besuch aus dem Feenland. Aber wäre da nicht auch das Gefühl, auf irgendeine Weise in der Zeit zurückgereist zu sein?

7

Der Brief

Ich räumte in einer Art Trance die Küche auf, ganz und gar gefangen genommen von der Tätigkeit des Ordnens und Wiederherstellens, und zog eine tiefe Befriedigung daraus, die Teller, Tassen und Pfannen einander zuzuordnen und die jeweiligen Garnituren hinter Schranktüren und Schubladenblenden verschwinden zu lassen. Ich war gerade damit fertig, den Boden zu wischen, und schüttete graues Wasser in die Toilettenschüssel, als es an der Wohnungstür klopfte.

Danni Grayson aus der Wohnung über mir stand in der Tür, die Arme voller Post, sämtlich für Imogen oder mich bestimmt und sämtlich im Laufe der letzten drei Wochen versehentlich bei ihr gelandet. Ihre Miene sagte: *Wie schwer kann das eigentlich sein* und *Menschenskinder*, und meine sagte: *Entschuldigung* und *Wem sagst du das*. Das Problem bestand schon so lange, dass wir nicht darüber reden mussten.

Ich trug den Stapel in die Küche und begann, ihn durchzusehen. Werbung, Mahnung, Werbung, Werbung, Mahnung, Mahnung, Werbung, Kontoauszüge, Mahnung, Mahnung, Mahnung. Und dann –

»Oh.«

Das Wort kam unwillkürlich hervor, als meine Brust sich vor Überraschung zusammenzog.

Ich stand stocksteif da, die Mahnung in meiner Hand schwebte noch über dem Stapel auf dem Küchentresen.

Ein schlichter kleiner, von Hand beschrifteter Umschlag

war in dem Haufen massengefertigter Plastikfensterbriefe aufgetaucht. Mein Name und meine Adresse standen in sorgfältigen kleinen schwarzen Majuskeln darauf, und das Ganze war mit einer vollkommen gerade ausgerichteten erstklassigen Marke gekrönt.

Ich wusste sofort, dass der Brief von Andrew Black war.

»Oh«, sagte ich noch einmal.

Ich hatte geglaubt, ich würde diese säuberliche schwarze Schrift nie wiedersehen.

Die Geschichte war ziemlich berühmt. Ich kannte sie so gut wie jeder andere, wahrscheinlich sogar besser als die meisten anderen:

Vor sechs Jahren hatte Andrew Black seine schriftstellerische Karriere, *Cupid's Engine* und alles andere aufgegeben. Er hatte einen Megabestseller veröffentlicht und war dann verschwunden. Selbst die wenigen Menschen, die ihn kannten, die mit ihm an seinem Roman gearbeitet hatten, hörten nie wieder von ihm. Hätte man mich gezwungen, einen Grund dafür zu nennen, hätte ich vielleicht gesagt, dass *gewisse Umstände* zu dieser Entscheidung geführt und ihn dazu gebracht hätten, jegliche Verbindungen zur Welt, insbesondere aber seine literarischen Verbindungen zu kappen, dass jedoch nichts davon mit mir zu tun habe. Ich hätte gesagt, wir seien nach dem Tod meines Vaters eine Zeit lang *Bekannte* – Freunde wäre übertrieben – gewesen, aber eigentlich hätte ich damit gerechnet, von ihm zu hören, wenn sich die Lage beruhigt hatte. Oder zumindest hätte ich damit gerechnet, dass *irgendjemand* von ihm hören würde. Doch soweit ich wusste, war das nicht der Fall gewesen.

Nicht bis zu diesem Augenblick.

Ich wendete den Umschlag in den Händen.

Der Stempel verriet mir, dass der Brief schon vor Wochen abgeschickt worden war. Während ich ihn aufriss, verspürte ich einen Anflug von Nervosität. Small Talk, Höflichkeiten, einfach nur mal Hallo sagen – das war nicht Andrew Black. Das hier bedeutete, dass irgendetwas passierte oder dass bereits etwas passiert war und ich erst jetzt davon erfuhr.

Im Inneren des Umschlags fand ich ein einzelnes Polaroidfoto und einen kleinen gefalteten Zettel.

Das Foto zeigte eine schwarze Kugel, die auf etwas lag, bei dem es sich vermutlich um Andrews Schreibtisch handelte. Er hatte ein Lineal neben den Gegenstand gelegt, und auch wenn das Bild ein wenig verschwommen war, schien es auf einen Durchmesser von etwa zehn Zentimetern hinzuweisen. Viel mehr konnte ich nicht erkennen, teils wegen der Unschärfe des Fotos, aber auch weil die Kugel so vollkommen schwarz war. Der diffuseste Sichelmond aus Licht, der die linke Seite des Gegenstands streifte, und ein ebenso vager Schatten auf dem Tisch zu seiner Rechten waren das Einzige, was seine Dreidimensionalität verriet.

Das Objekt – worum auch immer es sich handelte – war schwarz wie ein Loch.

Und es gefiel mir nicht.

Ich schreibe das nicht leichthin. Ich habe lange darüber nachgedacht, ob ich meine Reaktion hier überhaupt schildern soll, aber Tatsachen sind Tatsachen. Ich mochte das Bild nicht, als ich es zum ersten Mal sah. Ob wir darauf etwas geben sollten, ob es etwas bedeutet – das ist eine gänzlich andere Frage.

Ich legte das Polaroid aus der Hand und faltete Andrews Brief auf.

Nur neun Wörter, jedes in derselben präzisen Handschrift:

Thomas,
was glaubst Du, was das ist?
Andrew Black

8

Die Maria-Magdalena-Methode

»Nein«, sagte Sophie Almonds.

Ich hatte kaum Zeit gehabt, Blacks Brief und das Bild der schwarzen Kugel zwischen uns auf den Tisch zu legen. Sie schaute gerade lange genug darauf, um die Handschrift auf dem Brief zu erkennen, dann schossen ihre hellblauen Augen nach oben und blickten in meine, unbewegt wie ein Boot auf stiller See.

»Aber was ist das?«, sagte ich, den Gegenstand auf dem Bild meinend.

»Ich weiß nicht, eine Billardkugel? Warum hat er dir das geschickt?«

»Warum tut Andrew Black irgendetwas?«

Sie antwortete nicht.

»Vielleicht weil … na ja. Meinen Vater hat er ja nicht mehr –«

Sophie verschränkte die Arme.

»Davon fangen wir nicht wieder an.«

Sophie arbeitete bei Hayes & Heath als Literaturagentin. Das hieß, sie beschaffte ihren Klienten – zu denen ich gehörte – Verträge und Vorschüsse für deren Romane oder was auch immer sie ihnen an Aufträgen verschaffen konnte. Ich nahm alles, was sie mir anbot, was zu diesem Zeitpunkt, offen gestanden, nicht viel war, aber ich hatte immer den Eindruck, dass sie das nicht daran hinderte, es weiter zu versuchen. Leider war Sophie theoretisch auch Andrew Blacks Agentin, und mit ihr über den Brief zu sprechen, war daher ein wenig … *problematisch.*

Sophie achtete stets darauf, niemals mit dem einen Klienten über den anderen zu reden – und noch weniger, wenn es um Andrew Black ging. Bei ihm war es auch persönlich: Man konnte manchmal, bei bestimmter Beleuchtung, sehen, wie sich ihr Kiefer bei der Erwähnung seines Namens ganz leicht verkrampfte. Vor etwas über sechs Jahren hatte Sophie Almonds den Buchdeal des Jahrzehnts an Land gezogen, nur damit er ihr aufgrund von Blacks sonderbaren Marotten (er hätte es »Prinzipien« genannt) dann um die Ohren flog. Hätte es irgendjemand anderen gegeben, mit dem ich über Black und seinen Brief hätte sprechen können, dann hätte ich es getan.

Ich fuhr trotzdem fort. »Ich fürchte, er könnte in Schwierigkeiten stecken«, sagte ich und stützte die Ellbogen auf den Tisch. »Ich glaube, das könnte ein … kein Hilfeschrei, aber … Es ist, als gäbe er sich so mysteriös wie möglich, nur damit ich ihm antworte.« Ich wartete ab, doch Sophie schwieg. »Ich habe lange darüber nachgedacht«, sagte ich. »Ich meine, warum schreibt er sonst nichts? Warum schickt er nur das hier? Ich habe seit Jahren nichts von ihm gehört, und jetzt … Er will sicherstellen, dass ich antworte. Das und das«, ich machte eine Handbewegung zu dem Polaroid und dem Brief, »das ist ein Köder, oder? Und ein ganz guter noch dazu.« Ich drehte den Brief um und zeigte ihr die Adresse auf der Rückseite. »Er will mir mitteilen, wo er ist, und er will sicherstellen, dass ich ihm zurückschreibe.«

»Und tust du das?«

»Ja. Na ja. Das habe ich zumindest vor.«

Sophies blaue Augen waren hart und strahlend wie poliertes Glas. Es kam mir vor, als würde ich aufgetrennt, Naht für Naht.

»Aber du hast noch nicht zurückgeschrieben, das willst du mir doch sagen, oder?«

»Nein, ich habe noch nicht zurückgeschrieben«, sagte ich.

»Gut.« Ihre Augen zuckten von meinen zur Themse, die vor dem Fenster des Pubs vorbeifloss. »Dann tu es auch nicht. Es ist besser so.«

Sophie Almonds war etwa 1,65 Meter groß und hatte schulterlanges dunkelbraunes, zunehmend silbern durchwirktes Haar, das sie oft mit einem schlichten schwarzen Haargummi zurückband. Sie war eine stille, wachsame Frau mit großen, ausdrucksvollen Augen und dem sehnigen Körperbau einer Langstreckenläuferin. Sie erinnerte mich an einen drahtigen kleinen Raubvogel in ödem Moorland, der stets aufmerksam bleiben muss, um zu überleben. Ich hatte einmal gedacht – vielleicht wegen der Art und Weise, wie sie sich bewegte, und dieser kühlen, unnachgiebigen Augen oder vielleicht auch wegen ihres kleinen schwarzen Notizbuchs, in dem die Hälfte aller Geheimnisse der Welt verborgen zu sein schienen –, ich hatte also einmal gedacht, dieser Sophie-Vogel könnte vor langer Zeit einmal eine Sphinx gewesen sein, die von irgendeinem großen Sagenhelden besiegt worden war und nun in deutlich einfacheren Verhältnissen leben musste. In jedem Fall hatte ich immer den Eindruck gehabt, es wäre sehr unklug, sie zu verärgern oder zu unterschätzen.

Ich nahm an, dass Sophie Almonds um die vierzig Jahre alt und möglicherweise skandinavischer Abstammung war. Ich wusste das jedoch nicht sicher, da sie alle persönlichen Informationen so fest verschlossen hielt wie die Angelegenheiten ihrer Klienten. Und wie gesagt, es war nie klug, zu tief in sie zu dringen, wenn es nicht unbedingt notwendig war.

»Ich mache mir Sorgen um ihn«, bekräftigte ich nochmals.

»Ich möchte dir vorschlagen«, sagte Sophie nach einem Augenblick und schob langsam die Finger ineinander, »dass du dieses Bild und diesen Brief wieder in den Umschlag steckst und mir den Umschlag dann gibst.«

»Warum?«

»Damit ich ihn mit nach Hause nehmen und verbrennen kann.«

Ich sah sie an. »Ist das nicht ein bisschen übertrieben?«

»Nein, eigentlich nicht. Zum einen finde ich, wir sollten Andrew Blacks Adresse nicht irgendwo herumliegen lassen, wo man sie finden könnte. Meine Agentur vertritt immer noch seine Interessen, und das bedeutet auch, seine Anonymität so gut zu schützen, wie wir nur können.«

Ich zog die Augenbrauen hoch.

Sophie seufzte. »Also gut, hör zu. Du solltest darauf nicht antworten. Wenn du mich um Rat bittest, dann ist das der Rat, den ich dir gebe: *Antworte nicht darauf.*«

»Okay.«

»Gut.«

»Nein, ich meine, *okay, aber …*«

»Was, aber?«

»Ich weiß, dass du ihn nicht magst.«

Sophie wartete schweigend, dass ich weitersprach.

»Und ich kann es dir auch nicht verübeln«, sagte ich. »Du hast ihm einen großartigen Deal für den Rest seiner Serie beschafft, und er zieht einfach los und …«

Sophie sah mich an.

»… macht, was er gemacht hat«, schloss ich schwächlich.

Ein winziges Lächeln ohne jede Wärme durchbrach ihre gefasste Miene.

»Den Rest der Serie«, sagte sie und stieß ein leises Geräusch irgendwo zwischen irritiertem Seufzen und bitterem Lachen aus. Es war ein gefährliches Geräusch; es lag zersplittertes Glas darin.

Ich wartete einen Augenblick lang, ließ etwas Zeit vergehen.

Die Uhr tickte, und der Fluss strömte dahin.

»Hör zu«, sagte ich, »ich weiß, es ist nicht ideal, gerade dir damit zu kommen, aber ich glaube, er könnte in Schwierigkeiten stecken.«

»Er steckt nicht in Schwierigkeiten.«

»Bist du dir da ganz sicher?«

Sophie antwortete nicht.

»Siehst du? Denn er würde nie einfach jemanden um Hilfe bitten, oder? Er würde nie einfach sagen, was er auf dem Herzen hat. Er kann sich nicht verhalten wie ein normaler Mensch, und das hier hat eine solche Dringlichkeit –« Ich schob ihr den Brief hin. »Ich … bin wirklich besorgt um ihn.«

»Warum?«

»Was meinst du damit?«

»Tom. Du magst ihn doch auch nicht.«

»Das. Das stimmt ni–«

»Natürlich stimmt es.«

Ich sah Sophie an.

»Natürlich stimmt es«, sagte sie noch einmal. »Und das macht ja auch nichts. Warum *solltest* du ihn mögen? Und warum solltest du dir so viele Gedanken um ihn und sein verdammtes Buch machen, Tom? Vielleicht solltest du besser einmal darüber nachdenken als über …« Sie machte eine Handbewegung zu dem Blatt Papier vor ihr.

Ich sah ihr weiter in die Augen.

»Ich bin *besorgt* um ihn«, sagte ich. »Und das hier …« Ich schob das Polaroid in den gefalteten Bogen. »Was auch immer das ist, es macht mir ebenfalls Sorgen.«

Sophie sah mich unverwandt an. Dann verschränkte sie wieder die Arme und begann, mein Gesicht, meine Miene zu erforschen, sich einen Weg nach drinnen zu suchen.

»Geht es wieder um diese Geschichte?«, fragte sie schließlich. »Diese ganze Entropie-und Ende-der-Welt-Geschichte?«

»Schau es dir einfach an.«

Es dauerte eine Zeit lang, aber schließlich senkten sich Sophies Augen von meinen auf das Bild vor ihr, und sie sah es sich vielleicht zum ersten Mal wirklich an. Zwei akkurate kleine Runzeln erschienen über ihren Augenbrauen. Sie nahm das Polaroid und inspizierte es so eingehend wie ein Juwelier einen Edelstein. Sie neigte und drehte es hierhin und dorthin, hielt es ins Licht, nahm die Rückseite in Augenschein und legte es schließlich wieder neben Andrews Brief. Sie stupste das Bild mit dem Zeigefinger an – tipp, tipp, tipp –, bis die beiden Gegenstände vollkommen gerade nebeneinanderlagen, und betrachtete sie schweigend. Als sie wieder zu sprechen begann, tat sie es in leisem, gleichmäßigem Tonfall, ohne den Blick vom Tisch zu heben:

»Tom, weißt du, was eine Waschbärenfalle ist?«

»Ich … Nein, offen gestanden nicht.«

»Das ist eine ganz clevere Geschichte«, sagte sie, den Blick noch immer auf das Foto und den Brief geheftet. »Als Erstes braucht man einen Käfig, einen ganz kleinen Käfig, sagen wir, so groß wie eine Teekanne. Dann befestigt man den Käfig am Boden und legt etwas Glänzendes hinein.«

»Etwas Glänzendes?«

»Es spielt keine Rolle, was – etwas Glitzerndes, einen Kristall, einen Diamanten, wenn man möchte. Es kommt nur darauf an, dass das glänzende Ding zu groß ist, um es durch die Gitterstäbe des Käfigs zu ziehen.«

Sophie blickte kurz zu mir auf.

»Okay«, sagte ich.

»Und wenn alles eingerichtet ist, geht man nach Hause und lässt es dort zurück. Dann kommt der Waschbär. Er sieht das glänzende Ding und versucht, es durch die Gitterstäbe zu ziehen. Er versucht es immer wieder, denn offenbar lieben Waschbären glänzende Dinge, aber er schafft es nicht. Er kann es aber auch nicht bleiben lassen; er ist körperlich nicht in der Lage, den gefundenen Schatz wieder loszulassen, also bleibt er einfach an Ort und Stelle und hält ihn fest. Selbst wenn man morgens mit einem Sack zurückkommt und er wegrennen will, bringt er es nicht über sich, den Gegenstand loszulassen, weil er zu glänzend und wunderbar und faszinierend ist.«

»Und dann hat man ihn.«

»Dann hat man ihn. Man macht den Käfig los, hebt ihn zusammen mit dem immer noch daran hängenden Waschbären hoch und steckt beides in den Sack.«

»Und du glaubst, so etwas ist das hier?«

»Das frage ich mich«, sagte Sophie und starrte wieder auf die beiden Dinge auf dem Tisch.

Einige Augenblicke vergingen. Sophie starrte immer noch, in Gedanken verloren.

»Sophie?«

»Dann knotet man den Sack zu und wirft ihn in den Fluss.«

»Was?«, sagte ich, und als sie nicht antwortete: »Du machst Witze, oder?«

Als sie aufblickte, war ihre Miene durchaus ernst.

»Darf ich dir etwas zeigen?«, sagte sie.

»Ja. Ja, natürlich.«

Meine Agentin griff neben ihren Stuhl und stellte eine kleine schwarze Handtasche auf den Tisch. Sie zog ihr Portemonnaie heraus, öffnete es und entnahm einem der zahlreichen Fächer ein kleines Rechteck aus gräulichem Papier.

»Lies das doch bitte mal.«

Das Rechteck entpuppte sich als ein säuberlich gefaltetes Stück Zeitungspapier. Es ließ sich zu einer langen, dünnen Textspalte auseinanderfalten. Eine alte Rezension von *Cupid's Engine.*

Ich begann zu lesen. *Auf verblüffende Weise durchkreuzte Erwartungen, unzählige überraschende Wendungen, makellose Umsetzung.* So ging es immer weiter, die Begriffe *Meisterwerk* und *Genie* tauchten auf, die Rezension erfüllte ihren Dienst doppelt, dreifach, zog mit fortschreitender Länge sämtliche Aufgeregtheitsregister und ließ jeden Versuch einer unvoreingenommenen, kritischen Auseinandersetzung mit etwas, was letztlich doch nur ein Krimi war, weit hinter sich.

»Wow«, sagte ich, faltete den Zeitungsausschnitt wieder zusammen und gab ihn ihr zurück.

»Allerdings.«

»Ich glaube, das Buch hat ihr gefallen.«

»Allerdings«, sagte Sophie wieder. »Ich habe die Rezension seinerzeit ausgeschnitten und behalten, einfach weil ich so etwas noch nie gesehen hatte. Und weil ich mich so freute, Teil von etwas so Besonderem zu sein, weißt du? Heute trage ich sie als Erinnerung mit mir herum.«

»Woran?«

»Wegzurennen«, sagte sie einfach. »Wenn jemals wieder ein Roman wie *Cupid's Engine* auf meinem Tisch landet, renne ich weg. Niemand schafft so etwas«, sie hielt die Besprechung hoch, »niemand schafft es, ein solches Buch zu schreiben und dabei annähernd bei Verstand oder normal zu bleiben. Hast du auch nur die geringste Ahnung, wie viel Arbeit, wie viel Konzentration das erfordert?«

»Schon.«

»Dann weißt du auch, dass jeder, der vollbringt, was Black vollbracht hat, potenziell ein sehr gefährlicher Mensch ist.«

»Was? Ich glaube nicht –«

»Ach, *komm schon*, Thomas«, sagte sie. »Du hast das Buch doch gelesen. Wie lang ist es – tausend Seiten? Und in dem ganzen Ding ist nicht ein Wort zu viel. Was er da geleistet hat, wie er mit den Erwartungen der Leser spielt. Irgendwann glaubt man, oben wäre unten und schwarz wäre weiß.« Sie schob mir das Foto der Kugel hin. »Du hast recht, es ist ein Köder, aber es ist kein *ziemlich guter*. Es ist ein genialer und – das verspreche ich dir – ein ausgesprochen gut durchdachter Köder. Warum, um Himmels willen, hältst du es für eine gute Idee anzubeißen?«

Ich lehnte mich auf meinem Stuhl zurück, ohne recht zu wissen, was ich darauf erwidern sollte.

»Ich sage dir nur meine Meinung«, sagte Sophie, »und meine Meinung ist, dass du dich komplett von der Sache fernhalten solltest. Jemand mit einem Hirn wie Andrew, nun ja, der ist zu allem imstande. Er kann dich alles tun und denken lassen, kann dich alles *sein* lassen.«

»Ach, komm schon«, sagte ich, nachdem ich mich etwas besonnen hatte. »Ich meine, ich würde nie abstreiten, dass er ein großer Schriftsteller ist, aber –«

»Was glaubst du, was die Welt ist, Thomas? Nein, antworte nicht sofort. Denk in Ruhe darüber nach. Besteht die Welt, in der du tagein, tagaus lebst, eher aus Steinen und Gras und Bäumen oder aus Artikeln, Zertifikaten, Aufzeichnungen, Akten und Briefen? Besteht sie eher aus Erde und Flüssen und Sand oder aus Gedanken und Ideen, Überzeugungen und Ansichten? Oder lass mich anders fragen: Ist es eine Welt, in der neun Wörter« – sie klopfte mit den Fingerknöcheln auf Andrews Brief – »neun auf die genau richtige Weise präsentierte Wörter einen halbwegs vernünftigen Menschen dazu bringen können, sich blindlings ins Unbekannte zu stürzen und einen Ort aufzusuchen, an dem er nie zuvor gewesen ist?«

»Ich habe nicht gesagt, dass ich hingehen will.«

»Natürlich willst du hingehen. Das will ich dir ja gerade sagen. Bei jemandem wie Black könntest du ihn für deinen Freund halten, du könntest das Gefühl haben, irgendetwas mit ihm gemeinsam durchzumachen, obwohl er dich die ganze Zeit über wie eine Marionette über den Rand einer verdammten Klippe tänzeln lässt.«

»...«

»Ach, schau mich nicht so an.« Sophies Wangen röteten sich. »Du weißt, wovon ich rede, sonst hättest du ihm einfach zurückgeschrieben, ohne zu mir zu kommen, um ... um mich nach meiner verdammten Erlaubnis zu fragen.«

Ich setzte zu einer Erwiderung an, aber die Worte wollten nicht herauskommen.

Ein unangenehmes Schweigen stellte sich ein.

»Nicht über eine Klippe«, sagte ich dann leise.

»Was?«

»Um ehrlich zu sein, hat er mir vor allem gesagt, dass ich ein lausiger Schriftsteller bin. Er hat mich nicht über eine Klippe tänzeln lassen. Das hat er mit dir getan.«

Sophie starrte mich an, ihre großen Vogelaugen suchten mein Gesicht nach Bedeutung ab, als wäre diese Bedeutung eine verängstigte Maus, die durchs Heidekraut flieht. Und dann – lachte sie. Es war ein müdes Lachen, ein Lachen zum Spannungsabbau, ein Lachen, das *Ach, verdammte Scheiße* sagte, während man im Stuhl zusammensackte.

»Es tut mir leid«, sagte ich.

»Ach, Tom. Hör zu, kannst du es bitte einfach gut sein lassen? Ich schlafe besser, wenn ich weiß, dass er einfach … weg ist.«

Ich schaute auf die beiden Dinge auf dem Tisch. Ich nickte.

»Heißt das Ja?«

»Es heißt: *Ich gebe mir Mühe.*«

Sophie Almonds stieß einen langen, tiefen Seufzer aus. Sie nahm den Zettel in die Hand.

»Ich wäre ganz und gar nicht überrascht, wenn das das Längste wäre, was er seit *Cupid's Engine* geschrieben hat. Du bist dir doch sicher bewusst, dass dieser Text gemäß der vertraglichen Bedingungen streng genommen seinem Verlag gehört?«

»Bin ich.«

»Bist du.« Sie hielt das einzelne Blatt Briefpapier hoch, wie um sein Gewicht zu prüfen. »Was meinst du? Der lang erwartete zweite Roman von Andrew Black?«

Ich starrte auf das Papier mit den neun säuberlichen kleinen Wörtern darauf, das zwischen ihrem Zeigefinger und Daumen herabbaumelte.

»Das müsste man ziemlich locker setzen«, sagte ich.

»Ich könnte mir durchaus vorstellen, dass sie es versuchen würden.« Sie faltete den Brief und steckte ihn wieder in den Umschlag. »Aber ersparen wir ihnen die Mühe.«

»Ja, das wird wohl das Beste sein.«

Sie steckte auch das Polaroid in den Umschlag und schob ihn mir zu. »Du solltest dir die Mühe auch sparen«, sagte sie. »Im Ernst.«

Ich nahm den Brief und steckte ihn in die Jackentasche.

In diesem Moment fiel ein Schwarm alter Erinnerungen über mich her. Sie schwebten tief in meinen Gedanken, lungerten um dieses Treffen mit Sophie herum, wie sie es immer taten, jede von ihnen durch starke Abnutzung zu einem Einzelbild aus einem Film destilliert – *Die Erinnerung an die offene Ledertasche*, *Die Erinnerung an das an Lackfarbe herunterrinnende Wasser*, *Die Erinnerung an die Glasscherben auf der Fußmatte* –, jede von ihnen am Rand meiner Gedanken flatternd und flügelschlagend, angezogen vom Licht unseres Gesprächs.

Ich hob mein Glas und nahm einen langen, tiefen Zug, während ich sie im Geiste zu verscheuchen versuchte.

»Hätte es etwas geändert, wenn er mehr geschrieben hätte?«, sagte ich und stellte das Glas ab. »An deiner Meinung über ihn, meine ich.«

»Wenn er mehr Bücher geschrieben hätte? Nein«, sagte Sophie. »Aber es hätte geholfen, das Haus abzubezahlen. Das wäre immerhin etwas gewesen.«

»Mein Vater hielt große Stücke auf ihn.«

Sophie sah mir unverwandt in die Augen.

»Dein Vater, über den wir nicht sprechen wollen, hielt große Stücke auf seine *Begabung*.«

Sie nahm ihr Portemonnaie vom Tisch, öffnete den Reißverschluss und steckte den Zeitungsausschnitt wieder hinein. Sie wollte es gerade in ihre Tasche zurücklegen, als ihr Blick auf mein beinahe leeres Glas fiel.

»Noch eins?«, sagte sie.

o

»Tom, hast du schon mal von einem Frederick J. Klaeber gehört?«

Sophie war mit zwei Gläsern von der Bar zurückgekehrt. Ich hatte gedankenverloren aus dem Fenster auf den Fluss gestarrt.

»Was? Entschuldige … Von wem?«

»Frederick J. Klaeber«, sagte sie, reichte mir eines der Gläser und setzte sich. »Großer Akademiker. Einer der ersten Übersetzer von *Beowulf.*«

»Tut mir leid, ich weiß nicht viel über *Beowulf.*«

Das stimmte. Aus irgendeinem Grund hatten meine Eltern nie ein Exemplar von *Beowulf* besessen, und ich hatte nie das Bedürfnis verspürt, mir selbst eines zu besorgen.

Sophie wirkte überrascht. »Wirklich nicht?«

»Ich meine, ich kenne die Geschichte, aber ich weiß nichts über den geschäftlichen Hintergrund.«

»Interessiert es dich denn?«

»Klar.«

»Na schön. Also, das Problem an Mr Klaebers Übersetzung von *Beowulf*«, sagte Sophie, »beginnt mit dem altenglischen Wort *aglæca.*«

»Und was bedeutet …« Mein Mund scheute wie ein Pferd vor dem Becher's Brook.

»*Aglæca.*«

»Ja. Was bedeutet es?«

»Na ja, das ist es eben. Niemand weiß es. Die Bedeutung des Wortes ist verloren gegangen, und wir können nur Mutmaßungen darüber anstellen, anhand der Art und Weise, wie es in der Geschichte verwendet wird. Aber Klaebers Mutmaßung im Jahr 1922 war ein wenig … suspekt.«

»Inwiefern?«

»Nun ja, das Wort kommt in *Beowulf* mehrmals vor. Zum Beispiel wird es verwendet, um Grendel, Grendels Mutter und den Drachen am Schluss zu beschreiben.«

»Okay, dann heißt es so etwas wie ›Monster‹?«

»Aha. Das sagt auch Mr Klaeber. In seinem Buch, das im Übrigen als Goldstandard der *Beowulf*-Forschung gilt, übersetzt er *aglæca* mit … Moment.« Sophie nahm ihr kleines schwarzes Notizbuch aus ihrer Tasche und blätterte darin, bis sie fand, was sie suchte. »›Monster, Dämon, Unhold‹. Bei Grendels Mutter ist das Wort zu *aglæc-wif* abgewandelt.«

»›Weiblicher Unhold‹?«

»Klaeber entscheidet sich charmanterweise für ›Biest‹ oder ›Monster von einer Frau‹, und die späteren Übersetzungen folgen alle seinem Beispiel.« Sophie blätterte um. »›Monströses altes Weib‹ ist Kennedys Auslegung, ›hässliches Trollweib‹ heißt es bei Trask, ›Monsterfrau‹ bei Chickering, ›Frau, Monsterweib‹ bei Donaldson. Selbst Seamus Heaney hat *aglæc-wif* mit ›monströse Höllenbraut‹ übersetzt, kannst du das glauben?«

»Kann ich«, sagte ich. »Ich meine, ich wüsste nicht, was dagegenspräche. Wo liegt das Problem?«

»Das Problem liegt darin, dass *aglæca* in dem Gedicht auch in Bezug auf Beowulf selbst vorkommt.« Sophie schlug ihr Buch mit einem theatralischen Knall zu. »Was sagst du dazu?«

Ich dachte darüber nach.

»Beowulf war doch kein Monster, oder?«

»Nein, und wenn das Wort in Bezug auf Beowulf vorkommt – wirklich exakt das gleiche Wort, ja? –, übersetzt Mr Frederick J. Klaeber es mit ›Krieger, Held‹«.

»Hmm.«

»Ja.«

»Klingt, als hätte Mr Klaeber eher spontan entschieden.«

»Schon, oder? Ein Professor namens …«, wieder das Notizbuch, »… Sherman Kuhn macht den sehr vernünftigen Vorschlag, *aglæca* mit ›ein Kämpfer, mutiger Krieger, gefährlicher Gegner, jemand, der erbittert kämpft‹ zu übersetzen.«

»Du willst auf irgendetwas hinaus.«

»Will ich. Weißt du, Grendel und der Drache sind eindeutig als Monster beschrieben, aber nichts in *Beowulf* deutet darauf hin, dass Grendels Mutter eine ›monströse Höllenbraut‹ oder ein ›Trollweib‹ oder irgendetwas in der Art wäre, eigentlich ganz im Gegenteil. Sie ist eine Kriegerin, eine fähige, mächtige Frau, die Beowulf in jeder Hinsicht ebenbürtig ist.

Dann kommt unser Mr Klaeber daher – dieser eine Mann, der an seinem Schreibtisch sitzt –, und mit ein paar Federstrichen, ein paar Tintenklecksen, verändert er sie. Macht etwas völlig anderes aus ihr. Er reduziert sie auf ›ein Biest‹. *Ein Biest.* Er nimmt sie jedem Schulmädchen weg, jeder jungen Frau, die in dieser Welt aufwächst und zu verstehen versucht, was sie sein kann oder auch nicht, und das über fast hundert Jahre hinweg. Vielleicht sogar für immer, denn Worte haben Macht, wenn sie einmal niedergeschrieben wurden.«

»Die Maria-Magdalena-Methode.«

Sophie nickte. »Die Maria-Magdalena-Methode.«

Ich starrte in meinen Drink, unsicher, was ich noch sagen sollte. Ein Satz von Paul Auster ging mir durch den Kopf – *Ein Wort wird zu einem anderen Wort, ein Ding zu einem anderen Ding* –, aber ich sagte nichts. Der große Zeiger tickte um die große Uhr an der Bar herum, die Themse floss dahin, und die Entropie des Universums nahm stetig zu.

»Warum hast du Notizen zu *Beowulf*? Wird es ein Buch darüber geben?«

Ich sagte nicht: »Schreibt einer deiner Klienten über *Beowulf*?«, aber das Resultat war nichts als eine leicht abgewandelte Version derselben Frage, und als ich die Worte aus meinem Mund dringen hörte, wusste ich, dass Sophie nicht darauf antworten würde.

»Irgendwer muss ja den Überblick behalten.« Sie zuckte mit den Schultern. »Frederick J. Klaeber hieß eigentlich auch gar nicht Frederick, er hieß Friedrich.«

»Im Jahr 1922? Na ja, das kann man ihm nicht vorwerfen.«

»Nein, kann man nicht.« Sophie sah mich mit ihren blauen Augen unverwandt an. »Aber man kann festhalten, dass er ein Mann war, der nicht zögerte, die Geschichte umzuschreiben, wenn er es für nötig hielt.«

Ich nahm einen Schluck Bier und stellte das Glas zwischen uns auf den Tisch. Die Schaumkrone war inzwischen ganz eingefallen und hatte nur einen Ring weißer Bläschen und ein paar kleine Inseln aus Schaum hinterlassen, die sich leise sprudelnd auflösten.

»Sophie?«

»Was?«

»Worüber reden wir hier?«

Sophie beugte sich vor und stützte sich auf die Ellbogen. »Nimm ihn mit nach Hause, und verbrenn ihn.«

9

Herbstblätter

Ich verließ den Pub gegen einundzwanzig Uhr und verbrachte zehn Minuten damit, vor einer Bushaltestelle auf der gegenüberliegenden Straßenseite zu stehen, der Kälte zum Trotz froh darüber, draußen zu sein, das Kinn tief in den Kragen meiner Jacke gesteckt, deren Reißverschluss ich bis oben hochgezogen hatte. Ein heftiger, winterlicher Wind blies vom Fluss herauf, Böen rüttelten und brachen sich an mir, erfüllt vom Duft des Regens.

Der Herbst war dieses Jahr früh gekommen, die Blätter hatten sich im Frost rasch verfärbt. Der Wandel hatte mich überrascht, wie er es meistens tat. Ich verbrachte so viel Zeit in der Wohnung und in meinem eigenen Kopf, dass ich kaum bemerkt hatte, wie dem Sommer die Puste ausging, bis ich an jenem Nachmittag vor die Tür getreten war und festgestellt hatte, dass ich zurückgehen und mir eine Jacke holen musste.

Es fühlte sich gut an, wieder draußen in der Welt zu sein, vom stürmischen Wind herumgeschubst zu werden. Es fühlte sich gut an, ein anonymes kleines Zahnrädchen inmitten der zahllosen Straßenlampen, Scheinwerfer, Autos, Passanten, Gebäude, Straßen und Geräusche der nächtlichen Stadt zu sein. Es fühlte sich gut an, mit niemandem zu reden, an nichts zu denken.

Besteht die Welt, in der du tagein, tagaus lebst, eher aus Steinen und Gras und Bäumen oder aus Artikeln, Zertifikaten, Aufzeichnungen, Akten und Briefen?

Ich schob Sophies Frage beiseite und richtete meine Aufmerksamkeit auf *Dinge* – auf die Hunderte von Dingen, die aus Materie, aus chemischen Elementen, aus Schallwellen und Lichtwellen bestanden und überall um mich herum standen oder fuhren oder bummelten oder rollten. Wunderbarerweise hatte nichts davon – in dieser Stadt voller Millionen von Leben und Ziegelsteinen und Lichtern – auch nur das geringste Interesse an mir. Nichts davon hing von meinen Gedanken oder Ideen ab. Die Gebäude und der Verkehr scherten sich einen feuchten Kehricht darum, ob ich Andrew Black antwortete oder mein *Captain-Scarlett*-Skript zu Ende brachte oder einen Anruf von Imogen bekam oder ob es zu einer Überschneidung zweier Leitungen kam, die klang, als würde mein toter Vater auf dem Anrufbeantworter Unsinn reden. Es spielte keine Rolle. Für das große, prächtige, turbulente Gesamtbild spielte es überhaupt keine Rolle. Ich schloss die Augen, spürte den kalten Wind auf meinem Gesicht und lächelte in die Tiefe meines Kragens hinein.

Minuten vergingen.

Ein leichter, eiskalter Regen brauste mit dem Wind heran und stach mir in die Wangen und die Stirn. Es machte mir überhaupt nichts aus. Ein Grüppchen Teenager ging vorbei. Ich sah zu, wie sie auf ihre lärmende, schäkernde Weise die Straße entlangtorkelten. Sie lachten und scherzten trotz des sich verschlechternden Wetters, fröhlich und betrunken, fanden immer neue Möglichkeiten, einander zu berühren, zu schubsen, zum Stolpern zu bringen, so zu tun, als würden sie sich gegenseitig in den heranrollenden Verkehr stoßen. Ich dachte an Imogens Lachen, daran, wie sie sich beim ersten Klingeln des Weckers plötzlich auf mich stürzte und aus Leibeskräften *Achtuuung!* schrie. Ich erinnerte mich daran, wie sie atemlos lachte und wild strampelte, wenn ich sie auf dem Boden festhielt und durchkitzelte, wie sie haltlos kicherte, wenn sie ein YouTube-Video sah, in dem ein Hund namens

Fenton einem Sprung Rehe hinterherjagte. Ich sah sie lachen, bis ihre Augen hell glänzten und ihr die Luft zum Sprechen fehlte. Dann sah ich – wie einen ungeladenen Gast auf einer Party – Sophies hell glänzende Augen, ihre ernste Miene, sah, wie sich ihre Fingerknöchel auf Andrew Blacks Brief senkten.

Klopf.

Klopf.

Klopf.

In meiner Erinnerung war das Klopfen lauter, wie in einer viktorianischen Geistergeschichte, wie der Geist der verdammten zukünftigen Weihnacht.

Gott noch mal, dachte ich.

Manchmal gönnt mir mein Gehirn überhaupt nichts.

Ein Stück die Straße hinauf hatte einer der Jungen eines der Mädchen hochgehoben und rannte durch den Regen mit ihm davon – »*Lass es, Craig! Craig, lass es, Mann, du Arschloch …*«, schrie sie und schlug auf ihn ein, ohne ihn wirklich zu schlagen, während ihnen die anderen lachend hinterherkamen.

Ich lächelte und vergrub die Hände in den Taschen.

Er hat mich nicht über eine Klippe tänzeln lassen. Das hat er mit dir getan. Das hatte ich zu Sophie gesagt.

Verdammter Mist.

Ich spürte das vertraute Flattern tief in meinen Gedanken, die alten Erinnerungen, die sich wieder regten. *Erzähl's ihr doch*, sagten ihre dicken, pelzigen Körper und das *Flapp, Flapp, Flapp* ihrer trockenen Flügel, blattartigen Flügel im Dunkeln. *Erzähl's ihr doch, erzähl's ihr doch, erzähl's ihr doch, erzähl's ihr doch.*

Nach all den Jahren hatten sie ihre Freiheit noch immer nicht aufgegeben.

Ich fuhr mir mit den Fingern durch die nassen Haare, um sie zum Schweigen zu bringen.

Bevor ich mich an jenem Tag mit Sophie getroffen hatte, war ich den ganzen Nachmittag lang von Buchhandlung zu

Buchhandlung gezogen. In jeder einzelnen hatte ich mich für irgendein Buch entschieden, das im selben Regal wie *Cupid's Engine* stand, hatte es herausgezogen und dann über die anderen Bücher hinweggeschoben, bis es mit einem dumpfen Aufschlag in dem dunklen Hohlraum hinten im Regal landete. Ich tat das seit Jahren, und meist ließ ich einen Borges abstürzen, wenn es einen gab. Ich hatte immer gedacht, dass es ihm von allen Schriftstellern am wenigsten ausmachen würde. Jedenfalls entsteht im Regal mehr Platz, wenn man ein einzelnes Buch auf diese Weise entfernt. Diesen Platz nutzte ich, um eine buchgroße Lücke zwischen *Cupid's Engine* und dem nächsten Buch zur Rechten zu schaffen. Es war wohl im Laufe der Zeit zu einer Art Ritual geworden. In jedem Buchladen, den ich betrat, schuf ich einen buchgroßen Raum, eine Lücke, groß genug für Andrew Blacks zweiten Roman. Ich weiß nicht, warum ich damit anfing. Vielleicht dachte ich, wenigstens einer von uns – Andrew, ich, mein Vater – müsste *irgendetwas* veröffentlichen. Der Zeitpfeil musste uns immer weiter eine Vergangenheit, Gegenwart und Zukunft schaffen, und da mein Vater nichts mehr schreiben würde … ach, ich weiß auch nicht. Seit Jahren schuf ich diese Lücken in Londoner Buchhandlungen, auch noch, als ich mir sicher war, dass es niemals ein zweites Buch von Andrew Black geben würde. Ich glaube, in letzter Zeit habe ich wohl begriffen, dass es bei diesen Freiräumen wohl weniger darum ging, Raum für etwas zu schaffen, als darum, ein Loch anzuerkennen.

Ich stampfte mit den Füßen, um etwas Wärme zurückzugewinnen, und sah zu, wie die Teenager in einer Bar ein Stück die Straße hinauf verschwanden. Ich ließ einen langen Seufzer entweichen, der als Dampf aus meinem Kragen aufstieg. Vor sechs Jahren hatte Andrew Black Sophie Almonds über eine Klippe geschickt, und es war offensichtlich, dass sie es ihm niemals verzeihen würde. Aber die schiere Heftigkeit ihrer Reaktion hatte mich dennoch überrascht. Und dass sie gesagt hatte, ich wolle mich bei ihr vergewissern, hatte mich auch überrascht. Wollte ich wirklich die Erlaubnis, ihn zu kontaktieren? Ich wusste es nicht. Wenn ich mir diese Frage stellte, kam nichts weiter zurück als das vage geistige Bild, mich durch ein Brombeergestrüpp zu kämpfen. Das Gestrüpp hatte keine schlechten Absichten, soweit ich erkennen konnte – keine Spur von Sophies Waschbärenfalle –, es war einfach nur ein Brombeergestrüpp, aber dicht und dornig war es doch. *Und irgendwann*, schien das Bild zu sagen, *wirst du vielleicht nicht mehr so leicht hinausfinden.*

Ich sog durch meinen Kragen Luft ein und richtete meine Aufmerksamkeit auf die hypnotische, endlose Parade von Scheinwerfern, die sich auf der Straße auf mich zubewegten. Irgendwann bog am anderen Ende der Straße ein Bus um die Ecke, und ich reihte mich in die schlurfende, im Regen glitzernde Schlange ein, die sich bildete, um ihn zu begrüßen.

o

Vielleicht wollte ich nicht so schnell schon wieder in unserer leeren kleinen Wohnung sein, vielleicht wollte ich mich noch etwas länger draußen in der Welt der Dinge aufhalten, oder vielleicht hatte ich es die ganze Zeit über halb vorgehabt. Was auch immer der Grund war, ich stieg an jenem Abend ein paar Haltestellen zu früh aus dem Bus aus und machte mich auf, um den Rest des Weges nach Hause zu Fuß zu gehen.

Mein Weg führte mich am Victoria Park entlang, wo der Wind große Schwärme abgefallener Blätter aufpeitschte und sie um die Wette taumeln und fauchen, im Gehen an meinen Beinen vorbeiwirbeln und sich in Sturmfontänen höher und höher hinauf bis unter die Straßenlampen schrauben ließ. In einer so stillen und leeren Straße war der Lärm unglaublich.

Während ich mich mit gesenktem Kopf und zusammengekniffenen Augen durch den Blattsturm vorankämpfte, kam mir eine Geschichte in den Sinn, die Sophie mir vor ein paar Monaten erzählt hatte. Fast immer, wenn ich sie sah, hatte Sophies kleines schwarzes Büchlein einen Auftritt, enthielten seine Seiten die Einzelheiten einer neuen Geschichte, einige neue Namen, Daten und Fachbegriffe, auf die sie immer wieder zurückgriff, während sie mir etwas Bemerkenswertes erzählte. Einmal hatte sie mir von Johann Fust erzählt, dem zwielichtigen Geschäftspartner von Johannes Gutenberg, Erfinder der Druckerpresse. Offenbar hatte Fust Gutenberg hintergangen, war wegen Hexerei festgenommen worden und war – einigen Historikern zufolge – zur Inspiration für Marlowes *Doctor Faustus* geworden. Ein anderes Mal erzählte sie mir, wie ein Mann namens Thomas Harvey das Gehirn Albert Einsteins gestohlen, es dreißig Jahre lang in einem Bierkühler aufbewahrt und es studiert hatte, indem er in seiner Freizeit immer wieder ein Stückchen davon abschnitt. Harvey wurde zum Trinkkumpan von William Burroughs, und Burroughs prahlte vor Freunden gern, er könne sich jederzeit ein paar Stücke von Einsteins Gehirn beschaffen. Es gab noch viele weitere Geschichten, von konkurrierenden Algorithmen, die dazu führten, dass ein Buch über Fliegen-DNS bei Amazon für 23 698 655,93 Dollar angeboten wurde, bis zur Herkunft des Wortes *ampersand* und zu dem kurzen Zeitraum, in dem das »&« nach dem »Z« im Alphabet auftauchte. Doch die Geschichte, die mir an jenem Abend einfiel, diejenige, an die ich mich erinnerte, während ich mir durch die wirbelnden, strudelnden Blätter den Weg nach Hause bahnte, handelte von einer Mathematikerin namens Barbara Shipman.

Shipman forschte an der University of Rochester im Bundesstaat New York, und sie studierte »Mannigfaltigkeiten«, also exotische, theoretische Gebilde, die durch komplexe Rechenvorgänge beschrieben werden. Bizarrerweise lassen sich Mannigfaltigkeiten in weit mehr Dimensionen als den drei von uns wahrnehmbaren nachweisen. Im Besonderen arbeitete Shipman mit einem sechsdimensionalen Gebilde, das als »Fahnenmannigfaltigkeit« bekannt ist. Wie soll ein dreidimensionales menschliches Wesen ein theoretisches, sechsdimensionales Gebilde verstehen können? Gar nicht. Man muss einen Weg finden, das Gebilde auf eine Art und Weise zu visualisieren, die zu begreifen der menschliche Verstand tatsächlich in der Lage ist, und das erreicht man im Allgemeinen durch die detaillierte Betrachtung von Schatten, die auf eine plane Oberfläche wie eine Wand geworfen werden (*Sehr zur Freude aller Platon-Fans*, hatte Sophie gesagt). So wie ein dreidimensionaler Würfel einen Schatten werfen kann, der als ein zweidimensionales Rechteck erscheint, kann eine Fahnenmannigfaltigkeit dazu gebracht werden, einen eigenen komplexen zweidimensionalen Schatten zu werfen, den das menschliche Gehirn begreifen und mit dem es arbeiten kann. Ich nehme an, dass jede Menge Mathematiker den Schatten einer Fahnenmannigfaltigkeit berechnet und projiziert haben, aber als Barbara Shipman es tat, kollidierte ihr Leben als Mathematikerin auf unerwartete Weise mit einem anderen Teil ihrer Existenz, und zwar ausgerechnet mit ihrem Leben als Tochter eines Imkers. Aufgrund dieser Kollision sah Barbara Shipman etwas in dem Schatten der Fahnenmannigfaltigkeit, was noch niemand zuvor gesehen hatte.

Wissen Sie, während die Mathematiker ihre Mannigfaltigkeiten untersuchten, standen die Imker vor einem ganz eigenen Rätsel. Seit Jahrtausenden sind sie verwundert über eine seltsame kleine Übung, die Kundschafterbienen bei ihrer Rückkehr in den Bienenstock vollführen. Bei dieser als Schwänzeltanz bekannten seltsamen Aufführung bewegt sich die Kundschafterin in einer Reihe von Kreisen und Achten, während sie die hintere Körperhälfte an verschiedenen Stellen des Vorgangs vibrieren lässt. Auf diese Weise scheint sie den übrigen Bienen bemerkenswert präzise Wegbeschreibungen zu den besten Pollenquellen zu übermitteln, aber wie um alles in der Welt die Kundschafterbiene durch einen so einfachen kleinen Tanz derart komplexe Daten übermitteln kann, war immer ein Rätsel geblieben. Zumindest bis Barbara Shipman den Schatten ihrer Fahnenmannigfaltigkeit betrachtete und darin nicht nur die komplexe Geometrie eines theoretischen sechsdimensionalen Gebildes sah, sondern das vertraute Schwänzeln der Bienen ihres Vaters.

Im alltäglichen Leben lässt sich das leicht vergessen, aber logische Schlussfolgerungen müssen nicht immer langweilige, prosaische Angelegenheiten sein. Manchmal ist eine logische Schlussfolgerung so wild, so wunderbar bizarr, dass nur die Tatsache, dass es sich um eine logische Schlussfolgerung handelt, einem geistig gesunden Menschen erlaubt, sie sich überhaupt vorzustellen. Die aus Barbara Shipmans Beobachtung zu ziehende logische Schlussfolgerung lautet: Auch wenn wir als menschliche Wesen unser Leben gänzlich in den bekannten drei Dimensionen leben, tun Bienen es nicht. Bienen sind sich des sechsdimensionalen Raums vollauf bewusst, und sie sehen und kommunizieren in allen sechs Dimensionen. Was heißt das in der Praxis? Wie sieht die Welt für eine Biene aus? Wie sehen wir für sie aus, während wir unserem dreidimensionalen Tagewerk nachgehen? Es ist unmöglich zu sagen, weil der menschliche Verstand vollkommen unfähig ist, die Antworten auf diese Fragen zu verstehen. Es gibt dort draußen Dinge, die wir schlicht nicht begreifen können.

Ich ließ meine Finger über die kalten Außengeländer des Parks gleiten, während ich durch die blattumtoste Nacht ging, und stellte mir vor, wie Barbara Shipman am Tag ihrer Entdeckung aufwachte, sich wie sonst auch die Zähne putzte, sich anzog und frühstückte und sich dann für einen scheinbar gewöhnlichen Tag bereit machte. Die Wahrheit ist, dass niemand von uns die geringste Ahnung hat, was auf uns zukommt, wenn wir morgens aufstehen. Ein Telefon klingelt, ein Schatten tanzt über eine Wand, ein Flugzeug stürzt ab, ein

Brief kommt aus heiterem Himmel, und ehe wir wissen, wie uns geschieht, ist die Welt eine andere.

Ich blieb auf der Straße nach Hause an einer windigen Kreuzung stehen; überall um mich herum überschlugen sich die wehenden Blätter. Wenn ich links abbog, würde ich in weniger als fünf Minuten zurück in der Wohnung sein. Wenn ich der am Park entlangführenden Straße weiter folgte, würde sie mich zu dem roten Briefkasten gegenüber der verrammelten alten Kirche an ihrem Ende führen.

Ich öffnete den Reißverschluss meiner Jackentasche und zog Andrew Blacks Brief heraus. Der hungrige Wind riss und zerrte daran, aber ich hielt ihn eisern fest.

Nimm ihn mit nach Hause, und verbrenn ihn, hatte Sophie gesagt.

Ich starrte auf meinen Namen und meine Adresse auf der Vorderseite des Umschlags, der wild zwischen meinen Fingern flatterte, freizukommen versuchte. Ich spürte die Kanten des Polaroidfotos im Inneren.

Was glaubst Du, was das ist?

Du hast recht, es ist ein Köder. Warum, um Himmels willen, hältst du es für eine gute Idee anzubeißen?

Ich griff in die Manteltasche auf der anderen Seite und zog einen zweiten Umschlag heraus. Dieser war an Andrew Black adressiert – meine Antwort, fertig geschrieben, frankiert und bereit zum Absenden.

Du solltest darauf nicht antworten. Wenn du mich um Rat bittest, dann ist das der Rat, den ich dir gebe: Antworte nicht darauf.

Der Wind ließ eine Sturzwelle aus Blättern an mir vorbeirauschen, die auf die alte Kirche mit dem Briefkasten davor zujagte und zustürzte. Ich steckte beide Hände – und beide Briefe – in die Jackentaschen, senkte den Kopf und folgte ihr.

o

Zwei, drei, vier Minuten lang stand ich vor dem Briefkasten.

Jetzt wirf ihn doch einfach ein. Es ist doch nur ein Brief.

Meine Hand rührte sich nicht.

»Verflucht noch mal.«

Ich wollte nicht noch weitere fünf Minuten lang wie ein Idiot dastehen, also ging ich über die Straße, stieg über den alten Zaun und setzte mich auf die Stufen der mit Brettern zugenagelten Kirche, Blacks Brief in einer Hand, meine Antwort in der anderen.

»Verflucht noch mal, Sophie«, sagte ich.

Das ist noch etwas, was ich Ihnen über Sophie Almonds hätte sagen sollen – wenn sie einem einen Rat gab, dann hatte sie fast immer recht. Je länger ich sie kannte, desto weniger ließ sich diese schlichte Tatsache abstreiten.

»Verflucht noch mal.«

An der Kirche standen noch mehr Bäume, die gefallenen Blätter waren noch zahlreicher und peitschten und taumelten in Schwärmen dahin, während der eisige Wind um den kleinen Friedhof herum die Muskeln spielen ließ.

Ich streckte die Arme aus, hielt beide Briefe in den Wind, und sie flatterten und bebten heftig, versuchten, sich loszureißen. Es wäre eine Leichtigkeit gewesen, einfach loszulassen. Die Blätter türmten sich so hoch, wahrscheinlich hätten die Briefe einfach unbeachtet zwischen den verwitterten Grabsteinen gelegen, bis sie im steten Wechsel von winterlichem Schnee und Tauwetter vermulcht wären. Der Faden dieser ganzen Geschichte würde einfach davonwehen und wäre verschwunden. Nichts würde darauf folgen: keine Antworten, keine Probleme, keine Entscheidungen, nichts. *Schalt den Computer aus – klick, und das war's.*

Ich hielt die Hände noch ein wenig höher. Sophie hatte sich alle Mühe gegeben, mich zu überreden, die ganze Geschichte loszulassen, und mit der winzigsten Bewegung könnte ich genau das tun.

In einem geschlossenen System kann die Entropie nicht abnehmen, dachte ich und sah diese farbigen Plastikbuchstaben zu Hause auf dem Kühlschrank vor mir. Ich dachte an Imogen, so weit fort von zu Hause, und daran, was wohl aus unserer Ehe werden oder auch nicht werden würde, wenn sie zurückkehrte. Ich dachte an zerschlissene Telefonkabel und gekreuzte Leitungen über leeren Feldern und an all die Stille und all den Lärm zwischen meinem Vater und mir. Ich fühlte die Umschläge in meiner Hand, und ich dachte: *Früher konnte ein Garnknäuel den Weg aus einem Labyrinth aufzeigen.* War Blacks Kugel ein Garnknäuel? Ich dachte: *Natürlich ist es ein Köder*, und: *Hüte dich vor Wachbärenfallen, die Antworten versprechen.* Ich dachte: *Es gibt kein Labyrinth, keinen allumfassenden Plan. Nur Chaos und Zusammenbruch. Dinge fallen einfach auseinander.* Ich dachte: »*Ich spreche zu Gott, aber der Himmel ist leer.*«

Ich schloss die Augen und konzentrierte mich auf das Brausen der Blätter überall um mich herum.

In einem geschlossenen System kann die Entropie nicht abnehmen.

10

Ein anderer Name für Gott

Der zweite Hauptsatz der Thermodynamik besagt: *In einem geschlossenen System kann die Entropie nicht abnehmen.* Einstein hielt den Zweiten Hauptsatz der Thermodynamik für das eine Gesetz, das nie würde revidiert oder korrigiert werden müssen, und der Astronom Arthur Eddington formuliert es sogar noch entschiedener: »*Wenn sich herausstellt, dass Ihre Theorie gegen den zweiten Hauptsatz der Thermodynamik verstößt, kann ich Ihnen keine Hoffnung machen; ihr bleibt nichts weiter, als in tiefster Demut zusammenzubrechen.*«

Es ist wohl ganz lustig, dass die Wissenschaft das Gesetz der Entropie, das Gesetz der unvermeidlichen Zerstörung seinerseits, als geradezu einzigartig unzerstörbar betrachtet. Einstein war sich sicher, dass es in sämtlichen ihm nachfolgenden Generationen keinen Wissenschaftler geben würde, der die Wände dieses Leitsatzes einreißen oder auch nur den eigenen Namen in den Putz kratzen könnte. Sollte der große Mann damit recht behalten, wird die Architektur des zweiten Hauptsatzes niemals bröckeln, seine Vergoldung wird niemals abblättern, seine Statuen werden unverwittert und unberührt stehen bleiben, unverändert und ewig, für alle Zeit. Während alles andere zerfällt, wird der zweite Hauptsatz selbst fortbestehen. Im Reich der wissenschaftlichen Theorien stellt der zweite Hauptsatz der Thermodynamik etwas ziemlich Bemerkenswertes dar – ein perfektes, immerwährendes Paradies.

Und wie jedes anständige Paradies hat es die Tendenz, Schlangen anzulocken.

Ehe wir fortfahren, sollte ich sagen, dass wir, wenn wir von Entropie sprechen, nicht nur über das Durcheinandergeraten der gegenständlichen Welt sprechen. Entropie hat auch mit der Fähigkeit zu tun, das zu verrichten, was Wissenschaftler »nützliche Arbeit« nennen. Das heißt, man könnte sagen, dass sich eine aufgeladene Batterie oder eine aufgezogene Uhr in einem Zustand niedriger Entropie befinden, so wie eine aufgeräumte Küche. Während die Uhr abläuft oder die Küche unordentlich wird, nimmt ihre Entropie zu. Es ist alles der gleiche Vorgang; die Regeln ändern sich nicht, ob wir nun von einer gespannten Feder oder einem aufgeräumten Schrank reden. Und tatsächlich war es den Viktorianern gar nicht darum zu tun, irgendeinen grundlegenden Mechanismus der Zeit ans Licht zu bringen, als sie auf diese Prinzipien stießen; sie versuchten, etwas viel Praktischeres zu erreichen. Ihre Absichten sind bis heute sichtbar, sie sind erhalten in den Namen der Gesetze selbst, wie versteinerte Farne in Kohle: Thermodynamik. Wärme, Bewegung, *Kraft*. Sie wollten ihre Maschinen leistungsstärker machen.

Der erste Hauptsatz der Thermodynamik besagt, dass Energie nicht geschaffen oder vernichtet werden, sondern nur von einem Zustand in einen anderen umgewandelt werden kann. Die Viktorianer entdeckten den zweiten Hauptsatz, während sie zu verstehen versuchten, warum diese Umwandlungen nie zu 100 Prozent effizient waren, warum jeder einzelne Wechsel – Kohle in Wärme, Wärme in Dampf, Dampf in Bewegung – bedeutete, auf dem Weg etwas Energie einzubüßen.

Letztlich ist es so: *Alle* geordneten Konzentrationen von irgendetwas unterliegen den Auswirkungen der Entropie. Eiswürfel schmelzen, Batterien werden leer, Sterne verglühen, und der Tee in Ihrer Tasse wird kalt. Schon die Wahrscheinlichkeit sagt, dass Ihr Tee in der Vergangenheit wärmer war und in der Zukunft kälter sein wird, während seine Wärme von einer geordneten Position (vollkommen konzentriert und in Ihrer Tasse enthalten) zu einer zunehmend ungeordneten Position (als Dampf in der Luft verteilt, in Ihren Schreibtisch und Ihre Hand eingesickert und irgendwann im Universum verströmt) übergeht.

Der zweite Hauptsatz der Thermodynamik beharrt darauf, dass Sie Ihre Teetasse nicht wieder warm machen können, ohne zusätzliche »geordnete« Energie von außerhalb (beispielsweise die Elektrizität eines Mikrowellenherds) zuzuführen. Stellen Sie sich doch einmal vor, wie eine Teetasse ihren Dampf wieder einsaugt und heißer wird – das sieht doch aus wie in einem rückwärts ablaufenden Film, oder? Als würde sich der Tee in der Zeit rückwärts bewegen. Wir wissen, dass das im wahren Leben nicht geschieht. Die Zeit bewegt sich nicht nach Gutdünken in die Richtung, die ihr gefällt, da unser alter Freund, das Unberechenbar Riesige Gewicht der Wahrscheinlichkeit, das Universum stetig von geordnet zu ungeordnet und den Zeitpfeil von der Vergangenheit in die Zukunft treibt. Der zweite Hauptsatz

Sprachliche Paradoxe werden von modernen Denkern als die elementarste und am einfachsten lösbare Form des Paradoxons betrachtet. Ein gutes Beispiel für ein sprachliches Paradox ist »Diese Aussage ist unwahr«, wodurch behauptet wird, wenn die Aussage wahr sei, sei sie eigentlich unwahr, und wenn sie unwahr sei, sei sie eigentlich wahr, was unmöglich erscheint. In Wirklichkeit ist die Lösung einfach – die Sprache ist ein Produkt des menschlichen Denkens und der inneren Vorgänge des Gehirns; sie ist gar kein eigenständiger Teil des externen, logischen, physikalischen Universums und muss daher die Gesetze der Wissenschaft oder der Mathematik nicht befolgen oder widerspiegeln. Damit kann eine Aussage wahr und unwahr zugleich oder auch weder wahr noch unwahr sein, denn das menschliche Gehirn ist ein überaus widersprüchlicher Ort und vollauf imstande, viele unvereinbare Dinge zugleich zu denken. Die Tatsache, dass wir uns in der modernen Welt noch immer schwertun zu begreifen, wie offensichtlich das ist, vermittelt einen Eindruck davon, welche Macht ein Konzept wie jenes der Zwei Bücher in vergangenen Zeiten gehabt haben muss und wie riesig und mächtig der dem zugrunde liegende Gedanke einheitlicher physikalischer/linguistischer Wahrheit oder Unwahrheit in der abendländischen Kultur war und noch immer ist. Ich halte es für wahrscheinlich, dass menschliche Wesen eine gewisse kognitive Neigung zum Konzept der linguistisch-physikalischen Vernetztheit haben (davon bald mehr), doch scheint sich das im Westen durch den Sieg des protoorthodoxen Christentums über andere frühe Sekten wie die Gnostiker im zweiten Jahrhundert enorm verstärkt und zu einer einheitlichen Form verhärtet zu haben. Durch den Sieg der Protoorthodoxie wurde sichergestellt, dass die Bibel – und infolgedessen auch alle anderen Bücher – buchstäblich statt bildhaft ausgelegt wurde, in der Übereinkunft, dass das Wort Gottes (und damit auch alle Wörter und Sätze, die in der Bibel und – da diese Wörter und Sätze nicht allein der Bibel vorbehalten waren – anderswo vorkamen) wörtlich verstanden und als göttlich, unfehlbar und absolut wahr begriffen werden sollte. Der Sieg der Protoorthodoxie vor achtzehnhundert Jahren wirkt sich in diesem Augenblick sehr stark darauf aus, wie Sie die Wörter auf diesen Seiten lesen und auslegen. Hätte der Standpunkt der Gnostiker obsiegt, wäre unser Verhältnis zu Texten – und infolgedessen auch zu Sprache und Denken – heute ein deutlich anderes.

der Thermodynamik verfügt über dieses enorme Gewicht der Wahrscheinlichkeit, das ihm Rückhalt verleiht, und das macht »von ungeordnet zu geordnet« und »von Zukunft zu Vergangenheit« so astronomisch, so unvorstellbar unwahrscheinlich, dass wir derlei ebenso gut als unmöglich betrachten könnten – und es für gewöhnlich auch tun – und es nie, nie, wirklich *nie* im Rahmen von Beobachtungen oder Experimenten sehen. *Entropie kann niemals abnehmen.* Sich selbst überlassener Tee wird einfach nur lauwarm. Wenn Sie Ihren Tee wieder heiß (oder geordnet) haben möchten, müssen Sie dafür bezahlen, und Sie bekommen jedes Mal etwas weniger zurück, als Sie bezahlt haben. Keine Ausnahmen, kein Schummeln. Die Regeln dieses wissenschaftlichen Paradieses sind absolut, sind unbeugsam. Einstein hat uns das gesagt, und in Anbetracht der Tatsache, dass Einstein ein wenig wie Gott an einem freien Tag aussieht, sollten wir uns vielleicht einmal einen Augenblick lang vorstellen, wie wir an der Seite dieses großen Mannes über die makellosen Rasenflächen des zweiten Hauptsatzes spazieren, während er ein weiteres Mal erklärt, dass es nur böse enden kann, wenn man das Gesetz bricht. »In tiefster Demut zusammenbrechen«, sagt er, ehe er zwischen den Apfelbäumen davonschlendert. Als er fort ist, hören wir besorgt, wenn auch nicht überrascht, wie etwas durch das Gras auf uns zugleitet …

Etwas über ein Jahrzehnt nachdem Rudolf Clausius erstmals formulierte, was als der zweite Hauptsatz der Thermo-

Wie die Wissenschaften haben auch Geschichten Gesetze. Der Gedanke eines spiegelbildlichen, ja sogar interaktiven Verhältnisses zwischen wissenschaftlichen/physikalischen Systemen auf der einen und narrativen/linguistischen Systemen auf der anderen Seite ist eine sehr alte Art und Weise, die Welt zu begreifen, wenngleich auch eine, deren Zeit, wie sowohl die Modernisten auf der Seite der Wörter als auch jeder vernünftige Wissenschaftler auf der Seite der Geschöpfe Ihnen gern versichern werden, vorbei ist.

dynamik bekannt werden sollte, präsentierte im Jahr 1850 ein schottischer Mathematiker namens James Clerk Maxwell im Rahmen eines öffentlichen Vortrags ein simples Gedankenexperiment. Dieses Gedankenexperiment würde fast achtzig Jahre lang ein Stachel im Fleisch der Physiker sein, da es zu demonstrieren schien, dass es unter den richtigen Bedingungen *doch* möglich war, auf einfache und regelmäßige Weise gegen den zweiten Hauptsatz zu verstoßen und seine Teetasse wieder heiß zu machen, ohne dabei ein einziges Joule Energie aufzuwenden. Maxwell schlug einen Prozess vor, der ohne erkennbaren Aufwand die Auswirkungen der Entropie umkehrte, und das bedeutete im Grunde, den Fluss der Zeit umzukehren.

Diese Schlange im Gras wurde als Maxwells Dämon bekannt.

✱ Im Mittelalter war der Glaube weitverbreitet, dass Gott nicht eines, sondern zwei Bücher verfasst habe: das Buch der Schrift (die Bibel) und das Buch der Geschöpfe (die gegenständliche Welt). Man glaubte, die beiden göttlichen Bücher spiegelten einander auf so perfekte Weise wider, dass das Studium des einen auch Einblick in das andere gewähre. Zwischen den beiden Studien zu wechseln, so glaubte man, würde dem mittelalterlichen Gelehrten daher den besten Überblick über die Schöpfung geben.

So funktioniert das Gedankenexperiment: Stellen Sie sich einen Kasten mit zwei getrennten Fächern vor.

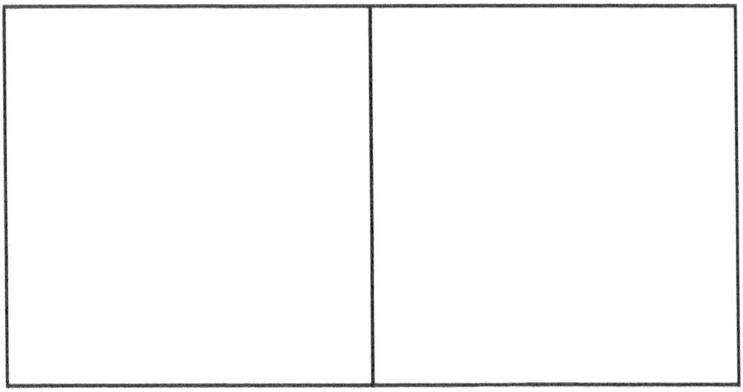

Der Kasten ist mit gewöhnlicher zimmerwarmer Luft gefüllt, und beide Fächer sind vollständig versiegelt. Kein einziges Molekül kann hinein oder heraus.

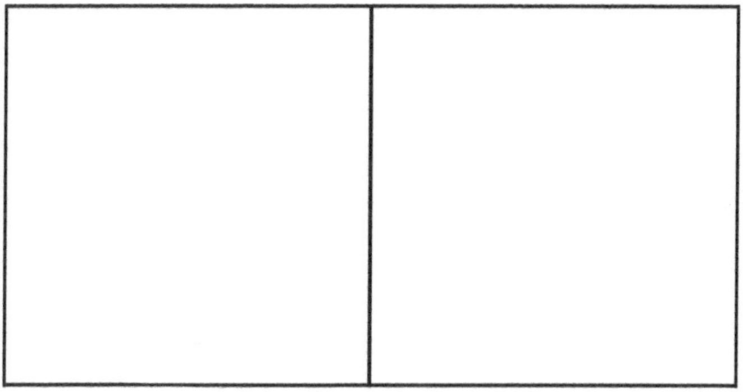

Oder Moment. Wir müssen noch ein wenig über Luft reden, ehe wir fortfahren.

Luft ist ein Gasgemisch, was bedeutet, dass es sich im Grunde um leeren Raum handelt, der spärlich mit Molekülen bevölkert ist, und diese Moleküle schwirren umher und tun, was ihnen gefällt.

Einige der Moleküle haben mehr Energie als andere, und diese schwirren schneller umher. Die Gesamttemperatur der Luft wird durch die jeweilige Menge der schnellen und langsamen Moleküle vorgegeben, aus denen sie besteht. Gibt es viele schnelle Moleküle, ist die Luft warm. Gibt es viele langsame Moleküle, ist sie kalt. Aufgrund der Entropie bleiben die Moleküle nicht gern ordentlich konzentriert in heißen oder kalten Bereichen – sie wollen sich vermischen, sich verdünnen, sich in Richtung einer mittleren Temperatur von maximaler Entropie bewegen. Das lässt sich recht einfach beobachten, indem man die Kühlschranktür einige Stunden lang auflässt oder an einem kalten Tag das Wohnzimmerfenster öffnet. Die Unordnung nimmt zu, was im Fall der Temperatur bedeutet, dass sich schnelle und langsame Moleküle vermischen, bis die Temperatur lau und einheitlich ist.

Also gut, kehren wir zu unserem versiegelten Kasten zurück.

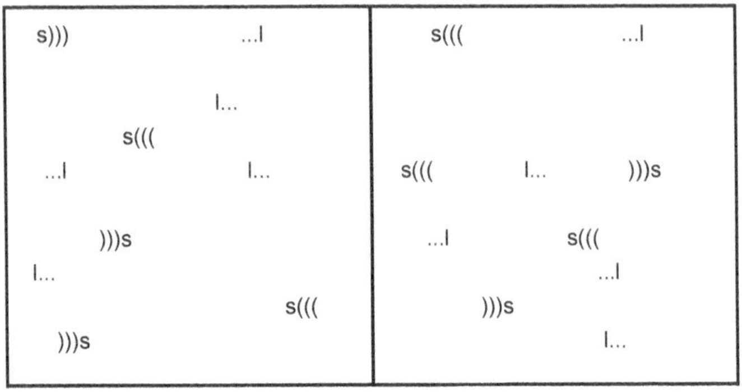

s(((= *schnelles, energiereiches Molekül* l... = *langsames, energiearmes Molekül*

Der Kasten enthält dieselbe gleichmäßig gemischte zimmerwarme Luft, aber aufgeteilt in zwei luftdicht verschlossene Fächer. Zwischen den beiden Räumen gibt es keinen Temperaturunterschied. Die Entropie ist in beiden maximal – es ist keine weitere Veränderung möglich, da eine weitere Vermischung die Luft nicht ungeordneter machen könnte.

Stellen Sie sich nun eine Klappe in der Trennwand zwischen den beiden Fächern vor:

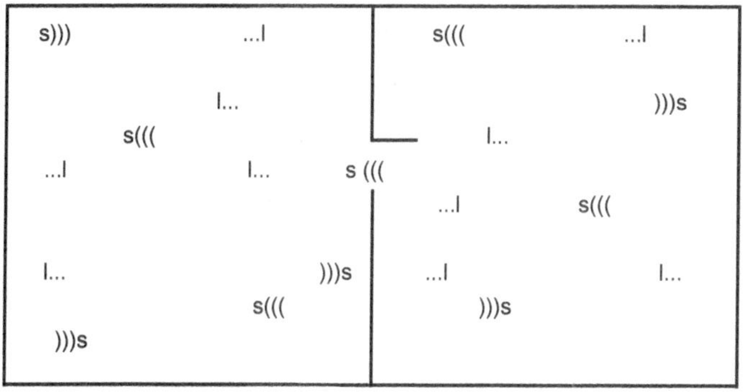

Die Klappe ist so klein und öffnet und schließt sich so schnell, dass immer nur ein einzelnes Luftmolekül hindurchgelangen kann. In unserem ersten Test öffnet und schließt sich die Klappe willkürlich. Hin und wieder bewegt sich ein Luftmolekül hindurch, mal von rechts nach links, mal von links nach rechts. Mal ist es ein schnelles, energiereiches Molekül, mal ein langsames, energiearmes.

Wie zu erwarten, ergibt sich daraus kein Unterschied für die Temperatur innerhalb der beiden Fächer, da es gleichermaßen wahrscheinlich ist, dass sich Moleküle in die eine wie die andere Richtung bewegen, und keine Energie aufgewandt wird, um die Entropie im Inneren umzukehren (es ist zu beachten, dass die Klappe dem System keine Energie zuführt, sie öffnet und schließt sich einfach nur, lässt dabei gelegentlich ein Molekül hindurch und nimmt ansonsten keinen Einfluss auf die Luftmoleküle im Inneren). Bis hierhin keinerlei Überraschungen und keine Kontroverse, alles ist genau so, wie vom zweiten Hauptsatz vorgegeben.

Nun kommt unser Dämon hinzu:

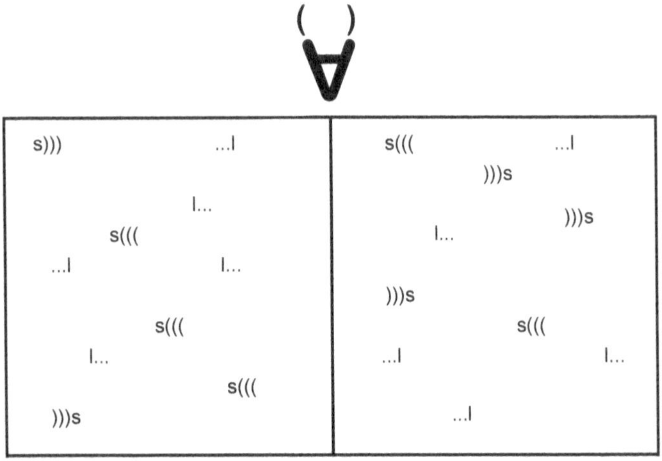

Führen wir das Experiment noch einmal durch – versiegelter Kasten, zwei mit Luft gefüllte Fächer, eine Klappe –, aber diesmal öffnet sich die Klappe nicht willkürlich. Stattdessen wird ihre Bewegung durch den Verstand eines kleinen Dämons gesteuert. Maxwells Dämon ist so klein und seine Sehschärfe so hoch, dass er die einzelnen Moleküle sehen kann, die sich der Klappe nähern. Der Dämon sorgt dafür, dass sich die Klappe nur dann für langsame Moleküle öffnet, wenn sie sich von rechts nach links bewegen, und für schnelle Moleküle nur dann, wenn sie sich von links nach rechts bewegen.

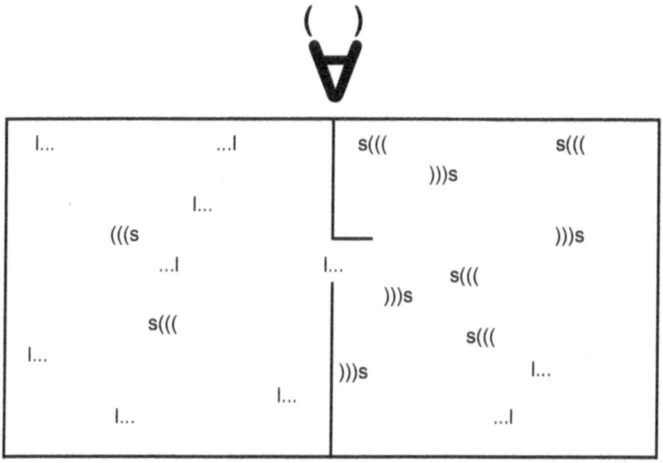

Mehr braucht er nicht zu tun. Die Temperatur in der linken Kammer wird fallen, während sich der Anteil der langsamen Moleküle darin erhöht, und in der rechten Kammer wird sie steigen, während sich die schnellen Moleküle dort sammeln. Die Kammer öffnet sich genauso oft wie im ersten Experiment, dem System wird also keine zusätzliche Energie zugeführt, aber dem Dämon scheint etwas zu gelingen, was prinzipiell unmöglich sein sollte – er macht das Fach auf der linken Seite kalt und das auf der rechten Seite warm. Er erzeugt Wärme und Kälte (und Ordnung), die buchstäblich aus der Luft gegriffen sind. Anders ausgedrückt, er lässt die Entropie eines geschlossenen Systems *abnehmen*, und das ohne zusätzliche Kosten. Obwohl das dem unumstößlichen zweiten Hauptsatz zufolge niemals geschehen kann. Und dennoch.

Maxwells Dämon erweckt den starken Anschein, die gesamte Ordnung im Universum zu erhöhen, was bedeutet, dass er Dinge von einem ungeordneteren Zustand in der Vergangenheit in einen geordneteren Zustand in der Zukunft überführt. ♣ Oder anders ausgedrückt, er kehrt den Zeitpfeil um.

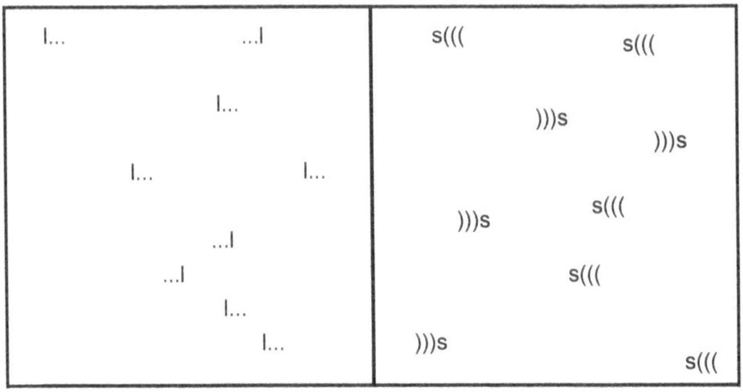

Über hundert Jahre lang haben Wissenschaftler das Problem von Maxwells Dämon erfolglos zu lösen versucht. Die harte Wissenschaft beharrte darauf, der Dämon könne schlicht nicht tun, was er zu tun schien. Der zweite Hauptsatz lässt sich nicht beugen, und er bricht auch nicht.

Ich erinnere mich, dass ich als Kind 1.Mose 1,2 verstörend und fesselnd fand, so sehr steckte es voller mächtiger, traumartiger Symbolik und – so erschien es mir immer – unlogischer und widersprüchlicher Informationen und schien auf eine sonderbare, unbegreifliche Existenzweise hinzudeuten.

Im Laufe der Jahre fanden die Wissenschaftler heraus, dass dort, wo etwas scheinbar im Widerspruch zum zweiten Hauptsatz zu stehen scheint, das geschlossene System üblicherweise nicht so geschlossen ist, wie es scheint – Dinge gelangen von außen herein.*

Interessanter weise vollzieht der Gott des Testaments seine Schöpfungsakte auf eine gespens Art und Weise wie Maxwells Dämon. Das heißt, Gott tendier so sehr dazu, Dinge herbeizuzaubern, als ihnen vie durch trennen, sortieren und arrangieren Forn geben. Zum Beispiel: *»Da schied Gott das Li von der Finsternis«* (1. Mose 1,4), *»Und Gott sp Es werde eine Feste zwischen den Wassern, un Unterschied zwischen den Wassern«* (1. Mose 1,4 *sprach: Es sammle sich das Wasser unter dem Hi sondere Örter, daß man das Trockene sehe«* (1. Mo Buch Mose liefert sogar eine kurze Beschreibung d lichen Universums als einen sonderbaren, hochentro ort: *»Und die Erde war wüst und leer, und es war Tiefe; und der Geist Gottes schwebte auf* (1. Mose 1,2). Gott teilt diesen hochentropischen Nichtraum, um die weniger entropischen Bestandteile Himmelreich, Erde, Tag, Nacht, Himmel, Land und Meer zu schaffen.

* Löcher in geschlossenen Systemen können höllisch schwer zu identifizieren sein. Mitunter jedoch stellt nicht das Loch, sondern der Forscher das Problem dar. Kreationisten haben den Namen des zweiten Hauptsatzes gelegentlich missbraucht und behauptet, in einem geschlossenen System wie der Erde müsste die zunehmende Komplexität sich weiterentwickelnder Lebensformen unmöglich sein. Das ist vorsätzliche Ignoranz zum Zweck der Verbreitung von Fehlinformationen. Jeder, der über die notwendige Intelligenz verfügt, eine

Wir als Spezies scheinen unmittelbar von der Idee des »wahren Namens« angezogen zu werden – dem Glauben daran, den wirklichen Namen von etwas zu kennen oder zu kontrollieren, verleihe uns die Herrschaft oder Kontrolle darüber. Das kleine Kind, »Tyrannosaurus«, Stegosaurus, Triceratops« aufzählt, … det sich in di… nicht vom … Küns…

Es gibt noch ein weiteres faszinierendes und regelmäßig wiederholtes Charakteristikum von Gottes Art des Schöpfens, das hier von Interesse sein könnte, nicht zuletzt da es zahlreiche frühe Beispiele (oder vielleicht auch eine frühe Inspiration) für unseren Hang bietet, an die wissenschaftlich-linguistische Verbindung zu glauben. In den ersten Büchern der Bibel neigt Gott dazu, nicht unmittelbar (physisch) an seiner Welt zu arbeiten, sondern durch die Verwendung von Wörtern; um genauer zu sein, durch Namen. 1. Mose 1,3 ist einer der berühmtesten Bibelverse: *»Und Gott sprach: Es werde Licht! und es ward Licht.«* Aber ist Ihnen einmal aufgefallen, dass zuerst das Wort »Licht« geschaffen wird und das Licht selbst erst später entsteht, so als wäre es durch den Gebrauch des Wortes selbst ins Leben gerufen worden? Dieses Muster wiederholt sich in den ersten Teilen des Buches mehrfach. Später scheint Gott diesen Vorgang in kleinerem Maßstab zu wiederholen, als wir ihn an den Angehörigen seines Volkes herumflicken sehen, indem er deren Namen abwandelt: *»Und Gott sprach abermals zu Abraham: Du sollst dein Weib Sarai nicht mehr Sarai heißen, sondern Sara soll ihr Name sein.«* (1. Mose 17,15).

Mein Onkel hieß Edward, aber alle nannten ihn Ned. Ich weiß noch, wie ich ihn einmal danach fragte, als ich noch klein war – nicht danach, warum er Ned genannt wurde, sondern danach, woher das N am Anfang des Namens kam. Ich muss noch recht jung gewesen sein, denn ich hatte die Sesamstraße geschaut, wahrscheinlich im Haus meines Onkels und meiner Tante am Meer (ich verbrachte dort viel Zeit, nachdem meine Mutter gestorben war), und ich glaubte, dass Buchstaben und Zahlen in physischer Gestalt existieren konnten – erschien beispielsweise eine große »3« aus blauem Schaumstoff auf dem Bildschirm, glaubte ich, was ich sah, sei eine hundertprozentig reale, echte Drei. Ich glaube, ich hatte den vagen Verdacht, Grobi oder Bibo seien irgendwann in der Vergangenheit einmal dort gewesen und hätten meinem Onkel das N (das eindeutig orange war) mitgebracht und er habe irgendwie beschlossen, es vorne an seinen Namen anzuhängen. »Ich werde eben einfach so genannt«, sagte mein Onkel. »So wie wir dich Pip nennen, obwohl du eigentlich Thomas Philip heißt.« Ich versuchte zu erklären, dass die Buchstaben für Pip schon in Philip enthalten waren und die Sache damit ganz anders lag, aber mein Onkel war ein sehr praktisch veranlagter Mensch, und es fiel uns oft schwer, einander zu verstehen. Viele Jahre später lernte ich, dass das N meines Onkels in Wahrheit das Produkt einer Art von Sprachentwicklung war, die Linguisten als »Reanalyse« bezeichnen. Bis in die 1700er-Jahre hinein wurde persönlicher Besitz im Englischen vor mit Vokalen beginnenden Substantiven durch die Wörter »mine« und »thyne« angezeigt, vor mit einem Konsonanten beginnenden Substantiven durch »my« und »thy«. Es gab also viele, die »mine Ed« oder »thine Ed« sagten. Sprechen Sie das einmal laut aus, und Sie werden feststellen, dass es ganz ähnlich wie »my Ned« oder »thy Ned« klingt. Mit der Zeit löste sich das N von »mine« ab und wurde stattdessen an den Anfang verschiedener Vokalsubstantive angehängt, wodurch viele Eds und Anns zu Neds und Nans wurden.

solche Argumentation aufzubauen, müsste doch wissen, dass die Erde kein geschlossenes System ist – Pflanzen, die Grundlage unserer gesamten Nahrungskette (und auch all unserer fossilen Brennstoffe), absorbieren ihre Energie direkt von der Sonne. Während der letzten 3,4 Milliarden Jahre sind wir vollständig von außerhalb unserer Grenzen versorgt worden.

Aber wie kann irgendetwas hineingelangen? Das Wissen des Dämons über Moleküle ist das Einzige, was die Abnahme der Entropie herbeiführt. Der Dämon muss nichts tun, muss keinen Finger krumm machen. Allein dadurch, dass er den Unterschied zwischen einem schnellen und einem langsamen Molekül erkennt, erhöht der Dämon die Ordnung und reduziert die Unordnung innerhalb des Kastens und kehrt die Auswirkungen der Entropie um.

Viele große Denker haben Jahre damit verbracht, die Beschreibung zu zerpflücken, einen Fehler darin zu finden, aber niemandem ist es gelungen. Und das liegt daran, dass es in der Beschreibung keinen Fehler *gibt*. Die Lösung zu Maxwells Dämon ist nicht versteckt, sie liegt ganz offen vor uns. Doch diese Lösung ist so bemerkenswert und schockierend, dass es mehr als eines halben Jahrhunderts und eines besonders brillanten Geistes bedurfte, um sie zu finden. Im Jahr 1929 löste ein Mann namens Leó Szilárd schließlich das Rätsel.

Szilárd begriff, dass nur ein Dämon, der in der Lage war, die Eigenschaften der von ihm sortierten Moleküle zu beobachten und zu verstehen, die Entropie der Luft innerhalb des Kastens reduzieren könnte, während ein Dämon, dem diese Fähigkeiten abgingen, es nicht könnte. Da wir also wissen, dass sich die Ordnung der Luft erhöhen lässt, und da das Wissen des Dämons die einzige Variable ist, die über seinen Erfolg oder sein Scheitern beim Erfüllen der Aufgabe bestimmt, kann dieses Zunehmen der Ordnung und Abnehmen der Entropie nur von einer Sache gespeist werden – *Wissen*.

Kein Gas, keine Elektrizität, sondern allein das *Wissen* des Dämons reduziert die Entropie innerhalb des Kastens. Der Dämon braucht nicht zu handeln – er braucht nur zu wissen. Um zu verstehen, in welcher Weise ein abstraktes Konzept wie Wissen Einfluss auf die harte, gegenständliche Welt der umherschwirrenden Moleküle und thermodynamischen Grundsätze nehmen kann, hilft die Vorstellung, dass der Verstand des Dämons wie eine dieser viktorianischen Maschinen funktioniert. Statt Kohle muss dem Dämon wie allen lebendigen Wesen Nahrung zugeführt werden, damit er funktionieren kann, und zudem muss er lernen, um seine Aufgabe erfüllen zu können. Diese Informationen sind dann auf geordnete Weise in seinem Kopf gespeichert und versetzen sein Gehirn in einen Zustand niedriger Entropie – die intellektuelle Entsprechung einer geladenen Batterie oder eines aufgezogenen Weckers. Natürlich geschehen diese Dinge vor Beginn des Experiments.

Hat sich der Dämon einmal an die Arbeit gemacht, geben die Informationen in seinem Gehirn den Bewegungsumfang vor, der den Molekülen zur Verfügung steht, und reduzieren ihre Entropie, indem sie sie in zwei Fächer aufteilen. Wie viele bereits ahnten, ist das System doch nicht geschlossen – sobald die Energie, die notwendig ist, um den Verstand des Dämons zu speisen, zu trainieren und zu ordnen, in die Gleichung einfließt, lässt sich sogar zeigen, dass die Entropie insgesamt *steigt.* Der zweite Hauptsatz bleibt unverletzt, aber die Tatsache, dass der gut gefütterte und wohltrainierte Verstand des Dämons diese Veränderungen durch nichts weiter als die geordnete Natur seines Wissens herbeiführt, ist bemerkenswert.

Im Jahr 2010 gelang es einem Dr. Shoichi Toyabe von der Chuo University in Tokio, im Labor einen realen Maxwellschen Dämon zu erschaffen. Anstelle zweier verschlossener Fächer entwickelte Shoichi eine winzige Treppe mit einem ebenso winzigen Styroporball. Der Dämon erscheint hier in Gestalt einer an ein Computersystem angeschlossenen Kamera. Die Treppe und der Ball sind so klein, dass der Ball einer sogenannten brownschen Bewegung unterworfen ist – er kann von umherschwirrenden Luftmolekülen angestoßen werden. Unter gewöhnlichen Bedingungen würden diese Luftmoleküle den Ball normalerweise die Treppe hinunterstoßen, doch mitunter ist der Aufprall stark genug, um den Ball eine Stufe emporzustoßen, und an dieser Stelle kommt der Dämon ins Spiel. Das Computersystem ist darauf programmiert, den Ball zu beobachten und unterhalb von ihm ein kleines elektromagnetisches Feld zu aktivieren, sobald er eine Stufe hinaufhüpft. Und so bewegt sich der Ball allein aufgrund der Beobachtung durch den Dämon aufwärts, und nur aufwärts. Auf der obersten Stufe angekommen, fällt er durch eine winzig kleine Turbine hindurch wieder zum Fuß der Treppe und beginnt von Neuem.

Shoichi hat eine Maschine konstruiert, die tatsächlich Information in Energie umwandelt.

Er nennt seine Schöpfung eine *Informationswärmekraftmaschine.*

nur mit einem äußersten Maß an Vorsicht und Respekt. Zu Jesu Zeiten wurde der Name nur einmal im Jahr, nur von einem einzigen Menschen und nur am heiligsten der heiligen Orte gebraucht. Strenggläubigen Juden ist es verboten, das Tetragrammaton niederzuschreiben oder auszusprechen. Wenn notwendig, ersetzen sie es durch einen anderen Namen, »Adonai«. Im Christentum ist das Tetragrammaton nicht verboten, wenngleich es in der Bibel ausgelassen und stattdessen mit einer in Großbuchstaben gesetzten Übertragung von Adonai wiedergegeben wird: ↲

↱ »HERR.« Man vergleiche eine Aussage des russischen Symbolisten Andrei Bely – »Sprache ist das mächtigste Schöpfungsinstrument. Bezeichne ich einen Gegenstand mit einem Wort, bestätige ich damit seine Existenz.« – mit unserem alten Freund 1. Buch Mose 1,3: »Und Gott sprach: Es werde Licht! und es ward Licht.« Beschwören bedeutet, mit dem Namen von etwas oder jemandem dessen Anwesenheit einzufordern, wobei impliziert wird, dass das Objekt einer Beschwörung zum Erscheinen gezwungen ist. Gleichermaßen beinhaltet »Anrufung« den spezifischen Gebrauch von Sprache, um etwas zu sich zu bringen (traditionell ein höheres Wesen – einen Gott, einen Geist oder eine Muse, heute üblicherweise eher ein Gesetz, eine Regel oder die Arbeit eines respektierten Experten), mit der ausdrücklichen Absicht, die Macht dieses Etwas mit der eigenen Absicht übereinzubringen.

✱ Es gibt eine Fülle weiterer Beispiele für »wahre Namen«; ich will nur einige nennen. Den europäischen Mythen zufolge konnten Feen keine Zauber über Kinder sprechen, ohne deren Namen zu kennen, und Kinder, die nicht getauft waren – und folglich keine Namen hatten –, konnten geraubt und durch Wechselbälger ausgetauscht werden. Rumpelstilzchen konnte erst gebannt werden, als sein Name bekannt war, und sein Comic-Vetter Mister Mxyzptlk konnte nur in die fünfte Dimension zurückgeschickt werden, wenn Superman ihn durch eine List dazu brachte, den eigenen Namen rückwärts aufzusagen. In vielen Kulturen wird von Frauen erwartet, dass sie bei der Heirat ihren Nachnamen aufgeben, ein Brauch, der von modernen Frauen zunehmend abgelehnt wird. Im 1. Buch Mose → Adam erhält die Erlaubnis, die Tiere zu benennen, und zugleich gewinnt er die Herrschaft über sie. Über den Mathematiker Alexander Grothendieck heißt es, »er betrachtete den Vorgang der Benennung mathematischer Objekte als einen wesentlichen Bestandteil ihrer Entdeckung, als eine Möglichkeit, sie zu erfassen, noch ehe sie ganz verstanden waren.« Luke Skywalker kann den maskierten und mysteriösen Darth Vader nicht besiegen, triumphiert aber schließlich, als er weiß, dass der Mann sein Vater Anakin Skywalker ist. Ebenso wird Jakob in 1. Mose 32,23–32 von einem Engel niedergerungen, der Jakobs Namen in Erfahrung bringt, sich aber davor hütet, den eigenen preiszugeben. Batman, Spider-Man und viele andere Superhelden haben Geheimidentitäten und geben sich große Mühe, ihre wahren Namen → vor ihren Feinden zu verbergen. Die göttliche Natur des logos wird im Judentum und später auch im Evangelium des Johannes betont (mehr dazu später), und als einen entweder eigenständigen oder durch und durch damit zusammenhängenden Fall müssen wir auch den wahren Namen von Gott selbst hinzuzählen: YHWH, das Tetragrammaton. Das alte jüdische Volk glaubte, das Aussprechen oder Niederschreiben von Gottes wahrem Namen verleihe dem Sprecher so viel Macht über die Schöpfung, dass er nur von wenigen überhaupt ausgesprochen werden könne, und auch dann ↲

11

Die Kirche

Ein großes Rosskastanienblatt klatschte mir mitten ins Gesicht.

Der Schreck ließ mich nach Luft schnappen, ich riss die Augen auf. Um ein Haar hätte ich die beiden flatternden Briefe losgelassen, als ich mit den Ärmelaufschlägen meiner Jacke herumrieb und -nestelte, um das Ding loszuwerden. Es hob sofort wieder ab und gesellte sich zu seinem raschelnden Mob, mit dem es davonstob und durch den verwaisten Friedhof rauschte.

Einige Sekunden lang saß ich einfach nur auf den Stufen der verrammelten Kirche, heftig atmend und verständnislos vor mich hin starrend wie ein Schlafwandler, der in irgendeinem sonderbaren Land aus dem Schlaf gerissen wird. Ich starrte auf die beiden Umschläge, auf meine fertig versiegelte und frankierte Antwort an Andrew, die nur noch darauf wartete, dass ich mich entschloss, sie abzuschicken.

Ich erhob mich und nahm mir vor, genau das zu tun.

Ich hatte den größten Teil des Weges durch den kleinen Friedhof zurückgelegt und ging auf den Zaun und die Straße zu, als ich ein Geräusch hörte, das mich erstarren ließ; ein Geräusch, kaum laut genug, um es inmitten des Wirbelsturms aus Rot und Gelb und Orange überall um mich herum wahrzunehmen, das aber dennoch da war. Ich stand still da und lauschte. Ein Augenblick verging, und dann – ja, *dort* – war es wieder zu hören. Ein Geräusch ganz am Rande meines Hörvermögens – das Geräusch eines schreienden Säuglings.

Das kann kein Baby sein, dachte ich. *Hier draußen kann nirgendwo ein Baby sein, nicht bei diesem Wetter.* Aber gleichzeitig begann ein älterer, tieferer Teil meines Gehirns – der von Büchern und der sanften Stimme meiner Mutter geformte Teil – zu flüstern: *Moses, Ödipus, Tom Jones, Heathcliff. Wenn es eins gibt, was wir über Babys wissen, dann, dass sie auftauchen, wo man nicht mit ihnen rechnet. Und Babys werden wirklich ausgesetzt, nicht wahr? Nicht nur in Büchern. Sie werden in Kirchen ausgesetzt, auf Gräbern, am Straßenrand, in Parks.*

Und wenn es ein Baby ist, dachte ich, *wird es in einer Nacht wie dieser nicht lange durchhalten.*

Also stand ich auf dem windigen alten Friedhof, drehte den Kopf hierhin und dorthin und versuchte, das Geräusch durch das Brausen der Blätter zu hören, versuchte herauszufinden, woher es kommen konnte. Ich machte ein paar Schritte in Richtung Straße, und als das nicht weiterhalf, ging ich wieder ein paar Schritte zurück in Richtung Kirche – und ja, dort schien ich das Schreien etwas besser hören zu können – einige weitere Schritte in diese Richtung, und tatsächlich wurde das Schreien noch ein wenig lauter.

Ich schlug die Arme um mich und starrte an dem großen und dunklen Block des Kirchengebäudes vor mir hinauf, dessen Turm in einem Dach aus wild schwankenden, schaukelnden Bäumen verschwand. Es hatte doch sehr den Anschein, als käme das Schreien von dort drinnen. Als ich einen Augenblick später vor der alten Eichentür stand und mein Ohr daran presste, bestätigte das nur den Eindruck.

Das Schreien kam *eindeutig* von dort drinnen.

»Hallo?«, rief ich laut, um mir durch den Wind hindurch Gehör zu verschaffen.

Nichts.

»Hallo? Ist da drinnen jemand?«

Noch immer nichts.

Ich sah mich hilflos um, und dann – ich wusste nicht, was ich sonst tun sollte – ergriff ich den schweren schwarzen Eisenring, der der alten Tür als Griff diente, und versuchte, ihn zu drehen. *Schnapp.* Ich hätte nicht überraschter sein können, als er sich tatsächlich drehen ließ. Mit einem schmerzhaften Knarzen sprang die schwere Tür ein paar Millimeter weit auf. Danach bewegte sie sich nicht mehr; ein großer Teil ihres Gewichts lastete jetzt auf den ausgetretenen Steinplatten statt auf den rostigen Angeln, die sie früher einmal getragen hatten. Ich lehnte mich mit der Schulter dagegen und drückte. Mit jedem Stoß gab die Tür ein wenig nach, bis ich sie endlich weit genug aufgedrückt hatte, um mich hindurchquetschen zu können.

Der Raum dahinter war tief und dunkel. Nachdem ich so lange draußen in dem Sturm gewesen war, ließ das Verhallen des Lärms meine Ohren klingeln, aber still war es nicht. Ich konnte das Schreien jetzt deutlich hören, und … irgendetwas stimmte damit nicht. Es war etwas, was ich in all dem Wind und dem Lärm draußen nicht gehört hatte, aber etwas, was drinnen in der Stille der Kirche so offensichtlich wurde, dass es mir Gänsehaut verursachte.

Ich spürte, wie mir das Herz in die Hose rutschte.

Die Schreie waren zu lang. Ich meine damit, dass manche der einzelnen Jammer- und Klagelaute viel länger anhielten, als irgendein echter, menschlicher Säugling mit all der Luft in seinen Lungen es je hätte schaffen können.

Die Wirkung war zutiefst beunruhigend.

»Hallo?« Ich versuchte zu verhindern, dass meine Stimme zitterte. »Ist hier drinnen jemand?«

Nichts. Nichts als mein klopfendes Herz und diese langen, viel zu langen klagenden Schreie. Ich zwang mich, einige Augenblicke lang still dazustehen und langsam Luft zu holen, die gleichmäßig in mich hätte einströmen sollen, es aber nur stoßweise und flatternd tat, während ich meinen Augen Zeit gab, sich an die Dunkelheit zu gewöhnen. Jeder einzelne Teil von mir wollte davonrennen, aber irgendwie schaffte ich es, die Stellung zu halten. Nach und nach begannen Dinge in der Finsternis Gestalt anzunehmen. Ich sah, dass ich in einem Vorraum stand und dieser Raum nicht vollständig dunkel war. Vor mir konnte ich eine Tür erkennen, deren Umrisse sich in einem ganz schwachen, flackernden gelben Licht abzeichneten. Irgendwo in der Kirche brannte eine Kerze.

»Hallo?«, sagte ich noch einmal. »Hier ist nicht die Polizei.« *Was für ein dämlicher Satz.* »Geht es Ihrem Baby gut?«

Ich trat ein paar Schritte vorwärts.

»Hallo?«

Niemand antwortete. Ich atmete noch einmal tief durch und ging vorsichtig um umgekippte Möbel und Trümmer herum auf die Tür und den schwachen gelben Lichtschimmer zu.

o

Eine einzelne kleine Kerze flackerte weit entfernt am Fuß des Altars.

Während ich durch den langen dunklen Gang darauf zuging, bewegte ich mich zwischen Dutzenden von hohen Buntglasfenstern hindurch. Viele waren teilweise mit Brettern vernagelt, was sie wie seltsame, halb fertige Puzzles aussehen ließ. Ich ging vorbei an einer körperlosen, nach einem Apfel greifenden Hand, sechs in Sandalen steckenden Füßen, einem Teil von einem Heiligenschein, einem Palast auf einer Wolke und dem linken Arm von Jesus, der, von einem Nagel durchbohrt und blutend, allein herausragte. Diese sonderbaren, zensierten Szenen hatten gerade genügend Lücken und Ritzen in ihren Abdeckungen, um einige Blätter hindurchzulassen und den Wind pfeifen und stöhnen zu lassen, während er sich den Weg nach drinnen suchte.

War es das, was ich als die Schreie eines Babys wahrgenommen hatte? Nur der Wind, der zwischen diesen alten Brettern kreischte und heulte? Es wäre möglich gewesen; in jedem Fall hörte ich jetzt nichts anderes mehr.

Das muss es gewesen sein, dachte ich. *Muss es einfach.*

Aber ganz sicher war ich mir nicht.

Ich ging weiter den Gang hinunter.

Stücke von Kies und Putz knirschten und zerplatzten unter meinen Füßen. Der Kampf darum, das Kirchendach instand zu halten, war schon vor Jahren verloren und das Gebäude auf unbestimmte Zeit geschlossen worden.

Geschlossen, aber offenbar nicht abgeschlossen.

Was merkwürdig war.

»Hallo?«, versuchte ich es noch einmal. »Ich … ich will nur helfen.«

Nur der Wind antwortete.

Ich ging weiter.

Die kleine Kerze stand auf dem Boden, direkt vor dem Altar.

Jemand hatte einen sechzig Zentimeter großen Kreis darum gezogen und sorgfältig all den Putz und Kies und die Blätter nach außen gefegt, um eine saubere, von einem ordentlichen Ring aus winzigen Trümmern gesäumte Fläche entstehen zu lassen. Doch die Kerze war nicht das Einzige auf dieser Fläche. Ich kniete mich hin, um einen besseren Blick darauf zu bekommen. Vor der Kerze standen drei kleine Tongegenstände – die Überreste der Weihnachtskrippe der Kirche. Zur Linken ein Engel, dem ein Flügel fehlte. Zur Rechten ein großer brauner, gleichgültig dreinschauender Ochse. Und in der Mitte eine vollkommen leere Krippe ohne jede Spur vom Jesuskind.

Das Ganze hatte etwas Tieftrauriges. Die dezimierte Szenerie, die leere Krippe, die kleine Kerze, der sorgfältig gefegte Kreis mit seinem Ring aus abgebröckeltem Putz, Blättern und

Müll, der als Eingrenzung diente. Die Kerze war beinahe halb heruntergebrannt.

»Hallo?«, rief ich noch einmal. Wieder antwortete niemand.

Dann fiel mir etwas ins Auge: ein kleines gefaltetes Stück Papier, das in einen Spalt am Fuß des Altars geschoben worden war. Ich zog es heraus, neigte es zur Kerze hin und begann zu lesen:

Ich aber ging umher und ging wiederum nicht umher und blickte nach oben in die Luft und sah die Luft erstarrt und blickte nach oben an das Himmelsgewölbe und sah es stillstehen und die Vögel des Himmels ohne Bewegung. Und ich blickte auf die Erde und sah eine Schüssel am Boden und Arbeiter um sie gelagert, und ihre Hände waren in der Schüssel, und die beim Kauen waren, kauten doch nicht, und die Speise nahmen, brachten sie doch nicht in die Höhe, und die Speise an ihren Mund führten, brachten sie doch nicht heran, sondern ihrer aller Gesichter blickten unverwandt nach oben. Und siehe, Schafe wurden dahergetrieben und kamen keinen Schritt vorwärts, sondern blieben stehen, und der Hirt erhob seine Hand, um sie mit dem Stecken zu schlagen, und seine Hand blieb oben stehen.

Etwas furchtbar Trauriges war hier geschehen. Ich konnte es in der Luft fühlen, in dem Kerzenlicht, das keine Wärme in sich trug, in der Kälte, die der heruntergefallene Putz und die alten Steine ausstrahlten, in den klagenden Schreien der Puzzle-Heiligen hinter ihren Brettern und Planken an den düsteren Rändern des Raums. Etwas furchtbar Trauriges war geschehen, und diese winzige Lichtung mit ihren zerbrochenen Figuren und ihrer schwachen kleinen Kerze war ein Mahnmal.

Ich faltete das Papier und steckte es wieder dorthin, wo ich es gefunden hatte, und dann betrachtete ich wieder die leere kleine Krippe im flackernden Kerzenlicht.

Ich hatte mich gerade zu erheben begonnen, als etwas an meinen Gedanken zupfte.

Ich hielt inne und wartete ab. Das *Etwas* fühlte sich bedeutsam an, auch wenn ich es eine Zeit lang nicht ins Licht ziehen konnte.

Dann war es plötzlich da:

Warum boxt ein Engel in Bethlehem?

Aber was, wenn der Anrufbeantworter das gar nicht gesagt hatte?

Was, wenn ich es durch zwei Wände und eine Tür hindurch falsch verstanden hatte?

Was, wenn die tatsächliche Frage lautete …

Warum ein Ochse und ein Engel in Bethlehem?

Ich starrte die alten Tonfiguren, den zerbrochenen Engel und den abgestoßenen Ochsen, in ihrem Kreis aus Kerzenlicht mit aufgerissenen Augen an, während sich die Haare in meinem Nacken aufstellten.

Ich stand strauchelnd auf. *Wie konnte das sein? Wie war das nur möglich?* Ich blickte mich wild um, so als könnte die Antwort in riesigen Buchstaben an den Wänden stehen, und dann –

Knall.

Ein Geräusch ganz in der Nähe, im Inneren der Kirche.

Ich erstarrte.

Atme.

Atme, atme einfach.

Und dann – *knall, knall, knall.*

Ich spürte etwas in mir, etwas unter der rasenden Angst – einen Wunsch oder ein Bedürfnis oder etwas, was die Form von Schmerz hatte. Ich zwang mich dazu, mich zu rühren, zu laufen, mit meiner ganzen Kraft nach dem Ursprung des Geräuschs zu suchen.

In einem kleinen Vestibül zur Linken fand ich ein kleines Fenster, das noch in seinen Scharnieren vor und zurück schwang – *knall, knall, knall* – und sich in die Nacht hinaus öffnete, als hätte jemand es aufgebrochen, um nach draußen zu gelangen. Jemand oder *etwas* war die ganze Zeit über mit mir hier drinnen gewesen, beobachtend, lauschend, schweigend, als ich gerufen hatte, ob jemand dort sei.

Da gaben meine Nerven schließlich nach.

Ich wich zurück – Schritt, Schritt, Schritt.

Ich drehte mich um, und ich rannte.

o

Am Rand des Parks gibt es einen Pub mit guten Burgern, Tierpräparaten und Herman-Melville-Devotionalien. Dort stürmte ich an jenem Abend durch die Tür, versuchte dabei, nicht wie der verängstigte Sheriff in einem Western auszusehen, und war ein kleines bisschen erleichtert, als nicht alle Anwesenden herumwirbelten und mich anstarrten. Unbemerkt schlurfte ich zitternd und verängstigt bis auf die Knochen auf die Bar zu. Im Pub war viel los, was eine noch größere Erleichterung war, und es herrschte das geschäftige Treiben, das in einer Bar wie dieser zu einer Zeit wie dieser üblich ist – Pärchen, ein paar Anzugträger und diese älteren, gut betuchten Pseudohipster, die bedeuten, dass eine »aufstrebende« Gegend mittlerweile ganz oben angekommen ist.

Ich gab mir alle Mühe, unter der hellen Barbeleuchtung gelassen auszusehen, aber der Blick, den mir der Barkeeper zuwarf, während er den Zapfhahn bediente, und die Fragmente eines bleichen, gehetzten Gesichts in den Bilderrahmen hinter ihm sprachen eine andere Sprache. Glücklicherweise stellen Londoner nicht viele Fragen. Ich nahm meinen Drink und fand einen Tisch an einem Fenster mit Blick hinaus auf den dunklen Park und die vor Blättern raschelnde Straße. Von dort aus würde ich jeden sehen können, der von der Kirche aus die Straße entlangkam.

Niemand kam.

Eine Minute, zwei Minuten, drei Minuten lang blieb die Straße leer.

Natürlich blieb sie leer.

Was hatte ich geglaubt, was passieren würde?

Was hatte ich geglaubt, wer kommen würde?

Es kam mir zu töricht vor, die Wahrheit einzugestehen, und sei es nur mir selbst gegenüber.

Ach, komm schon. Ich kippte meinen Drink hinunter, peinlich beschämt über meine zerfetzten Nerven, die meine Brust zugleich noch immer fest umklammert hielten. *Das ist lächerlich, und das weißt du auch.*

Ich wusste es. Und dennoch hob ich jedes Mal den Blick, wenn die Tür zum Pub sich öffnete. Es spielte keine Rolle, dass derjenige, den ich zu sehen erwartete, wenn ich aufschaute, nicht mehr durch Türen kam. *Er kommt nicht*, dachte ich, *er schläft nicht, weint nicht, trinkt nicht, pisst nicht und singt nicht beim Radio mit. Er macht überhaupt nichts. Er ist nichts weiter als Knochen und alte Tonbandaufnahmen, eine begrenzte Anordnung von Buchstaben auf einer begrenzten Anzahl von Seiten. Und etwas anderes wird er nie wieder sein. Schluss, aus, Ende.*

Aber ich blickte dennoch jedes einzelne Mal auf.

Lächerlich. Und das weißt du auch.

Einen kurzen Augenblick später nahm ich Andrews Brief aus der Tasche, las seine Mitteilung noch einmal und studierte das Polaroid von der schwarzen Kugel.

Was glaubst Du, was das ist?

»Ich weiß es nicht, Andrew«, sagte ich leise zu dem Bild. »Warum sagst du es mir nicht einfach?«

o

Mein Brief an Andrew Black verschwand im Briefkasten. Der Wind blies und wirbelte die gefallenen Blätter auf. Braun, Gelb, Orange, Rot, Braun, Braun, Gelb, Braun, Orange, Gold, Rot, Grün.

Während ich nach Hause lief, dachte ich an meinen Vater, an den Ochsen und den Engel und an die leere Krippe. Ich dachte an all die Lücken, die ich im Laufe der Jahre in Buchhandlungen geschaffen hatte, und ich dachte an die Lücken in dem Kleiderschrank in unserer Wohnung, all die Lücken in Schubladen und Schränken und all die Dinge, die in dem Regal mit Imogens Kosmetika fehlten. Ich dachte an das Bett, dessen Bild von Schlafraumkamera zwei übertragen wurde, und an einen elektronischen Dämon, der einen winzigen Styroporball allein durch seinen Willen eine winzige Wendeltreppe hinaufzwang.

Als ich in unsere Straße einbog, dachte ich daran, wie ich spätnachts einen Arm aus der warmen Seite des Bettes hinausstreckte und merkte, dass es auf der anderen Seite bitterkalt war.

o

Die Zeit für das Abholen und Sortieren, den Nachtzug, weiteres Sortieren und das anschließende Austragen eingerechnet, nahm ich an, dass meine Antwort an Black zu der rätselhaften Kugel – *Lieber Andrew, ich habe keine Ahnung. Was ist es denn?* – möglicherweise schon am nächsten Tag, wahrscheinlich aber am Tag darauf bei ihm ankommen würde. Hätte ich irgendeinen Anlass gehabt, auf dem Heimweg genauer darüber nachzudenken, dann hätte ich mir ausrechnen können, dass Andrew Black meine Worte wohl in irgendetwas zwischen achtzehn und vierundvierzig Stunden lesen würde.

Für den Weg vom Briefkasten nach Hause brauchte ich vielleicht zehn Minuten.

Als ich die Haustür öffnete, fand ich einen Brief von Andrew Black auf dem Fußabstreifer. Ich riss ihn auf, und der erste Satz lautete:

Lieber Thomas, danke, dass Du fragst.

TEIL II

Gutenberg und Faust

»Und nun«, sagte er aufmunternd, »nehme ich an, dass Sie unsere große Maschine sehen wollen ...«

Herman Melville

12

Andrew Black

Ich war Andrew Black zum ersten Mal an einem kalten Februarmorgen vor etwas mehr als sechseinhalb Jahren begegnet. Eine andere Zeit und ein anderer Brief, der aus heiterem Himmel in meinem Leben landete. Dieser war in einem unscheinbaren weißen Umschlag angekommen, ein Klebestreifen sorgfältig über die Rückseite gezogen, um vollkommen sicherzustellen, dass der Brief sich in der Post nicht öffnen würde. Ich riss ihn auf und zog das darin liegende Blatt heraus. Meine Augen sprangen zur Signatur und weiteten sich dann überrascht.

Andrew Black.

Andrew Black – der geistige Sohn meines Vaters, ein Mann, dessen Bestseller *überall* war, während er selbst nirgendwo zu finden war – lud mich ein, in seinem Kurs für Kreatives Schreiben an der University of Hull einen Vortrag zu halten. *Und alle glauben, ich hieße Mike Mondegrass*, hatte er beiläufig angefügt, *also spielen Sie bitte mit.*

Andrew Black.

Mein erster Gedanke, als ich seinen Namen sah – *Mein Vater hat ihn geschickt.*

Und dann, eine halbe Sekunde später – *Nein, hat er nicht, weil mein Vater tot ist.* Dieser unwahrscheinliche Sachverhalt war mir damals noch neu und fremd, noch im Begriff, in meinen Verstand einzudringen wie eine invasive Spezies, die bislang nicht ganz hatte Fuß fassen können.

Und nun das, von seinem Protegé.

»Tja«, sagte ich und stand einfach nur da. »Tja.«

The Qwerty Machinegun war einige Monate zuvor erschienen, aber das Buch hatte sich nicht sehr gut verkauft, unter gewöhnlichen Umständen hätte ich mir also gern ein Leseexemplar geschnappt, wäre in irgendeinen Zug gesprungen und hätte gesprochen, wo auch immer mir jemand zuhören wollte. Aber so ein Fall war das hier nicht, oder? Nein, ganz gewiss nicht. Dies hier war ganz gewiss etwas anderes.

Aber was genau war es?

Brauchte er einen Vorwand, um über irgendetwas zu reden, mir irgendetwas zu sagen? War es ein Machtbeweis, ein schlichter Akt der Grausamkeit, dass er mich bat, aus meinem größtenteils ungeliebten Buch zu lesen? Vielleicht glaubte er, Stanley Quinns Konto müsse auf diese Weise ausgeglichen werden, nun, da der selbst fort war. Aber vielleicht dachte er auch nichts dergleichen. War es nicht ebenso gut möglich, dass er nicht einmal wusste, dass Stanley Quinn mein Vater war? Denn es hatte sicherlich schon merkwürdigere Zufälle gegeben, als dass ein Autor gebeten wurde, in einem Kurs für Kreatives Schreiben etwas zu sagen, oder?

Natürlich.

Und dennoch.

Als ich so mit dem Brief in den Händen dastand, beschlich mich das unangenehme Gefühl, dass sich gerade irgendeine Art von Rechenschaft angekündigt hatte. Und nun, da es so weit war, wusste ich, ich könnte nicht mehr ruhen, bis ich Andrew Black in die Augen sah und den Mann von Angesicht zu Angesicht traf.

Andrew Black.

Dieser verdammte Andrew Black.

»Tja«, sagte ich noch einmal.

Ich antwortete noch am selben Tag und nahm seine Einladung an.

o

Andrew Black hatte auf der niedrigen Mauer vor dem Eingang zum Campus gesessen, als mein Taxi vorgefahren war. Ich hatte damals nicht gewusst, dass er es war, doch der Mann auf der Mauer hatte meine Aufmerksamkeit erregt, und ich konnte nicht anders, als ihn zu mustern, während ich darauf wartete, dass der Taxifahrer die Quittung ausstellte.

Er war ein sonderbarer, dünner Mann, der ganz aus Knien, Nase und Adamsapfel zu bestehen schien und auf der Mauer hockte wie eine Spinne. Er sah drahtig aus, mit ebenfalls drahtig wirkendem schwarzem Haar, das ihm in großen Mengen über die Schultern hing. Er wirkte vollkommen vertieft in das Taschenbuch auf seinem Schoß – nur das linke Knie schoss auf und ab wie ein Kolben – und völlig unbeeindruckt von der Kälte, die groß genug war, um Gruppen von Studenten in Wintermänteln vorbeihasten zu lassen, Dampfwolken hinter sich herziehend.

Der Mann blickte nicht auf, als ich ausstieg, und auf dem Weg zum Empfang wäre ich beinahe an ihm vorbeigegangen, als er das Buch hob, in dem er las, und ich den Umschlag erkannte. *The Qwerty Machinegun.*

Ich blieb stehen.

»Sie sitzen doch nicht meinetwegen hier in der Kälte, oder?«

Das Knie hörte auf zu wackeln, aber er schaute nicht auf. Ich dachte, er hätte mich nicht gehört.

»Entschuldigung.« Ich ging die Stufen wieder hinunter. »Warten Sie auf mich?«

Endlich senkte der Mann das Buch, und dann *starrte er mich wütend an.*

Die unerwartete Heftigkeit, die wilde, schiere Ungläubigkeit, die in seinen Augen leuchtete, überraschte mich völlig. Ich hatte keine Ahnung, wie ich reagieren sollte, und als ich nichts weiter sagte, machte ihn das nur noch ungehaltener.

Er hob sogar die Hände und wandte mir die Handflächen zu. *Und?*

»Ich bin Thomas Quinn. Ich bin hier, um vor einem Kurs in Kreativem Schreiben zu sprechen.«

Der Blick wurde zum *Vielen Dank* eines Lehrers.

Seine Miene sagte *Heureka* und *Na endlich.*

»Ich kann nicht antworten, wenn ich es nicht weiß, oder? Ja, ich warte Ihretwegen hier in der Kälte. Was war das andere?«

»Das war es, glaube ich. Ich habe es nur zweimal gesagt.«

»Sie haben es nur zweimal gesagt.«

»Ja. Nicht ganz dasselbe, aber … ja.«

Er schaute auf mein Buch hinunter und faltete sorgfältig eine Ecke ein, um die Seite zu markieren.

Das ist es also, dachte ich. *Dafür sind wir hier.*

»Danke, dass Sie mich hier draußen in Empfang nehmen wollten«, sagte ich, um einen gleichmäßigen Tonfall bemüht.

»Tja«, antwortete er, weniger zu mir gewandt als zu einem großen roten Backsteinbau in mittlerer Entfernung.

Dann schwenkte eine Hand am Ende eines langen drahtigen Arms heraus.

»Andrew.«

»Thomas.«

»Tja«, sagte er wieder, »wir haben noch Zeit vor Ihrem Starauftritt, falls Sie noch etwas trinken möchten.«

o

Ich trank mit Andrew Black einen Kaffee in einem kleineren alternativen Universitätscafé mit Plastikstühlen und hellen Lichtleisten. Er sagte nicht viel, und das wenige, was er zwischen den quälend langen Pausen sagte, war eher an unbelebte Objekte gerichtet und mehr Feststellung als Gespräch – *Die Zugfahrt hierher ist ziemlich langweilig* zu dem leeren Stuhl zu seiner Linken oder *Trinken Sie ihn nicht, wenn er allzu widerwärtig ist* zu der Tasse in meiner Hand. Diese spärlichen Äußerungen bedurften nur eines gelegentlichen zustimmenden »Mhm« oder »Hmmm« von mir, auch wenn ich mir zumindest ein wenig Mühe gab. Letztlich aber war er derjenige gewesen, der das hier gewollt hatte, der uns hatte zusammenbringen wollen, um … um zu tun, was auch immer wir hier taten. Ich war entschlossen, untätig dazusitzen und ihn allein dort ankommen zu lassen, wohin er wollte.

Ich schlürfte meinen Kaffee und wartete.

In der hintersten Ecke des Cafés saß eine junge blonde Frau und tippte auf ihrem Telefon herum; eine Tasse Tee stand unberührt auf dem Tisch. Ich betrachtete sie einen Augenblick lang; dann sah ich zu, wie die Frau hinter dem Tresen drei Tassen Kaffee machte, dann zwei Tees und zwei Kaffees, dann einen Tee, einen Kaffee und ein Käsesandwich. Dann sah ich zu, wie ein Mann in einem Overall mit einem Stapel Kisten auf einem Hubwagen kam, und ich sah zu, wie er sie Stück für Stück für Stück für Stück ablud.

Irgendwann gab ich mich geschlagen.

Ich fragte Black, wie es mit dem Schreiben voranging – *Na ja* –, ich fragte ihn, ob er Freude daran hatte – *Es ist ganz in Ordnung* –, und schließlich, weil er nicht aufgehört hatte, den Umschlag zu befingern, und weil endlich *irgendetwas* passieren musste, fragte ich ihn, was er von *The Qwerty Machinegun* hielt.

Er hörte auf, daran herumzunesteln.

»Was ich davon halte?«

»Ja. Wie finden Sie es?«

Black sah erst mich und dann meinen Roman verwirrt an. Er drehte ihn um, las den Umschlagtext, als hätte er keine Ahnung, wovon das Buch handeln könnte, obwohl er schon mitten im letzten Drittel war. Er schaute auf und spießte mich wieder mit seinem wütend starrenden Blick auf. Ich sah Verärgerung, Unglauben und auch – einen Hauch von Verzweiflung.

Verzweiflung?

Plötzlich überkam mich das Gefühl, dass ich *irgendetwas* Grundlegendes an diesem Treffen mit Andrew Black oder vielleicht auch an Andrew Black selbst übersehen hatte. Was mochte es sein? Ich hatte keine Ahnung.

Mit wachsendem Unbehagen sah ich zu, wie er das Buch wieder in der Hand drehte. Er klappte den Umschlag um und überflog rasch einige der ersten Seiten. So machte er weiter, er überflog, blätterte und sprang im Buch vorwärts, bis er an der Seite mit der umgeklappten Ecke ankam. Dann faltete er das kleine Papierdreieck langsam auf, strich es mit dem Daumen glatt und begann, stumm zu lesen.

Sekunden vergingen. Weitere Sekunden. Nach fast einer Minute wurde mir bewusst, dass Black meine Frage zu dem Buch gar nicht beantworten würde. Er würde es einfach lesen.

»Sie sind ein sehr seltsamer Mann«, sagte ich, ohne die Verdrossenheit ganz aus meiner Stimme heraushalten zu können.

»Ich bin völlig unkompliziert«, erwiderte er, an die Seite gerichtet.

»Gut. Aber. Na schön. Sie hatten mich gebeten, herzukommen und einen Vortrag zu halten, und ich bin –«

»Sie haben mich gefragt, wie ich Ihr Buch finde. Wie kann ich Ihnen das sagen, wenn ich es noch nicht gelesen habe?«

»Ich meine, wie Sie es *bis jetzt* finden.«

»Wovon reden Sie?«

»Von den Teilen, die Sie schon gelesen haben –«

»Ich kann etwas doch erst kennen, wenn ich am Ende angekommen bin, oder nicht?« Er blätterte wieder zum Anfang zurück. »Ist das ein guter Beginn? Woher soll ich das wissen? Woher soll ich wissen, ob es der beste oder der schlechteste Anfang aller Zeiten ist, ehe ich alles gelesen habe?«

»Na ja, hat er Ihnen denn gefallen?«

»Was spielt das für eine Rolle? Hören Sie – wie finde ich diesen Satz? Wie finde ich dieses Wort? Ist dieses Foreshadowing richtig eingesetzt?« Er hielt an einer Seite inne und tippte darauf. »Läuft diese Enthüllung problemlos? Wie kann ich das wissen?«

»Um Himmels willen. Es ist ein Roman und keine Maschine.«

»Wie kann es denn keine Maschine sein?«

Das traf mich etwas unvorbereitet. Ich wollte zurückschießen, wollte ihn fragen, *was zur Hölle das bedeuten sollte* – aber ich tat es nicht. Es war eine so unerwartete Aussage, eine so unerwartete Wendung des Gesprächs, dass ich verstummte.

Wir starrten einander über den Tisch hinweg an.

Black blätterte noch kurz durch die Seiten von *The Qwerty Machinegun* und legte es dann zwischen uns hin. »Das ist jedenfalls meine Meinung«, sagte er leise und sah das Buch an.

Ich schlürfte meinen Kaffee.

Wir beließen es dabei.

o

Die Teilnehmer von Blacks Schreibkurs versammelten sich draußen, auf einem Kreis von Plastikstühlen am Rand des Sportplatzes, weil Black offenbar nicht gern die Seminarräume benutzte. Allen schien kalt zu sein, sie waren in Schals, Handschuhe und Mützen gehüllt. Ich hatte gerade auf der Suche nach meinem Exemplar von *The Qwerty Machinegun* in meiner Tasche auf dem benachbarten Stuhl gewühlt, als mich eine Stimme neben mir hochschrecken ließ.

»Hey.«

Ich schaute auf und sah die junge Frau aus dem Café; ihr blondes Haar strahlte in der Wintersonne so hell, dass ich die Augen zusammenkneifen musste.

»Oh«, sagte ich. »Hey.«

»Sitzt da schon jemand?«

»Nein, nein.« Ich hievte die Tasche auf meinen Schoß. »Bitte.«

»Danke.« Sie ließ sich auf den Stuhl fallen, und wir sahen zu, wie Andrew Black außen um den Kreis herumging und zusammengeheftete DIN-A4-Blätter verteilte. »Mr Mondegrass«, sagte sie, ohne den Blick von Andrew zu nehmen.

»Ja.«

»Haben Sie beide sich vorhin gut amüsiert?«

Ich spürte, wie sich meine Augenbrauen hoben.

Sie lachte. »Na ja, wenigstens müssen Sie nicht dafür bezahlen, hier sein zu dürfen.«

Sie lächelte. Ich lächelte.

Eine peinliche Pause entstand, ging aber nicht vorüber.

Sag was, Quinn.

»Und zwischen Bezahlen und Bezahltwerden liegt ein himmelweiter Unterschied«, sagte ich. *Oje*, denke ich, *du widerwärtiger Kerl.*

»Mhm.«

»Das ist ein –«

»Ja, aus *Moby-Dick.*«

Ich nickte. »Gute Arbeit.«

Gute Arbeit?

Ich hatte die ganze Zeit über in meiner Tasche gekramt, dann endlich mein Buch gefunden und es herausgeholt. Als ich aufschaute, stand Black mit einem Mal vor uns und überreichte uns zwei kleine Stapel gehefteter Seiten, ehe er weiterging. Das Mädchen sah ihm einige Sekunden lang hinterher, als er sich an dem Kreis entlang entfernte, und streckte dann eine Hand aus.

»Imogen.«

»T–«

»Thomas Quinn«, sagte sie. »Ich weiß. Aufregender junger Schriftsteller, brillanter Debütautor und Sohn des legendären Dr. Stanley Quinn.«

Ich kann mir nicht einmal vorstellen, was ich für ein Gesicht machte.

»Ich bin hellseherisch begabt.« Sie grinste. Dann zeigte sie auf meinen Schoß. »Außerdem steht es auf dem Buch.«

Der Kurs begann einige Augenblicke später mit einer Studentin, die der Gruppe ihre Geschichte vorzulesen begann, während wir auf Blacks ausgedruckten Blättern mitlasen. Die Studentin tat mir leid. Ihre Geschichte war offensichtlich autobiografisch, aber die Traurigkeit und Einsamkeit, die in ihr als Mensch nur allzu präsent waren, hatten es nicht auf die Seite geschafft. Die Geschichte wirkte schal, leer, wie eine Totgeburt.

Als sie geendet hatte, fand eine unbeholfene Feedback-Runde statt, bei der Blacks Beitrag sich auf eine Handvoll von *Verstehe*, das eine oder andere *Das mag sein* und ein besonders vernichtendes *Wenn Sie das so sehen* beschränkte. Die ältere Studentin brach unter dem Gewicht des letzten Kommentars zusammen und sagte mit lauter, schwankender Stimme, sie wisse, dass ihre Geschichte nicht funktioniere, aber sie habe *die Gefühle*, die sie in die Worte legen wollte, *nicht aus dem Stift herausbekommen.*

Zu meiner Überraschung reagierte Black darauf nicht unwirsch oder abfällig. Stattdessen dachte er kurz darüber nach und sagte dann:

»Wörter sind wie Atome größtenteils leer.«

Atome sind, um das einmal festzuhalten, zu neunundneunzig Komma neun, neun, neun, neun, neun, neun, neun, neun, neun, neun, neun, neun Prozent leerer Raum, der nur durch die magnetische Anziehung und Abstoßung ihrer winzigen Kerne und kreiselnder Elektronen fest wird. Gleichermaßen, erklärte Andrew Black seiner Gruppe, lasse es sich so betrachten, dass die meisten Buchstaben für sich allein genommen ein verschwindend geringes Gewicht an Bedeutung hätten, aber wenn sie zusammenkämen – in Elektronenkonsonanten, die von Proton-Vokal-Kernen mit ihrer unvermeidlichen Last stummer Buchstaben angezogen würden –, schaffe ihre wechselseitige Anziehung und Abstoßung die ungeheure Dichte von Wörtern.

»Das Wort ist das Atom des Geistes«, sagte Andrew Black.

Ich dachte: *Schreib das auf.*

Doch Blacks Vortrag endete nicht mit Atomen und Wörtern. Er geriet in Fahrt und bewegte sich um eine Größenordnung nach oben, um die emergenten Eigenschaften molekularer Sätze zu diskutieren, dann weiter und weiter hinauf, durch Absätze, Seiten, Kapitel und Abschnitte hindurch, bis hinauf zur weiten Kreisbahn von Plot und Charakterentwicklung und dann ein letztes Mal höher hinauf, um das Konzept eines vollständigen und vollkommenen geschlossenen Systems zu diskutieren, des Universums zwischen zwei Buchdeckeln – des gedruckten Buches.

Die ganze Rede dauerte etwa fünfzehn Minuten lang, und als er zum Schluss kam, lächelte ich von einem Ohr zum anderen. Um ehrlich zu sein, war ich so begeistert, so mitgerissen vom schieren akribischen Aberwitz des Ganzen, dass ich darüber kurz Buch-Maschinen und geistige Söhne und die Abrechnung, die ich hier oben im Norden erwartet hatte, vergaß. Ich empfand nur noch reine Bewunderung und dachte: *Was für ein Verstand, der so etwas rasch zusammenzimmern kann.* Aber dann sah ich, wie Andrew Black die Bügelfalten in seiner Hose so ausrichtete, dass sie genau mittig über beide Knie liefen, und ich wusste, ich wusste einfach, dass dieser Mann noch nie in seinem Leben irgendetwas rasch zusammengezimmert hatte.

Ich drehte mich zu Imogen, und sie sah mich mit hochgezogenen Augenbrauen an. Ihr Blick sagte *Nicht schlecht, was?* und *Willkommen im Irrenhaus* zugleich.

Ich konnte nur zurückstarren und mich fragen, was zur Hölle ich da gerade mitangesehen hatte.

o

Bis ich am Abend schließlich wieder in den Zug nach London stieg, hatte ich beschlossen, einen Strich unter den gesamten Tag zu ziehen. Zu der Lesung, dem Treffen – was auch immer das gewesen war und worum auch immer es dabei hatte gehen sollen –, war ich erschienen und hatte die Sache hinter mich gebracht. Ich hatte Andrew Black kennengelernt, wie ich es ihm zugesagt hatte, ihm in die Augen geschaut, und nun war es erledigt. Die Zeit war gekommen, den Mann, seine Wortatome, Buch-Maschinen und alles andere hinter mir im Norden zurückzulassen.

Nur dass ich es nicht konnte.

Ein Fragezeichen, ein tintiger kleiner Angelhaken hatte sich in meinem Geist verankert, und ich bekam meine Gedanken nicht frei, so sehr ich mich auch mühte. Während der gesamten Heimreise vollzog ich das Geschehene im Kopf noch einmal nach, durchkämmte Andrew Blacks seltsame Erwiderungen und Verkündungen, suchte wieder und wieder nach der einen verbindenden Sache hinter all den sonderbaren Verhaltensweisen, die es doch sicher geben musste, die ich aber wohl irgendwie übersehen hatte.

Als eine erste Vermutung fragte ich mich, ob Black nicht vielleicht ein chronisches Bedürfnis nach Vollständigkeit hatte. Bis zu einem gewissen Punkt ergab das durchaus Sinn – seine Verärgerung draußen vor dem Empfang war dadurch verursacht worden, dass ich ihm nicht alle Informationen gegeben hatte, die er brauchte, um meine Frage zu beantworten, im Café hatte ich ihn dann gefragt, ob er mein Buch mochte, und er konnte nicht darauf antworten, weil er es noch nicht zu Ende gelesen hatte. Und, nun ja, wenn man großzügig war oder ein Auge zudrückte, funktionierte das mit dieser *Vollständigkeit* auch bei der Frage *Wie kann es denn keine Maschine sein?* – Maschinen müssen vollständig sein, um zu funktionieren, oder nicht? Und ja, mich nach dem Tod meines Vaters treffen zu wollen – deutete das nicht auch auf ein

Bedürfnis nach Vollständigkeit hin? Aber was war mit *Das Wort ist das Atom des Geistes*? Der Teil mit dem *Universum zwischen zwei Buchdeckeln* mochte ganz gut passen, aber wie war es mit alldem davor, all den Kreisbahnen und emergenten Eigenschaften, Molekülen, Protonen und Neutronen? Bei alldem ging es um mehr als Vollständigkeit, es ging auch um Komplexität, um bewegliche Teile, funktionierende Systeme, technische Dinge, so wie Maschinen selbst technische Dinge sind. Und diese pedantische, unbehagliche Art und Weise, mit Menschen zu reden, auch das war etwas *Technisches*, oder nicht? Ja, irgendwie, *irgendwie* hing das alles miteinander zusammen.

Ich lehnte mich in meinem Sitz zurück und ließ einen langen Atemzug entweichen, von dem ich nicht gemerkt hatte, dass ich ihn einhielt.

Vollständigkeit war nicht die Antwort. Ich hatte keine Ahnung, was die Antwort war.

Lange starrte ich aus dem Zugfenster und sah zu, wie sich die Dämmerung über weite leere Felder senkte. Kleine Städte huschten vorbei, ein Rattern von gelben Straßenlampen und durch Wohn- und Schlafzimmerfenster erhaschte Augenblicke, zu Einzelbildern zusammengeschnittene Lebensgeschichten. Ich kaufte mir im Bordbistro einen Kaffee. Ich suchte mein Ladegerät, um mein dahinsiechendes Telefon aufzuladen, und musste, nachdem ich den gesamten Inhalt meiner Tasche auf den Sitz neben mir geleert hatte, zu dem Schluss kommen, dass ich es am Morgen im Zug Richtung Norden vergessen hatte. Schließlich legte ich die Stirn ans Glas, schloss die Augen und ließ die Vibrationen tief in meinen Schädel hineinrütteln.

Ich schlief, wachte auf, schlief halb wieder ein.

Der Zug glitt am Rand eines Kiefernwaldes entlang, dessen Bäume in langen, makellosen Reihen gepflanzt waren. Durch halb geschlossene Augen sah ich ihre stummen Ränge und die dunklen Zwischenräume vorbeiflackern. Und da fiel es mir ein:

Es ging Andrew Black nicht um Vollständigkeit, sondern um *Ordnung*.

Ich richtete mich auf.

Maschinen, Atome, Kreisbahnen, Motoren, eine umfassende und vollständige Frage, um eine umfassende und vollständige Antwort zu bekommen, selbst diese verdammten Bügelfalten über seinen Knien – es deutete alles auf eine chronische Abhängigkeit von oder einen Zwang zur *Ordnung* hin. Und wenn ich hier Ordnung sage, dann meine ich Ordnung in ihrem ganzen 19.-Jahrhundert-Zylinder-Zwirbelbart-prächtiger-alter-Newton-Sonntagsstaat – die richtigen Dinge, die zur richtigen Zeit in den richtigen Teilen der richtigen Rahmenstruktur geschahen, vorhersagbar und systematisch, auf immer und ewig.

Ich musste lächeln.

Ordnung. Das ist es. Darum geht es.

Und was noch besser war: Mir wurde bewusst, dass ich meine Theorie überprüfen konnte.

Wenn der Zug in King's Cross ankommt, dachte ich, *gehe ich sofort in die Bahnhofsbuchhandlung. Wenn ich Black richtig einschätze, wird sein Roman es mir verraten.*

Und das tat er auch. Das tat er sehr, sehr deutlich.

Seiner Länge zum Trotz ist *Cupid's Engine* ein ökonomisches Wunder, ein dichter, wunderbar austarierter Kriminalroman, in dem jeder Augenblick, jede Wendung, jeder Hinweis an genau dem Punkt eintritt, an dem er notwendig ist. Vom ersten bis zum letzten Wort, von der ersten bis zur letzten Szene, drehen und wenden sich die Mechanismen des Buches im Takt dessen, was Inspector Cleaver selbst »*das Uhrwerk von Ursache und Wirkung*« nennt.

Während ich bis spät in die Nacht dasaß und las, erinnerte mich das Buch vor allem an ein viktorianisches Planetarium –

eines jener mechanischen Miniatursonnensysteme mit all den Messingplaneten und Monden, die mit tadelloser mathematischer Präzision um ihre brünierte Sonne herumsurrten und -tickten. Natürlich gründete das Bild zum Teil in meiner Zeit im Norden – Atome und Kreisbahnen, der Roman als Maschine –, aber ich konnte es dennoch nicht abschütteln. Mehr als jedes andere Buch, das ich je gelesen hatte, fühlte *Cupid's Engine* sich *tatsächlich* wie eine Maschine an, und wie eine höchst ausgeklügelte und wunderbar konstruierte dazu.

Ich hatte etwas Derartiges noch nie gelesen.

13

Cupid's Engine

Cupid's Engine beginnt mit einem groß gewachsenen, ungepflegten Mann in einem verknitterten Leinenanzug und mit einem Fedora auf dem Kopf. Er zieht sich an einem Türrahmen hoch, blutüberströmt. Wir wissen das noch nicht, aber der Name dieses Mannes lautet Maurice Umber. Er hält ein blutiges Messer in der rechten Hand und drückt einen Telefonhörer ans linke Ohr.

»*Polizei*«, murmelt er in den Hörer. »*Sie werden wohl jemanden schicken müssen.*«

Für einen Krimi unüblich, begegnen wir hier zuerst demjenigen, der sich später als Mörder entpuppen wird und der am Ort des Verbrechens steht, die Mordwaffe in der Hand, während alles darauf hindeutet, dass er soeben einen Menschen erstochen hat.

Klingt nach dem kürzesten Krimi der Geschichte, aber hier geht es darum, dass wir von Anfang an von unseren eigenen Erwartungen in die Irre geführt werden, geblendet von dem, was wir über das Buch, das wir lesen, zu wissen glauben. *Das ist ein Krimi, denken wir, also muss es irgendeinen Dreh oder Kniff geben. Komm schon, ich bin ja nicht von gestern. Dieser Typ war es auf keinen Fall.*

Auf diese Weise lassen wir Maurice Umber herein.

Den charmanten, sympathischen und unglaublich überzeugungskräftigen Maurice Umber. Wenn er spricht, klingt das Lächerliche vernünftig und das Unwahrscheinliche glaubhaft.

Umber ist auf keinen Fall ein Heiliger, er wirkt wie ein liebenswerter Schurke, ein schluffiger Han Solo in einem Secondhandanzug. Wir wissen, dass er nicht durch und durch gut ist, aber wir mögen ihn, und wir glauben nur allzu gern, dass er nicht, nun ja, wirklich *schlecht* ist.

Es ist schwierig zu erkennen, was auf diesen ersten Seiten tatsächlich passiert, schwierig zu merken, wie gründlich wir übers Ohr gehauen werden. Auf den ersten Blick scheint Black Umber das Leben so schwer wie möglich machen zu wollen; er geht sogar so weit, ihn mit einer Vergangenheit als zum Prediger gewordenen Bühnenzauberer auszustatten. Lassen Sie sich das einmal auf der Zunge zergehen – *ein Bühnenzauberer, der Prediger geworden ist.* Für eine Figur in einem Kriminalroman könnte man sich kaum einen haarsträubenderen und weniger vertrauenswürdigen Lebenslauf ausdenken, doch als Umber im ersten Kapitel dem Polizisten, der die Festnahme durchführt, das enthüllt, tut er es mit so matter Ironie, dass wir uns der Einsicht nicht verschließen können, was für ein perfekter Sündenbock dieser Mann doch wäre. Ist uns dieser Gedanke einmal gekommen – oder besser gesagt, ist er erst einmal sorgfältig in unser Blickfeld geschoben worden –, wird mithilfe eines subtilen psychologischen Tricks dafür gesorgt, dass er uns nicht mehr verlässt. Im Laufe der stundenlangen Polizeiverhöre erklärt Maurice Umber sich nie ausdrücklich selbst zum Sündenbock und lädt dadurch sein Publikum ein, den mentalen Schritt zu tun und es für ihn zu übernehmen. Wie Ihnen jeder gute Betrüger sagen wird, verkauft man seinem Opfer eine Lüge am besten, indem man es sie sich selbst verkaufen lässt. Und wie Ihnen jeder Krimifan sagen wird, ist das Opfer in diesem Fall nicht nur der Ermittler – auch der Leser ist es.

Als Eröffnungszug ist das verwegen, es ist elegant in seiner Einfachheit und wunderbar eingefädelt. Nicht nur bedient Umber sich geschickt seiner verdächtigen Vergangenheit, um die Polizei dazu zu bringen, ihm zu glauben, er setzt sie auch im Verbund mit unseren Erwartungen an das Genre ein – niemals das Offensichtliche glauben –, um uns so zu manipulieren, dass wir ihm ebenfalls glauben. Es ist der erste Schuss in einem Trommelfeuer aus Tricks, Illusionen und psychologischen Manipulationen, durch die Umber seine verschiedenen Opfer – sowohl fiktionale als auch nicht fiktionale – genau dort festhält, wo er sie haben will. Über die gesamte Handlung hinweg übt er eine außerordentliche Kontrolle aus, und die Komplexität seiner Manipulationen nimmt nur weiter zu, je tiefer man in das Buch vordringt.

Maurice Umber ist ein großer, auf attraktive Weise verlotterter Mann mit einem festen Händedruck und einem schiefen Lächeln. Er lebt in einer Handvoll teurer, ganz leicht fadenscheiniger Anzüge, und er verlässt das Haus nie ohne seinen alten weißen Fedora, ein Überbleibsel aus seiner Bühnenzeit, das mit Brandflecken übersät und aus dessen Krempe ein halbrundes Stück herausgesengt ist. Im ersten Teil des Buches erklärt Umber, dass es sich um seinen Glückshut handelt, den er jeden Tag getragen hat, seit der Hut verhinderte, dass er bei einem gefährlichen Bühnenzauber das Augenlicht verlor, als er noch jung und sorglos war. Etwas später gibt er zu, dass er den Hut auch trägt, um den leichten Rauchgeruch zu erklären, der ihn umgibt und der eigentlich von den Stumpen kommt, die er noch immer raucht, obwohl er es sich seit Langem abzugewöhnen versucht. Im Mittelteil des Romans folgt noch eine dritte, gänzlich andere Erklärung für den Hut. Inzwischen hat Inspector Maxwell Cleaver – unser Ermittler und Held – Beweise für eine mächtige, schattenhafte Verschwörung gefunden, die mit einer ganzen Reihe von Morden in Verbindung zu stehen scheint, darunter demjenigen, für den Umber auf den ersten Seiten des Buches verhaftet wurde. Obwohl ihn das scheinbar reinwäscht, hat Cleaver Umber noch einmal für weitere Befragungen aufs Revier bestellt. Umber sitzt mit einem bedauernden Dan Wayburn (der Polizist, der ihn im ersten Kapitel festgenommen hat und der sich widerstrebend zu Cleavers Sidekick entwickelt) in einem Polizeiwagen, und sie fahren auf den Parkplatz der Polizeiwache, als Umber aus heiterem Himmel etwas Abseitiges sagt, etwas, was sich in dem Moment, als ich es las, anfühlte wie Eiswasser, das mir den Rücken hinunterrann. Dan hat sich gerade nach den gefährlichsten Zaubertricks erkundigt, als Umber ihm anvertraut, dass sein getreuer weißer Hut gar nicht bei einem Trick beschädigt wurde, sondern durch das heilige Feuer des brennenden Dornbuschs, als er seine Weisung von Gott erhielt. Das lässt uns aufschrecken – nicht nur aufgrund der Erkenntnis, wie sehr wir Umber mittlerweile ins Herz geschlossen und uns auf seine Seite geschlagen haben, sondern auch aufgrund der Tatsache, dass wir diese Erklärung ignorieren oder verstandesmäßig erklären wollen, um weiter auf seiner Seite bleiben zu können. Wir sind erleichtert, als seine ernste Miene zu bröckeln beginnt:

»Ich ziehe Sie bloß auf, Dan«, sagt er lächelnd und legt dem Polizisten eine freundliche Hand auf die Schulter (was sich sehr nach einer freundlichen Hand auf unserer eigenen Schulter anfühlt). Wayburn lacht, wir lachen, und die Erzählung schreitet fort. Aber etwas ist nun anders. Es wurden neue Zweifel gesät. Der Roman hat mit Zweifeln an der Schuld begonnen, und jetzt bewegen wir uns auf Zweifel an der Unschuld zu. Von diesem Punkt an dreht sich *Cupid's Engine* ganz darum, die Schichten der Pseudoverschwörung, die sich in der ersten Hälfte übereinandergelegt haben, nach und nach abzuziehen, Dutzende von Tricks, Lügen, Betrügereien und Täuschungen – manche davon teuflisch durchtrieben – zu enthüllen, bis wir zu unserer Überraschung und unserem Schrecken wieder genau dort landen, wo wir am Anfang waren – bei Maurice Umber, dem zweifelsfrei schuldigen, kaltblütigen Killer.

Und da haben wir es. Das sollte das Ende sein, oder nicht? Als unser heldenhafter Ermittler Inspector Cleaver endlich den komplexen Handlungsfaden entwirrt und den Fall löst, sollten wir das Ende der Geschichte erreicht haben, aber das haben wir nicht – noch nicht ganz. Umbers unglaubliche Überzeugungsfähigkeit kommt abermals ins Spiel und ermöglicht ihm, im letztmöglichen Augenblick aus dem Polizeigewahrsam zu entkommen. Um es ganz deutlich zu sagen, das dürfte nicht passieren. Es ist der größte Ausbruch aller Zeiten – es ist, als wäre Umbers finaler Schachzug ein Entfesselungstrick, mit dessen Hilfe er sich von der traditionellen Struktur des Kriminalromans befreit, so als wäre es dem Bösewicht gelungen, der unentrinnbaren »Enthüllung auf der letzten Seite« zu entkommen, die seit Anbeginn des Genres die Geschichten sämtlicher anderer Krimibösewichte abgesperrt und beendet hat. Am Ende ist es nur eine außergewöhnlich kalte Tat unseres Helden in einem unerwarteten zusätzlichen Kapitel, die die Angelegenheit beendet. Als unmittelbares Resultat von Inspector Cleavers Untätigkeit peitscht ein berstendes Stahlkabel Maurice Umber gegen die Kehle und beraubt ihn für immer seiner größten Waffe – der Macht des Wortes. Die letzten Seiten des Buches enthalten nur noch Umbers scheiternde Versuche zu sprechen, während er verletzt und blutend auf dem Boden einer Lagerhalle liegt, und während diese Versuche zu unverständlichen Geräuschen ohne jede Spur von Bedeutung verkommen, endet *Cupid's Engine.*

An dieser Stelle fragen Sie sich vielleicht: *Wie sollte ein so unnachgiebiger und sozial unbeholfener Mensch wie Andrew Black in der Lage sein, eine so charmante und charismatische Figur wie Maurice Umber zu erschaffen?*

Nun, die Sache ist die: Romane sind trickreich, selbst die einfachen.

Nur sehr wenig an einem Roman ist genau so, wie es uns erscheint, und wenn man einmal darüber nachdenkt, dann erscheint überhaupt nur sehr wenig. Liest man *Der Herr der Ringe*, dann sieht man Frodo nicht, man hört Gandalf nichts sagen. Man glaubt, es zu tun, aber es ist ein Trick. Alles, was man sieht, sind Reihen dunkler Symbole auf einem hellen Untergrund, alles, was man hört, ist überhaupt nichts. Man hat auch den Eindruck, in einem Roman vergehe Zeit. Das ist ein weiterer Trick. Es gibt in einem Roman keine Zeit. Es gibt keine Zeit, weil die Entropie zwischen dem ersten Wort auf der ersten Seite und dem letzten Wort auf der letzten Seite nicht zunimmt. Zerschlägt eine Figur beispielsweise auf Seite 78 eine wertvolle Vase, dann bleibt die Vase auf Seite 77 unversehrt, und Sie können sie dort aufsuchen, wann immer Sie wollen. Seite 77 ist zu jedem gegebenen Zeitpunkt ebenso gegenwärtig und zugänglich wie Seite 78. Natürlich werden Sie das wohl eher nicht tun, Sie werden von Seite 78 vermutlich zu Seite 79 übergehen, denn auf diese Weise lesen wir Bücher – immer weiter nach Osten reisend –, aber sollten Sie jemals zurückblättern, um einen Abschnitt noch einmal zu lesen, können Sie sich sicher sein, dass die Vase auf den ersten 76 Seiten des Buches nicht zerbrochen, sondern ganz ist. In einem Text vergeht die Zeit nur *scheinbar.* Diese Illusion entsteht aus den zeitlichen Handlungen des Lesers und des Autors, die mit dem Text interagieren. Und die Sache ist die, und das ist auch mitverantwortlich dafür, dass eine Figur wie Maurice Umber erschaffen werden kann: Ein Abschnitt, für dessen Lektüre der Leser zehn Minuten braucht, kann den Verfasser beim Schreiben zehn Stunden, zehn Wochen oder sogar zehn Jahre kosten.

Ich weiß. Relativität.

Es ist eine beunruhigende Angelegenheit, wenn man es sich einmal genau überlegt.

Ein beunruhigender Gedanke, dass wir beim Lesen eines Romans Jahre des Lebens eines Schriftstellers innerhalb einiger Stunden verbrennen. Eine beunruhigende Erkenntnis auch, wenngleich auf andere Weise, dass man als Leser nur selten ein Gefühl für dieses zeitliche Ungleichgewicht hat. Aus der Perspektive des Lesers laden die Worte dazu ein, sich in einer angemessenen Geschwindigkeit über die Seite zu bewegen, mal rasend, mal schlendernd, mal mit einem langsamen, bedächtigen Kriechen, und für die ganze Welt ist es, als wäre der Autor direkt neben dem Leser, als steckten die beiden gemeinsam in dieser Sache, auf Zehenspitzen gehend, dann rennend, dann Seite an Seite verschnaufend. Doch nichts davon stimmt. Das geschieht ganz und gar nicht. In Wahrheit habe ich achtundvierzig Minuten lang gebraucht, um vom Schreiben der Worte »Es ist eine beunruhigende Angelegenheit« bis hierher zu kommen, um diese kleine Straße mit ihren verschiedenen Kurven, Gefällen und Steigungen zu bauen. Um sie zu überarbeiten, sie so sehr zu planieren, wie ich nur konnte, um mein Bestes dafür zu tun, dass Sie auf dem Weg nicht strauchelten oder stolperten. Wie lange haben Sie dafür gebraucht, um von dort hierher zu gelangen?

Der Autor legt die Reisegeschwindigkeit des Lesers fest, aber der Autor *reist nicht mit dieser Geschwindigkeit.* Das ist ein weiterer Trick. Das zeitliche Verhältnis des Lesers und des Autors zum Text sind hochgradig unterschiedlich – was ihr Verhältnis zum Buch betrifft, bewegen sie sich mit stark unterschiedlicher Geschwindigkeit durch die Zeit. Während es den Lesern also erscheinen mag, als hätte eine Figur spontan eine scharfzüngige und geistesgegenwärtige Antwort gegeben, müssen wir uns in Erinnerung rufen, dass der Autor vielleicht monatelang an diesem einen kleinen Satz herumgeschrieben hat, sich alle Zeit genommen hat, die er brauchte, um jeden Buchstaben und jedes Satzzeichen genau richtig hinzubekommen.

Die Zeit ist also die Geheimzutat, die es einem sozial inkompetenten, schwierigen Autor ermöglicht, eine auf mühelose Weise liebenswerte und charmante Figur zu entwerfen – die kunstvoll verschleierte Aufwendung eines Riesenhaufens Zeit.

o

Aber da wir schon von *Cupid's Engine* reden, sollten wir auch einige Worte über seinen Protagonisten verlieren.

Cleaver ist ein ungewöhnlicher Held. Einfach ausgedrückt – niemand mag ihn. Weder seine Kollegen noch seine Familie noch – zumindest anfangs – der Leser. Der kleine, glatzköpfige Mann in dem mattgrauen Anzug ist pedantisch, reizbar und auf Regeln und feste Abläufe fixiert. Alles muss an seinem Platz sein, alles zur rechten Zeit, alles wie erwartet, keine Ausnahmen, keine Ausflüchte. Er ist nicht am Austausch von Nettigkeiten interessiert, hat keine Vorstellungskraft, keinen Sinn für Staunenswertes. Und natürlich ist er dadurch der Einzige, der Maurice Umber durchschauen kann. Zuerst mögen wir ihn deshalb umso weniger – Umber verfügt über eine höchst anziehende Persönlichkeit, und Cleaver, nun ja, Cleaver ist irgendwie ein Arschloch, aber nach und nach ändert sich die Sache.

Ich war überrascht, wie sehr ich mich in der zweiten Hälfte des Romans für Cleaver erwärmte, vor allem da der Ermittler selbst sich nur für sehr wenig erwärmen kann. Cleaver begibt sich nicht auf das, was die Drehbuchautoren in Hollywood gern als *emotionale Reise* bezeichnen; tatsächlich erhalten wir überhaupt keine Erklärungen, keine Hintergrundgeschichte, keine Entschuldigungen für das Verhalten dieser Figur. Maxwell Cleaver passt einfach nicht in diese Welt, und er will es auch gar nicht. Bei all seiner düsteren Unfreundlichkeit verhält sich Maxwell Cleaver, als hätte er einen ausgeprägten moralischen Kompass; er handelt stets so, wie er es persönlich für richtig und ehrlich hält, und reagiert fortwährend erschüttert, ja verletzt auf die beduselte Geistlosigkeit der breiten Bevölkerung. Er hat einen Arbeitsplatz, ein Haus, eine Frau. Doch über diese grundsätzlichen Dinge hinaus weiß man nichts. Cleaver ist eine Leerstelle, und es fällt zunehmend schwer, nicht die Tatsache zu respektieren oder gar zu bewundern, dass sich im Herzen dieser großen, komplizierten Maschine von einem Roman eine kleine, glatzköpfige, starrsinnige Figur befindet, *die nicht geliebt werden will.* Mit der Zeit beginnt man, dem Mistkerl die Daumen zu drücken, und wenn man das tut, wirkt Maurice Umbers klebriges doppelbödiges Gerede so zuckrig und so voller leerer Kalorien, dass er Übelkeit erregt.

Die Messingplaneten rotieren und kreuzen einander, die Maschine schnurrt. Wir sind immer genau dort, wo das Buch uns haben will, und es ist großartig.

o

Ich saß bis zehn Uhr am darauffolgenden Morgen da und las Andrew Blacks Roman. Er hatte ein Buch geschrieben, das tatsächlich so gut war, wie alle sagten, so viel stand fest. Aber *Cupid's Engine* schien auch viele meiner Vermutungen über den Mann selbst zu bestätigen. Ordnung, Ordnung, Ordnung – und noch mehr als das. Ich grub und siebte mich durch den Text wie ein Archäologe, suchte nach Formen, Abdrücken, Abformungen, Pinselstrichen – Spuren des Schöpfers in der Gestalt seiner Schöpfung.

Cleaver schien ganz offensichtlich ein Stellvertreter von Black selbst zu sein. Oberflächlich betrachtet, wirkte die Figur, als wollte Black der Welt entgegenschreien: *Hier bin ich, und es ist mir gleich, ob ihr mich mögt oder nicht,* aber wenn ich etwas genauer hinsah, glaubte ich, darin auch eine Übung in Selbstrechtfertigung und sogar ein Buhlen des Autors um persönliche Bestätigung zu erkennen. Schließlich ist Max Cleaver der Held der Geschichte. Auf der letzten Seite siegt er aufgrund all der Dinge, die er ist, nicht ihnen zum Trotz.

Ob bewusst oder nicht, dachte ich, *Andrew Black will also, dass die Welt ihn mag.*

Aber wie verhielt es sich mit Maurice Umber? Ein weiteres, komplexeres Selbstporträt, entschied ich. Umber war ein Negativ von Andrew Black, eine Rachel-Whiteread-Skulptur, in der all die Leerstellen, all die Dinge, die der Autor *nicht* war, mit magischem Gips ausgefüllt und lebendig gemacht und zum Leben erweckt worden waren. Umber war damit Andrew White, eine Figur, die alles verkörperte, was Andrew Black ablehnte, alles, was er hasste, ein Monster, das auf abschreckende Weise illustrieren sollte, warum er es tat.

Tatsächlich kann man, schrieb ich in mein Notizbuch, *wenn man das einmal erkannt hat, die unverhältnismäßigen Ängste des Autors in dem invertierten Abdruck, den die Figur darstellt, abgebildet sehen. Betrachtet man beispielsweise einmal die Überzeugungskraft von Umbers Redekunst genau, sieht man einen Geist der Gussform, aus der er stammt – ein tiefes und korrespondierendes Gefühl der Machtlosigkeit in Andrew Black, das ihm ermöglicht hat, seinen Bösewicht so ausgesprochen überzeugend zu modellieren.*

Wow.

Was für ein blasierter, selbstgewisser Scheißkerl ich doch manchmal sein konnte.

o

Eines noch, ehe wir fortfahren. Ich habe gesagt, Maxwell Cleaver sei in *Cupid's Engine* eine kalte und undurchdringliche Figur, aber das stimmt nur zu 99 Prozent. Es gibt in dem Buch zwei sehr kurze Szenen, die sich um Max Cleaver und seine Frau Olive drehen. Beide sind knapp, einfach und häuslich. Das sind die einzigen Momente des Romans, in denen Cleaver auch nur einen Hauch offener wirkt, nach ein bisschen mehr aussieht als die verschlossene Kiste, die wir sonst allerorts präsentiert bekommen. Diese Plaudereien am Esstisch – die einzigen Augenblicke, in denen Olive auftaucht – sind auch die einzigen Momente des Romans, die keinerlei narrativen Zweck zu erfüllen scheinen. Doch dann teilt man uns mit, dass Olive Cleaver eine schöne dunkelhaarige Frau mit einer mysteriösen s-förmigen Narbe auf der Wange ist. Sie leidet außerdem unter Amnesie; sie ist Cleaver eines Nachts zufällig begegnet und hat ihre Erinnerungen nie zurückgewonnen. *Okay,* denken wir, *hier legt der Autor also die Saat für ein künftiges Mysterium, eine andere Geschichte für ein anderes Buch.* Das dachte ich zumindest. Da jeder tickende Planet des Planetariums einen auf elegante Weise definierten Weg und Zweck hat, glaubte ich zu wissen, was ich vor mir hatte, als ich diese beiden kleinen Abschnitte las. Zwei winzig kleine Monde, die reglos im Hintergrund der großen Maschine ruhten, sich nirgendwohin bewegten und nichts taten.

Ich schenkte ihnen nicht die Aufmerksamkeit, die sie verdient gehabt hätten.

14

Kommentierte Ausgabe

Wie Sie sicherlich gemerkt haben, entwickelte ich bei meiner Lektüre von *Cupid's Engine* eine gewisse Obsession. Meine Begegnung mit Andrew war für mich so mit emotionalem Ballast befrachtet und sein Verhalten an diesem Tag so sonderbar gewesen, dass ich mich wohl selbst ein wenig mit dem Ermittlerfieber infizierte.

Ermittlerfieber. Hm, ich bin flapsig.

Die Wahrheit ist, dass dieser bizarre und mysteriöse Nichtbruder, Dr. Stanley Quinns geistiger Sohn, mich nicht mehr losließ. Noch mehr als alles andere wollte ich sein Buch vielleicht benutzen, um ihn zu begreifen, so wie ein Ermittler in einem Krimi den Fall knackt. Ich hatte das Gefühl, wenn ich das täte, würde mir das, ich weiß nicht, irgendeine Macht verleihen, eine Art wiederhergestellte Autorität und Ansehen, zumindest in meinem eigenen Kopf. Wenn ich jetzt darüber nachdenke, erinnert mich die ganze Sache daran, wie Kinder sich durch das Lernen der Namen von Dinosauriern stark und mächtig fühlen.

Jedenfalls verwandte ich sehr viel Zeit und Energie darauf, *Cupid's Engine* nach Hinweisen und versehentlich eingestreuten Informationen abzusuchen und anhand des Textes sorgfältig Theorien über den Autor zu konstruieren. Doch nach einer Woche wurde die Spur kalt. Als Umber auf der letzten Seite des Buches stammelte und starb, gab es keine Buchstaben mehr, keine Wörter, nichts weiter auszugraben und auseinanderzupflücken. Und um ehrlich zu sein, begann ich mich zu diesem Zeitpunkt auch zu fragen, wie gesund die ganze Sache war, also stellte ich *Cupid's Engine* ins Bücherregal und versuchte, die ganze Begegnung in die Vergangenheit zu entlassen.

Drei Tage später kam das Päckchen.

Ich riss es auf und fand ein Exemplar von *The Qwerty Machinegun* darin. Auf der Titelseite –

Thomas,
Sie wollten wissen, was ich von Ihrem Roman halte.
Andrew Black

– und danach eine Flut handgeschriebener Anmerkungen und Änderungen, die den ursprünglichen gedruckten Text des Buches vollständig überschwemmten. Die Ränder beinahe jeder Seite waren bis zum Bersten mit den winzigen Buchstaben gefüllt, eine Fußnote nach der anderen empfahl Ergänzungen und Umformulierungen. Ganze Seiten waren durchgestrichen. Das ganze elfte Kapitel war mit keiner anderen Erklärung als einem eingekreisten und doppelt unterstrichenen »NEIN« getilgt worden, und in dem Freiraum, der auf dem Rückumschlag blieb, hatte Black die hauptsächlichen Mängel meines Buches in praktischen Stichpunkten zusammengefasst, ehe er sich mit den Worten *Ich hoffe, das ist brauchbar. Nächste Woche bin ich in London, falls Sie möchten, dass ich irgendetwas näher ausführe* verabschiedete.

Das Buch schlug hart auf dem Boden auf, schlitterte dann den Flur entlang, als ich ihm einen Tritt versetzte, und schoss unter den Schuhschrank wie eine verängstigte Maus. Ich stürmte in mein Arbeitszimmer, setzte einen langen und wütenden Brief an Andrew Black auf und entschied dann, dass ich ihm all die wütenden Dinge darin eigentlich lieber ins Gesicht sagen wollte. Ich zerknüllte den Brief und schrieb einen neuen:

Lieber Andrew,
ja, ich würde sehr gern darüber reden.
Wann sind Sie in London, und wo sollen wir uns treffen?
Thomas

Ich stopfte den Brief in einen Umschlag und schickte ihn umgehend ab.

Ich fürchtete mich davor, das Buch wieder in die Hand zu nehmen, aber ich wollte wütend bleiben, also zog ich ein paar Stunden später *The Qwerty Machinegun* unter dem Schuhschrank hervor und fing an zu lesen. Es erfüllte seinen Zweck. Ich kann Ihnen kaum sagen, wie sehr ich mir wünschte, dass all diese Anmerkungen wertlos wären, dass er meinen Roman überhaupt nicht verstanden hätte. Aber die Änderungen waren gut. Er hatte mein Buch auseinandergenommen und es zu etwas Besserem wieder zusammengesetzt, zu etwas viel, viel Besserem.

Ich hasste ihn dafür.

Die nächsten etwas über vierzig Stunden lang tat ich nichts weiter, als diese Änderungen zu lesen und wieder zu lesen und einzustudieren, was genau ich diesem selbstgerechten Mistkerl zu jeder einzelnen von ihnen sagen wollte. Doch je mehr Zeit ich mit den Anmerkungen verbrachte, desto mehr begriff ich, was Black für mich getan hatte, und ich wusste, dass ich vor allem eines zu ihm sagen sollte. Als ich an jenem Freitag in den Pub ging, um ihn zu treffen, zwang ich mich, diese eine Sache zu sagen, bevor tausend andere Dinge heranrauschen und ihren Platz einnehmen könnten:

»Danke.«

»Ja«, sagte er. »Es war nicht. Tja. Ich habe bis zum Ende durchgehalten, also, nun ja.«

Ich starrte ihn an.

Er öffnete eine Ledertasche, zog ein paar Bücher heraus

und gab sie mir. Ich warf einen Blick darauf: *Der Held in tausend Gestalten* von Joseph Campbell und *Die Odyssee des Drehbuchschreibers* von Christopher Vogler.

»Die sollten Sie vielleicht einmal lesen«, sagte Black. »Um besser zu werden.«

Ich betrachtete die Bücher.

»Ach du Scheiße«, sagte ich.

Ich holte uns zwei Bier.

»Ein Gestaltwandler kann eine andere Erscheinung annehmen oder einfach seine Launen von einem Augenblick auf den nächsten ändern – und genau dies macht es dem Helden wie auch dem Publikum so schwer, solche Figuren zu er- und begreifen. Ein Gestaltwandler kann den Helden in die Irre führen oder ihn beständig vor Rätsel stellen, und es ist oft schwer zu sagen, wie es denn um seine Ernsthaftigkeit und Loyalität bestellt ist ... Die dramatische Funktion des Gestaltwandlers besteht darin, eine Geschichte mit den Elementen des Zweifels und der Spannung zu versehen. Wir können davon ausgehen, dass fast immer ein Gestaltwandler im Spiel ist, wenn Helden sich beispielsweise fragen: ›Kann ich mich tatsächlich auf ihn verlassen?‹ – ›Liebt er mich wirklich?‹ – ›Ist er nun ein Feind oder ein Verbündeter?‹ – ›Wird sie mich betrügen?‹« – Christopher Vogler

Der Herold ruft den Helden zum Abenteuer. Der Herold kann eine andere menschliche Figur oder ein anderes Wesen sein wie R2-D2, der die Botschaft von Prinzessin Leia übermittelt, oder es kann ein Ereignis sein wie der Telefonanruf mitten in der Nacht, mit dem Austers Stadt aus Glas beginnt.

»Es kann sein, daß der Heros durch äußeres Zutun von seinem jenseitigen Abenteuer zurückgebracht werden muß, das heißt, die Welt muß kommen und ihn holen.« – Joseph Campbell

Wenn der Ruf kommt, weigert sich der Held oft, ihm zu folgen, entweder aus Angst oder aufgrund profaner Verpflichtungen und Verantwortlichkeiten in der alltäglichen Welt. Der Held betrachtet das Abenteuer womöglich als waghalsig oder schlicht als Irrsinn – ein Schritt ins Unbekannte, den er nicht zu tun bereit ist. Luke weigert sich zunächst, Obi Wan Kenobi zu helfen, und begründet das damit, er könne sich nicht einfach so in die Ga[illegible] xie aufmachen, da er zu Hause helfen müsse, die [illegible] der Familie zu führen. Luke Sky[illegible] lässt sich [illegible] Abenteuer ein, als sein Zuhause in [illegible] Asche gelegt wird und s[illegible] seine Tan[illegible]

Wobei Jane als viktorianische Frau eine deutlich andere Beziehung zu Macht und Geld hat als viele männliche Helden, und dieser Unterschied wirkt sich in entscheidender Weise auf ihre Heldenreise aus. Die Vorstellung einer veränderten monomythischen Struktur für weibliche Helden wird in Murdocks The Heroine's Journey und Schmidts »The Feminine and the Masculine Journey« weiter untersucht.

»Bei Figuren wie dem Mentor und dem Trickster ist die Verwandlung geradezu ein fester Aspekt des eigenen Archetypus. Merlin, der Mentor der Artussagen, nimmt bei verschiedenen Gelegenheiten eine andere Gestalt an, wenn er zugunsten seines Zöglings Artus in das Geschehen eingreift. Und die Göttin Athene tritt in der Odyssee wiederholt in Menschengestalt auf, um Odysseus und seinem Sohn Telemach zu helfen.«
– Christopher Vogler

»Freiheit, die Spaltung der Welt nach hüben und drüben zu durchmessen, von der Perspektive der Erscheinungen in der Zeit zu der der ursächlichen Tiefe und wieder zurück, ohne die Prinzipien des einen mit denen der anderen zu kontaminieren, aber so, dass der Geist das eine durch das andere erkennt, ist die Gabe des Herrn, oder, biblisch zu reden, des Meisters.«
– Joseph Campbell

»Die alten Römer glaubten auch, jeder Mann habe einen Schutzgeist oder Verbündeten, seinen ›Genius‹, und jede Frau habe eine ›Juno‹ … Am eigenen Geburtstag brachte man dem Genius oder Juno ein Opfer dar, im Austausch gegen Führung und Schutz oder etwas zusätzliches Hirnschmalz.«
– Christopher Vogler

Wenn der Ruf kommt, weigert sich der Held oft, ihm zu folgen, entweder aus Angst oder auf-grund profaner Verpflichtungen und Verantwort-lichkeiten in der alltäglichen Welt. Der Held betrachtet das Abenteuer womöglich als waghalsig oder schlicht als Irr-sinn – ein Schritt ins Unbekannte, den er nicht zu tun bereit ist. Luke Skywalker weigert sich zunächst, Obi Wan Kenobi zu helfen, und begrün-det das damit, er könne sich nicht einfach so in die Gala-xie aufmachen, da er zu Hause helfen müsse, die Farm der Familie zu führen. Luke lässt sich erst auf das Abenteuer ein, als sein Zuhause in Schutt und Asche gelegt wird und sein Onkel und seine Tante getötet werden.

hüter steht an de
Schwelle und versucht, den
Helden daran zu hindern, von der
alltäglichen Welt in die besondere Welt
des Abenteuers hinüberzuwechseln.
Manchmal sind Schwellenhüter nieder-
rangige Gegner, die im Eingangsteil d
Geschichte überwunden werden m
wie der Wachmann in *Der Sternen*
die beiden Schurken, denen Luke am
von Mos Eisley begegnet, aber ebens
besorgte Eltern oder Freunde sein, die
abraten, den Weg des Abenteuers zu b
dem Helden gleich ganz verbieten woll
Reise zu begeben. Ein Schwellenhüt
des Helden herauszufordern
heit zum Abenteuer auf die P
vielleicht wichtigste Teil der A
ters besteht darin, uns – die
das Publikum – über das Ris
das die Reise birgt. Er ist da,
zu verdeut- lichen, uns
detailliert
»Das ist
gen« o
kehrt w

In *Der Heros in tausend Gestalten* legt Joseph Campbell dar, dass sich sowohl in alten Mythen als auch in modernen Geschichten aus der ganzen Welt immer wieder eine bestimmte grundlegende Struktur beobachten lässt. Er nennt diese Struktur den Monomythos oder die Heldenreise. Die Geschichten von Moses und Christus sind ebenso in monomythischen Begriffen beschrieben worden wie die Abenteuer von Frodo Beutlin, Luke Skywalker und Jane Eyre. Campbell gibt den folgenden Überblick über seine monomythische Struktur: »Der Heros verlässt die Welt des gemeinen Tages und sucht einen Bereich übernatürlicher Wunder auf, besteht dort fabelartige Mächte und erringt einen entscheidenden Sieg, dann kehrt er mit der Kraft, seine Mitmenschen mit Segnungen zu versehen, von seiner geheimniserfüllten Fahrt zurück.« Mit anderen Worten: Der Held zieht los, stellt sich Herausforderungen und erzielt letztlich einen großen Sieg. Dann kehrt der Held zurück und bringt etwas mit. Campbell unterteilt diese Reise im Folgenden in 17 Stationen, darunter: Berufung, Weigerung, Das Überschreiten der ersten Schwelle, Der Bauch des Walfisches, Versöhnung mit dem Vater, Apotheose, Rettung von außen, Herr der zwei Welten. Campbell vertritt auch die Theorie, dass sich jeder Figur, der der Held auf seiner Reise begegnet, einer von sieben grundlegenden Archetypen zuordnen lässt, die alle eine bestimmte Rolle innerhalb der Geschichte erfüllen. Die acht Archetypen sind alles in allem: Held, Mentor, Verbündeter, Herold, Trickster, Gestaltwandler, Schwellenhüter und Schatten.

isches
Station,
r der Held von
Suche ganz und gar
schlungen wird und die alltägliche
Welt vollständig hinter sich lässt, um als
etwas Neues wiedergeboren zu werden, während er zu der eigentlichen Reise aufbricht. Jona wird vom Wal verschluckt; ein winziger Millennium-Falke wird in den riesenhaften Todesstern hineingezogen. Campbell schreibt: *»Anstatt die Mächte der Schwelle zu besiegen oder niederzuschlagen, wird der Held ins Unbekannte geschlungen ... Sein Verschwinden entspricht dem Verschwinden des Frommen in einem Tempel ... Das Tempelinnere, der Bauch des Wals und das himmlische Reich jenseits, über und unter den Grenzen der Welt sind ein und dasselbe. Das ist der Grund, warum die Zugänge und Eingänge zu Tempeln von kolossalen Ungetümen flankiert sind: Drachen, Löwen, Teufelsbekämpfern mit gezückten Schwertern, boshaften Zwergen und geflügelten Stieren ... Der Gläubige erfährt im Augenblick des Eintritts in einen Tempel eine Verwandlung.«*

»Ein Gestaltwandler kann eine andere Erscheinung annehmen oder einfach seine Launen von einem Augenblick auf den nächsten ändern – und genau dies macht es dem Helden wie auch dem Publikum so schwer, solche Figuren zu er- und begreifen. Ein Gestaltwandler kann den Helden in die Irre führen oder ihn beständig vor Rätsel stellen, und es ist oft schwer zu sagen, wie es denn um seine Ernsthaftigkeit und Loyalität bestellt ist. ... Die dramatische Funktion des Gestaltwandlers besteht darin, eine Geschichte mit den Elementen des Zweifels und der Spannung zu versehen. Wir können davon ausgehen, dass fast immer ein Gestaltwandler im Spiel ist, wenn Helden sich beispielsweise fragen: ›Kann ich mich tatsächlich auf ihn verlassen?‹ – ›Liebt er mich wirklich?‹ – ›Wird sie mich betrügen?‹ – ›Ist er nun ein Feind oder ein Verbündeter?‹«
– Christopher Vogler

Der Schwellenhüter steht an der ersten Schwelle und versucht, den Helden daran zu hindern, von der alltäglichen Welt in die besondere Welt des Abenteuers hinüberzuwechseln. Manchmal sind Schwellenhüter niederrangige Gegner, die im Eingangsteil der Geschichte überwunden werden müssen, wie der Wachmann in *Der Sternenwanderer* oder die beiden Schurken, denen Luke am Weltraumhafen von Mos Eisley begegnet, aber ebenso gut können es besorgte Eltern oder Freunde sein, die stark davon abraten, den Weg des Abenteuers zu beschreiten, oder dem Helden gleich ganz verbieten wollen, sich auf die Reise zu begeben. Ein Schwellenhüter existiert, um den Eifer des Helden herauszufordern und seine Entschlossenheit zum Abenteuer auf die Probe zu stellen. Doch der vielleicht wichtigste Teil der Aufgabe des Schwellenhüters besteht darin, uns – die Leser, die Zuhörer, das Publikum – über das Risiko zu informieren, das die Reise birgt. Er ist da, um uns die Fallhöhe zu verdeutlichen, uns in entweder groben oder detaillierten Begriffen mitzuteilen: *»Das ist ein riskantes Unterfangen«* oder gar *»Unser Held kehrt womöglich gar nicht lebendig zurück«*.

15

Mächtiges A, Gieriges C und Fehlendes Q

Die Monate vergingen, und Treffen zu seiner Karriere nach *Cupid* führten Black häufiger nach London. Es gab damals Zeiten, in denen einer von uns jemanden zum Reden brauchte – über das Schreiben oder das Veröffentlichen oder darüber, wie man mit der Welt an sich zurande kam – und wir in diesem bestimmten Moment niemanden hatten, dem wir uns anvertrauen konnten, außer uns gegenseitig.

Und so, auf diese schwierige, umständliche Weise, wurden wir, nein, nicht Freunde, eigentlich nicht einmal etwas, was Freunden ähnelte, doch es schien, als zöge es uns zueinander hin. Der Tod scheint eine sonderbare Art von Gravitationskraft schaffen zu können. Ein Loch, eine Abwesenheit, so etwas kann einen in Bewegung setzen, ohne dass es einem ganz bewusst wird, kann einen Sog schaffen, den man gar nicht bemerkt. Nicht dass Andrew Black je direkt mit mir über meinen Vater gesprochen hätte, über die Zeit als sein Assistent oder die Entstehung dieses Zitats auf dem Umschlag seines Buches. Das Thema Dr. Stanley Quinn war für uns beide tabu. Das war die eine große, unausgesprochene Regel unserer Treffen. *Nähe* heißt schließlich nicht *Berührung*, und zwischen einer Kreisbahn und einer Kollision besteht ein fundamentaler Unterschied.

Black erwies sich als deutlich offener, wenn es darum ging, das Thema seiner Eltern und der Ereignisse in seiner Kindheit zu erörtern. Wobei *offen* und *erörtern* vielleicht nicht die richtigen Wörter sind. Wann immer Alkohol ins Spiel kam – und das passierte nach Terminen mit seinem Verlag immer häufiger –, dann war es, als lockerte sich ein tief in ihm sitzendes Ventil, und all diese Erinnerungen – einige davon eindeutig unter hohem Druck gelagert – drängten einfach nach draußen.

o

Andrew Black wurde als Sohn von Ursula Marie Black und Newhall Anthony Black geboren. Seine frühen Lebensjahre scheinen eine idyllische Zeit gewesen zu sein, voller Wärme, Liebe und Aufmunterung. Black war von Natur aus ein begabtes Kind, das rasch eine Liebe zur Sprache entwickelte, was zum großen Teil der Hingabe und der ansteckenden Begeisterung seiner Mutter zu verdanken war. Als Tochter eines Geschichtsprofessors, studierte Linguistin und lebenslange Leserin konnte es Ursula Black gar nicht erwarten, ihren jungen Sohn in die Welt der Bücher eintauchen zu lassen – Bücher aus babyfreundlicher dicker Pappe, dann Bücher mit Fenstern, die man aufklappen, und Laschen, an denen man ziehen konnte, dann Bücher, die man vor dem Schlafengehen vorlesen konnte, dann Bücher, die man gemeinsam lesen konnte, dann Bücher, an denen er sich selbst versuchen konnte – der Finger des kleinen Jungen fuhr unter zahllosen Wörtern und Sätzen dahin, reiste meilenweit, reiste über große römische Straßen aus Text in neue Welten und durch unerforschte Meere, ein zierlicher rosiger Kolumbus, der stockte, der strauchelte, der sich mühsam durch dichte Dschungel aus »ph«s, »gh«s und »kn«s kämpfte, aber nie stehen blieb, immer weitermarschierte, Buchstabe für Buchstabe, Wort für Wort, Satz für Satz, Seite für Seite, lange Nachmittage hindurch, an denen er neben seiner Mutter an deren Schreibtisch saß.

Im Alter von zweieinhalb Jahren konnte Andrew alle sechsundzwanzig Buchstaben des Alphabets (zusammen mit einem halben Dutzend weiterer, die im Laufe der Jahre vorübergehend Teil des Pantheons gewesen waren) identifizieren und eine zittrige, krakelige Entsprechung jedes einzelnen hervorzaubern. Er war sogar in der Lage, Erwachsene zu überraschen, indem er eine kurze Geschichte der Buchstaben herunterbetete, da Ursula ihrem Sohn – auf dessen Nachfrage hin – aus ihrer eigenen Sammlung von Büchern und Aufsätzen vorzulesen begann und das, was sie dort fand, für den wissbegierigen kleinen Jungen aufbereitete. Das bedeutete, dass Andrew neben Hühnchen-Klein und den drei blinden Mäusen auch die Geschichte des Mächtigen A kannte, das einmal ein großer, wilder Bulle gewesen war, ehe man es durch eine List dazu brachte, sich auf den Rücken zu drehen, und seine Hörner im Schlamm stecken blieben; ebenso wie über Unsern Herrn Killekille, Unsern Herrn Riesig und den einbandagierten Unsern Herrn Schussel wusste Andrew alles über das Lange Vergessene Lange S und über das ungezogene Gierige C, das den anderen Buchstaben einen ganzen Sack voller Laute gestohlen und sie bis heute nicht zurückgegeben hat.

Als er acht Jahre alt war, hatten Andrew und Ursula schon ein gemeinsames Leseritual entwickelt – sie lagen an den langen Feriennachmittagen zusammen auf dem Sofa oder aßen in stiller Gemeinschaft und lasen dabei in ihren jeweiligen Taschenbüchern. Newhall Black arbeitete meist lange, sodass der Fernseher ausblieb, bis er um 19.30 Uhr nach Hause kam, die Schuhe von den Füßen schüttelte und die Stinkefüße hochlegte, um *Coronation Street* zu schauen.

Hörte man Andrew über seinen Vater sprechen, dann kam es einem vor, als hätten seine Mutter und er das Haus mit einem Grizzly anstelle eines Mannes geteilt. Kein besonders gefährlicher Bär, nicht gehasst oder gefürchtet, aber eher ein Naturphänomen als ein menschliches Wesen, wodurch das alltägliche Miteinander nicht komplizierter war, als ihn zu füttern, ihm genug Raum für seine Gewohnheiten zu geben und ein vernünftiges Maß an Respekt an den Tag zu legen, wenn die Situation es erforderte. Der Newhall-Bär war einfach *etwas, was geschah*, und Gedanken, Gefühle oder Errungenschaften mit ihm zu teilen, war in etwa so sinnvoll, wie sie mit einem plötzlichen Wolkenbruch oder einer besonders hohen Flut zu teilen.

Andrews Welt drehte sich um seine Mutter.

Das Alphabet als eine Reihe von Kinderbuchfiguren neu zu erfinden, fiel Ursula leicht – die Sprache war ihre Leidenschaft. Die Geschichten und Mechanismen von Buchstaben, Wörtern und Satzstellungen faszinierten sie ebenso wie die Ursprünge und Fortschreibungen von Geschichten. Ursula beherrschte ein halbes Dutzend lebendige wie tote Sprachen ausgesprochen sicher und nutzte sie, um schlechte Übersetzungen und fehlerhafte Niederschriften alter Texte auseinanderzupflücken, manchmal gegen Bezahlung von Museen und Universitäten, häufiger jedoch, weil sie diese Arbeit schlicht liebte.

Mit Anfang zwanzig hatte Ursula ihren Lebensunterhalt auf Reisen verdient, hatte Kirchen im ganzen Land besucht und Vorträge zu entscheidenden Bibelstellen und deren Übersetzungsgeschichte gehalten. In ihren beliebten Reden fokussierte sie sich auf die tiefere Bedeutung, vergessene Bezüge und unterschwellige Nuancen, die sich durch linguistische Ausgrabungsarbeiten am Text bis hin zum ursprünglichen Griechischen zutage fördern ließen. Aufgrund von Ursulas gutem Gespür für ihre Zuhörerschaft blieben diese Vorträge hauptsächlich auf die kanonischen Bücher konzentriert, wenngleich ihre Interessen weit über die gewöhnlichen Evangelien und Berichte hinausreichten und sich zurück bis hin zu dem Verschollenen, Fragmentarischen, den vermissten Eltern dieser Texte, bis hin zu den frühesten der frühesten Beispiele erstreckten. Tatsächlich reichten ihre Interessen sogar noch weit über diese hinaus bis ins Apokryphe, Häretische, bis hinein in ein tiefes schwarzes Loch in der ägyptischen Wüste im Jahr 1945 und das, was ein Mann mit dem unwahrscheinlichen Namen Muhammad Ali auf dessen Grund gefunden hatte. Doch das ist eine andere Geschichte für ein anderes Mal. Für den Augenblick genügt es zu wissen, dass Ursula ihren Unterhalt damit verdiente, vor christlichen Gemeinden über deren heilige Schrift zu sprechen, und dass sie darauf bedacht war, nichts zu sagen, was sie nicht hören wollten.

Nach einem besonders wohlwollend aufgenommenen Vortrag in der Holy Cross Church in Ashton-under-Lyne bei Manchester – an einem kalten Oktoberabend, an dem draußen auf dem Parkplatz die Blätter wirbelten – begegnete sie Newhall Black. Die beiden entdeckten rasch, dass sie eine sehr spezifische Leidenschaft teilten, und verstanden sich auf Anhieb prächtig, unterhielten sich stundenlang in dem schäbigen kleinen Gemeindehaus mit dem abblätternden magnolienfarbenen Anstrich, redeten, bis der Tee eiskalt war und die kostenlosen Kekse wieder abgeräumt waren. Redeten, bis Reverend Dean es schließlich leid war, demonstrativ auf ihre Uhr zu schauen, und das Licht auszuschalten begann. Worüber redeten sie? Nun, wie sich herausstellte, waren sowohl Newhall als auch Ursula von einem lange verschollenen, zum Gegenstand zahlreicher Spekulationen gewordenen biblischen Text fasziniert, der als die Logienquelle Q oder schlicht als »Q« bekannt war.

Über die Existenz von Q wurde erstmals schon im Jahr 1801 spekuliert, wobei Christian Hermann Weisse es 1838 auf gründlichere und überzeugendere Weise identifizierte, als er das vorstellte, was später als die Zweiquellentheorie bekannt werden sollte, die heute ein entscheidender Bestandteil moderner akademischer Studien zu den vier kanonischen Evangelien der Bibel ist.

Eines der vielen interessanten Dinge an den vier Evangelien der Bibel – Matthäus, Markus, Lukas und Johannes – ist die

Art und Weise, wie sie sich aufeinander beziehen oder teils eben auch nicht. Wissen Sie, das Evangelium nach Johannes ist überraschend eigenständig. Beispielsweise gibt es bei Johannes keine Bergpredigt, das Himmelreich kommt kaum vor, und die Wiederkunft des Herrn findet gar keine Erwähnung. Thomas lebt seine ganze Kleingläubigkeit im Johannesevangelium aus, und ein weiterer Apostel namens Nathaniel kommt ausschließlich bei Johannes vor. Im Johannesevangelium spricht Jesus nicht in Gleichnissen, wenngleich er zahlreiche Wunder wirkt, die in den übrigen Büchern nicht aufgeschrieben sind, und bezüglich seiner eigenen Göttlichkeit allgemein sehr viel mitteilsamer ist. Nur bei Johannes lesen wir den berühmten Satz »Im Anfang war das Wort, und das Wort war bei Gott, und Gott war das Wort«, ein Vers, der üblicherweise dahin gehend ausgelegt wird, dass er uns einen Jesus vorstellt, der nicht nur Gottes Sohn ist, sondern auch das göttliche Wort, der Logos – ein Begriff aus der griechischen Philosophie, der Vernunft und kosmische Ordnung benennt und vielleicht auch mit der mysteriösen Personifizierung der Weisheit (dem hebräischen *hokma*, einem weiblichen Substantiv) in Verbindung steht, die im Alten Testament mehrfach in Erscheinung tritt und dem Buch der Sprüche zufolge während der Schöpfung aller Dinge an Gottes Seite ist.

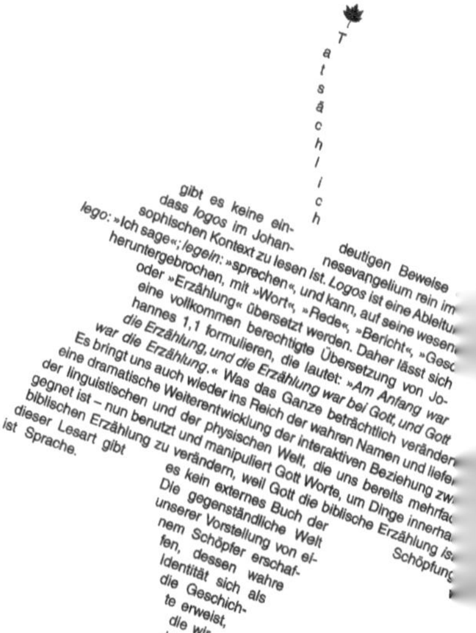

Johannes ist also ein eigenständiges Evangelium, und neunzig Prozent seines Texts kommen nirgendwo anders vor. Im Gegensatz dazu haben Matthäus, Markus und Lukas, gemeinsam bekannt als die synoptischen Evangelien, eine viel stärkere Familienähnlichkeit. Ich sage hier Familie, weil es der Zweiquellentheorie um die narrative Abstammungslinie dieser drei Texte zu tun ist. Es wird allgemein angenommen, dass das Evangelium nach Johannes das jüngste ist, irgendwann zwischen 90 und 110 n. Chr. in Abgeschiedenheit verfasst, und von den drei übrigen gehen Matthäus und Lukas auf das Jahr 80 bis 85 n. Chr. zurück, während Markus mit 65 bis 70 n. Chr. das älteste ist.

Da die drei synoptischen Erzählungen so eng miteinander verwandt sind, identische Sätze und Verse haben, müssen die beiden jüngeren Evangelien Matthäus und Lukas, so legt die Zweiquellentheorie nahe, einen großen Teil ihres Materials direkt aus dem älteren Markusevangelium bezogen haben. Doch hier wird es interessant. Matthäus und Lukas haben auch anderes Material gemein, Material, das sich bei Markus nicht findet. Das deutet auf eine zweite Quelle von Matthäus und Lukas hin – ein verschollenes Evangelium, bekannt als Q.

Anstelle einer traditionellen Erzählung soll es sich bei Q um eine Sammlung der Aussprüche von Jesus handeln. *Das Vaterunser*; *liebe deine Feinde*; *richtet nicht, auf dass ihr nicht gerichtet werdet*; *das Haus auf dem Felsen*; *ein Blinder, der den anderen leitet* – all diese Schwergewichte finden sich nur in Matthäus und Lukas und sollen direkt aus dem verschollenen Q stammen. Noch interessanter ist das geschätzte Alter von Q. Manche Forscher gehen davon aus, dass Teile des Texts bereits im Jahr 30 n. Chr. verfasst wurden, ganze vierzig Jahre vor Markus. Im Jahr 30 n. Chr. sind wir berauschend nah an dem im Neuen Testament selbst geschilderten Zeitabschnitt. Wie konnte ein so wesentlicher Text verloren gehen? Im Jahr

2001 beantwortete der Redaktionsausschuss des Internationalen Q-Projekts diese Frage folgendermaßen: »Im Laufe des zweiten Jahrhunderts, als der Prozess der Kanonisierung stattfand, fertigten die Schreiber keine neuen Abschriften von Q an, da es zum Kanonisierungsprozess gehörte auszuwählen, was im Gottesdienst Verwendung finden sollte und was nicht. Daher zogen sie es vor, Abschriften der Evangelien nach Matthäus und Lukas anzufertigen, in denen die Aussprüche aus Q umformuliert waren, um Missverständnisse zu vermeiden und sie ihrer eigenen Situation und ihrem Verständnis dessen, was Jesus tatsächlich gemeint hatte, anzupassen.«

Umformuliert, um Missverständnisse zu vermeiden. Und Jesus gingen die Augen über …

Die Verfasser des Matthäus- und des Lukasevangeliums flickschusterten am Wortlaut von Q herum, während sie es ihrem Text einverleibten, verfälschten die Sprache, und da das Abschreiben einer Handschrift eine langwierige und mühselige Aufgabe ist und da die wichtigsten Teile von Q ohnehin mehr oder weniger in Matthäus und Lukas auftauchten, fanden die Schreiber es unnötig, weitere Abschriften anzufertigen. Und so ging der Text von Q – potenziell das älteste der Evangelien und unsere größte Chance, den tatsächlichen, unverfälschten Worten eines realen, historischen Jesus nahezukommen – verloren.

Wie hätte etwas wie Q eine Frau wie Ursula nicht faszinieren können? Wie hätte sie Newhall Blacks Kenntnis des Themas und seine Leidenschaft dafür nicht hoffnungslos attraktiv finden können? Ursulas Privatleben war bis zu diesem Zeitpunkt ein dunstiges, ziellos dahintreibendes Etwas gewesen, bestimmt von den gedankenverlorenen Launen einer distanzierten Akademikerfamilie. Newhall erschien ihr bei ihrer ersten Begegnung unvorstellbar solide – sicher, geerdet und zielgerichtet in allem, was er sagte und tat. Für Newhall war Ursula ein überwältigendes, beinahe jenseitiges Geschöpf –

unbegreiflich, so wie seiner Vorstellung nach Engel wohl wären, ein Wesen aus Licht und Funken sprühenden Gedanken. Keiner von beiden dachte lange genug nach, um zu erkennen, dass ein gemeinsames Interesse, und sei es an etwas so Ungewöhnlichem wie Q, etwas anderes ist als zwei Menschen, die zueinanderpassen – nicht bevor es zu spät war.

Sie heirateten drei Monate nach ihrer ersten Begegnung.

Newhall Black war ein Christ und eifriger Bibelforscher. Ich glaube, es wäre ungerecht zu sagen, der Mann habe keine Vorstellungskraft besessen; alle religiösen Menschen, die ich je kennengelernt habe, besitzen die Fähigkeit zum Staunen, und er hatte eindeutig eine Leidenschaft für die Geschichte und die tieferen Geheimnisse der Bibel; aber was ihn vor allem antrieb, war die Vorstellung des Absoluten – der göttlichen Wahrheit. Für Ursula war Q ein Rätsel, ein aufreizendes, fehlendes Stück in einer großen kulturellen Erzählung. Für Newhall war es die Möglichkeit, dem tatsächlichen Wort Gottes so nah wie möglich zu kommen.

Sie brauchten nicht lange, um ihren Fehler zu bemerken, um zu begreifen, dass ihre Verbindung eine Illusion gewesen war, eine zufallsartige Überschneidung zutiefst verschiedener Welten, doch da wuchs in Ursulas Bauch schon Andrew Black heran, und zu jener Zeit bestanden Ehen noch aus widerstandsfähigerem Material als heute. Sie machten weiter, so gut sie konnten.

Mit den Jahren stießen sich die schärferen, interessanteren Kanten von Newhall Black ab, und er wurde ein stumpferes und schlichteres Wesen, wie so viele Menschen. Von Montag bis Freitag arbeiten, abends fernsehen, sonntags in die Kirche und darüber hinaus nicht viel. Newhall liebte seine Familie sehr, obwohl er sich in ihrer stillen Bücherwurmwelt oft wie ein Außenseiter vorkam, und wenn es Augenblicke gab, in denen er auf sie losging, weil sie ihn ausschlossen, sah er sich nur selten deutlich genug von außen, um sich dessen bewusst zu werden. Doch auch wenn das Leben in der Familie Black nicht ganz das war, was es hätte sein können, war es sicherlich auch nicht schrecklich.

Und dann, an einem gewöhnlichen Nachmittag Ende Januar, lenkte Ursula Black ihren Wagen vom Parkplatz des örtlichen Supermarkts, bog nach rechts ab, fuhr eine kleine Ausfahrt hinunter und trat dann aufs Bremspedal, um an einer Ampel anzuhalten. Ursula hatte die gleiche Fahrt in den vergangenen sechs Jahren so gut wie jede Woche unternommen und dieses simple Fahrmanöver Hunderte von Malen durchgeführt. Doch an diesem Tag war es anders. Ein winziges Loch hatte sich in der Bremsleitung des Wagens gebildet, und als Ursula das Pedal hinunterdrückte, blieb ihr Auto nicht stehen. Der himmelblaue Audi 80 rutschte auf die Straße und in die Fahrbahn eines rubinroten Leyland-DAF 95 hinein, eines Lasters, der mit überhitzten Bremsen von Sheffield über die steile Pennine A Road gekommen war. Ursulas Wagen erlitt einen heftigen Aufprall auf der Beifahrerseite und wurde von der Straße in das tosende Wasser des Flusslaufs an der alten Mühle katapultiert. Sie wurde noch an der Unfallstelle für tot erklärt.

Andrew Black war damals neun Jahre alt.

Als Tante Elsie, die Nachbarin, ihn anstelle seiner Mutter von der Schule abholen kam, zeigte er ihr sein soeben aus der Schulbibliothek ausgeliehenes Exemplar von *Der Eisenmann* und fragte sie dann – seine Ausführungen zur Handlung unterbrechend und ihr in die Augen schauend –, ob sie Zwiebeln geschnitten habe.

Es folgten dunkle Zeiten. Newhall Black wurde zu einer dahintreibenden Zellophanfolie von einem Mann, und Andrew fühlte, wie sich das tiefste und dunkelste Loch unter seinen Füßen auftat. Nur die Arme der Nachbarn und zu Besuch kommenden Großeltern – Arme, durch die er ständig hindurchrutschte, die immer zu früh losließen, immer *jetzt wieder gehen* mussten, zurück an ihren richtigen Platz in der Welt – bremsten seinen Sturz in die Grube, und dieser drohende Sturz, dieser stockende, strauchelnde, rutschende Fall – ein Zentimeter, noch ein Zentimeter – auf ein schwarzes Loch ohne Netz zu hielt über Monate, Jahre und Jahrzehnte hinweg an, um zu dem Leben eines kleinen Jungen zu werden.

Die Geschichte ging mir nicht mehr aus dem Kopf, nachdem Black sie eines angetrunkenen Nachmittags erzählt hatte, und ich dachte in den sechs darauffolgenden Jahren oft darüber nach.

Andrew Black hatte nie aufgehört, gegen dieses Loch anzukämpfen, entschied ich, hatte nie aufgehört zu versuchen, es mit einem Gitter aus Logik, Struktur und Ordnung abzudecken, je komplexer, desto besser. Er hatte nie aufgehört, so etwas wie festen Boden unter seinen eigenen rutschenden Füßen zu schaffen, um zu verhindern, dass sie in die Apokalypse abglitten.

o

Mir wird bewusst, vielleicht etwas zu spät, dass ich nie wirklich aufgehört habe, Andrew Black knacken zu wollen. Ich habe nie wirklich aufgehört, mich ihm auf die gleiche Weise anzunähern wie seinen Texten – mit sorgfältiger Aufmerksamkeit für die Details und der unausgesprochenen Einsicht, dass nichts, aber auch gar nichts durch Zufall seinen Weg in die Erzählung gefunden hat. Hätten Sie mich vor sechs Jahren gefragt, woran das liegen mochte, hätte ich es wahrscheinlich vermieden, meinen Vater auch nur mit einem Wort zu erwähnen, und Ihnen gesagt, es sei nur ein hartnäckiger neurologischer Tic, ein Resultat von Assoziationsvoreinstellungen in meinem Gehirn – ich wusste, dass sich in Andrew Blacks Roman alles, was zunächst chaotisch oder nebensächlich erscheint, letztlich als relevant erweisen wird, während das Uhrwerk der Handlung enthüllt wird und A zu B zu C zu D führt, und so begann ich, auch im wahren Leben nach dem gleichen Muster zu suchen. Es ist nur eine Überschneidung von zwei Leitungen, hätte ich Ihnen versichert, eine falsche Verdrahtung, erzeugt durch die Art und Weise, auf die wir der Welt mithilfe von Erzählungen Sinn verleihen. Wir können nicht aus unserer Haut, hätte ich gesagt. Wir sind auf hoffnungslose Weise dem Erfinden von Geschichten verpflichtet, jeder von uns ist ein winziger Verstand, der dem großen Getöse unserer Erfahrung Sinn gibt, indem er zusammenfasst, aussondert, filtert, ordnet, organisiert und kontextualisiert, bis eine klare Liste von Ursache-und-Wirkung-Plotpoints entsteht. So sind wir eben, so funktionieren wir, und wenn der Prozess gelegentlich fehlschlägt, wenn er hier und dort einen Knoten falscher Assoziationen um jemanden wie Andrew Black ausspuckt, dann bedeutet das rein gar nichts.

Würden Sie mir dieselbe Frage heute stellen – nun ja. Ich würde sagen, dass das Gehirn klüger ist, als der bewusste Verstand ihm zugestehen will, und dass ich vielleicht all die Jahre nur abgewartet habe, im Wissen, dass etwas Großes geschehen werde.

TEIL III

Der Ochse und der Engel

Das goldene und scharlachrote Laub, das in ganzen Gestöbern in der Gegend herumflog, wisperte und zischelte durcheinander … Es war, als würden die Blätter etwas einstudieren, sich auf etwas vorbereiten …

Gerald Durrell

16

Danke, dass Du fragst

Die Zeit für das Einsammeln und Sortieren, den Nachtzug, weiteres Sortieren und das anschließende Austragen eingerechnet, nahm ich an, dass mein Brief an Black zu der rätselhaften Kugel – *Lieber Andrew, ich habe keine Ahnung. Was ist es denn?* – möglicherweise schon am nächsten Tag, wahrscheinlich aber am Tag darauf bei ihm ankommen würde. Hätte ich irgendeinen Anlass gehabt, auf dem Heimweg genauer darüber nachzudenken, dann hätte ich mir ausrechnen können, dass Andrew Black meine Worte wohl in irgendetwas zwischen achtzehn und vierundvierzig Stunden lesen würde.

Für den Weg vom Briefkasten nach Hause brauchte ich vielleicht zehn Minuten.

Als ich die Haustür öffnete, fand ich einen Brief von Andrew Black auf dem Fußabstreifer. Ich riss ihn auf, und der erste Satz lautete:

Lieber Thomas, danke, dass Du fragst.

Es wäre leicht zu behaupten, es habe mich verblüfft, diese Worte zu lesen, aber *verblüfft* trifft es nicht ganz. *Entwurzelt* wäre besser oder *von allem losgelöst. Ankerlos.* Ich weiß nicht, ob ich es richtig erklären kann, aber stellen Sie sich vor, Sie trieben allein auf offener See, stellen Sie sich vor, es wäre weit und breit kein Land in Sicht, sodass jeder Ortssinn nicht nur nutzlos, sondern völlig bedeutungslos würde. Stellen Sie sich die großen, ungesehenen Tiefen unter sich und die weite Kuppel des Himmels über sich vor, stellen Sie sich einen fernen Ring aus Horizont vor, der alles umspannt, rundherum lückenlos und identisch – und sonst nichts.

Ich verspürte das flaumige Gefühl einschießenden Adrenalins, das heiße Pochen meines Herzschlags in Zunge und Rachen. Ich glaube, ich lachte auf – ein ungläubiges kleines *Ha.*

Ich hatte meinen Brief an Black zehn Minuten zuvor abgeschickt, und hier wartete schon die Antwort auf mich.

Nur dass es so nicht war.

Einige weitere Sekunden, und das Paradoxon fiel in sich zusammen.

Danke, dass Du fragst. Das war Blacks sarkastischer Kommentar dazu, dass er auf den vorherigen Brief keine Antwort erhalten hatte. Das war alles. Dieser erste Brief hatte wie lange oben in Danni Graysons Wohnung gelegen, zwei, vielleicht drei Wochen? Das Warten hatte ihn frustriert, und er hatte einen weiteren geschrieben, mit seiner ganzen charakteristischen Anmut und Diplomatie. Als ich mir die Poststempel auf den beiden Umschlägen ansah, stützten sie diese Theorie.

Ein Zufall. Nur ein Zufall, nichts weiter.

Mein Herzschlag beruhigte sich, ich ließ mich aufs Sofa fallen, atmete tief durch und brachte die notwendige Konzentration auf, um den Rest von Blacks Brief zu lesen. Auf das »Danke, dass Du fragst« folgte etwas Weißraum, der sich sehr nach einer grollenden Stille anfühlte, und dann:

Was Du außerdem hättest fragen sollen:
Bei unserer ersten Begegnung wolltest Du meine Meinung zu Deinem Roman hören, ehe ich ihn ausgelesen hatte, weißt Du noch? Du sagtest: »Es ist ein Roman und keine Maschine«, und ich sagte: »Wie kann es denn keine Maschine sein?«
Du hast nie die offensichtliche Frage gestellt:

Wenn ein Roman eine Maschine ist, wozu dient sie dann?
Was wird von ihr angetrieben?
Was macht sie?

Damit endete der Brief.

Ich hatte nicht die geringste Ahnung, was das bedeuten sollte.

Ich las es noch einmal, ruhiger und sorgfältiger diesmal. Es lag eine uncharakteristische Hast darin, merkte ich jetzt, eine rohe Ungeduld in den Abständen und den fest aufgedrückten Unterstreichungen.

Er will eine Antwort, dachte ich. *Er ist wütend, weil er nichts von mir gehört hat, weil, o Gott* – der Groschen fiel –, *er ist wütend, weil er Angst hat.* Ja, das fühlte sich richtig an, das versuchte mir der Tonfall des Briefes zu vermitteln. *Er ist wütend, weil er Angst hat oder weil er wirklich Hilfe braucht, aber das würde er niemals zugeben, also zieht er alle Register – wirft seine besten Köder aus –, um mich zu einer Antwort zu bewegen.*

Es fühlte sich so ganz und gar, so offensichtlich nach etwas an, was Andrew Black tun würde.

Aber Angst wovor? Hilfe wobei?

Ich hatte keine Ahnung. Ich begann, den Brief wieder in den Umschlag zu stecken. Nachdem ich es einige Sekunden lang versucht hatte, ohne wirklich darauf zu achten, merkte ich, dass er sich nicht hineinschieben ließ, und nach einer kurzen Untersuchung entdeckte ich, dass der Grund dafür das kleine rechteckige *Etwas* war, das noch darin steckte. Ich stocherte mit dem Finger danach und zog es heraus – ein kleiner Zeitungssauschnitt, ein wenig vergilbt, in etwa von der Größe eines Briefmarkenheftchens.

Ich faltete ihn auf und las den verwischten Text:

Lesern, die diese Woche George Eliots Middlemarch *als E-Book aus dem Barnes & Noble Nook Store herunterluden, ist an dem berühmten Roman womöglich etwas Sonderbares aufgefallen. Der Anglistikstudent Robin Mitchell war überrascht, auf die folgende Passage zu stoßen:*
»There is no question of liking at present. My liking always wants some little kindness to nook it. I am not magnanimous enough to like people who speak to me without seeming to see me.«
»Das kam mir ein bisschen komisch vor«, sagte Mitchell, »und dann fand ich noch eine Stelle.«
»He was a vigorous animal with a ready understanding, but no sparks had yet nooked in him an intellectual passion …«
Mitchell verglich diese Stellen später mit einer gedruckten Ausgabe von Eliots Klassiker und stellte fest, dass das Wort »kindle« an sämtlichen Stellen durch das Wort »nook« ausgetauscht worden war.

Am unteren Ende des Artikels standen zwei Wörter in Andrews vertrauter schwarzer Handschrift:

Es passiert.

Ich stand vom Sofa auf und ließ mich auf meinen Schreibtischstuhl fallen. Ich minimierte das Browserfenster, in dem Imogens leeres Bett zu sehen war, und googelte die Geschichte. Alles, was ich fand, waren Variationen des gleichen heiteren kleinen Berichts. Barnes & Noble hatte den Text des E-Books von *Middlemarch* verpfuscht, ein paar Leute hatten es seinerzeit bemerkt und sich ein wenig darüber amüsiert. Das war alles. *Du kämpfst immer noch gegen Windmühlen, Andrew*, dachte ich. Doch die letzten Reste von Panik wollten nicht von mir ablassen.

Es passiert.

Ich suchte nach »*Roman*« und »*Maschine*«, aber es kam nichts annähend Hilfreiches dabei heraus.

Ich schloss den Browser.

Ich stand auf.

Ich ging im Zimmer umher.

Ich steckte Blacks Brief und den Zeitungssauschnitt in ihren Umschlag zurück und legte den Umschlag auf den Kaminsims. Ich starrte aus dem Fenster auf die dunkle Straße, auf die Blätter, die durch Pfützen aus Straßenlampengelb wehten. Irgendwo in dieser tiefen, tintenschwarzen Leere hinter den Häusern am Ende der Straße erhob sich der alte Kirchturm über die Baumreihe, hoch und höher hinauf in die mondlose Nacht. Ich schaute zum Telefon; das Lämpchen des Anrufbeantworters leuchtete nicht, blinkte nicht, tat überhaupt nichts.

Warum ein Ochse und ein Engel in Bethlehem?

Ich ließ mich wieder auf den Stuhl fallen, fand eine Onlineversion der Bibel mit Volltextsuche und begann zu tippen.

Tipptipptipp tipp-tipp, Ochse. *Tipptipptipp tipp-tipp*, Engel. *Tipp-tipp tipptipptipp tipp tipptipptipp*, Bethlehem.

Enter.

Ich scrollte durch die Ergebnisse.

Hm.

Ich scrollte zurück zum Anfang der Seite.

Ich scrollte wieder durch die Ergebnisse, diesmal aufmerksamer.

Ich wiederholte die Suche.

Ich ersetzte »Bethlehem« durch »Stall«.

Ich wiederholte die Suche noch einmal.

Ich wiederholte die Suche auf einer anderen Bibel-Website.

Ich lehnte mich auf meinem Stuhl zurück, verschränkte die Arme und starrte auf den Bildschirm.

»Hm«, machte ich laut.

o

Ich möchte Ihnen eine Frage stellen. In der traditionellen Weihnachtskrippe gibt es neben einem Esel, den Hirten, den drei Weisen, einem oder zwei Schafen, Maria und Josef und dem Jesuskind in der Krippe auch einen Ochsen und einen Engel, richtig?

Natürlich ist es so, jeder weiß das.

Aber von den vier Evangelisten erzählen nur Matthäus und Lukas tatsächlich von Jesu Geburt, und sie tun es auf recht unterschiedliche Weise. Bei Lukas besuchen die Hirten Jesus im Stall und weiter niemand; bei Matthäus sind es nur die drei Weisen und niemand sonst. Diese Krippenszene, diejenige, die wir alle kennen, diejenige, die in all den Kirchen, Schaufenstern und Wohnhäusern steht, genau wie das Krippenspiel, das all die kleinen Kinder jedes Jahr zu Weihnachten aufführen – sie ist ein Amalgam, eine Verschmelzung zweier unterschiedlicher Fassungen der Geschichte. Doch das ist noch nicht alles: Zu der verschmolzenen Krippenszene scheinen unterdessen noch drei Figuren hinzugekommen zu sein, drei Figuren, die *weder* im Lukas- *noch* im Matthäusevangelium bei Jesu Geburt anwesend waren. Diese drei Figuren sind der Esel, der Ochse und der Engel.

Der Esel scheint eine bloße Ausschmückung zu sein. Schließlich sollte es uns, auch wenn er bei Matthäus oder Lukas nicht eigens erwähnt wird, nicht überraschen, im Stall einer Herberge voller Reisender einen Esel anzutreffen. Zumindest ist er ein Stück absolut erwartbarer Staffage. Vielleicht erinnern Sie sich auch, dass diesem ganz bestimmten kleinen Esel in einigen Weihnachtsliedern und Krippenspielen noch eine erweiterte Rolle zufällt; er erscheint im Stall, nachdem er die wichtige Aufgabe erledigt hat, die hochschwangere Maria überhaupt erst nach Bethlehem zu tragen. Wie gesagt, auch wenn er bei Lukas und Matthäus nicht vorkommt, ist seine Einbeziehung zumindest logisch – ein Mann und eine hochschwangere Frau, die eine mehrere Tage lange Reise von zu Hause fortführt, werden wohl kaum zu Fuß losziehen, und wenn sie in einem Stall schlafen müssen, dann werden sie es vermutlich an der Seite des Tieres tun, das sie dorthin gebracht hat.

Die Anwesenheit des Engels im Stall ist eine reine Verfälschung der Geschichte, wenngleich eine verständliche. Bei Lukas erscheint der Engel den Hirten auf dem Feld, kommt aber nie an die Krippe. Dennoch lässt sich nachvollziehen, dass der Engel dem Stallensemble hinzugefügt wurde – es ist einfach, alle Figuren der Krippenszene zusammenzuschmeißen, vor allem wenn man versucht, die ganze Geschichte beispielsweise in einem einzelnen Buntglasfenster zu erzählen. Alles in allem also eine weitere verständliche Ergänzung.

Damit bleibt der Ochse, und hier wird es merkwürdig.

Um es einfach zu sagen: Es gibt keinen Ochsen.

Es gibt bei der Geburt Christi nach Matthäus keinen Ochsen.

Es gibt bei der Geburt Christi nach Lukas keinen Ochsen.

Der Bibel zufolge gibt es bei der Geburt Christi überhaupt keinen Ochsen.

Und wenn man einmal genau darüber nachdenkt, warum um alles in der Welt sollte es denn einen geben? Warum sollte in diesem Stall in Bethlehem – nicht zu vergessen, dem Stall einer Herberge – ein Ochse stehen? Was sollte er dort machen? Als moderne Menschen neigen wir dazu, die Unstimmigkeit des Ochsen zu übersehen, weil wir, wenn wir »Stall« hören, an »Bauernhof« denken, aber dies ist kein Bauernhof – hier einen Ochsen zu finden, das ist, wie auf dem Parkplatz einer Autobahnraststätte einen Mähdrescher zu finden. Es ergibt keinen Sinn. Der Ochse spielt in der Krippenszene keine Rolle, und anders als beim Esel gibt es keinen logischen Grund für seine Hinzufügung. Was zu der Frage führt: In Anbetracht der Tatsache, dass dieses Tier in keinem der Berichte über die Geburt von Jesus Christus auch nur ein einziges Mal erwähnt wird, warum genau steht in jeder einzelnen Krippe, die Sie je gesehen haben, ein Ochse im Hintergrund und sieht stumm zu?

17

Imogen in Rot und Gold

Der hübsche blonde Engel stand auf einem ramponierten alten Pappkarton auf dem Sofatisch im Wohnzimmer. Unter ihm blickte eine Schar ausgewählter Weiser und Hirten voller Bewunderung und Staunen ins Leere. Auf dem Boden lag ein krippenförmiges Päckchen, ein halb ausgewickelter Esel stand neben meiner »I ♥ Coffee«-Tasse, und ein Ochse und ein Vergrößerungsglas lagen nebeneinander auf dem Sofa, etwa fünfzehn Zentimeter von meinem schlafenden Kopf entfernt.

Ich hatte die alte Weihnachtskrippe ausgepackt, die früher einmal Imogens Großmutter gehörte, hatte den Staub von Jahren abgewischt und die Figuren herausgeholt, um sie in Augenschein zu nehmen, wobei ich dem Ochsen und dem Esel ganz besondere Aufmerksamkeit schenkte, sie sogar ganz genau mit dem großen alten Vergrößerungsglas betrachtete, das meine Tante zum Lesen verwendet hatte. Ich weiß nicht, wonach ich suchte, aber ich fand nichts. Keinerlei Hinweise.

Warum ein Ochse und ein Engel in Bethlehem?

Ich würde sagen: *Das ist die Frage*, aber zu akzeptieren, dass es tatsächlich eine Frage gegeben hatte, erforderte, sich auf viele Dinge einzulassen (den Glauben eingeschlossen), die mir eigentlich fern waren. Statistisch betrachtet, war es noch immer weitaus wahrscheinlicher, dass ich auf dem Anrufbeantworter nichts als verstümmelten Nonsens gehört hatte – eine Handvoll zur Hälfte gehörter Wörter, halb erinnert und dann zusammengequetscht und verdreht, bis sie zu der sonderbaren Inszenierung passten, die ich auf dem Boden der alten Kirche vorgefunden hatte – eine selbst erzeugte Offenbarung oder auch Wahnvorstellung, wenn man streng sein wollte. Ich hatte Blacks Brief falsch interpretiert und mir schon in jener Nacht mit einem Phantomparadoxon selbst eine Heidenangst eingejagt – Geister und Botschaften aus dem Jenseits konnten einem, offen gestanden, schon zusetzen.

Aber warum *waren* sie dann da? Warum ein Engel und vor allem warum ein Ochse neben dieser leeren Krippe auf dem Boden der alten Kirche, und warum war auch hier wieder ein Ochse, in der hübschen alten Krippe von Imogens Großmutter, warum, um Himmels willen, gab es in jeder einzelnen Weihnachtskrippe auf der ganzen Welt einen Ochsen?

Die beständige, vertraute Präsenz des Ochsen als Nebendarsteller in all den Krippenspielen und Krippen, auf all den Weihnachtskarten und Adventskalendern verschleiert sein großes Geheimnis – der Ochse ist ein freies Radikal, ein abtrünniges Element, ein deplatziertes Tier, ein großer boviner Kuckuck im Nest.

Warum?

Ich hatte keine Ahnung.

Erschöpft und erschlagen von diesem langen, sonderbaren Tag, hatte ich unser Hochzeitsvideo auf dem iPad gestartet, es auf den Fernseher gestreamt und bis zum Morgen in Dauerschleife laufen lassen. Das tat ich manchmal. Wenn ich mich beim Anschauen der Kamerabilder von Imogens leerem Bett auf dem Computerbildschirm zu einsam fühlte und unser eigenes Bett zu kalt war, startete ich das Hochzeitsvideo und schlief dazu auf dem Sofa ein. Ich sah sie gern. Wenn ich die Augen schloss, hörte ich gern ihre Stimme im Zimmer lachen und reden, während sich der Schlaf einstellte. Es half – eine traurige, melancholische Art von Hilfe, aber es half.

Das Telefon klingelte, unvorstellbar laut in der Stille der Wohnung.

Ich sprang auf, wirbelte Krippenfiguren durcheinander, griff blindlings nach dem Telefon.

Warum ein Ochse und ein –

»Hallo?«

»Hallo, Euston.«

Ich ließ eine ganze Lunge voll Luft entweichen. »Hallo, Eagle One. Ich sehe dich gerade im Schnee.«

»Du machst was?«

Imogen und ich hatten mitten im Winter im Lake District geheiratet. Ihr Kleid leuchtete rot und golden, und als wir hinausgingen, um die Hochzeitsfotos zu machen, hob sie sich von den Schneewehen und den kahlen schwarzen Bäumen ab wie ein lebendiges, tanzendes Freudenfeuer. Auf dem Fernsehschirm war meine Frau in diesem Augenblick ein kicherndes Feuerwerk, knöcheltief im Schnee, wirbelnd und lachend, befeuert von Champagner und Gin Tonic. Die Imogen in Rot und Gold sah wie die glücklichste Frau auf der Welt aus.

»Hallo?«, sagte die Imogen am Telefon.

»Entschuldige.« Ich riss mich aus meinen Träumen. »Ich kann mich nicht vom Bildschirm loseisen. Ich schaue gerade das Hochzeitsvideo.«

»Oh, wirklich? Bin ich schon gestürzt?«

»Kommt drauf an, welchen der vielen Stürze du meinst.«

»Hoho.«

»Nein, noch nicht, aber gleich.«

»Wir machen gerade die Fotos?«

»So ist es.«

»Es war so scheißkalt.«

Im Fernseher richtete die Imogen in Rot und Gold sich auf und beugte sich zu ihrer Brautjungfer Claire hinüber, um ihr etwas zuzuflüstern. Die beiden schütteten sich vor Lachen aus.

»Und die Schuhe haben sich davon nie erholt«, sagte die Imogen am Telefon. »Die wollte ich behalten, weißt du. Ich hatte noch viel mit ihnen vor.«

Meine schläfrigen Augen bewegten sich vom Fernsehschirm zum Computermonitor. Imogens ungemachtes Bett auf Schlafraumkamera zwei blieb leer, weit und breit keine Spur von ihr.

»Wie kommt's, dass du anrufst?«

»Ach, verstehe, sehr nett.«

»Nein, so meine ich das nicht. Ich freue mich, es ist nur …«

»Was?«

»Ich hätte nicht gedacht –«

»Wir sind gerade zurückgekommen. Du meintest heute Morgen, du würdest dich abstrakt fühlen, also dachte ich, ich höre mal nach, wie es dir geht, ob du draußen warst.«

»Ja, war ich. Ich habe mich mit Sophie getroffen.«

»Ah, gut. Wie geht es denn der wunderschönen und faszinierenden Mrs Almonds?«

»Tja, wie es wunderschönen und faszinierenden Menschen eben so geht natürlich.«

»Natürlich.«

»Hör mal«, sagte ich. »Ich hatte einen echt komischen Tag.«

»Ah, verstehe, tut mir leid, sollen wir auflegen?«

»Nein. Nein, das nicht. Ich meine – es war wirklich ein komischer Tag. Nicht komisch im Kopf, sondern einfach richtig merkwürdig, im wahren Leben.«

Auf dem Fernsehschirm lehnte sich die Imogen in Rot und Gold gegen einen winterlichen Baum; sie lächelte, lachte, ihre Wangen leuchteten rosig, während sie mit dem knienden Fotografen scherzte.

»Was war denn los? Geht's dir gut?«

»Ja, ja«, sagte ich. »Ich habe einen Brief von Andrew bekommen. Eigentlich zwei Briefe.«

»Was will er denn?«

»Ich weiß es nicht. Ich glaube, er steckt vielleicht in Schwierigkeiten.«

»Hat er das gesagt?«

»Nein. Er sagt ja nie etwas direkt, stimmt's? Die Briefe waren beide merkwürdig. Heute Morgen ein seltsames Foto und heute Nachmittag etwas von wegen *was Bücher machen.*«

»Halt dich da raus.«

»Meinst du?«

»Augenblick noch.«

»Was?«

»Entschuldige, ich war nur, hier war jemand. Halt dich da einfach komplett raus.«

»Warte kurz«, sagte ich. »Jetzt kommt's.« Die Imogen in Rot und Gold stolpert, rudert mit den Armen und fällt rücklings in den Schnee. Ich lachte. »Schneeengel.«

»Unglaublich, dass du dir das immer wieder angucken kannst.«

»Das könnte ich mir immer wieder angucken.«

»Aber im Ernst. Diese Andrew-Geschichte – lass einfach die Finger davon.«

»Und da –«

»Tom.«

»Nein, hör zu. Da ist noch was anderes. Und das könnte ernsthaft merkwürdig sein.«

Imogen schwieg kurz. »Erzähl.«

»Na schön. Also …« *Halt dich nur an den letzten Teil.* »Wusstest du, dass in der Bibel der Ochse und der Engel nie im Stall dabei sind? Bei der Geburt von Jesus, meine ich. Es wird nirgends ein Ochse erwähnt, aber er ist trotzdem da, dieser große, schwere Ochse, in sämtlichen Krippenszenen und Krippenspielen.«

»Okay.«

»Na ja. Das ist doch merkwürdig, oder?«

»Ist es?«

»Ja, natürlich.«

»Hmm. Ein bisschen vielleicht schon.«

»Es ist höchst merkwürdig.«

»›*Fürchtet euch nicht!*‹, *der Engel sprach, denn großer Schrecken hatte sie ergriffen.*‹ Das ist der Teil, den ich immer komisch fand.«

»Wirklich?« Ich dachte darüber nach. »Aus dem Weihnachtslied?«

»Ja, aber ich glaube, in der Bibel kommt das auch vor. Ich meine, wieso haben die Hirten solche Angst vor dem Engel? Gut, es ist ein Typ mit Flügeln, der vom Himmel herabsteigt, das wäre schon leicht –«

»Verstörend.«

»Ja, klar. Aber *großer Schrecken hatte sie ergriffen*? Das klingt, als wären sie außer sich vor Angst. Das ist doch ein bisschen komisch, mitten in einer Weihnachtsgeschichte. *Der* Weihnachtsgeschichte. Die Engel sind doch die Guten, oder? Wir mögen Engel. Flaumige Flügel, Heiligenschein aus Rauschgold. Ich war im Krippenspiel mal der Engel.«

»Und deine Tante Eileen hatte dir einen suboptimalen Heiligenschein gebastelt.«

»... und ich musste ihn die ganze Zeit über festhalten. Jaja, ich weiß schon, das erzähle ich dir jedes Jahr.«

»Ich liebe es, dass du mir das jedes Jahr erzählst. Das ist eine Art Weihnachtstradition.«

»Leck mich.«

»Ist es wirklich.«

»Leck mich.«

Ein Moment der Stille kam und ging.

»Als ich klein war«, sagte ich, »habe ich immer zu den Engeln gebetet. Habe ich dir das je erzählt?«

Imogen dachte darüber nach.

»Nein«, sagte sie. »Ich glaube nicht.«

»Ich muss noch ganz klein gewesen sein. Meine Tante sagte immer: ›Bitte das Jesuskindlein und seine Engel‹, aber ich dachte, das Jesuskindlein würde mir nicht großartig helfen können, weil es eben nur ein Kind war, also betete ich zu den Engeln.«

»Haben sie dich erhört?«

»Was glaubst du wohl?«

»Ich weiß es nicht, worum hast du sie denn gebeten?«

»Na ja« – eine kurze Pause – »ich wollte, dass meine Mum zurückkommt. Und dass niemand anderes stirbt.«

Wieder Stille.

»Im?«

»Es tut mir leid.«

»Ist schon gut.«

»Manchmal bricht es mir das Herz, wenn ich an deine Kindheit denke.«

»Wirklich, ist schon gut. Das ist eben ... Darum habe ich sie eben gebeten.«

»Mhm.«

»... und vielleicht noch um ein Fahrrad.«

»Ha. Na ja. Hast du denn wenigstens das Fahrrad bekommen?«

»Habe ich tatsächlich.«

»Na, siehst du.«

»Ja.«

Einen Augenblick lang schwiegen wir beide.

»Der Teufel war auch ein Engel, weißt du«, sagte Imogen.

»Ich kann ehrlich behaupten, dass ich nie zum Teufel gebetet habe.«

»Nein, aber ... Er ist derjenige, der dafür bekannt ist, den Leuten ihre Wünsche zu erfüllen.«

»Hmm. Ich weiß nicht, ob ich es unbedingt so nennen würde. Ich meine mich zu erinnern, dass es da den einen oder anderen Haken gab. Das Fahrrad habe ich jedenfalls von –«

Eine plötzliche Bewegung auf Schlafraumkamera zwei erregte meine Aufmerksamkeit. Imogen kam ins Bild, in ein

Handtuch gewickelt, das nasse Haar zurückgekämmt und glänzend.

»He! Bist du noch da?«

»Ja. Du bist gerade hereingekommen.«

»Ja?«

»Ja. Die Zahlen müssten jetzt jeden Moment hochgehen.«

Imogen lachte, aber kurz darauf begannen die Zahlen unvermeidlich zu steigen.

Ach, dieses Internet, dachte ich.

Auf dem Bildschirm öffnete meine Frau eine Schublade und nahm Unterwäsche heraus.

»Also, was wolltest du gerade sagen?«

»Warte mal«, sagte ich.

»Was mache ich denn?«

Imogen stieg in einen Slip und zog ihn an ihren Beinen herauf, wobei sie ein wenig hin und her wackelte, um ihn unter das Handtuch zu bekommen. Die Klickzahlen der Webcam stiegen stetig weiter.

»So eine Art Sexshow?«

»Ha. Die mieseste Sexshow der Welt vielleicht. Du warst zu lange allein, wenn du findest, dass das schon dazuzählt.«

»Ja, ich war zu lange allein.«

Es kam einfach so heraus. Ein monumentaler Brocken Ehrlichkeit, der mitten in die Unterhaltung hineinstürzte. Ein ausgewachsener, dinosauriertötender Asteroid.

In der Leitung breitete sich erneut Stille aus.

Ich sah zu, wie Imogen ein Paar Jeans anzog und dann das Handtuch fallen ließ. Ich starrte auf ihren bloßen Rücken, auf ihre Schulterblätter, die unter der Haut arbeiteten, als sie einen BH überzog. Die leichteste Kurve einer Brust erschien, als sie sich drehte, dann saß der BH, und sie bestand ganz aus hervorspringenden Ellbogen, während ihre Finger griffen und tasteten, um die Verschlüsse einzuhaken.

Auf dem Fernsehschirm tauchte die Imogen in Rot und

Gold im Hintergrund eines Fotos von ihren tanzenden Brautjungfern auf; sie hielt ein Champagnerglas in der Hand, lehnte an der Bar und sprach mit jemandem, an dessen Namen ich mich nicht erinnere, einem ihrer Cousins, glaube ich. Ihre Hand machte eine ausladende Geste vor ihrem Körper, während sie sprach, so als beschriebe sie eine Landschaft oder ein stilles Meer oder vielleicht einen schönen Ausblick oder irgendetwas in seiner Gänze. In Wahrheit habe ich keine Ahnung. Es ist mein Hochzeitstag, und wir sind beide im selben Gebäude, lachen und reden und sind zusammen, aber –

»Entschuldige. Das sollte kein Vorwurf sein«, sagte ich in die Stille hinein. »Ich … Das sollte nicht so klingen. Ich vermisse dich einfach.«

»Ich fühle mich richtig schuldig –«

Ich widerstand dem Drang zu sagen: *Dann komm doch nach Hause.* »Das brauchst du nicht.«

»Das Schlimmste ist, die meiste Zeit über fühle ich mich gar nicht … Ich meine, ich mache hier eben immer weiter, weißt du, also ist es nicht immer so. Ich meine, schon, aber –«

»Ja.«

»Und dann fühle ich mich noch schlechter.«

»Ich will nicht, dass du dich schlecht fühlst. Es ist einfach schwer. Wir wussten, dass es schwer wird –«

»Du weißt, ich liebe dich, aber wenn ich hier bin und das hier mache, dann muss ich auch ganz hier sein.«

»Ich weiß.«

»Ich meine, im Kopf ganz hier. Sonst ist es. Einfach nur.«

»Ich weiß.«

»Jetzt fühle ich mich mies.«

»Brauchst du nicht«, sagte ich noch einmal. Aber ich konnte meinen Worten nicht den nötigen Nachdruck verleihen.

Eine Zeit lang sprach niemand von uns. Auf dem Computermonitor kam Imogen wieder ins Bild, das große, klobige Satellitentelefon in der Hand.

Schau, dachte ich. *Diese Frau will gerade ihren Mann anrufen, weil er ihr am Herzen liegt und sie wissen will, wie sein Tag war. Sei nett zu ihr, weil du sie liebst und weil sie ein guter Mensch ist, der sein Bestes gibt, und weil sie sehr, sehr weit weg ist.*

»Komm, du sollst dich nicht mies fühlen«, sagte ich mit angemessener Überzeugung. »Das will ich nicht, und es gibt auch echt keinen Grund dafür.«

»Danke.«

»Echt.«

»Danke. Tu ich aber trotzdem.«

Die Imogen auf dem Bildschirm wählte und wartete darauf, dass abgehoben wurde. Ich sah sie lächeln und stumm die Worte *Hallo, Euston* formen.

»Würdest du sagen, großer Schrecken hat dich ergriffen?«

Imogen lachte. »Das könnte man so sagen, ja.«

»Lass es nicht zu. Sag: *Leck mich, großer Schrecken.*«

»Aber im Ernst, was soll das? Ich meine, ich frage mich, ob da eine ältere Fassung der Geschichte durchschimmert, wie bei den Gebrüdern Grimm, wo die ursprünglichen Fassungen düsterer und gruseliger sind und es noch ein bisschen durchscheint. Ich rede jetzt wieder von dem Engel und den Hirten.«

»Ja, das dachte ich mir schon.«

»Entschuldige.«

In diesem Moment befreite sich eine kleine Erinnerungsblase aus dem Schlamm der Jahre; sie stieg auf und zerplatzte an der Oberfläche meines bewussten Verstands.

»Ich glaube – nur die untersten Ränge der Engel sahen wie Menschen mit Flügeln aus«, sagte ich.

»Ränge? Es gibt Ränge?«

»Ja. Ich weiß es nicht mehr genau, aber es gibt da diese unterschiedlichen Stufen, neun oder zwölf, meine ich, und nur die der unteren Stufen sehen so aus, wie wir uns Engel vorstellen.«

»Wie sehen denn die anderen aus?«

»Ich weiß es nicht mehr genau, aber richtig merkwürdig. Gruselig. Viele Arme und Köpfe und Flügel und Hunderte von Augen, meine ich.«

»Ja?«

»Ja, und je höher es geht, desto bizarrer werden sie. Die Höchsten sind richtig seltsam, abstrakte Formen innerhalb weiterer abstrakter Formen, die nicht viel Sinn ergeben. Es ist alles ziemlich verstörend.«

»*›Fürchtet euch nicht!‹, der Engel sprach, denn großer Schrecken hatte sie ergriffen.*«

»Ja, vielleicht liegt es daran. Wenn es einer der wichtigeren Engel war –«

»Wenn ein riesiges, hundertäugiges Dreieck vom Himmel herabsteigen würde –«

»Dann hätten diese Hirten völlig zu Recht eine Scheißangst«, sagte ich.

»Das ist wirklich verstörend.«

»Ich weiß. Wenn hier ältere Fassungen durchschimmern, dann las sich die ursprüngliche Geburt Christi wahrscheinlich wie bei H. P. Lovecraft.«

Imogen lachte. »Ist in der Krippenspielszene in *Tatsächlich … Liebe* nicht ein Kind als Oktopus verkleidet?«

»Siehst du?«, sagte ich. »Da hast du es.«

Auf dem Monitor erschien ein Mann mit Bierflaschen in den Händen. Imogen schaute auf und sagte stumm: *Augenblick noch.*

Er nickte, grinste und war verschwunden.

»Musst du los?«, fragte ich.

»Was?«

»Da kam gerade so ein Typ mit Bier, um dich zu holen?«

»Ach du Scheiße. Ist das schon so lange her? Wir wollten

alle was trinken und dabei die … Ist ja auch egal, aber ich sollte wohl besser –«

»Ja, natürlich. Versäum das nicht.«

»Nein.«

»Geh nur«, sagte ich. »Trink ein Bier.«

»Alles klar. Ich rufe dich bald wieder an.«

»Okay, ich hab dich lieb.«

»Ich dich auch.«

»Amüsier dich, und mach dir keine Gedanken.«

»Okay. Ciao.«

»Ciao.«

»Ciao.«

»Ciao.«

Die Verbindung endete in einem monotonen Summen.

Die Imogen auf dem Bildschirm telefonierte weiter, aber sie wirkte jetzt steif, nervös. Der Kerl auf dem Bildschirm war Johnny. *Scheiß Johnny.* Ich versuchte, mir keine Gedanken über sein dämliches, nur allzu vertrautes Grinsen zu machen, und redete mir ein, die Tatsache, dass er genau zwei Flaschen Bier – nicht eine, nicht vier, nicht sechs – in den Händen hielt, habe nicht das Geringste zu bedeuten.

o

Ich stromerte in die Küche und war kurz überrascht – zum dritten Mal an diesem Abend –, wie sauber und aufgeräumt sie war. Ich füllte den Wasserkocher, versuchte, nicht auf den Stapel noch ungeöffneter Mahnungen zu schauen, die sich auf der Arbeitsfläche türmten, schaltete den Wasserkocher ein und begann, den Küchenschrank nach Kaffee zu durchsuchen.

Eines ist wichtig. Ganz egal, wie unordentlich dieser Raum wird, und ganz egal, wie gründlich ich darin aufräume, wenn ich es nicht mehr ertrage – es gibt einen Gegenstand auf der

Arbeitsfläche, der sich nie, wirklich niemals bewegt, nicht einmal um einen Millimeter.

Es ist eine Tasse mit dem Aufdruck »I ♥ Tea«.

Imogens Tasse.

Sie hatte sie sehr behutsam dort hingestellt, genau vor den Wasserkocher, vor fast sechs Monaten, am Morgen ihrer Abreise.

»Die stelle ich hier hin«, sagte sie. »Lass sie dort stehen.«

Ich muss sie verwirrt angesehen haben.

»Lass sie dort stehen«, sagte sie, »und wenn du dir morgens was zu trinken machst, wird es sein, als wäre ich auch da.«

Ich küsste sie.

»Nein, jetzt schau doch mal. Schau«, sagte sie, wich zurück und versuchte, meine Aufmerksamkeit auf die Tasse zu lenken, »es ist ein Teebeutel drin und alles. Ich habe alles vorbereitet, und wenn ich nach Hause komme, kann ich durch die Haustür spazieren und meinen Tee trinken. Das ist eine Tasse Tee mit meinem Namen drauf«, sagte sie. »Vergiss das nicht, klar?«

Wir legten die Arme umeinander und blieben lange so stehen.

»Hab dich lieb«, sagte sie in meine Schulter hinein.

»Ich dich auch. Was meinst du, wie lange wird es dauern, bis ich Wasser reinschütte und es verbocke?«

»Ha. Drei Tage.«

Sehr behutsam stellte ich mein »I ♥ Coffee« neben ihr »I ♥ Tea«.

Wie immer achtete ich darauf, Imogens Tasse nicht einmal anzustupsen. Nichts und niemand hatte »I ♥ Tea« berührt, seit meine Frau die Tasse dort hingestellt hatte. Sie hatte sie zuletzt berührt, und es erschien mir wichtig, dass sie auch diejenige war, die sie als Nächste berühren würde, wenn sie nach Hause kam.

Eine Tasse Tee mit meinem Namen drauf.

Ich machte mir etwas zu trinken.

Den hundertachtundsechzigsten Tag in Folge verbockte ich es nicht.

o

Eine Stunde später, gegen halb eins, saß ich an meinem Computer und starrte auf ein größtenteils leeres Dokument mit dem Titel CAPTAIN SCARLETT, während auf dem Fernseher in der Ecke unser Hochzeitsvideo lief, bereits zum dritten Mal in dieser Nacht.

Die Imogen in Rot und Gold brachte gerade einen Trinkspruch aus.

»Ich habe schon Teile von dem zweiten gelesen«, sagte sie. Ich wandte den Blick nicht von dem blinkenden Cursor ab; das brauchte ich nicht. Ich hatte das Video so oft gesehen, dass ich mir die Szene vollständig ausmalen konnte. Imogen stand an unserem Tisch auf der Stirnseite des Saals und befingerte nervös den Stiel des Champagnerglases, während sie vor dem gebannt zuhörenden Raum stand. Sie war gerade kurz verstummt, hatte zu mir hinuntergeschaut und mich angelächelt, wie ich in meinem Smoking dasaß. Die Imogen in Rot und Gold wirkte glücklich, nervös, aufgeregt, leicht angetrunken und sehr, sehr *stolz*.

»Ich habe Teile von dem zweiten gelesen, und ich sage nur so viel« – sie wandte sich nun direkt an mich – »wir werden euch nicht vergessen, wenn mein Ehemann …« – Jubel von den Gästen – »den Booker Prize gewonnen hat und wir furchtbar reich sind und in einem großen Schloss leben.«

Ich griff zu meiner Tasse und trank einen Schluck lauwarmen Kaffee.

Die brillante, brillante Imogen. Ich dachte wieder daran, wie überaus inspiriert ihr eigenes Projekt war, das sie etwa vier Jahre nach unserer Hochzeit ausgebrütet hatte, und daran, wie ihre Entschlossenheit, es umzusetzen – einen Gedanken zu haben und sich der Welt entgegenzustemmen, bis sie ihn verwirklicht hatte –, mich mit Ehrfurcht und Stolz erfüllte. Es erfüllte mich auch noch mit etwas anderem. Etwas, was sich wie kalter Regen auf Feldern anfühlte, wie ein unterirdischer Fluss, wie ein langes, leeres Bahngleis.

Brillante Menschen müssen tun, was brillante Menschen eben tun müssen.

Auf dem Bildschirm blinkte der Cursor:

Tick-tack.

Tick-tack.

Tick-tack.

Wir waren beide einmal hell und schnell gewesen und hatten gebrannt. Wir waren vertraut und leidenschaftlich und einander so nah, wie man es nur sein konnte. Aber eine allmähliche Auflösung war schon eine Zeit lang im Gange, und nur ein Idiot hätte das nicht gemerkt. Meine Imogen wurde die Imogen der ganzen Welt, sie wurde auseinandergezogen, kühlte ab, teilte sich zwischen all den auf Post-its über dem Schreibtisch notierten Zuschauerzahlen auf. Imogen war einmal ganz und hier und alles gewesen, aber jetzt –

Jetzt verliere ich sie. Ich verliere sie, und wenn ich nicht bald etwas unternehme, wird sie nur noch aus sieben Milliarden kleiner Pixel bestehen, die an und aus blinken, an und aus – ein Himmel aus elektrischem Sternenstaub und niemals fest und real und nach Hause zurückkehrend.

Der Cursor zuckte und flackerte, aber erst als die ersten Tropfen auf meinen Schreibtisch pochten, merkte ich, dass ich weinte.

Ich stand auf, ging in die Küche.

Ich schaute auf den Stapel ungeöffneter Mahnungen.

Im Wohnzimmer begannen Imogen und ich unseren ersten Tanz.

»See the pyramids along the Nile,

Watch the sunset from a tropic isle …«

Ich fing an, die Briefe aufzureißen.

Gericht, Gerichtsvollzieher. Gerichtsvollzieher, Gerichtsvollzieher, Bußgeld, Gericht. Zwangsvollstreckung, Verfahren, Beschlagnahmung.

O Gott.

Gerichtsvollzieher, Bußgeld, Bußgeld, Gerichtsvollzieher.

O Gott, o Gott, o Gott.

Gerichtsvollzieher, Zwangsvollstreckung, Verfahren, Beschlagnahmung.

Sie wollten uns unsere Sachen wegnehmen.

Sie würden uns alles wegnehmen.

Ich stolperte ins Wohnzimmer zurück.

Wir tanzten jetzt, hielten uns fest umschlungen, Imogens Kopf an meine Brust gedrückt.

»See the market place in Old Algiers …«

Ich werde sie verlieren.

Tränen ließen unsere tanzenden Körper zu bedeutungslosen, zuckenden Farben verschwimmen.

»Send me photographs and souvenirs …«

Ich fühlte mich leer und vollkommen machtlos, während die Welt sich um mich herum auflöste.

Und dann –

Dann kamen sie.

Sie kamen ganz plötzlich.

Sie kamen mit dem *Klopf-klopf-klopf* hastiger Flügelschläge und dem polternden Zusammenprallen dicker pelziger Körper im Dunkeln, sie kamen aus dem Hintergrund meiner Gedanken herauf- und herausgeflattert. *Jetzt, jetzt, jetzt, jetzt. Zeit, Zeit, Zeit.* Sie kamen herauf und akzeptierten kein Nein, diese alten Erinnerungen. Sie witterten eine Chance auf Freiheit und flatterten und drängten ins Licht.

Zum tausendsten Mal erinnerte ich mich daran, wie Andrew Black nach jenem Treffen, das seine Karriere beendet hatte, in meiner Wohnungstür stand und auf seinen Verlag schimpfte. Zum tausendsten Mal erinnerte ich mich daran, wie Andrew das Wodkaglas, das ich ihm gegeben hatte, an die Wand warf, an die Tropfen, die an der Tapete hinunterrannen, die Glasscherben in der Fußmatte.

Ich nahm das Telefon und wählte.

Zum tausendsten Mal erinnerte ich mich daran, wie Andrew mir seine Ledertasche entgegenschleuderte und ich einen kurzen Blick auf das erhaschte, was darin war.

Tut-tut, tut-tut. Das Telefon klingelte und klingelte.

Endlich, nach langer Zeit, hob jemand ab –

»Hallo?«

»Sophie«, sagte ich, »es gibt noch ein Buch.«

»Was?«

»Hier ist Tom. Es gibt noch ein Andrew-Black-Buch.«

Schweigen.

»Sophie?«

»Bist du sicher?«, sagte sie.

»Ich habe es gesehen.«

Ich hatte einen kurzen Blick auf das erhascht, was darin war – den dicken Block weißer Manuskriptseiten. Blacks Name und der Titel des Romans auf dem ersten Blatt: ***Maxwell's Demon***.

»Du hast es gesehen?«

»Ja.«

Auf dem Bildschirm wirkte Imogen betrunken, wackelig; sie griff nach einem Stuhl, um sich aufrecht zu halten.

Ich holte Luft. »Würde es … Könntest du mir so eine Art Finderlohn beschaffen?«

In der Leitung herrschte kurz Stille.

»Ich will sehen, was ich machen kann.«

o

Das schwache Licht der Dämmerung, wässrig wie entrahmte Milch, hatte um die Ränder der Wohnzimmerjalousie herum einzusickern begonnen, als mich ein klappendes Geräusch aus der Küche weckte.

Ich sprang vom Sofa auf, trat dabei mit einem Fuß auf einen kleinen getöpferten Weisen – *aaah, Scheiße* – und hüpfte und humpelte dann in den Flur, um der Sache nachzugehen.

Einer der Magnetbuchstaben war von der Kühlschranktür gefallen und hatte seine papierene Last aus Imbissspeisekarten und notierten Terminen über die Fliesen verteilt. Ich sammelte die Speisekarten auf und fand den heruntergefallenen Buchstaben schließlich unter dem Küchentisch – es war ein kleines grünes Plastik-»i«. Ich versuchte, alles wieder zu befestigen, aber die Magnetkraft des kleinen »i« reichte nicht aus, um sämtliche Zettel festzuhalten. Mit einem erschöpften Seufzer legte ich den schludrigen Stapel Speisekarten auf den Rand der Arbeitsplatte und heftete den kleinen Buchstaben wieder an die Kühlschranktür, wo er hingehörte. Er fiel leblos zu Boden. Ich hob ihn auf, wischte ihn an meinem T-Shirt ab und versuchte es noch einmal, aber es geschah wieder das Gleiche. Aus irgendeinem Grund hatte der Magnet seine Kraft vollständig verloren.

Als ich wieder ins Wohnzimmer kam, sah ich die einsetzende Dämmerung um die Jalousie herum einsickern, und obwohl ich unglaublich müde war, hob ich sie an und steckte den Kopf darunter hindurch, um einen ersten Blick auf den neuen Tag zu werfen.

Da sah ich ihn.

Er lehnte an einer Mauer am anderen Ende der Straße; die Herbstblätter tanzten und wirbelten um ihn herum.

Er schien zu spüren, dass ich ihn ansah, und wandte langsam den Kopf in meine Richtung.

Ich fühlte sämtliche Wärme aus meinem Körper entweichen.

Die Gesichtszüge des Mannes waren in der bläulichen Düsternis der einsetzenden Dämmerung und den tiefen Schatten seines breitkrempigen Hutes verborgen. Während ich ihn ansah, flackerte eine winzige Glut von hellem Orange in den Tiefen dieser Finsternis auf, und einen Augenblick später wallte eine große Rauchwolke unter der Krempe hervor und wirbelte und taumelte mit dem Wind davon.

Ich starrte und spürte, wie er geradewegs zurückstarrte.

Die Unmöglichkeit der Situation nagte an meinen Eingeweiden, nagelte mich fest, wo ich stand.

Ich sah zu, wie sich eine Hand hob, um die Krempe dieses berüchtigten angebrannten weißen Fedora zu berühren. Mit einer langsamen, winzigen Bewegung, voller Konzentration und Bosheit, zog Maurice Umber den Hut vor mir.

18

Etwa fünf Stunden später …

Bumm bumm bumm bumm bumm.

Das Geräusch von jemandem, der an die Wohnungstür hämmerte, weckte mich. *O Gott.* Mein Schädel pochte. Ich setzte mich auf dem Sofa auf, starrte die Whiskeyflasche auf dem Boden an und rieb mir die Schläfen mit den Fingerknöcheln.

Bumm bumm bumm bumm bumm.

»Ist ja gut, ist ja gut. Herrgott noch mal.«

Ich fand meine zusammengeknüllten Jeans und zog sie über, dann fuhr ich mir vor dem Spiegel auf dem Kaminsims mit den Fingern durch die Haare.

Ich las die Uhrzeit von meinem Telefon ab. 11.23 Uhr.

Auf dem Computerbildschirm schlief Imogen in der unscharfen grünen Nachtsicht-Darstellung von Schlafraumkamera zwei. Ich hatte sie nicht ins Bett gehen sehen, obwohl ich aufgeblieben war bis –

Mir fiel der Mann am Ende der Straße ein.

Bumm bumm bumm bumm bumm.

Gott im Himmel.

Indem ich den äußersten Rand der Wohnzimmerjalousie vorsichtig anhob, konnte ich hinausspähen und den Mann sehen, der da an die Tür hämmerte. Oder zumindest seinen Rücken. Ich hatte keine Ahnung, wer er war, aber er trug kein Maurice-Umber-Outfit und sah auch nicht wie ein Gerichtsvollzieher aus – wobei ich noch nie einem Gerichtsvollzieher begegnet war, also entschied ich, Vorsicht walten zu lassen.

Bumm bumm bumm bumm bumm bumm bumm.

»Ja?«, rief ich durch den Briefschlitz, auf allen vieren hinter der Tür kauernd. Kurz war es still, dann kam ein Paar blauer Augen auf meine Höhe herunter und spähte zu mir herein.

»Was machen Sie da unten?«, sagten die Augen.

»Ich sehe Sie an«, sagte ich.

»Ich verstehe.«

»Und … ich frage mich, wer Sie sind.«

»Ich habe eine Geschäftsmöglichkeit für Sie«, sagten die Augen.

»Ich glaube nicht, dass ich an einer Geschäftsmöglichkeit interessiert bin.«

»O doch, das sind Sie auf jeden Fall«, sagten die Augen.

»Warum glauben Sie das?«

»Vor allem, weil es Ihre Idee war.«

»Was?«

»Ich glaube, es war von einem Finderlohn die Rede?«

Ahhhhh.

»*Maxwell's Demon.*«

»Bitte?«

»Entschuldigung. Der zweite Roman von Andrew Black.«

Die Augen zuckten zusammen und schauten rasch nach links und rechts. »Es wäre ganz großartig, wenn Sie jetzt die Tür öffnen könnten, Mr Quinn.«

Ich öffnete die Tür.

Der Mann auf der Schwelle war etwa 1,80 Meter groß und wirkte fit und sportlich. Er hatte eine Habichtsnase und ein schmales Gesicht, gekrönt von dunkelblondem Haar, das fachmännisch kurz geschnitten und lässig verwuschelt war. Mit seinen vielleicht achtunddreißig oder neununddreißig Jahren wirkte die Frisur etwas zu jugendlich für ihn, aber durch sein breites jungenhaftes Grinsen und etwas, was ich seine *allgemeine Energiegeladenheit* nennen möchte, kam er damit durch. Seine Kleidung – unauffällige weiße Turnschuhe, dunkelblaue Jeans, hellblaues Hemd und schlichte dunkelgraue Jacke – war auf die Art und Weise teuer, die keine große Aufmerksamkeit auf sich ziehen oder ihren Träger als einen *wohlsituierten Herrn* anpreisen möchte.

»Mike Chesapeake«, sagte der Mann und streckte mir zackig die Hand entgegen.

»Thomas Quinn«, sagte ich und schüttelte sie.

Die Hand fühlte sich sehr kalt an.

»Ausgezeichnet«, sagte Mike Chesapeake.

Ich führte ihn ins Wohnzimmer und begann rasch, Decken, Teller und Krippenfiguren aufzuklauben, im peinlichen Bewusstsein der Tatsache, dass es im Zimmer roch, als hätte ein erwachsener Mann mindestens zwölf Stunden lang darin gehaust und geschlafen. Ich zog die Jalousie hoch und riss das Fenster weit auf. Licht und kühle Luft fluteten herein.

»Meine Güte, Sie sind Ihrem Vater ja wirklich wie aus dem Gesicht geschnitten«, sagte Chesapeake.

»Das höre ich öfter.«

»Wie geht's ihm denn? Haben Sie in letzter Zeit von ihm gehört?«

Ich hielt inne, drehte mich um und starrte ihn an.

Chesapeake begegnete meinem Blick mit einer höflichen und neugierigen Miene, wobei ich vielleicht die kleinste Spur eines Lächelns in den Mundwinkeln lauern sah.

»Er ist tot«, sagte ich. »Seit sieben Jahren.«

Chesapeakes Augenbrauen schossen an der Stirn hinauf.

»Ach du lieber Gott. Ja, natürlich ist er das. Wie furchtbar von mir. Wie können Sie mir das nur verzeihen?« Er streckte wieder die Hand aus. »Ernsthaft. Bitte verzeihen Sie mir. Ich bin ein Vollidiot.«

»So etwas kann schon mal vorkommen.« Ich schüttelte die Hand mit verhaltener Begeisterung. »In welchem Buchverlag weiß man denn nicht, dass Stanley Quinn tot ist?«

»Oh, nur in einem sehr schlechten, würde ich sagen.«

»Aber … okay.« Das verblüffte mich. »Entschuldigen Sie, aber ich dachte … Ich *ging davon aus*, Sie wären –«

»Oh, für unsere Zwecke, ja. Gewiss, gewiss. Ich bin nur nicht an vorderster Front bei den literarischen Genies, ich bin eher –«

»Auf dem Kommandohügel?«

Diesmal war da ganz sicher ein kleines Lächeln.

»Beim Mutterkonzern«, sagte er nickend und ließ das Lächeln in einer Weise erblühen, die in erster Linie anmutig und nur ein kleines bisschen blasiert war. »Ich kann mich ausweisen, wenn Sie möchten?«

»Schon gut«, sagte ich. »Sagen Sie mir einfach –«

Chesapeake hielt einen langen weißen Finger hoch.

»Dürfte ich Ihre Wohnung nach Wanzen absuchen, bevor wir offen reden?«

»Wanzen?«

»Ich weiß, es ist lächerlich. Wir finden nie welche. Aber« – er verdrehte die Augen – »es ist Firmenpolitik. Tun Sie mir den Gefallen? Es dauert nicht lange.«

o

Ich machte uns in der Küche etwas zu trinken, während Mike Chesapeake zehn Minuten lang mit etwas, was aussah wie ein Selfie-Stick mit einem jaulenden Geigerzähler daran, durch die Wohnung stromerte.

Als er fertig war, rief er mich. Ich kam mit den Getränken.

»Blitzsauber«, sagte er, als er mich sah. »Ist immer so. Es ist eine völlig bescheuerte Regel. Tut mir leid, dass das sein musste.« Mike Chesapeake saß in der Mitte des Sofas und balancierte etwas auf den Knien, was wie ein klobiger alter Laptop aussah.

»Was ist das?«

»Mr Quinn«, überging er die Frage, »wir haben Ihnen einen Vorschlag zu machen.«

»Aha?«, sagte ich, stellte die Tassen auf den Sofatisch und setzte mich in den Sessel.

»Sie wissen, dass Andrew uns nicht schätzt, nicht wahr? Seinen Verlag, meine ich.«

»Das war auch mein Eindruck, ja.«

»Wissen Sie, warum?«

»Ich glaube schon.«

Mike Chesapeake versuchte, meine Reaktion abzuwägen.

»Sie wissen, dass er einen Vertrag mit uns abgeschlossen hat? Dass er gewisse Verpflichtungen eingegangen ist?«

Ich sagte nichts.

»Wie dem auch sei«, sagte Chesapeake. »Was wissen Sie darüber, was anschließend passiert ist? Nachdem er sich aus dem Staub gemacht hatte?«

»Nicht sehr viel.«

»Das dachte ich mir.« Chesapeake trommelte mit sichtlichem Vergnügen auf dem alten Laptop herum. »Soll ich Ihnen davon erzählen?«

o

Mike Chesapeake zufolge hatte Black das mit *Cupid's Engine* verdiente Geld genommen – was eine beträchtliche Summe gewesen sein musste – und in einem winzigen Küstenort in East Yorkshire einen eigenen Verlag gegründet. In Anbetracht seines stetig wachsenden Zorns auf das traditionelle Verlagswesen hätte es vielleicht nicht überraschen sollen, dass er die Dinge auf diese Art und Weise in die Hand nahm, aber was durchaus überraschen konnte, war, dass Black sich seines brandneuen Verlagshauses nicht bediente, um weitere Max-Cleaver-Krimis zu veröffentlichen – womit ich Fortsetzungen von *Cupid's Engine* meine –, und zwar aus einem ganz einfachen Grund: Er durfte es nicht.

Black hatte sechs Monate zuvor einen ausgesprochen komplizierten und lukrativen Vertrag mit seinem Verlag unterzeichnet, einen Traumvertrag, einen Vertrag, mit dem man fürs Leben ausgesorgt hatte, aber einen Vertrag mit einem entscheidenden Pferdefuß. Im Austausch gegen garantierte fürstliche Vorschüsse auf seinen gesamten künftigen Ausstoß hatte Andrew Black dem Verlag die Exklusivrechte an all seinen bisherigen und zukünftigen Werken überschrieben. Das bedeutete, dass niemand außer Blacks Verlag das Recht hatte, alte oder neue Abenteuer rund um Maxwell Cleaver, Dan Wayburn, Maurice Umber und die restlichen Figuren zu drucken. Tatsächlich durfte niemand außer Blacks Verlag auch nur ein einziges Wort aus Blacks Feder zu überhaupt irgendeinem Thema drucken. In den Tagen nach dem Zerwürfnis versuchte Sophie Almonds, Black dabei zu helfen, sich aus dem Vertrag freizukaufen, doch der Streit war zu erbittert gewesen. Der Verlag weigerte sich, ihn zu welchem Preis auch immer aus dem Vertrag zu entlassen, und da Andrew Black nun einmal Andrew Black war – ein Mann, der immun gegen Kompromisse war und über keinen Rückwärtsgang verfügte –, lief das im Grunde auf einen lebenslangen Maulkorb hinaus. Black würde niemals wieder mit seinem alten Verlag zusammenarbeiten, und er konnte von Recht wegen auch nicht mit einem anderen zusammenarbeiten, und daher würde die Welt nie wieder eine neue Geschichte, einen Satz oder auch nur ein einziges Wort zu sehen bekommen, das Andrew Blacks literarischer Imagination entsprungen war. Nicht ein einziges. Niemals. Blacks Leben als Schriftsteller war vorbei.

Worum ging es in diesem titanischen, eine ganze Karriere beendenden Zwist, möchten Sie vielleicht wissen?

Es ging um E-Books.

Blacks Ansicht nach brauchte ein Buch Papier, es brauchte Tinte, und es brauchte Seiten, echte, physische Seiten, die unabänderlich waren, einer bestimmten Ordnung folgten und in sich vollkommen geschlossen waren. Ein Buch brauchte auch einen Umschlag, der alles in seinem Inneren – das Buch – von allem Äußeren – dem Nichtbuch – trennte, eine Barriere, eine Grenze, eine Glasglocke gewissermaßen, um die Feinheiten des Werkes im Inneren zu bewahren. Andrew verabscheute Computer, Tablets, Mobiltelefone, Telefone überhaupt, aber digitale Ausgaben, elektronische Texte, E-Books *hasste* er, hasste sie – o ja – auf obsessive Weise. Andrews Verlag dagegen, nun … die meisten Mitarbeiter hassten E-Books ebenfalls, raunte Chesapeake mir zu, aber seinerzeit hatten die digitalen Medien die Branche in eine Art Panik versetzt. Sie sahen die rot markierten Umsatzkurven und die sinkenden Absatzzahlen, sie sahen die Jahresprognosen, Vorhersagen katastrophal zurückgehender Verkäufe gedruckter Bücher und rasch ansteigender E-Book-Verkäufe, sie zerbrachen sich endlos den Kopf über Piraterie, pauschale Digitalisierung von Texten oder was auch immer Google und Amazon insgeheim im Schilde führen mochten, und sie verbrachten viel Zeit mit fieberhaftem Gerede über den »Ausstieg aus dem Tote-Bäume-Business«.

»Natürlich ging am Ende alles glimpflich aus«, sagte Mike Chesapeake. »Der Himmel fiel uns nicht auf den Kopf, und die Leute bezahlen immer noch Geld für ihre Dan Browns und Andrew Blacks.«

Doch seinerzeit wusste das niemand. Seinerzeit fürchtete Andrew Blacks Verlag um seine Existenz und war versessen darauf, *Cupid's Engine* auf so viele Kindles, iPads und sonstige Geräte zu bekommen wie nur irgend möglich, um die rasch näher rückende Zukunft zu überstehen.

Ein Treffen wurde angesetzt. Black hörte zu, sah sich die Umsatzkurven an, hörte die düsteren Voraussagen zum Tod des Papiers, und als ihm der E-Reader der Marketingmitarbeiterin gereicht wurde, hielt er ihn vorsichtig zwischen Finger und Daumen und ließ ihn wie eine tote Ratte in den Mülleimer fallen. Black sagte Nein. Die Stimmung kippte. Blacks

Verlag sagte: *Rechtlich betrachtet, brauchen wir Ihre Zusage gar nicht.* Black sagte, er werde kein verdammtes Wort mehr für sie schreiben, ob sie die Verkäufe seines nächsten Romans in sechsunddreißig Sprachen schon in der Tasche hätten oder nicht. Und da jedes weitere Wort, das er für den Rest seines Lebens schreiben würde, im Prinzip ihnen gehörte, sagte er, er werde bis zu seinem Tod nicht einmal mehr einen Einkaufszettel schreiben. Und damit war die Sache erledigt. Sechs Tage danach veröffentlichte der Verlag eine digitale Ausgabe von *Cupid's Engine.* Bis ich Sophie mitten in der Nacht angerufen hatte, hatten mehr oder weniger alle – Blacks Verlag eingeschlossen – geglaubt, es werde nie einen zweiten Roman geben. Nun waren sie natürlich eines Besseren belehrt. Es existierte tatsächlich eine Fortsetzung eines der bestverkauften Bücher seit dem Zweiten Weltkrieg, sie war ihr rechtmäßiges Eigentum – und sie wollten sie haben.

»Unser Verlagszweig verlegt Bücher, Mr Quinn, sehr viele Bücher. Dafür gibt es ihn.«

»Dafür und um Geld zu verdienen.«

»Nun ja, natürlich. Ich dachte, das versteht sich von selbst.« Mike Chesapeake überlegte kurz, er lächelte. »Wobei ...«

Er ließ das Wort in der Luft hängen; ein deutlicher Hauch von *Ach herrje* umwehte es.

»Wobei was?«

Andrew Blacks Kleinverlag gab auch Bücher heraus, erklärte Chesapeake, wirklich schöne Bücher. Nur dass Black, weil er nun einmal Black war, selbst die hochwertigsten Produkte, die er von seinen verschiedenen Zulieferern bekommen konnte, nicht zufriedenstellten. Darum begann Andrew Black, sein eigenes Papier zu erzeugen. Darum stellte Andrew Black seine eigene Tinte her. Darum kaufte Andrew Black eine eigene Druckerpresse, und darum baute er sich, als auch diese seinen Erwartungen nicht gerecht wurde, selbst eine. So wurde Andrew Black zu jemandem, der Dinge schaffte, zum

Schöpfer einiger der schönsten Bücher, die heutigen Buchkäufern zur Verfügung standen. So machte Andrew Black sich selbst nahezu bankrott.

»Bankrott?«, sagte ich. »Wie kann er denn bankrott sein?«

»Nahezu bankrott, sagte ich.«

»Beantworten Sie die Frage.«

»Er hat einen Vertrag unterschrieben«, sagte Chesapeake zum zweiten Mal, als würde das alles erklären.

Ich dachte darüber nach und kam zu keinem Ergebnis.

Chesapeake seufzte. »Kommt man seinen vertraglichen Verpflichtungen nicht nach, dann drohen gewisse Konsequenzen.«

»Sie haben ihm seine Tantiemen gestrichen.«

»Es gibt eine fortlaufende Vertragsstrafe.«

Ich schüttelte den Kopf.

»Wir sind hier nicht der Buhmann, Mr Quinn.«

»Ich denke, doch.«

Chesapeake dachte nach. »Ich werde Ihnen jetzt etwas erzählen«, sagte er. »Ich hatte das eigentlich nicht vor, weil es sich um etwas handelt, was wir nach Möglichkeit aus der offiziellen Geschichte heraushalten.« Er überlegte. »Es kommt bei den Investoren gar nicht gut an. Aber es ist genau so passiert.«

»Gut.«

»Mr Black war sehr unglücklich über die Vorstellung einer digitalen Fassung von *Cupid's Engine.*«

»Ja.«

»Also haben wir sie zurückgezogen.«

»Was?«

»Der Vorstand hat sie zurückgezogen. *Also gut*, sagten wir, *wenn es Ihnen so viel bedeutet, Mr Black, dann werden wir ausschließlich gedruckte Ausgaben Ihrer Werke anbieten. Nichts Elektronisches. Keine Hörbücher. Wir nehmen das in Kauf, um Sie zufriedenzustellen.*«

»Was passierte dann?«

Chesapeake verschränkte die Arme und beugte sich über den alten Laptop.

»Das kann ich Ihnen genau schildern, weil ich selbst dabei war.«

»Also, was passierte?«

»Black forderte, dass wir *alle* digitalen Ausgaben unserer Bücher einstellen. Nicht nur die seines eigenen Buchs, sondern jedes einzelnen.«

Ich starrte Mike Chesapeake an.

»Und wenn wir es nicht täten …« Er fuhr sich mit dem Daumen quer über die Kehle.

»Hat er gesagt, warum?«

»Ja, das hat er tatsächlich. Er sagte, es würde dazu dienen, *die Apokalypse zu verhindern.*«

Sophies Worte vom Vortag kamen mir in den Kopf.

Geht es wieder um diese Geschichte? Diese ganze Entropie-und-Ende-der-Welt-Geschichte?

»Mr Quinn?«

»Verstehe«, sagte ich.

»Mr Quinn. Dieses Ding auf meinen Knien ist kein Laptop. Andrew Black braucht Sie, um sich vor sich selbst zu retten, und die Welt braucht Sie, um dieses Manuskript zu retten. Sie wissen vermutlich, dass Kafka wollte, dass all seine Werke nach seinem Tod verbrannt würden? In solchen Fällen müssen gute Menschen einschreiten. Und wir wären bereit, Ihnen für den Dienst, den Sie uns erweisen würden, eine Summe von fünfhunderttausend Pfund zu zahlen.«

19

Und ein Monster, das aus Augen besteht

»*Erste Option.* Das hat er gesagt?«

»Ja, hat er«, erwiderte Sophie.

Ich nahm das Telefon in die andere Hand. »Und was wäre seine zweite Option?«

»Ich weiß es nicht.« Sophie dachte darüber nach. »Ich hatte keine Ahnung, dass er einfach so bei dir zu Hause auftaucht, Tom. Es ist auch durchaus möglich, dass ich ihm gesagt habe, dass ich es für unprofessionell halte.«

Während ich die kleine Bahnhofsbuchhandlung betrat, befand ich mich in der sonderbaren Position, Mitleid mit Mike Chesapeake zu empfinden.

»Aber was er sagte, stimmt wirklich?«

»Ja. Sie waren nicht gerade begeistert, dass wir das zwei Tage lang überprüft haben, aber ja. Der Vertrag ist hieb- und stichfest, alles unterschrieben und eingereicht.«

Fünfhunderttausend Pfund.

Ich fand *Cupid's Engine* im Regal und zog ein Exemplar von *Sakrileg* heraus, das nur einige Bücher weit entfernt stand.

»Er wollte, dass ich sofort aufbreche.«

»Glücklicherweise kommen diese garstigen kleinen Führungskräfte nicht oft aus ihren Löchern gekrochen.«

»Sophie?«

»Ja?«

»Ich weiß nicht, ob es richtig ist.«

»Nein«, sagte sie nach einem Augenblick. Ich wartete darauf, dass sie fortfuhr, aber es kam nichts mehr.

Ich schob *Sakrileg* über die anderen Bücher und hörte den lauten Plumps aus dem dunklen Raum dahinter.

»Vergiss nicht, du hast eine Ausstiegsklausel.«

Ich schob die Bücher auf dem Regal zusammen und nutzte die von *Sakrileg* hinterlassene Lücke, um eine leere Stelle neben *Cupid's Engine* entstehen zu lassen.

»Ich …«, setzte Sophie an, verstummte aber wieder.

»Sophie?«

»Ich weiß auch nicht, ob es richtig ist«, sagte sie, »aber ich halte es auf jeden Fall nicht für *klug*. Du holst ihn zurück in unser Leben, in deins und in meins. Darüber hast du nachgedacht, nehme ich an?«

»Fünfhunderttausend Pfund«, sagte ich. »Und ein zweites Buch.«

»Ein Buch, das er niemandem geben will.«

Ich trat vom Regal zurück und betrachtete mein Werk.

»Ich weiß«, sagte ich. »Ich weiß.«

Was hätte ich sonst sagen können?

»Was glaubst du, warum er es dir gezeigt hat?«, fragte Sophie nach einem Augenblick. »Das Manuskript, meine ich?«

Ich dachte nach und erkannte, begleitet von einer aufkeimenden leisen Panik, dass ich mir diese Frage noch nicht gestellt hatte. »Er war wütend«, sagte ich schließlich.

»Er war so wütend, dass er dich sehen ließ, dass er heimlich ein zweites Buch geschrieben hatte?«

»Ich glaube –«

»Ich will nur sagen, überlass mir Mike Chesapeake. Ich möchte, dass du dich ganz auf Andrew Black konzentrierst.«

»Ist gut«, sagte ich. »Abgemacht.« Ich schulterte meine Tasche und trat aus dem kleinen Laden in das geschäftige Treiben des Bahnhofs King's Cross hinaus. »Ich melde mich, sobald ich kann. Halt mich auf dem Laufenden.«

»Natürlich. Und du auch.«

»Mache ich.«

»Okay.«

»Alles klar, bis bald.« Ich legte auf und ging zu Gleis fünf, wo der Zug um 9.48 Uhr nach Hull schon zum Einsteigen bereitstand.

o

Wenn man nichts weiter will als ein ruhiges Plätzchen, wittert das Universum das normalerweise und betrachtet es als persönliche Herausforderung. Ich ging durch Waggons voller zankender Geschwister und Fußballfans, vorbei an einem Junggesellinnenabschied und einer Gruppe von Geschäftsmännern, die in ihre Telefone schrien, ehe ich mich an einem Tisch einem Kerl mit roten Haaren und breiten Koteletten gegenübersetzte, der eifrig einen großen Stapel Seiten in einem großen grünen DIN-A4-Ordner studierte. Ich entschied mich für den Platz, weil der Typ aussah, als wollte er still und konzentriert arbeiten, aber er lernte offenbar für eine Medizinprüfung, denn sobald wir den Bahnhof verlassen hatten, begann er, vor sich hin zu murmeln, um sich zungenbrecherische medizinische Fachbegriffe einzuprägen, ohne aufs Blatt zu schauen.

»*Hippocampus, Thalamus, Paläomammalischer Komplex, Hippocampus, Thalamus, Paläomammalischer Komplex …*«

Er sagte es auf wie Beschwörungsformeln, murmelte immer wieder einen Begriff nach dem anderen, während er an seinen langen roten Barthaaren zupfte und die Augen konzentriert zusammenkniff.

Ich hielt fast eine Stunde lang durch, bevor ich den Platz wechseln musste. Der Student sah mich an, als ich meine Tasche aus der Gepäckablage hievte. Ich tat, als müsste ich an der nächsten Station aussteigen, nickte ihm zu und ging in den nächsten Waggon.

Endlich fand ich einen Platz, der etwas Frieden versprach – einen Fensterplatz an einer ruhigen Stelle nahe der Zugspitze.

Ich machte es mir bequem, während wir in Grantham einfuhren. Ich sah ein paar Dutzend Passagiere aussteigen, ihre Mäntel enger um sich ziehen und mit gesenkten Köpfen den windumtosten Bahnsteig entlang davoneilen. Auf einer der Reklamewände am Eingang wurde eine exklusive Jubiläumsausgabe von Dan Browns *Illuminati* beworben. Der vergrößerte Buchumschlag auf dem Plakat zeigte ein Bild aus der Verfilmung. Sie erinnern sich wahrscheinlich daran – es ist eine Statue. Auf der rechten Seite handelt es sich um einen schönen traditionellen Engel mit langem Haar, sanften Zügen und geschliffenen Wangenknochen, während diese Züge auf der linken Seite zur grotesken Maske eines grinsenden Dämons verzerrt sind, aus dessen Stirn ein langes gewundenes Horn ragt.

Dexter und sinister, dachte ich und wackelte mit den Fingern der einen und dann der anderen Hand, während ich tief in den Sitz rutschte. Als sich niemand aus Grantham neben mich setzte, knüllte ich meinen Mantel zusammen und drückte ihn gegen das Fenster. Ich legte meinen müden Kopf darauf und schlief kurz danach ein.

o

Ich träumte, und im Traum erwachte ich zu Hause auf dem Sofa.

Andrew Black war in unserer Wohnung, saß mit gekreuzten Beinen auf dem Boden des Wohnzimmers und hantierte mit den verschiedenen Krippenfiguren, die wir von Imogens Großmutter geerbt hatten.

»Es tut mir leid«, sagte ich, doch er schien mich nicht zu hören. »Andrew. Es tut mir alles so leid.«

Keine Antwort.

Ich sah zu, wie er den kleinen getöpferten Ochsen in den Händen drehte und auf eine bestimmte kleine Stelle in dessen Genick drückte. Zu meiner Überraschung löste sich der Kopf des Tieres, begleitet von einem satten *Klack*. Als Nächstes nahm er den Engel, drehte ihn um und klickte den Kopf des Ochsen an die Rückseite des lächelnden menschlichen. Schließlich begann er, die kombinierten Köpfe zu drehen, was das gut geölte Ticken eines Banktresors verursachte, bis der Kopf des Ochsen nach vorn blickte. Sobald er das tat, spannte der Engel, wie von einer Feder ausgelöst, die Flügel auf, und zwei zusätzliche Flügelpaare sprangen heraus und rasteten ober- und unterhalb des ursprünglichen ein.

»Du hast nie gefragt – was macht sie?«, sagte Andrew und hielt seinen sechsflügeligen, ochsenköpfigen Engel hoch. »Wozu dient sie? Was wird von ihr angetrieben?«

O mein Gott.

Ich schreckte aus dem Schlaf hoch, richtete mich mit einem Japsen kerzengerade auf, und noch ehe ich recht wusste, wo ich war, begann ich, meine Taschen nach meinem Telefon zu durchsuchen. Ich vibrierte förmlich vor seltsamer Gewissheit, diesem irrationalen Gefühl des Wissens – und dem Bedürfnis, danach zu handeln –, das mitunter voll ausgeprägt einem Traum entspringt. Ich zog mein Telefon hervor und tippte auf das Browser-Icon.

Warum ein Ochse und ein Engel in Bethlehem?

Was, wenn der Ochse gar kein Ochse ist?

Kategorien Engel. Suchen.

Wie sich herausstellte, gab es neun sogenannte Chöre der Engel.

Der detaillierteste Artikel, den ich finden konnte, listete sie vom niedrigsten bis zum höchsten auf – von den zweiflügeligen Engeln von menschlichem Aussehen am unteren Ende der Rangordnung über die identisch aussehenden, aber überlegenen Erzengel eine Reihe darüber, dann durch die »Herrschaften«, »Mächte« und »Gewalten« bis hinauf zu den zweithöchsten, den Cherubim.

Wenn Sie das Wort »Cherubim« hören, stellen Sie sich wahrscheinlich einen dieser dicken kleinen Säuglinge mit Flügeln vor, aber ich kann Ihnen versichern: Das ist kein Cherub. Das ist eine *Putte*, ein herziges, pummeliges Wesen aus der Kunst der Renaissance, das im Laufe der letzten paar Hundert Jahre irgendwie mit dem Original verwechselt wurde. Wahre Cherubim sind etwas völlig anderes. Ich scrollte durch die Beschreibungen – furchterregende Kreaturen mit unzähligen Augen, vier Flügeln und vier Gesichtern: dem eines Mannes, dem eines Löwen, dem eines Adlers … und dem eines Ochsen.

Aha!, dachte ich.

»›Fürchtet euch nicht!‹, der Engel sprach, denn großer Schrecken hatte sie ergriffen.«

In meinem halb traumartigen Furor zwang ich mich, kurz nachzudenken – meine Wachlogik mit den Schlafgewissheiten abzugleichen: Warum *ein Ochse und ein Engel in Bethlehem*? Konnte die Frage in Wahrheit darauf abzielen, dass wir in moderne Weihnachtskrippen sowohl einen Ochsen als auch einen Engel aufnehmen, obwohl das eigentlich falsch ist … weil sie eigentlich ein und dieselbe Figur sind? Wenn wir diese verrückt erscheinende Möglichkeit auch nur kurz in Betracht ziehen, wirkt die Furcht der Hirten vollkommen rational – sie ist weniger verständlich, wenn wir uns vorstellen, wie ein hübscher, gütiger Engel vom Himmel herabsteigt, aber sie ist sehr verständlich, wenn in den früheren Versionen der Geschichte – oder auch nur in der Vorstellung der früheren Leser – ein vierflügeliger Cherub mit Menschen-, Löwen-, Adler- und Ochsengesicht die Rolle einnahm. *Könnten Ochse und Engel in Wahrheit ein und dasselbe sein?* Es ist nicht halb so weit hergeholt, wie es klingt – die alten Minoer waren förmlich besessen von ihrem heiligen Stier, die Ägypter ebenso, und dann wären da noch das Opferkalb, die heilige Kuh der Inder und das Goldene Kalb, dem sich die Israeliten zuwandten, als Moses auf den Berg gestiegen war …

Mein Gott, dachte ich, während ich ein Suchfenster nach dem anderen öffnete, *was, wenn an der Sache wirklich was dran ist*?

Also gut. Jetzt kommt das Überraschende.

Ich glaube, ich habe das Rätsel tatsächlich gelöst.

Warum ein Ochse und ein Engel in Bethlehem? Ich glaube, ich habe eine Antwort gefunden. Ich meine, ich will mich nicht zum Experten erklären, und es ist gut möglich, dass ich etwas übersehen habe, aber das glaube ich nicht, wirklich nicht. Dennoch möchte ich Sie ermutigen, selbst einmal ins Netz zu gehen und meine Ergebnisse zu überprüfen. Ich nehme an, wenn Sie hören, was ich zu sagen habe, werden Sie das ohnehin tun wollen.

Na schön. Dann wollen wir mal …

Was, wenn unser ochsengesichtiger Cherub einen anderen Namen hat: einen geheimen, wahren Namen, der uns – wenn wir ihn erst einmal kennen – erlaubt, etwas ziemlich Bemerkenswertes zu sehen, etwas, was wir von Anfang an vor der Nase hatten?

Ich verbrachte viel Zeit damit, die Cherubim zu googeln und mich von meinen Suchanfragen auf einige sehr schmale und seltsame Wege führen zu lassen.

Folgendes fand ich heraus:

In der Genesis bewachen die Cherubim den Baum des Lebens im Garten Eden und tauchen in den sonderbaren, verstörenden Visionen Hesekiels auf, der sie sowohl »Cherubim« als auch »*hayyoth*« (hebräisch für »Lebewesen«) nennt. Auch in der Offenbarung – dem apokalyptischen letzten Buch der Bibel – kommen sie wieder vor, als Teil der Vision des Propheten Johannes vom Ende der Welt:

Und in der Mitte des Thrones und rings um den Thron waren vier Lebewesen voller Augen, vorn und hinten. Das erste Lebewesen glich einem Löwen, das zweite einem Stier, das dritte sah aus wie ein Mensch, das vierte glich einem fliegenden Adler. (Offenbarung 4, 6–7)

Wieder *Lebewesen* – ganz spezifisch. Johannes verwendet das griechische *zoa*, das exakt dem hebräischen *hayyoth* entspricht, und auch wenn man *hayyoth* für eine bloße Beschreibung halten könnte, kommt es in diesem Zusammenhang eigentlich eher einem Namen gleich, und zwar so sehr, dass viele Autoren das durch Großschreibung betonen♠. Worauf ich hinauswill, ist, dass »Hayyoth« und »Cherubim« im Grunde synonym verwendet werden.

Nun muss man sagen, dass nicht annähernd genug geschrieben wurde über das Buch der Schrift und das Buch der Geschöpfe, über wahre Namen oder den alten Glauben, dass das physische Universum durch den Gebrauch von Worten beeinflusst, verändert oder umgestaltet werden kann. Denn eins steht fest: Je mehr man in heiligen Texten und in altertümlichen und mystischen Schriften nach dergleichen sucht, desto mehr Beispiele dafür wird man finden. Psalm 33 etwa könnte eindeutiger nicht sein: *»Der Himmel ist durch das Wort des HERRN gemacht«* (Ps 33,6). Jehuda ben Ezechiel, ein Talmudgelehrter, bemerkt, der biblische Architekt Bezalel habe den Tabernakel bauen können, da er *»die Buchstaben aneinanderzufügen verstand, durch welche Himmel und Erde geschaffen wurden«*. Das geheime Wissen um die Handhabung dieser Buchstaben konnte aus altertümlichen

♠ So wie auch Borges in *Einhorn, Sphinx und Salamander. Das Buch der imaginären Wesen* »Hayyoth« und »Lebewesen« im Original großschreibt – ein Merkmal, das in der deutschen Übersetzung natürlich verloren geht.

mystischen/philosophischen Texten wie dem grundlegenden Werk *Sefer Jezira* (»Buch der Schöpfung«) gewonnen werden, und im babylonischen Talmud heißt es: *»Rav Hanina und Rav Oschija befassten sich jeden Vorabend des Sabbaths mit dem Studium des Buches von der Schöpfung und erschufen für sich ein drei Jahre altes Kalb. Und sie verzehrten das Kalb beim Sabbath-Mahl.«* Wenn Gott (und ein oder zwei dreiste weise Männer) also Worte verwenden konnte, um Dinge zu schaffen, und wenn Gott Buchstaben verwendete, um alles zu erbauen, was es gibt, was musste Gott dann als Erstes schaffen? Nun, das *Sefer Jezira* beantwortet das auf sehr klare Weise: *»Zweiundzwanzig Buchstaben; er zeichnete sie, er hieb sie, er läuterte sie, er wog sie und er wechselte sie einen jeden mit allen; er bildete durch sie die ganze Schöpfung und alles, was geschaffen werden sollte.«* Laut dem *Tanna de-be Elijahu* jedoch waren es die Cherubim, die als Erstes geschaffen wurden.

Folgende Frage: Was, wenn diese beiden Behauptungen einander gar nicht widersprechen?

Ein weiterer interessanter Aspekt dieser Schöpfung durch Buchstaben ist, wie die Buchstaben selbst sich in diesen Geschichten zu verhalten pflegen. In einer Fassung des Textes heißt es, als Moses die Zehn Gebote vom Berge Sinai heruntergebracht habe, hätten die in die Steintafeln gravierten Buchstaben das Goldene Kalb gesehen und seien zurück zum Himmel geflohen, worauf die zurückbleibenden schweren Tafeln herunterfielen und zerbrachen. Und als die Römer Rabbi Hanina ben Teradion in die Thorarolle hüllten und ihn in Brand setzten, verkündete er: *»Das Pergament brennt, aber die Buchstaben steigen zum Himmel auf«*, und auf jene Passage aus der Genesis – *»Und Gott sprach abermals zu Abraham: Du sollst dein Weib Sarai nicht mehr Sarai heißen, sondern Sara soll ihr Name sein«* (1. Mose 17,15) – folgt diese midraschische Fortsetzung der Geschichte: *»Das* Jod [der Buchstabe i], *welches Gott aus dem Namen Sarai nahm, flog eilends vor den Thron Got-*

tes und sprach: Herr der Welten, weil ich der kleinste unter den Buchstaben bin, hast du mich weggenommen von der gerechten Sara!«

Flog eilends? Sprach? Welche Buchstaben benehmen sich denn so?

Eine weitere Frage: Wer und was sind die himmlischen Heerscharen – die Seraphim, die Mächte, die Herrschaften, all diese merkwürdigen himmlischen Ränge mit ihren großen Rädern, verschiedentlichen Tierköpfen und mit Augen bedeckten Flügeln? Gott schuf seine großen Himmelschöre, aber wozu *dienen* sie? Was machen sie?

Das *Sefer Jezira* stellt die *»zweiunddreißig verborgenen Bahnen der Weisheit«* vor, die von den zweiundzwanzig Buchstaben des hebräischen Alphabets und den zehn Sefirot (Zahlen) gebildet werden. Diese dichten, schwer greifbaren und sehr mysteriösen Zeichen werden an einem entscheidenden Punkt des Textes nichtsdestoweniger mit einem einzigen, alles entscheidenden Wort dargestellt – *hayyoth.* Also Cherubim, also – Engel.

Wissen Sie, was »Engel« bedeutet? Es bedeutet »Bote«. Also Überbringer einer Botschaft. Dieselbe Aufgabe, die die Buchstaben, über die Ihre Augen jetzt gerade hinweggleiten, für Sie verrichten. Darum sind die höheren Ordnungen der Engel so außerweltlich und von so sonderbarer Gestalt. Die alten Schriften stellen sie als Wesen dar, die aus verschiedentlichen Rädern, Augen, Armen, Flügeln und Tiergesichtern bestehen. Sehen Sie sich doch die verschiedenen Buchstaben in den Wörtern auf dieser Seite einmal an, und überlegen Sie, woran das liegen könnte. Vielleicht wird es Ihnen dann schon deutlich, aber wenn nicht, denken Sie daran, dass alte Schriften sehr, nun ja, *alt* sind und dass die Schriften damals oft sehr anders aussahen:

Ein Chaos aus Tierköpfen, Flügeln, Armen, Händen, Augen und Rädern innerhalb von Rädern

Was also, wenn unser ochsenköpfiger Cherub in der Weihnachtskrippe noch einen anderen Namen hätte – einen wahren Namen, den wir schon immer gekannt haben oder zumindest seit 17 000 Jahren, seit der Frühmensch ihn an Höhlenwände zu schreiben begann? Was, wenn wir diesen Cherub im Laufe der Zeitalter erst *Auerochse* genannt haben, dann *Alph*, dann *Alpha*, sein wahrer Name aber – der, wie alle Namen, natürlich auch sein elementares Selbst war – für jeden, der weiß, wonach er sucht, über die Jahrtausende hinweg erkennbar geblieben ist:

Magdalénien 17 000 v. Chr. — *Ägyptisch 3000 v. Chr.* — *Sinai 1850 v. Chr.* — *Phönizisches Alph 1200 v. Chr.* — *Griechisches Alpha 600 v. Chr.* — *Römisch 114 n. Chr.*

Natürlich sind Sie diesem Cherub bereits begegnet; Sie sind ihm auf jeder einzelnen Seite dieses Buches mehrfach begegnet. Er ist für 6,51 Prozent der Dinge verantwortlich, die Sie gesehen, gehört und sich vorgestellt haben, seit Sie meine Geschichte zu lesen begannen. Andrew Blacks Mutter hatte diesen Cherub das *Mächtige A* genannt.

Wenn die Theorie stimmt, dann sind die göttlichen Buchstaben und die himmlischen Heerscharen ein und dasselbe – *die Engel sind die Buchstaben* –, und sie singen den Lobpreis Gottes, übermitteln die Erzählung, wodurch sie ihre göttliche Funktion als grundlegende Bausteine erfüllen und alles darin entstehen lassen.

Warum also »in Bethlehem«? Nun ja, »bet« ist ein sehr altes Wort für »Zuhause« und wurde in frühen Schriften durch ein Symbol verkörpert, das aussah wie ein Haus (oder ein Stall, wenn Sie mögen). Dieses Zeichen, das »bet«, wurde zu »beta« und »B«. Mit dem »*Ochsen in Bethlehem*« bekommen wir also nicht nur Alpha, sondern Alpha Bet.

Können Sie sie jetzt sehen, die Engel? Es ist schwierig, Sie müssen mehrere ontologische Ebenen zugleich im Blick haben, Sie müssen das Lesen wie ein optisch-kognitives Vexierbild behandeln und verinnerlichen, dass – wie bei Shipmans Fahnenmannigfaltigkeit – ein umfassendes Verständnis eigentlich nicht möglich ist. Sie können den Fokus nicht zusammenführen; Sie können nur konzeptuell begreifen, dass ein solcher Fokus möglich ist. Aber wenn Sie das tun, werden Sie sie erkennen, selbst wenn es Ihnen vorkommt, als würden Sie doppelt sehen. Diese Engelsbuchstaben sind im Herzen der Krippengeschichte auf stumme Weise gegenwärtig, sie sind körperlich gegenwärtig und werden von den Hirten und den Weisen, die gekommen sind, um die Geburt von Jesus Christus zu bezeugen, auf subtile Weise gewürdigt, während sie zugleich gemeinsam die Frohe Botschaft auf der Seite verkünden, sie in ihrem ganzen Chaos aus Rädern, Armen, Augen,

Mündern, Flügeln, Schwertern, menschlichen und tierischen Köpfen zum Leben erwecken.

»Fürchtet euch nicht!«, der Engel sprach, denn großer Schrecken hatte sie ergriffen.

o

Vollkommen gebannt, sah ich nicht vom Telefon auf, bis der Zug im Bahnhof Doncaster einfuhr. Während mein Wagen langsam zum Stehen kam, ließ ich das Display mit einem Klick schwarz werden und starrte mit vager Verwunderung aus dem Fenster, manövrierte durch die Wellenkronen und Wellentäler der Reiseübelkeit, während ich mich ins Hier und Jetzt zurückblinzelte.

Gedankenabwesend ließ ich den Blick über den vollen Bahnsteig wandern. All diese Menschen dort, alle mit gesenktem Kopf und gegen Wind und Wetter verpackt, alle irgendwo Unterschlupf suchend und auf den Augenblick wartend, in dem die digitale LED-Auflistung ihres Zugs – dieser wahre Name aus Buchstaben und Zahlen – an die Spitze der Abfahrtsanzeige rückte und eine Reihe physischer, quietschender Waggons zum Einstiegsbereich von Gleis drei, sechs, acht oder fünf beschwor.

Und der HERR sprach: »Es werde ein Zug, der um 11.28 Uhr gen Hull fährt« …

Auch hier war an einigen Reklametafeln das Plakat für *Illuminati* zu sehen. Meine müden Augen ruhten wieder auf der Statue mit dem gespaltenen Antlitz, während eine Reihe neuer Passagiere, die sich durchscheinend in dem regenüberströmten Glas spiegelten, den Gang hinter mir entlangschlurften, wobei sie aus ihren dicken Mänteln und ihren Taschen Kälte verströmten. Mir fiel etwas auf, während ich auf das Plakat starrte, etwas, was mir bisher immer entgangen war, und in meinem Vagheitszustand brauchte ich ein wenig, um mir darüber klar zu werden, was dieses Etwas war. Der Engelsdämon lächelte. Beide Seiten seines Gesichts zeigten genau dasselbe Lächeln. Ja, auf der Seite des Engels war es nur ein leichter Schatten, aber es war eindeutig da – ein wissendes, listiges, einheitsstiftendes Lächeln. Statt ein Wesen zweier widerstreitender Naturen zu sein – gut und böse, richtig und falsch, Gott und der Teufel –, verwandelte das Lächeln, hatte man es einmal ausgemacht, das Bild in eine subtilere und tückischere Andeutung des verborgenen und enthüllten Ich.

Tief in meinen Gedanken hörte ich Sophies Stimme: *Was er mit Worten auszurichten vermag…*

Ich rieb mir die Augen und seufzte.

Ist es nicht seltsam, wie sich so etwas einem Dorn gleich in den Gedanken verhaken und dann unterschwellig alles, was einem auffällt, alles, was man sieht, steuern und prägen kann? Ich starrte wieder auf das Plakat, die Augen auf dieses subtile, ungebrochene Lächeln geheftet.

Was er mit Worten auszurichten vermag, hatte Sophie gesagt, und später dann: *Besteht die Welt, in der du tagein, tagaus lebst, eher aus Steinen und Gras und Bäumen oder aus Bankauszügen, Artikeln, Akten und Briefen? Buchstaben und Wörter*, dachte ich, immer und immer wieder *Buchstaben und Wörter.* Ich dachte an all die offenen Suchanfragen und Dokumente, die auf meinem Telefon warteten, an die göttlichen Buchstaben, die zugleich die himmlischen Heerscharen waren, die Cherubim, die *Hayyoth*, das Mächtige A, Alph und Bet. *Wie kann es denn keine Maschine sein?*, hatte Andrew am Tag unserer ersten Begegnung gesagt. *Du hast nie gefragt, was macht sie*, hatte in seinem Brief gestanden. Was macht die Maschine? Wozu dient sie? Ich dachte an Maxwells Dämon, der sortierte und unterteilte, etwas aus dem Nichts schuf und den Zeitpfeil umzukehren schien. Ich dachte an Gott, der die Buchstaben in den Namen der Angehörigen seines Volkes austauschte, und an das *Jod*, das wütend zu ihm emporstieg, als er es aus Saras Namen entfernte. Ich dachte: *Wenn das Wissen die verborgene gespannte Feder ist, die Maxwells Dämon antreibt, was treibt dann Gottes Schöpfungsakte an?*

Der Engel mit dem gespaltenen Gesicht starrte aus dem Dan-Brown-Plakat heraus und verriet nichts.

Während einige versprengte Nachzügler ihre Plätze einnahmen, dachte ich an Andrew Black, der seinem Verlag erklärte, dass ausgerechnet digitale Texte, E-Books den Weltuntergang heraufbeschwören würden, und an diese abscheuliche, sonderbare, viel zu schwarze Kugel auf dem Polaroid, das er mir geschickt hatte – *Weißt Du, was das ist?* Ich dachte an Black, der für meinen Vater gearbeitet hatte, an das stolze, väterliche Zitat meines Vaters auf dem Umschlag von *Cupid's Engine*, und ich dachte wieder an das subtile Lächeln des Engelsdämons.

Doch was bedeutete es? Was bedeutete das alles? Es gab so vieles zu wissen, so viele surrende, sich bewegende Dinge. Es fühlte sich an wie ein riesenhafter Mechanismus, den ich nicht ganz begreifen konnte, wie Zahnräder, Uhrwerke, Getriebe, auf die ich nur einen Blick erhaschte, die eigentlich nur Schatten an der Wand waren, riesige, vereinfachte Umrisse irgendeiner gigantischen, exotischen Mannigfaltigkeit.

»Wie könnte es denn keine Maschine sein?« *Aber was macht sie? Wozu dient sie?*

»Natürlich ist es ein Köder«, sagte Sophie, und ihre klaren blauen Augen schnitten in mich hinein.

Natürlich ist es ein Köder.

Dann dachte ich an Blacks zweiten Brief, an die Dringlichkeit in seinen Worten, das greifbare Gefühl von Angst. Nackte Emotion. *Er braucht mich*, hatte ich entschieden, *er hat Angst, und er zieht alle Register, versucht, sich so interessant zu machen, wie er kann, weil er mich braucht.* Aber Angst wovor?

Natürlich ist es ein Köder.

Können neun Wörter auf einem Stück Papier einen halbwegs vernünftigen Menschen dazu bringen, sich blindlings ins Unbekannte zu stürzen und einen Ort aufzusuchen, von dem er zuvor noch nicht einmal gehört hatte?

Und da saß ich nun im Zug.

Natürlich ist es ein Köder.

Aber Angst wovor?

Warum ein Ochse und ein Engel –

Oder …, dachte ich. *Oder.* Und ich zwang den ganzen rasenden Gedankenstrom stillzustehen. *Oder vielleicht, nur vielleicht, solltest du tatsächlich einmal die Verantwortung für irgendetwas übernehmen, was in deinem Leben passiert.*

Denn was auch immer wahr oder unwahr sein mochte, Andrew Black war nicht für Mike Chesapeakes Besuch und sein Angebot verantwortlich, oder? Ich war es. *Ich* hatte Sophie angerufen, und Sophie hatte seinen Verlag angerufen. Und der Verlag war es, der Verlag mit seiner halben Million Pfund, der mich schließlich dazu gebracht hatte, mich in diesen Zug zu setzen. Nicht Andrew Black. Denn was auch immer Andrew Black wusste, was auch immer für diesen verzweifelten Tonfall seines Briefes gesorgt hatte, wovor auch immer er Angst hatte und was auch immer er jetzt von mir brauchte, ich selbst war derjenige, der mich auf diese kleine Mission geschickt hatte. Ich war derjenige, der ihm sein Manuskript stehlen würde.

Was auch immer ich am anderen Ende lernen mochte, diese Reise ging ganz allein auf mein Konto.

Aber sei's drum.

Ich nahm das Telefon wieder zur Hand und wollte mich, während der Zug aus dem Bahnhof auszufahren begann, gerade wieder meiner Suche zuwenden, doch dann – sah ich eine Wolke dichten blau-weißen Rauchs den Bahnsteig entlangtaumeln. Mehrere Reisende blinzelten verdrossen, als sie über sie hinwegwogte, und eine große Frau mit einer Strickmütze wedelte sich theatralisch mit der Hand vor dem Gesicht herum, drehte sich mit finsterem Blick gegen den Wind und suchte die Menge ab, ehe sie dann verächtlich einen festen Punkt am Ende des Bahnsteigs fixierte. Ich beugte mich rasch auf meinem Platz vor, während der Zug Fahrt aufnahm, drückte meine Nase gegen das Fenster, versuchte, in dieselbe Richtung wie die Frau zu schauen und zu sehen, was sie sah, mühte mich, während der Winkel zwischen dem Bahnsteig und mir immer spitzer wurde. Und vielleicht, nur vielleicht, erhaschte ich einen Blick auf etwas, was ein weißer Hut gewesen sein mochte, nur einen Moment, nur einen kurzen Augenblick lang, ehe der Zug den Bahnhof vollständig verließ und mich forttrug, fort, fort, auf und davon, wie der erzählerische Zeitpfeil, immer weiter in Richtung Osten reisend.

20

Zeichen und Wunder

Es war ein schwarz verhülltes Haupt, und wie es dort inmitten dieser Totenstille hing, glich es dem Kopf der Wüstensphinx. »Sprich, du riesiges und ehrenwertes Haupt«, hob Ahab leise an, »das, wenn du auch mit keinem Bart geschmückt, doch hier und da von Moosen grau erscheinst; sprich, mächtiges Haupt, und sage uns, welch ein Geheimnis du verbirgst. Tiefer als alle Taucher bist du hinabgetaucht. Dies Haupt, auf dem hier oben nun die Sonnenstrahlen glänzen, schwebte einst über dem Grund der Welt. Wo Männer neben Schiffen faulen, deren Namen keiner kennt, wo Hoffnungen verrotten neben Ankern, von denen niemand je gehört, wo die Fregatte dieser Welt in ihrer mörderischen Last als Ballast Knochen von Millionen Wassertoten birgt – in diesem fürchterlichen Wasserland war dein dir wohlvertrautes Heim. Du bist gewesen, wo Glocke oder Taucher niemals hingelangen; hast neben manchen Seeleuten geschlafen, deren schlaflose Mütter ihr Leben gäben, wenn sie sich dort zur Ruhe betten könnten. Du sahst die eng umschlungnen Liebenden vom lichterloh entbrannten Schiffe springen und Herz an Herz im höhnischen Gewoge untergehn, einander treu, wo doch der Himmel voller Falsch. Du sahst den Steuermann, wie er, gemeuchelt von Piraten, in tiefer Nacht ins Meer gestoßen ward – er sank noch stundenlang hinunter in die tiefre Nacht des nimmersatten Schlundes, und seine Mörder fuhren trotzdem ihres Weges – während jähe Blitze nebenan das Schiff zerschlugen, das einen redlichen Gemahl in sehnend ausgestreckte

Arme tragen sollte. O Haupt! Genug hast du gesehn, Planeten zu zerspalten und Abraham zum Gottlosen zu machen, und sprichst doch keine Silbe!«

»Schiff ahoi!«, rief der Ausguck im Großtopp triumphierend.

»Aye? Na, das macht Mut!«, rief Ahab –

Summm.

Ich schlug die Augen auf, nahm mein Telefon und unterbrach *Moby-Dick*. Das war schon seit Jahren mein liebstes Hörvergnügen, seit – in einer Zeit vor Audible und iPhones – die Umsiedlung ungekürzter Hörbücher von ihren riesigen, teuren 18-CD-Boxen auf die wundersamen, winzigen Festplatten der MP3-Player stattgefunden hatte.

Mein Gott, wie schnell die Zeiten sich ändern.

Ich beendete Audible, und als mein Homescreen erschien, war dem kleinen E-Mail-Symbol darauf ein heller roter Punkt gewachsen. *1 neue Nachricht.*

Ich tippte darauf, um sie zu öffnen.

SONDERMELDUNG: Einsiedler-Schriftsteller Andrew Black nach Spuren von Kampf vermisst.

Ich starrte darauf. Die Ränder meines Gesichtsfelds verschwanden, und der Rest der Welt wich einem hohen, verrauschten Pfeifen. Mein Herzschlag dröhnte mir in den Ohren. Ich konnte das dunkle Rauschen des Blutes hören, die lichtlosen, bodenlosen Ströme meines Inneren.

Ich streckte einen zögerlichen Finger aus und scrollte nach unten. Die E-Mail kam von der Branchennachrichtenseite *Book Brief*, und der Haupttext enthielt wenig mehr als die Wiederholung der Schlagzeile und einen Link. Ich tippte darauf, und er führte mich zu einer kurzen Meldung auf ihrer Website:

Der zurückgezogen lebende Verfasser des Bestsellerromans Cupid's Engine *gilt als vermisst, seit die örtliche Polizei heute Morgen Anzeichen von Sachbeschädigung und »Spuren einer Auseinandersetzung« entdeckt hat. Black, der seine Identität seit dem Erscheinen seines Buchs erfolgreich geheim hielt, hatte sich nach einem Vertragsstreit mit seinem Verlag von der Schriftstellerei verabschiedet. Weitere Einzelheiten sind derzeit nicht bekannt.*

Mit zitternden Händen öffnete ich meine Jackentasche, nahm den ersten Umschlag heraus, den ich von Andrew erhalten hatte, drehte ihn um und schaute auf die Adresse auf der Rückseite. Der Zug war noch etwa zwanzig Minuten von Hull entfernt. Ich schloss das Browserfenster, öffnete Google Maps und sah mir noch einmal die Route zu dem abgelegenen kleinen Küstenort an, in dem Andrew Black offenbar lebte.

Oder gelebt hat, dachte ich. *Bis heute Morgen.*

Da war es. Owthorne. Ein winziger Punkt, direkt am Rand der Nordsee gelegen und durch eine einzige Landstraße versorgt, in einem ansonsten weißen und leeren Planquadrat. Ich vergrößerte den Kartenausschnitt einige Male, zoomte heraus. Nichts Neues erschien, die Karte zeigte weiterhin nur diesen einen Ort, dreißig Kilometer einsamer kurviger Straße und den fortlaufenden gezackten Riss der Küste. Weiter nichts. Der Rest meines Displays, der Rest der Karte, blieb vollständig weiß und unmarkiert.

Mitten im Nirgendwo.

Ich kaute an meinen Nägeln, starrte auf mein Telefon und fragte mich, was zur Hölle ich jetzt tun sollte.

o

In Hull sprang ich aus dem Zug und versuchte noch einmal, Sophie zu erreichen. Durch die schlechte Telefonverbindung im Zug hatte ich es bei neun Anrufen gerade zweimal bis zu ihrer Mailbox und nie bis zum Piepton geschafft. Ich hatte überlegt, eine E-Mail oder eine Textnachricht zu schreiben, aber ich war ziemlich aufgewühlt und war mir nicht sicher, ob ich überhaupt irgendetwas schriftlich festhalten sollte.

Wieder sprang Sophies Mailbox an.

Diesmal hielt die Verbindung.

Piieep.

»Sophie. Hier ist Tom. Ruf mich bitte zurück. Es ist dringend.«

Ich legte auf. Ich überlegte, in Hull zur Polizeiwache zu gehen, wollte aber nichts so Drastisches tun, ehe ich mit meiner Agentin gesprochen hatte. In dem Artikel war von der örtlichen Polizei die Rede gewesen, und in meinem aufgewühlten Zustand beschloss ich, nach Owthorne zu fahren und dort mit den ermittelnden Beamten zu sprechen, falls Sophie das für ratsam hielt. Die lange Taxifahrt würde meiner Agentin reichlich Zeit geben, mich zurückzurufen, dachte ich, oder ich könnte es weiter bei ihr versuchen, und wir könnten bis zu meiner Ankunft gemeinsam irgendeinen Plan entwerfen.

Das war ein Fehler.

Wenige Minuten nachdem mein Taxi die Stadt verlassen hatte, brach die Telefonverbindung vollständig ab. Ich fuhr Kilometer um Kilometer zwischen weiten, ebenen Feldern hindurch, von allem abgeschnitten, *entwurzelt, losgelöst.*

Mein Telefon zeigte während der einstündigen Fahrt nach Owthorne durchgehend *Kein Signal* an, und selbst als das Taxi vor dem flachen kleinen Polizeigebäude hielt, änderte sich daran nichts.

Ich blieb einige Minuten draußen und versuchte mit aller Macht, ein Netz zu finden. Vergeblich. Was ich hätte tun sollen, was ich hätte tun können, war, in die Polizeiwache zu gehen und zu fragen, ob ich dort telefonieren dürfte, oder, noch besser, nach einem öffentlichen Telefon zu suchen,

Sophie eine Nachricht mit dessen Nummer zu hinterlassen und auf ihren Rückruf zu warten. Aber wie gesagt, ich war aufgewühlt und auch in Sorge um Black. Ich konnte nicht ewig einfach so herumstehen. Die Sorgen, nein, eigentlich meine ich die Schuldgefühle, waren unerträglich, nicht auszuhalten.

Nach weiteren fünf Minuten steckte ich mein Telefon weg und marschierte in die Polizeiwache. Ich sagte dem Beamten am Empfang, ich hätte die Meldung gesehen und wisse, dass Black verschwunden sei. Ich sagte, ich sei ein Freund von ihm und wolle die Polizei bei ihrer Arbeit unterstützen. Hatte ich auch vor, ihnen alles über Mike Chesapeake und meine Vereinbarung zu erzählen und darüber, was mich hierhergeführt hatte? Weiß der Himmel. Wahrscheinlich schon. Aber so weit kam es nicht.

»Vermisst? Was soll das heißen?«

Das war nicht die Antwort, die ich erwartet hatte.

»In dem Artikel steht, er sei verschwunden«, erklärte ich ihm, »*Sachbeschädigung* und *Spuren einer Auseinandersetzung*«, und gleichzeitig zog ich mein Telefon heraus und versuchte, ihm den Bericht zu zeigen, doch ohne jede Verbindung blieb das Display einfach weiß.

Der Polizist schaute langsam von mir zu meinem Telefon und wieder zu mir.

»Und wie heißen Sie, Sir?«

»Thomas Quinn«, sagte ich. »Und Sie?«

Und Sie? Ernsthaft?

Verdammt noch mal.

Der Beamte sah mich mit zusammengekniffenen Augen an.

»Sergeant Claybourn«, sagte er und griff zu dem Telefon auf seinem Schreibtisch.

Ich sah zu, wie er eine Nummer wählte und wartete.

Sergeant Claybourn war ein untersetzter Mann mit schütteren kurzen Haaren. Weiterhin hatte er einen gelben Fleck auf dem Hemd, wahrscheinlich Ei. Ich sah mich im Empfangsbereich der kleinen Polizeiwache um. Vier Plastikstühle. Ausgeblichene Poster zu Alkohol am Steuer und ländlicher Kriminalität an einer größtenteils verwaisten Pinnwand. Eine verstaubte Uhr an der Wand hinter dem Schreibtisch zeigte die korrekte Uhrzeit, aber das falsche Datum an. Es war der Vierte, und das kleine Fenster rechts der Mitte der Uhr rahmte noch immer eine 3 ein. Ich sah zu, wie der rote Sekundenzeiger daran vorbeirauschte. *Tick-tick-tick…*

Dann sprach Officer Claybourn wieder, und ich schreckte zusammen.

»Hallo. Entschuldigen Sie die Störung, Sir … Ist es, ja, ja … Ich wollte nur einmal nach Ihnen hören. Hier ist ein Herr, der sich um Ihr Wohlergehen sorgt.«

Claybourns Blick wanderte zu mir herüber. »Thomas Quinn.«

Er lauschte, entspannter jetzt. »… und ich freue mich zu hören, dass es Ihnen bestens geht, ja …« Claybourn sah mich wieder an, lauschte und lächelte dann. »Das mache ich.«

Er legte auf. »Tja«, sagte er.

»Das war er? Andrew? Es geht ihm gut?«

»War er. Und tut es«, sagte Claybourn. »Mr Black ist an seinem Arbeitsplatz, und er freut sich, berichten zu können, dass es ihm bestens geht.«

»Verstehe«, sagte ich. »Bestens«, sagte ich.

Da ich nicht wusste, was ich sonst tun sollte, schickte ich mich zum Gehen an.

»Mr Quinn?«

Ich drehte mich wieder um.

»Mr Black hat mich gebeten, Ihnen zu sagen, er sei froh, dass Sie endlich da sind. Er sagte, er habe sich gefragt, warum zur Hölle Sie so ewig gebraucht haben.«

o

Eine halbe Stunde später suchte ich nach Andrew Blacks Laden. Bis vor einigen Tagen hatte ich noch nicht einmal gewusst, dass Andrew Black überhaupt einen Laden besaß, und jetzt suchte ich die windigen Straßen dieses kleinen Küstenorts ab und versuchte, ihn zu finden.

Gegenüber einem großen Ausstellungsraum mit Glasfront, in dem Einbauküchen verkauft wurden, versuchte ich, mich zu orientieren.

Im Fenster war eine komplette Küche nachgebaut, realistisch bis hin zu dem großen Esstisch mit eingedeckten Plätzen und Reihen von großen Einmachgläsern voller Nudeln, Reis und getrockneter Bohnen. Es war, als schaute man in die Küche von jemandem, und in diesem Augenblick umso mehr, da ein Mann und eine Frau in mittleren Jahren hastig darin auf und ab gingen und sich stritten. Sich ernsthaft stritten. Sie schlugen Schubladen zu, hämmerten mit den Fäusten auf Dinge, die Frau deutete mit rotem Gesicht auf den Mann, der Mann breitete die Arme aus, legte den Kopf in den Nacken und flehte den Himmel um irgendetwas an. Ich verfolgte das gesamte Schauspiel, vielleicht minutenlang, ich weiß es nicht. Irgendwann kam ein Mitarbeiter mit verkniffenem Gesicht herein und zerstörte die Illusion, für mich und wahrscheinlich auch für das Paar; die beiden wirkten peinlich berührt, wachgerüttelt, so als wäre ihnen schlagartig bewusst geworden, wo sie waren.

Einige Minuten später fand ich endlich Andrews Laden.

Ich war schon mehrmals daran vorbeigegangen und sogar stehen geblieben, um ins Fenster zu schauen, doch ich hatte nicht gemerkt, dass es Andrews Laden war, weil es keine Hausnummer gab und weil ich nach einem Buchladen suchte. Mike Chesapeake hatte gesagt, Andrew veröffentliche Bücher. Er war sein Leben lang auf die eine oder andere Weise von Büchern besessen gewesen, also musste sein Laden auf jeden Fall ein Buchladen sein.

Nur dass es kein Buchladen war.

Andrew Blacks Laden befand sich fast genau in der Mitte einer matt und schäbig wirkenden Gebäudereihe. Die Fensterrahmen und die Tür hätten mich stutzig machen müssen – durch sie hob sich sein Laden von den anderen ab, denn sie waren erst vor Kurzem in einem makellosen Schwarz gestrichen und lackiert worden. Auf einem Schild über dem Schaufenster stand in einer schlichten weißen Schrift, die andernorts vielleicht etwas karg gewirkt hätte, das Wort »PALACE«. Doch karg passte hier recht gut, karg passte sogar sehr gut, denn was die Aufmerksamkeit der Menschen erregte, was sie auf der Straße unvermittelt stehen bleiben ließ, war nicht das Schild; es waren die Wunder im Schaufenster.

Vier von ihnen waren ausgestellt – vier bemerkenswerte Puppenhäuser.

Schon auf den ersten Blick verschlug einem die Handwerkskunst den Atem. Eine strohgedeckte Kate mit einem aufs Sorgfältigste aus echtem getrockneten Gras geflochtenen Dach; ein sehr modernes Haus mit stählernen und gläsernen Wänden, die den Blick auf mehrere offene Räume im Inneren eröffneten; ein hölzernes Bauernhaus im Kolonialstil, erbaut auf einer hoch aufragenden Felsnase aus echtem Stein, deren Spitze von etwas gekrönt war, was wie der Turm eines Zauberers aussah und woraus echter Trockeneisnebel wallte und mysteriöses Licht hervorblitzte. Doch es war das vierte Haus, das mich wirklich überwältigte – ein Vampirschloss wie direkt aus Transsylvanien. Ich starrte verblüfft auf die scheinbar willkürlich angeordneten Türme, die angeschraubten hölzernen Umläufe und die grünstichige Zugbrücke, die über einen von dichtem Miniaturschilfgras gesäumten und mit einer dicken, schlammigen Flüssigkeit gefüllten Burggraben ragte. Es war erstaunlich. Obwohl es völlig unpraktisch war, ich keinen Platz dafür und auch keinerlei Verwendung für ein großes, gruseliges Puppenhaus hatte, stellte ich überrascht fest, wie sehr ich es besitzen wollte, wie sehr ich mir wünschte, es kaufen und mit nach Hause nehmen zu können.

Ich drückte die Tür auf und betrat den Laden, was ein kleines Glöckchen über mir zum Klingeln brachte. Dann – *ah.*

Ich blieb stehen.

Andrew Blacks Laden war voll.

Nicht mit Menschen. Wie Black selbst hatte dieser Laden nur sehr wenig Raum für Menschen. Nein, dieser Laden war voller Dinge und bot massenweise Stauraum für weitere Dinge. Regale bedeckten jeden Zentimeter sämtlicher Wände, und Vitrinen bevölkerten fast jeden Meter der Bodenfläche – hohe Vitrinen aus Holz und Glas, Dutzende von ihnen in verschiedenen Formen und Größen, scheinbar von einem Tetris-Großmeister ineinandergeschoben. Schon nach einem halben Schritt stieß ich mit der Nase beinahe gegen das Glas der ersten, die mit winzigen Sitzgelegenheiten gefüllt war. Ich sah darin Lehnsessel und Sofas, hölzerne Essstühle, Bürostühle, Hochstühle, Liegestühle, Gartenstühle, Sonnenliegen, Barhocker, Küchenhocker, eine Reihe von Rollstühlen (darunter ein elektrischer), Friseurstühle und einen perfekt modellierten pneumatischen, lederbezogenen Zahnarztstuhl von der Größe meines Daumens.

So dicht vor der Vitrine mit den Sitzgelegenheiten zu stehen, eröffnete mir auch die Möglichkeit, an ihr entlangzublicken und zu sehen, dass der Raum zwischen den Vitrinen zu meiner Linken nicht ganz so knapp bemessen war, wie es anfangs gewirkt hatte.

Es gab dort, nun ja, ich möchte es keinen Durchgang nennen, aber zumindest die Möglichkeit, sich hindurchzuschieben, wenn man behutsam vorging.

Ich hielt die Luft an, und mit einigen heiklen Manövern mogelte ich mich in die Lücke, ließ die Vitrine mit den Sitzgelegenheiten hinter mir und passierte eine Vitrine voller Türen, ehe ich eine T-Kreuzung erreichte, die von einem weit größeren Glasschrank beherrscht wurde. Einem Schrank voller Räume: ein in Schwarz und Weiß gehaltenes Sechzigerjahre-Wohnzimmer, komplett mit Drucken von Bridget Riley; ein für einen alten oder behinderten Menschen angepasstes Bad mit einer winzigen mechanischen Hebevorrichtung über der Wanne, einem abgesenkten Waschbecken und einem niedrigen Toilettensitz; eine ganze Reihe von Küchen, darunter – die Vertrautheit setzte vor dem Wiedererkennen ein, doch dann sah ich es – eine Miniaturversion der Vorführküche in dem Geschäft um die Ecke, eine perfekte Replik im Maßstab 1:28.

»Thomas Quinn.«

Andrew Blacks Stimme.

Ich beugte mich vor, um durch die Glasscheiben der verschiedenen Vitrinen und Glasschränke zu schauen, und glaubte, eine große Gestalt im hinteren Teil des Ladens zu erkennen.

»Ja, Moment bitte.« Ich richtete mich auf die Zehenspitzen auf und stellte fest, dass ich gerade eben über eine Vitrine voller winziger Musikinstrumente hinwegschauen konnte. »Hallo.«

Black winkte mir langsam zu. »Hast du dich verirrt, oder steckst du fest?«

»Wahrscheinlich beides, glaube ich. Wie geht es dir?«

»Du musst geradeaus und dann nach rechts gehen …«

Black sah gut aus. Er hatte ein wenig zugenommen, glaubte ich, wodurch seine Größe deutlich weniger auffällig war. Außerdem hatte er sich einen Bart stehen lassen, der dicht und buschig und grau meliert war. Die Haare hingen noch immer unkontrolliert, wild und gewellt um seine Ohren herum. Er trug einen Overall voller Taschen für Werkzeuge und darüber einen altmodischen Arbeitskittel. Wie er dort auf seinen Tresen gestützt dastand, sah er wie ein Handwerker aus, wie jemand, der Möbel baute. *Das liegt wohl daran, dass er*

Möbel baut, dachte ich, *sehr kleine Möbel. Denn diese Sachen hat sicher niemand anderes gemacht.*

»Was wolltest du denn auf der Polizeiwache?«

»Ob du es glaubst oder nicht«, sagte ich. »Ich habe einen Artikel gelesen, in dem stand, du seist entführt worden. Oder zumindest unter mysteriösen Umständen verschwunden.« Ich erhaschte einen Blick auf ein Stück tief gefurchte Stirn, während ich mich zwischen zwei Vitrinen voller Miniaturbücherregalen hindurchquetschte. »Spuren einer Auseinandersetzung«, sagte ich.

»Tatsächlich?«

»Ja, ich schwöre es.«

»Hmmm.«

»Aber wie geht es dir?«, fragte ich, als ich es endlich an den Tresen geschafft hatte. »Abgesehen davon, dass du nicht verschwunden bist. Was ist das hier alles? Ich habe deine Briefe bekommen. Was ist los?«

Black seufzte.

»Was ist das hier alles?«, sagte ich noch einmal. »Fangen wir doch einfach damit an. Solltest du nicht eigentlich Bücher veröffentlichen?«

Black rieb sich das Gesicht.

»Ahhh«, sagte er leise. Dann sah er mich wieder an.

»Komm schon«, sagte ich. »Das zweite war eine Anschlussfrage.«

»Das zweite war eine Anschlussfrage.«

»War es doch.« Als er nicht antwortete, stützte ich mich auf den Tresen, imitierte seine Pose. »Ich hätte gern eine Flasche Pommes frites.«

»Meine Güte«, brummte Black zur Wand hin. Doch ich glaubte auch, darin eine kleine Spur von Belustigung zu hören, beinahe unmerklich, aber doch spürbar unter der Verärgerung und nervösen Energie.

Ein Augenblick verging.

»Andrew«, sagte ich, »warum stehst du hinter dem Tresen eines Ladens, in dem Puppenhäuser verkauft werden?«

Black wirkte überrascht. »Das ist eine voraussetzungslose Frage.«

»Ich weiß. Darum hoffe ich ernsthaft, dass du sie mir beantworten wirst.«

Daraufhin wurde Black zugänglicher. So war es bei ihm schon immer gewesen – eine Phase, in der man mit dem Kopf gegen eine Ziegelmauer anrannte, gefolgt von allmählicher Nachgiebigkeit. Seine Antworten wurden etwas weniger rigide, ließen mit jedem Mal ein paar Wörter mehr durch. Er fing an, Gegenfragen zu stellen, und ehe man sichs versah, befand man sich mitten in etwas, was – drückte man beide Augen zu – durchaus als Gespräch durchgehen konnte. Er ging noch immer nicht näher auf das *Warum* seines Ladens ein. Soweit ich es mir zusammenreimen konnte – und das schloss ein gewisses Maß an Spekulation ein –, hatte Black sich selbst das Tischlerhandwerk beigebracht, um seine Buchproduktion zu verbessern. Wenn ein gewisses Werkzeug, Verbindungsstück oder Regal *genau so* sein musste, warum es dann nicht einfach selbst bauen? Black sagte, er habe Spaß am physischen Prozess des Bauens gehabt und sich *an ein paar Stühlen ausprobiert*. Wie waren aus Stühlen Puppenhäuser geworden? Über die Bestätigung hinaus, dass er tatsächlich alles selbst im Laden gebaut habe, bot Black keinerlei Erklärung, wobei ich mir gut vorstellen konnte, dass Stühle von normaler Größe zu simpel waren, um seine Aufmerksamkeit lange zu fesseln, dass er beschlossen hatte, sich mit etwas Kleinerem, etwas *Vertrackterem* auf die Probe zu stellen. Es erschien mir durch und durch wie etwas, was Andrew Black tun würde; sobald er sich Miniaturgegenständen zugewandt hatte, würde er üben und immer besser werden wollen. Daher die vielen Sachen. Black sagte, er betreibe seinen kleinen Verlag in den Räumlichkeiten über dem Laden, und als sein Vermieter ihm angeboten habe, den

Laden für einen minimalen Aufschlag mit zu mieten, habe er beschlossen, ihn zu gebrauchen, *um ein paar von den Sachen zu verkaufen.*

Ich habe gesagt, ich hätte mich Andrew Black immer auf die gleiche Weise wie seinen Texten genähert, aber wenn ich zurückschaue, wird mir klar, dass ich dabei nicht immer so gründlich war, wie ich dachte. Um es ganz offen zu sagen, ich hatte die schlechte Angewohnheit, meine hohe Meinung von mir selbst – eine Überschätzung meiner eigenen Fähigkeiten als Detektiv, gekoppelt mit dem handwerklichen Wissen, wie Geschichten funktionieren – dem, was ich unmittelbar vor der Nase hatte, im Wege stehen zu lassen. Es war mir bei den zwei kleinen Monden in *Cupid's Engine* passiert, von denen ich schon erzählt habe, diesen beiden Szenen mit Cleaver und seiner Frau, die, so hatte ich mir eingeredet, nur dazu dienten, das nächste Buch vorzubereiten. *So machen das Autoren eben bei Buchreihen*, dachte ich und übersah dabei etwas Wichtiges. Hier passierte es wieder. Ich stürzte mich auf diese kleine Abfolge von Ereignissen – vom Büchermachen zum Bauen von Stühlen zum Bauen von Puppenhäusern –, weil diese Arbeitsabfolge so zu Andrew Black passte, auf so überwältigende Weise nach etwas schmeckte, was er tun würde. Mit anderen Worten, die Folge von Ursache und Wirkung erschien mir so offensichtlich, dass mir nicht einmal in den Sinn kam, dass ich sie vollständig erdacht haben könnte.

Black machte uns eine Tasse Tee, und wir redeten eine Zeit lang über Romane und den Zustand der Welt, beide auf seinen Verkaufstresen gestützt.

Ich sagte ihm, wie gut mir die von ihm gebauten Sachen gefielen, vor allem das Vampirschloss im Schaufenster. Das schien er aufrichtig gern zu hören, und er bot an, das Schloss aus dem Schaufenster zu holen und *mir eine Führung zu geben.* Ich sagte, das wäre großartig, also tat er es.

Es dauerte eine ganze Weile.

Ich ging zwischen den Glasschränken umher, während er alles vorbereitete.

»Ich brauche vielleicht einen Ariadnefaden, um zurückzufinden«, rief ich ihm zu, als ich merkte, dass ich mich vielleicht etwas zu weit fortgewagt hatte.

»Jaja«, sagte er und trug etwas Schweres durch den Laden, das ich durch mehrere Glasschränke hindurch nur bruchstückhaft und verzerrt erkennen konnte. »Ariadne und Theseus im Labyrinth.«

»Richtig«, sagte ich und verspürte ein leichtes Ziehen im Magen, als mir bewusst wurde, dass mein Vater mir von den Spuren dieses Mythos in unserer Alltagssprache erzählt hatte und Andrew wahrscheinlich auch.

Zum millionsten Mal stellte ich mir vor, wie die beiden in einem gemütlichen, mit Papier vollgestopften Arbeitszimmer saßen und bis tief in die Nacht hinein über Bücher, Sprache, Geschichte und die Funktionsweise von Geschichten sprachen. Stanley Quinn und sein geistiger Sohn. Der Gedanke wurde von einem vertrauten Gefühl begleitet – inzwischen eher ein Schmerz als eine Wunde, so wie ein längst verheilter Knochen an einem besonders kalten Morgen manchmal schmerzen kann. Unsere Geschichten sind uns eingeschrieben, nicht wahr? Denken Sie darüber manchmal nach? Die Vergangenheit ist in den Seiten unseres Körpers verwahrt. Wir sind lebendige Geschichten mit tausend langen und kurzen Kapiteln, und jedes Kapitel macht seine Anwesenheit spürbar, jedes Kapitel ist hin und wieder auf seine ganz eigene Weise *unruhig*.

Als ich es durch die Vitrinen zurückgeschafft hatte, hatte Andrew das Vampirschloss auf dem Tresen vor sich aufgebaut. Und dazu noch mehr: einen Friedhof, irgendein Außengebäude und ein Mausoleum. Ich kam gerade rechtzeitig, um zu sehen, wie er eine schwarze Kutsche und vier mit schwarzen Federn geschmückte Pferde auf das Kopfsteinpflaster des Burghofs setzte.

Es war unglaublich, und das sagte ich ihm auch.

Black nickte nur mit leicht gerunzelter Stirn, und sein Blick sprang im Schloss hin und her. Dann begann er ohne Einleitung oder Erklärung, die Wände des Schlosses zu entfernen. Es war vielleicht ignorant von mir, aber ich hatte erwartet, dass man die Rückseite einfach abnehmen könne, um Zugang zum Inneren zu erhalten, doch das erwies sich als deutlich komplizierter. Gewisse Wände oder Teile von Wänden oder Dächer oder Decken oder Wände, dann Dächer, dann Decken ließen sich herausnehmen, um den Blick auf die verschiedenen Räume und Flächen im Inneren freizugeben. Es schien nicht ersichtlich zu sein, welche Teile des Schlosses abnehmbar waren, ehe Black sie entfernte; die Verbindungsstücke waren immer unsichtbar und die Entfernung jeder neuen Oberfläche eine Überraschung.

Das Schloss war voller Wunder.

Hinter jeder Wand ein neues Ereignis im Miniaturformat: eine große Halle mit einer Festtafel aus alter Eiche, Dutzenden von Stühlen und winzigem Silbergeschirr. Gewebte Wandteppiche bedeckten die Wände, und an der Decke hingen Kronleuchter aus den Knochen winziger Vögel oder Mäuse. Als Nächstes kam eine verstaubte Bibliothek voller bemerkenswerter Bücher, Bücher, die sich, obwohl so klein wie der kleinste Fingernagel, öffnen ließen und den Blick auf Seiten aus Papier oder Pergament freigaben. Ich sah Aleister Crowleys *Magick* auf einem der überfüllten Regale und ein Exemplar des *Necronomicon* mit einem bemerkenswerten Einband. Mit der Fingerspitze neigte Black eines der Bücher um einige Millimeter, woraufhin ein ganzes Bücherregal auf winzigen, unsichtbaren Scharnieren aufschwang und eine grünstichige steinerne Treppe zum Vorschein kam, die ins Dunkel hinunterführte.

»Es gibt vier Geheimgänge«, sagte Black, aber die anderen zeigte er mir nicht. Stattdessen entdeckten wir nun Schlafzimmer mit Himmelbetten und Spiegeln, in denen aus bestimmten Winkeln geisterhafte Reflexionen sichtbar wurden; eingemauerte Leichen; ein Laboratorium in einem Eckturm, vollgestellt mit wissenschaftlichen Geräten aus Stahl und Messing; ein Verlies mitsamt Folterinstrumenten. Ein Raum enthielt eine fingergroße Tür, die zu einem unmöglichen schwarzen Gang von etwa dreißig Zentimetern Länge führte, unmöglich, weil die Tür an einer der Außenwände des Schlosses war und es, von außen betrachtet, schlicht keinen Raum für einen solchen Korridor gab.

»Optische Täuschung«, sagte Black, »falsche Perspektive.«

Und es ging immer noch weiter. Black demonstrierte die Mechaniken der Zugbrücke und des mit echter Flüssigkeit gefüllten Burggrabens. Die Miniaturpflanzen waren doch nicht echt, aber handgefertigt und naturgetreu. Während wir die Ränder des Grabens inspizierten, bewegte sich etwas im Wasser. Die schlammige Flüssigkeit im Burggraben strudelte, und ich machte unwillkürlich einen Schritt zurück.

»Das Monster im Burggraben«, sagte Black. »Es ist auf einen mechanischen Arm montiert.«

»Ich würde das gern kaufen«, sagte ich.

Da schaute Black zu mir auf; dabei huschte etwas über sein Gesicht, etwas, was ein Schatten von Panik gewesen sein könnte.

»Falls«, sagte ich und versuchte, diesen Blick mit meinen Augen zu verfolgen, ihn hervorzulocken, »falls das geht. Falls es zu verkaufen ist?«

»Darum steht es in einem Geschäft.«

»Nein, ich meine – falls es nicht nur ein Ausstellungsstück ist oder etwas in der Art.«

»Alles steht zum Verkauf. Es ist allerdings teuer.«

»Das ist mir egal«, sagte ich.

Ich hoffe, es ist teuer, dachte ich. *Ich hoffe, es ist richtig halsabschneiderisch teuer.*

Ein Teil von mir, ein schamerfüllter Teil tief in meinem

Inneren, wusste, wenn meine Reise von Erfolg gekrönt war und ich Blacks Manuskript in meinen Besitz bringen konnte, dann würde ich fast jeden Preis für das Schloss bezahlen können. Derselbe schamerfüllte Teil wollte das Schloss kaufen, denke ich, weil er zumindest ein wenig Buße leisten musste – indem er Andrew Black etwas von Mike Chesapeakes Geld abgab. Natürlich wusste der logische Teil meines Gehirns, dass Andrew Black es nicht brauchen würde – sobald Chesapeake das zweite Buch hatte, würden Blacks Tantiemen wieder fließen, und er würde augenblicklich reich werden –, aber es erschien mir trotzdem wichtig, sehr wichtig, dass ich – würde es mir gelingen, das Buch an mich zu nehmen – irgendeinen symbolischen Weg fand, um dafür zu bezahlen, was ich getan hatte.

Was ich getan hatte.

Was würde Imogen von mir denken, wenn sie es wüsste?

Bei dem Gedanken drehte sich mir der Magen um, also zwang ich mich, mir die Gerichtsvollzieher vorzustellen, wie sie die Wohnung ausräumten, uns unsere Sachen nahmen, uns unser gemeinsames Leben nahmen. Ich stellte mir vor, wie Imogens »I ♥ Tea«-Tasse still auf dem Küchentresen neben dem Wasserkocher stand und darauf wartete, dass sie nach Hause kam. Ich dachte: *Tief durchatmen, Quinn*, und ich dachte: *Da musst du jetzt durch.*

»Hörst du mir zu?«

»Was?«, sagte ich, sah Black an und riss mich ins Hier und Jetzt zurück.

»Ich sagte, es kommt nicht darauf an, ob der Preis dir jetzt egal ist. Es kommt nur darauf an, ob er dir noch egal ist, nachdem du gehört hast, wie teuer es ist.«

»Ich höre zu«, sagte ich und versuchte dabei auszusehen, als hätte ich es die ganze Zeit getan. »Wie teuer?«

Ein Moment der Stille verstrich.

»Andrew?«

Die kleinste Andeutung dieses Blicks, dieser Panik, lauerte an den Rändern seines Gesichts.

»Es gibt noch mehr, was ich dir zeigen möchte«, sagte er schließlich. »Dann kannst du entscheiden, ob es dir das wert ist.«

»Ist gut«, sagte ich. »Ich habe es nicht eilig.«

Black überlegte, sah auf die Uhr, überlegte weiter.

Ein paar wortlose Sekunden verstrichen.

»Ich kann auch …« Ich deutete auf die Tür. »Und später noch mal vorbeikommen?«

Black nickte mit einer Spur von Erleichterung.

»Ich muss noch etwas erledigen«, sagte er. »Könntest du in einer Stunde wiederkommen?«

»Klar«, sagte ich. »Gar kein Problem.« Ich drehte mich um und schaute auf das Labyrinth aus Glasschränken. »Aber ich brauche vielleicht eine Wegbeschreibung.« Ich wollte das Wort *Ariadnefaden* nicht benutzen.

o

Um mir die Zeit zu vertreiben, wanderte ich Owthornes verödete und verfallene Uferzeile entlang. Wie sich zeigte, befand sich das Meer gleich am Ende von Blacks Straße, und mir gefiel das Geräusch der Wellen, das meine Schritte begleitete, die Gischt, die als kalter Nebel über mich hinwegwogte.

Hätten Sie mich gefragt, was ich in diesem Moment am stärksten empfand, hätte ich Ihnen sagen müssen, dass es Neugier war. Andrew Black tat etwas, was ich ihn nie zuvor hatte tun sehen. Andrew Black versuchte, Zeit zu schinden, und trotz all meiner Verwirrung, der gemischten Gefühle und der kolossalen Schuldgefühle aufgrund des Auftrags von Mike Chesapeake, den ich angenommen hatte, wollte ich den Grund wissen.

Ein Stück weiter die Küste hinunter fand ich einen kleinen

Flecken mit schwankendem Telefonempfang und schickte Sophie eine Nachricht. *Alles gut. Etwas komisch, aber alles gut. Rufe bald an.*

Ich steckte mein Telefon wieder weg.

Weißt du, was eine Waschbärenfalle ist?

Die Wellen brachen, zogen sich zurück, brachen und zogen sich wieder zurück.

Ich starrte auf den Horizont.

Eins weiß ich immerhin, dachte ich. *Ich weiß, dass ich endlich etwas tue, statt Tag für Tag nur herumzusitzen und darauf zu warten, dass mir der Himmel auf den Kopf fällt.*

Ich fühlte einen Schub von Energie, beinahe Freude, weil ich mein Schicksal selbst in die Hand nahm. Genau hier, genau jetzt hatte ich die Gelegenheit, die Dinge höchstpersönlich zu verändern, etwas wiedergutzumachen, meine Fehler und Versäumnisse aus der Welt zu schaffen und alles wieder so zu machen, wie es gewesen war, *sogar besser*, als es je gewesen war – auf eine Art und Weise, die mir nur sechs Tage zuvor vollkommen undenkbar erschienen wäre.

Es ist noch alles drin, dachte ich.

Und die ganze Zeit über, wogten Sophies Worte mit den Wellen heran, *lässt er dich wie eine Marionette über den Rand einer verdammten Klippe tänzeln.*

Ich wanderte die verlassene Häuserzeile am Strand entlang.

Während die Minuten vergingen, dachte ich an die Nacht in der Kirche im Park, die wirbelnden Blätter überall um mich herum, die beiden Briefe in meinen Händen, den Moment, in dem ich beschlossen hatte, Black wieder in mein Leben zu lassen. Ich dachte an die halb aufgestellte Krippe in der Kirche und an die sonderbaren Schreie, die ich mit so großer Gewissheit einem Säugling zugeordnet hatte. Ich dachte an das zuknallende Fenster, an meinen Vater und an die Stimme auf dem Anrufbeantworter, die gekommen und gegangen war, ohne eine Spur zu hinterlassen. *Sich überschneidende Leitun-*

gen. Ich dachte an den Ochsen, die Engel, die *Hayyoth.* Ich dachte an Imogen auf dem grünen Nachtsichtbild von Schlafraumkamera zwei; ich dachte an sie, wie sie in ihrem rotgoldenen Kleid erbärmlich fror; ich dachte an sie, nackt und verschwitzt, die hellblonden Haare ganz dunkel; ich dachte an Tage, die wir mit Sex und fernsehen und lesen verbracht hatten, und daran, wochenlang *einfach so zusammen zu sein*, daran, wie wir nie irgendwohin gegangen waren, weil das Bett, die kleine Wohnung, weil diese Dinge unser ganzes lebendiges, kreisendes Universum waren und wir beiden uns nicht zu bewegen oder irgendetwas zu tun oder irgendwohin zu gehen brauchten. Ich dachte: *In einem geschlossenen System kann die Entropie nicht abnehmen.*

Ich lief und lief, bis der Wind einen brenzligen Geruch herantrug, der mich aus meinen Gedanken riss.

Meine Wirbelsäule kribbelte.

Kalte Nadeln stachen mir in die Wangen.

Ich blieb stehen, machte kehrt, sah mich um.

Und da war er.

Ein groß gewachsener Mann lehnte an einem Laternenpfahl an der Promenade, das Gesicht unter der Krempe eines tief heruntergezogenen, angesengten weißen Huts verborgen. Er stand ein Stück weit hinter mir am Weg, an einer Stelle, an der ich vielleicht vor einer Minute vorbeigekommen war, aber ich kannte ihn. Für mich war er *unverkennbar.* Ohne sich zu rühren, ließ Maurice Umber einen steten Strom von dichtem grauen Rauch entweichen. Der Rauch wirbelte und kringelte sich unter seinem Hut hervor und peitschte und jagte von ihm fort, taumelnd, dünner werdend und schließlich in einer weiteren schwachen Welle über mir brechend.

Ich stand einfach nur da.

Ich wollte zu ihm zurückrennen, wollte die Stärke finden, mich zu bewegen, so wie nach dem Knall in der verlassenen alten Kirche, aber ich konnte es nicht. Ich konnte mich nicht dazu bringen, irgendetwas zu tun. Ein Augenblick verging, und eine weitere Rauchwolke wirbelte unter dem versengten Fedora hervor. Ich hatte das Gefühl, dass ich beurteilt, dass ich sorgfältig abgewogen und vermessen wurde und dass die Gestalt mit dem Hut diese Berechnungen mit einem kalten Amüsement anstellte. Vor meinen Augen hob er die Hand und tippte sich ganz leicht an die Hutkrempe, so wie er es in jener Nacht vor der Wohnung getan hatte. Dann wandte er sich um und verschwand rasch zwischen den Gebäuden der Küstenzeile.

Als ich mir sicher war, dass er fort war, suchte ich mir eine Bank, um mich zu setzen, holte Luft und sah mich, als ich mich wieder unter Kontrolle hatte, nach einem Ort um, an dem ich etwas zu trinken bekäme.

o

Als ich in den Laden zurückkehrte, stand Black nicht am Tresen. Ich betätigte die Glocke, die er dort aufgestellt hatte, und als das nicht half, rief ich nach ihm. Schließlich erschien Black, die Ärmel hochgekrempelt, leicht nach Farbe und Heißkleber riechend.

»Komm mit nach hinten«, sagte er. »Ich will dir etwas zeigen.«

»Noch mehr Teile für das Schloss?«

Black machte kurz einen verwirrten Eindruck. »Ach«, sagte er, als ihm der frühere Teil meines Besuchs offenbar zum ersten Mal wieder einfiel. »Nein, das hier ist etwas völlig anderes.«

Ich ging um den Tresen herum zu ihm, was schwierig war, da dort irgendwann in der Zwischenzeit ein großer Stapel Kartons aufgetaucht war.

Ich fragte Black, ob er das Schloss schon eingepackt habe, aber ohne mich anzusehen, murmelte er, die Kartons seien

»für ein anderes Projekt«, und verschwand durch eine Tür in die Tiefen des Ladens.

Ich folgte ihm.

Das Hinterzimmer im Erdgeschoss des Geschäfts war mit frei stehenden und an den Wänden verschraubten Schränken gefüllt, die meisten hatten Hunderte von Schubladen, allesamt ordentlich mit interessanten Titeln wie »Stuhlbeine«, »Leitungen«, »Räder: klein«, »Räder: sehr klein«, »Zahnräder« und »Glühbirnen« beschriftet. Dahinter lag eine kleine Küche – Spülbecken, Wasserkocher, Kochfeld, Kühlschrank – und dahinter ein von Kartons gesäumter Gang, an dessen Ende sich eine Holztreppe befand, die in den ersten Stock hinaufführte, wo Black offenbar seinen Kleinverlag betrieb.

Er stieg die Stufen empor, und ich folgte ihm.

Wir kamen in einen kleinen Raum voller Bücherregale, in denen viele Exemplare der immer wieder gleichen schönen Bücher standen. Ich konnte sie nicht genauer in Augenschein nehmen, aber es waren eindeutig die von Andrew gesetzten, gedruckten, gebundenen und hergestellten Bücher – sein Lager. Wir gingen von dem ersten kleinen Raum voller Bücher in den nächsten und wieder in den nächsten. Als wir den dritten Raum betraten, hatten wir schon zu viele Räume durchquert, als dass sie in den Grundriss von Andrews Laden gepasst hätten. Die Obergeschosse mehrerer Läden in der Zeile mussten verbunden worden sein, um eine größere Fläche zu schaffen, nahm ich an. Doch diese Räume waren ein wenig sonderbar.

Im Gegensatz zu dem ersten Raum, der über und über voller Bücher gewesen war, gab es im zweiten (einige) und im dritten (mehr) erkennbare Lücken in den Regalen. Diese Lücken mussten entstanden sein, als Black Bücher herausgezogen hatte, um sie auszuliefern, nahm ich an, auch wenn mich die für Black untypische Willkür der Lücken überraschte. Im vierten Raum waren es sogar noch mehr Lücken, große Löcher gähnten in den Bestandsreihen, einige Exemplare lagen seitwärts in den Regalen, und ein paar waren sogar auf den Boden gefallen. In diesem Raum gab es hauptsächlich hübsche Ausgaben von John Ketchums *A Novel with One Hundred Characters*, und ich blieb stehen, um eines der heruntergefallenen Bücher aufzuheben und ins Regal zurückzustellen. Dabei öffnete sich das Buch, und ich sah schockiert, dass ein ganzes Stück davon fehlte – von den ersten etwa fünfzig Seiten waren nur zerfetzte Stümpfe übrig. Ich sah Black überrascht an, aber er verschwand schon durch eine weitere Tür, also stellte ich das schadhafte Buch wieder ins Regal und folgte ihm.

Der nächste Raum war *geplündert*. Stellen Sie sich Heuschrecken auf einem Bauernhof vor. Die Regale waren gründlich gefleddert, nur ein paar Dutzend Bücher standen noch an Ort und Stelle, und alle anderen lagen in Haufen auf dem Boden. Nein, das stimmte nicht. Das auf dem Boden waren keine Bücher. Nicht mehr. Ich hob eines auf. Es waren nur noch die Buchdeckel und ein brutal malträtierter Rücken übrig, an dem einige zerrissene rote Fäden von der Bindung hingen. Aus dem Buchblock war jede einzelne Seite ausgerissen worden. Die übrigen, die um meine Füße herum verstreut waren, sahen genauso aus.

»Mein Gott, Andrew«, sagte ich. »Was hast du denn hier gemacht?«

o

Andrew Black hatte den Roman einmal *das Universum zwischen zwei Buchdeckeln* genannt.

Während der Auseinandersetzung mit seinem Verlag hatte er Hyperlinks als Atombomben bezeichnet, die große toxische Löcher in Texte schlugen, ihre Struktur zum Zusammenbruch brachten und sie Fokussierung, Logik, Fakten und Bedeutung vergießen ließen. Er sagte, ohne den bleiartigen Schutz eines anständigen Umschlags oder zumindest einer schlichten Papierseite drohten sämtlichen Erzählungen Verfälschung und krebsartige Mutation und das Ein- und Aussickern aller möglichen Geschichten und Texte. Er sagte, diese sich ausdehnende Spirale von Verunreinigung und Streuung könne nur zum Verlust von Ordnung, Struktur und Funktion führen; wachsendes Chaos, zunehmende Auflösung und letztlich *völliger entropischer Zusammenbruch.*

Das Hemd des Verlegers mit beiden Fäusten packend, hatte Andrew Black den Mann geschüttelt, wie um ihn aufzuwecken, und gebrüllt, er und seinesgleichen seien *Schlafwandler auf dem Weg in die Apokalypse.*

o

»Andrew«, sagte ich noch einmal, die Überreste des ausgeweideten Buches noch in der Hand. Er blieb nicht stehen, und nach einem Augenblick blieb mir nichts anderes übrig, als ihm zu folgen.

Der Raum des Büchermassakers ging in einen deutlich größeren, offen angelegten Produktionsraum über. Durch die abgerissenen Wände sah er wie ein lang gestrecktes New Yorker Loft oder ein Dachgeschoss in East London aus. Andrews selbst gebaute Druckerpresse stand am anderen Ende, halb umringt von mit Flaschen und Kartons gefüllten Regalen, und an kreuz und quer gespannten Leinen hingen bedruckte Seiten wie Wäsche herab. Näher an uns waren Ablagekästen und Gestelle, Wannen, Becken und Regale voller Chemikalien und dazu verschiedene Gerätschaften, die ich nicht erkannte, doch in ihrer Gesamtheit sagte mir die Anordnung, dass Black in diesem Bereich sein Papier herstellte. Es sah aus, als hätte er sein System an irgendeinem Punkt umgestellt; einige Geräte waren aufeinandergestapelt und zur Seite geschoben worden, um Platz für einen Tresen mit heller Beleuchtung und einer Reihe großer grüner Plastikwannen zu schaffen. Black ging zu dem Tresen hinüber, und ich folgte ihm. Als er dort kurz etwas inspizierte, nutzte ich die Gelegenheit, um den Deckel eines der Behälter anzuheben.

Darin sah ich eine dunkle, trübe Flüssigkeit und eine mulchartige Masse aus bedruckten Seiten.

»Du recycelst die Bücher«, sagte ich.

»Ja, das tue ich«, erwiderte Black, ohne sich umzudrehen.

»Warum?«

»Sieh es dir an.«

Ich trat neben ihn an den hell erleuchteten Arbeitstisch. Zuerst begriff ich nicht, was ich dort sah. Eine dicke grauweiße Platte war auf den Tisch gelegt und in mehrere geometrische Segmente zerschnitten worden. Nur dass es keine Platte war. Ich konnte Fasern und hier und da die Überreste gedruckter Buchstaben sehen, wie Fossilien, die auf der Oberfläche auswitterten.

»Pappmaché«, sagte Black.

Dann hielt er eines der aus dem Block geschnittenen geometrischen Segmente hoch, und ich erkannte, was es war. Die in seine glatte Oberfläche geschnittenen quadratischen Löcher waren kleine Fenster, die rechteckige Vertiefung eine Tür. Das geometrische Objekt aus Pappmaché war die frisch ausgehärtete Wand eines Puppenhauses.

»Warum tust du das?«

Andrew Black sah mich einen Augenblick lang an, als wollte er mir etwas tatsächlich sehr Schwerwiegendes sagen. Dann überlegte er es sich anders.

»Was ich dir zeigen will, ist gleich hier drüben«, sagte er. »Komm mit.«

Wir gingen an seiner großen selbst gebauten Presse mit all den Wäscheleinen voller bedruckter Seiten vorbei durch den Druckraum und kamen zu einer Tür auf der anderen Seite.

Black blieb stehen, nahm einen Schlüssel heraus und begann, sie aufzuschließen.

Warum ist diese Tür verschlossen?, fragte ich mich. Ich hatte bei seinem Bücherbestand und seiner Druckausrüstung keine Sicherheitsvorkehrungen gesehen, warum also hier ein Schloss?

Ein einzelnes Wort stieg aus meinem Unterbewusstsein auf – *Heimlichkeit*.

Die Tür öffnete sich, und ich folgte Black nach drinnen.

Der Raum hinter der verschlossenen Tür war wie ein Designstudio oder ein Schneideratelier ausgestattet, wenngleich sein ursprünglicher Verwendungszweck – Papier schneiden? Binden? Entwürfe erstellen? – ganz offenbar vor einiger Zeit verworfen worden war. Es war ein recht großer Raum, dessen Ränder jetzt mit einem Gewirr aus Werkzeugen und Rohmaterialien bedeckt waren – Draht, verschiedene Holzarten, kleine Dosen mit Farbe, eine Arbeitsbank mit Schraubzwingen, einer Drehbank, einer Staffelei, Schneidwerkzeugen, Schleifwerkzeugen, Flechten, Stroh und Gräsern, Rollen, Dosen, Stofffetzen. Alles schien nach außen geschoben und an den Wänden aufgestapelt worden zu sein. Dadurch war ein großzügiger Gang um den großen Arbeitstisch herum entstanden, der die Mitte des Raums einnahm. Auf diesem Tisch stand unter einer Reihe heller Strahler ein halb fertiges Puppenhaus.

»Hier«, sagte Black. »Hier ist es.«

Ich weiß noch, wie ich dachte, dass es im Vergleich zu dem Vampirschloss, das ich einen großen Teil des Nachmittags lang betrachtet hatte, recht gewöhnlich wirkte. Nicht was die Handwerkskunst anging: Sobald ich es zu Gesicht bekam, konnte ich sehen, dass die Könnerschaft und das Augenmerk auf Details absolut verblüffend waren. Nein, das Gewöhnliche war das Objekt selbst. Black schien ein ganz normales, alltägliches Einfamilienhaus zu bauen.

Während ich Black zum Tisch folgte, erkannte ich allmählich, dass das Modell sogar noch detaillierter, noch sorgfältiger gebaut war als das Vampirschloss. Der Maßstab war viel kleiner als bei irgendetwas anderem im Laden, doch der Detailreichtum überstieg alles, was ich je zuvor im Leben gesehen hatte. Als Black eine Hand durch das Badezimmerfenster steckte und einen Wasserhahn aufdrehte, der nicht größer war als ein Zahnrad in einer Uhr, sah ich verblüfft, wie sich kleine Wassertropfen am Ende des Hahns bildeten und in die Badewanne fielen.

»Es hat Wasserleitungen?«

»Die Rohre sind fertig installiert«, sagte Black. »Und der Herd hat einen Gasanschluss. Gestern habe ich ein Stückchen Ei darauf gebraten.«

»Das ist unglaublich«, sagte ich. Und das war es. Was auch immer es sonst noch war.

Um das Modellhaus lagen haufenweise Polaroidfotos herum, Bilder der Inneneinrichtung verschiedener Häuser – nein, bei näherer Betrachtung war es ein einziges Haus. Die Fotos zeigten unterschiedliche Aspekte des Hauses, von makro bis mikro, in obsessiver Detailgenauigkeit. Und mikro war hier wirklich unglaublich mikro – ich sah mehrere Polaroids, die haarfeine Risse im Putz um eine Steckdose herum abbildeten, andere, die Schimmelbildung an einer Außenleitung zeigten, und vielleicht ein Dutzend, auf denen das in den verschiedenen Rinnen auf dem Dach wachsende Moos genau zu sehen war. Es gab auch Diagramme: die Anordnung von Kissen auf einem Sofa, eine Anleitung, um in sechs Schritten ein bestimmtes Bett zu beziehen, Karten auf kariertem Papier, die die Position einer Kachel mit einer leichten Farbabweichung oder einem geborstenen Dachziegel verzeichneten. Und als ich sie weiter anschaute, sah ich, dass diese Bilder und Pläne in dem Puppenhaus selbst reproduziert waren: die Schimmelbildung, die Kachel mit der Farbabweichung, das bezogene Bett, die Haarrisse im Putz. Alles da, alles bereits perfekt nachgebildet oder gerade in der Herstellung begriffen.

»Unglaublich«, sagte ich noch einmal.

Und das war es wirklich.

Doch als ich dastand und das Ding ansah, wurde mir kalt bis auf die Knochen.

21
Laienhaft ausgedrückt

Black war gerade dabei, mir einige winzige Rohrstücke zu zeigen, die für das Zentralheizungssystem des kleinen Hauses bestimmt waren, als unten eine Glocke läutete. Ich wusste nicht, ob es die an der Tür war oder ob es irgendeinem mutigen Menschen tatsächlich gelungen war, sich durch das Labyrinth der Vitrinen bis zu Blacks Tresen hindurchzukämpfen, aber letztlich lief es auf das Gleiche hinaus.

Black sah mich überrascht und leicht bestürzt an.

»Ich komme hier schon zurecht«, sagte ich ihm.

»Fass nichts an«, sagte Black und schaute kurz zu dem Miniaturhaus in der Mitte des Raumes. »Wirklich gar nichts.«

»Das würde mir nicht im Traum einfallen«, sagte ich. Ich versuchte, meiner Stimme einen entspannten und lässigen Klang zu verleihen, aber es klang schnippisch.

Black starrte mich an.

»Tu ich nicht«, sagte ich mit einem ernsten Gesicht, beide Hände erhoben. »Ich verspreche es. Tu ich nicht.«

Das schien, nun ja, nicht unbedingt befriedigend, aber ausreichend zu sein.

Die Glocke läutete noch einmal. Black warf noch einen letzten sorgenvollen Blick auf das Puppenhaus und ging dann zur Tür.

»Nichts«, sagte er noch einmal, im Türrahmen verharrend.

»Nichts«, sagte ich. »Ehrlich. Geh nur.«

Und dann war er fort.

Ich lauschte dem Geräusch seiner Schritte, die sich auf den Dielenbrettern des Werkraums entfernten, und einige Augenblicke später dem fernen Knarren und Poltern, als er die Treppe hinunterging.

Ich war allein.

Ich sah das winzige Haus an und atmete tief aus.

Der einzige Weg führt nach vorne.

In meiner Brust sprudelte etwas zwischen Panik und Aufgeregtheit.

Jetzt. Jetzt, jetzt jetzt.

Ich drehte mich um und ging in die Werkstatt.

Ich legte eine Hand auf die Laptoptasche über meiner Schulter, in der der laptopförmige Scanner beruhigend solide und schwer lag. Wenn ich Glück hatte, wenn sich das Manuskript tatsächlich irgendwo an diesem Ort befand, würden einige unangenehme Momente folgen, und dann könnte ich nach Hause fahren und alles wieder in Ordnung bringen.

Die Dielenbretter knarrten unter mir, wie sie unter Black geknarrt hatten, und ich versuchte, mich so verstohlen wie möglich zu bewegen, und kam mir dabei wie ein Idiot vor – ich hatte ihm nicht versprochen, wie angewurzelt stehen zu bleiben; er würde damit rechnen, mich herumgehen zu hören, aber dennoch.

Ich ging zu dem Bereich, in dem er zunächst sein Papier gemacht hatte und nun Pappmaché herstellte, und stöberte ein wenig herum, wobei ich in eine weitere große Plastikwanne hineinschaute und in ihren Tiefen dahintreibende Wirbel herausgerissener Buchseiten sah, deren Buchstaben sich in dem trüben grauen Wasser auflösten. Von plötzlich aufwallender Panik erfüllt, stellte ich mir vor, wie Black *Maxwell's Demon* in eine dieser Wannen warf, wie von seinem zweiten Buch nur noch eine Wand aus Pappmaché übrig blieb, ein Dach oder die gewöhnliche kleine Garage des häuslichen Meisterwerks im Nebenraum.

Das würde er nicht tun, sagte ich mir. *Das könnte er nicht.*

Dann geh davon aus, dass er es nicht getan hat, versuchte ich, meine Nerven zu beruhigen. *Geh davon aus, dass er es nicht getan hat und dass es hier ist. Wo suchst du? Wo würde es liegen?*

Ich drehte mich einige Male auf dem Absatz – nichts stach hervor, also durchquerte ich den Raum noch einmal, ging unter den Leinen mit den Druckbögen, die wie Wäsche herumhingen und den hinteren Teil des Raumes verhüllten, hindurch und um sie herum. Als ich mich dort umsah, legte ich beinahe die Hand auf Blacks Druckpresse, zog sie aber hastig zurück, als ich sah, dass sie von einer dünnen Staubschicht bedeckt war. Das Letzte, was ich wollte, war, einen Handabdruck an irgendeiner offensichtlichen Stelle zu hinterlassen.

Ich machte kehrt und wollte durch die Wäscheleinen zurückgehen, als ich in einer Nische eine Tischplatte auf Böcken mit einem Stuhl sah, beinahe verborgen hinter tiefen, mit Tinte und Kisten voller Drucktypen beladenen Regalen. Ich umrundete die Regale, um mir die Sache näher anzusehen, und mir stockte der Atem. Auf dem Tisch stand eine schwarze Royal-Schreibmaschine, und davor lagen drei säuberliche Stapel DIN-A4-Papier, jeder etwa acht Zentimeter hoch.

Ich stand sehr still und lauschte, ob Black zurückkam. Als ich nichts hörte, ging ich zu der Nische hinüber; mein Herzschlag hämmerte mir in den Ohren, ich nahm den Blick nicht von den Papierstapeln und betete die ganze Zeit über, dass sie waren, wofür ich sie hielt. Ich blieb vor dem Tisch stehen und ließ – als mir bewusst wurde, dass ich den Atem angehalten hatte – pfeifend einen langen Atemstoß entweichen.

Manuskripte. Drei Durchschläge.

In dieser verborgenen kleinen Ecke war Andrew Blacks zweites Buch versteckt.

Andrew Black **Maxwell's Demon** [final & korr.]	**Andrew Black** **Maxwell's Demon** [final & korr.]	**Andrew Black** **Maxwell's Demon** [final & korr.]

Ich stand da und starrte.

Warum drei Ausfertigungen?

Warum tat Andrew Black denn irgendetwas?

Mein Herz klopfte. All die Leser, die Fans, Millionen Fans auf der ganzen Welt, und keiner von ihnen wusste, dass das hier existierte. Eine flaumige Staubschicht bedeckte die Schreibmaschine und die Manuskripte. Der Staub würde aufgewirbelt werden, doch das ließ sich nicht ändern.

Ich öffnete meine Tasche und nahm das Kopiergerät heraus. Es gab nicht länger vor, ein Laptop zu sein, als ich seine vier stählernen Beine ausklappte und es auf den Tisch stellte. Legte man einen Stapel Seiten darauf, verrichtete das Gerät seine Aufgabe in einem unglaublichen Tempo, scannte und spuckte die gescannten Seiten in einem ordentlichen Stapel unter sich wieder aus. Ich hatte zu Hause in der Wohnung einige Probedurchläufe gemacht und wusste, dass es zwischen sechzig und neunzig Sekunden dauern würde, ein Manuskript dieses Umfangs zu kopieren. Doch in der falschen Situation konnten sechzig bis neunzig Sekunden eine Ewigkeit sein. Ich horchte noch ein letztes Mal nach Black und hörte nichts, also hob ich vorsichtig das Deckblatt von dem mittleren Manuskript ab – wobei ich mir Mühe gab, die Staubdecke darauf unangetastet zu lassen – und legte es beiseite.

Ich nahm den Stapel Seiten.

Tiefer Atemzug.

Ich hatte mich mit Gedanken an Kafkas Freund, der sich weigerte, dessen Lebenswerk zu verbrennen, und all dem anderen motivierenden Blödsinn, den Chesapeake bei unserer Begegnung erzählt hatte, auf diesen Augenblick vorbereitet. Doch hier und jetzt, in diesem Moment, brauchte ich das alles nicht.

Ich war zu sehr damit beschäftigt, mein Schicksal in die eigenen Hände zu nehmen.

Und ich hatte verdammt noch mal keine Zeit.

Ich ließ das Manuskript auf den Scanner fallen.

Das Gerät sprang sofort an, arbeitete sich durch den Stapel, zog die Seiten an der Oberseite ein und spuckte sie mit einem sehr schnellen und sehr leisen *zip-zip-zip-zip* gestapelt unter sich wieder aus.

Ich lauschte wieder auf Black, während ich den Stapel auf der Oberseite schrumpfen sah.

Nichts.

In diesem Augenblick verspürte ich keine Schuldgefühle, nur eine wilde, ausgelassene Euphorie.

Ich konnte es schaffen.

Ich hatte es sogar schon fast geschafft.

Überschäumend vor nervlicher Anspannung und Adrenalin, ließ ich den Blick zu den anderen Manuskripten auf dem Tisch schweifen.

Chesapeakes Gerät ließ mich die Scans aus dem aktuellen Speicher nicht herunterladen – ich hatte ausreichend herumexperimentiert, um das herauszufinden –; wollte ich also irgendetwas über *Maxwell's Demon* herausfinden, ehe es in den Buchläden lag, war dies meine einzige Gelegenheit. Die Entscheidung, darin zu lesen, war eigentlich gar keine Entscheidung – ich musste einen quälenden kleinen Zeitabschnitt abwarten, und ich hatte nichts, um meine zitternden, nervösen Hände zu beschäftigen.

Und so hob ich, während der Scanner vor sich hin *zip-zip-zippte*, behutsam das Deckblatt des Manuskripts zur Rechten ab, wie ich es mit dem mittleren getan hatte, und begann dann, rasch und flüchtig zu lesen …

o

Maxwell's Demon beginnt mit Officer Dan Wayburn, Max Cleavers widerstrebendem Partner, der zu einer einsamen kleinen Kate an der Küste hinauffährt. Es ist ein düsteres, einsames Haus auf einer Klippe, das eine stürmische Bucht überblickt.

Wayburn steigt aus seinem Polizeiwagen, klopft an die Tür.

Keine Antwort.

Er klopft noch einmal. Er klopft weiter.

Endlich öffnet sich die Tür.

»*Gehen Sie*«, sagt Cleaver. »*Ich bin im Ruhestand.*«

o

Ich hob den Blick vom Manuskript.

Ich hörte, wie unten im Laden geschrien wurde – eine Frauenstimme, zornig, wutentbrannt. Dann schwang sich eine männliche Stimme zur gleichen Lautstärke auf. Ich konnte den Inhalt nicht verstehen, war mir aber sicher, dass die Männerstimme Andrew gehörte. Wer die Frau war, warum sie einander so wütend anschrien, wusste ich nicht.

Mit klopfendem Herzen blickte ich auf Chesapeakes Scanner.

Die Maschine hatte sich durch etwa zwei Drittel der Seiten gearbeitet und schwenkte auf die Zielgerade ein. *Zip-zip-zip.*

Schreit nur weiter, dachte ich, während ich auf die gedämpften Stimmen lauschte und zusah, wie sich der Scanner durch die Seiten zippte. *Mir soll's recht sein.*

Nach einer oder zwei weiteren Sekunden machte ich mich daran, das rechte Manuskript, das ich mir angesehen hatte, zu glätten und gerade zu rücken. Dabei konnte ich es jedoch nicht lassen, den dicken Block durchzublättern, um einen raschen Blick auf die letzten paar Seiten zu werfen. Kurz vor Ende des Buches fiel mir das Fragment einer Szene ins Auge.

o

Max Cleaver rennt allein und müde durch einen dunklen Wald. Atemlos erreicht er eine Lichtung. Eine Gestalt wartet auf der anderen Seite. Es ist eine vertraute Gestalt mit einem schadhaften alten Hut.

»*Lasst, die ihr eintretet, alle Hoffnung fahren*«, sagt Maurice Umber, dessen Stimme als fremdartiges, elektronisches Summen durch ein Kehlkopfmikrofon dringt.

»*Ich dachte, wir hätten das alles hinter uns*«, sagt Cleaver.

»*Was wissen Sie über die Apokalypse?*«, erwidert Umber. »*Als Gattung, meine ich?*«

o

Plötzlich –

Ein dumpfer Knall und das ferne, wilde Klingeln der Glocke über der Ladentür.

Dann Stille, die Auseinandersetzung jäh beendet.

Zip-zip-zip.

Die letzten paar Dutzend Seiten mussten noch durch die Maschine hindurch. *Scheiße.* Ich hörte das Geräusch eines wütenden Andrew, der sich schnell bewegte – *sehr* schnell. Es klang, als wäre er bereits auf der Treppe. *Scheiße.* Wenn ich mich nicht beeilte, würde ich noch hier stehen, wenn er hereinkam.

Zip-zip-zip – mach schon, *mach schon* – *zip-zip-zip* – verdammt, keine Zeit.

Keine Zeit.

Ich nahm die letzten Seiten vom Scanner, bevor sie eingezogen werden konnten.

Sechs. Sechs Seiten wären noch zu scannen gewesen. Verdammt, *verdammt.*

So schnell und so sorgfältig, wie ich konnte, legte ich die sechs Seiten auf den Tisch, den Rest des gescannten Manuskripts darauf und auch die beiden verstaubten Deckblätter wieder dorthin, wo sie gewesen waren. Dann nahm ich den Scanner, klappte die Standbeine ein, verklemmte dabei eines und zwang mich, durchzuatmen und meine Hände zur Ruhe zu bringen, ehe ich es noch einmal versuchte und bis es – *klick* – ordentlich einrastete, worauf ich das Gerät in meine Laptoptasche fallen ließ.

Schnell kam ich aus der kleinen Nische heraus, quetschte mich an der Presse vorbei und duckte mich unter den Wäscheleinen mit den Druckseiten hindurch. Ich durchquerte die Werkstatt, als ich Blacks rasche Schritte durch einen der Lagerräume kommen hörte. Ich widerstand dem Drang zu rennen – der knarrende Boden hätte mich verraten – und ging nur, so schnell ich es wagte, und es gelang mir, gerade eben durch die Tür und in den Raum mit dem Miniaturhaus zu schlüpfen, als die Dielen am anderen Ende der Werkstatt unter seinen Füßen knarrten.

Ich stellte mich wieder vor das winzige, detaillierte Puppenhaus im Herzen des Raums, nahm eines der Polaroids und tat, als vergliche ich es mit dem Modell. Aus dem Augenwinkel sah ich, wie Black den Raum betrat, und fuhr herum. Ich wusste, dass Black mir meine Schuldgefühle ansehen würde, also beschloss ich, sie hochzuspielen und auszusehen, wie *auf frischer Tat ertappt.*

»Was machst du?«, sagte Black.

»Oh.« Rasch legte ich das Polaroid dorthin, wo ich es gefunden hatte.

Black starrte mich an. Ich versuchte, ruhig zu atmen.

»Du hattest doch versprochen, nichts anzufassen.«

»Es war nur ein Foto«, sagte ich. »Du warst so lange weg.«

»Ein Versprechen von dir verfällt also mit der Zeit, willst du mir das sagen?«

Er war noch immer aufgebracht über das, was unten vorgefallen war.

»Ich habe nur das Foto angefasst, nicht das –« Ich gestikulierte zu dem kleinen Vorstadthaus hinüber. »Es tut mir leid, ja? Ich hatte mich gelangweilt.« Ich sah Black lange an und tat so, als bemerkte ich erst jetzt, wie aufgewühlt er war. »Ist alles in Ordnung?«

Black sah mich wortlos an.

Ich ließ einen Moment des Schweigens verstreichen.

Dabei ergriff mich die irrationale Angst, Black könnte auf irgendeine Weise das Herzklopfen in meinen Ohren ebenso laut hören wie ich. *Raus hier*, sagte die Panik in meinem Kopf. *Raus hier, raus hier, raus hier.*

»Ich mache mich dann mal auf den Weg«, sagte ich so ruhig, wie ich konnte.

Ein Augenblick verging, dann nickte Black knapp.

»Das ist wirklich unglaublich«, sagte ich noch einmal mit Blick auf das Puppenhaus. Und das war es. So klein, so sorgfältig gemacht, so durch und durch absurd akkurat. Als wir den Raum verließen und ich ihm schweigend folgte, starrte ich wie betäubt auf die zerrissenen und ausgeweideten Haufen von Blacks Lagerbestand und dann auf die winzigen Dinge in ihren Vitrinen.

»Also, danke fürs Kommen«, sagte Black, als ich draußen auf der Schwelle stand.

»Es war schön, dich zu sehen«, sagte ich und berührte ihn an der Schulter. »Ehrlich. Pass auf dich auf.« *Was machst du da?*, dachte ich, während die Panik abklang. *Nicht abhauen. Du brauchst diese sechs Seiten.*

»Ja, du auch.«

»Mache ich. Also, bis dann.« *Finde einen Vorwand zu bleiben. Du brauchst sie nicht zu scannen, überleg dir einfach einen Vorwand, um noch mal hochzugehen, und steck sie in die Tasche.* Ich war mit einem Mal völlig niedergeschlagen, als mir bewusst wurde, dass ich genau das schon vor fünf Minuten hätte tun können.

»Ja, mach's gut.«

»Mach's gut.« *Komm schon, Quinn. Überleg dir was, denk nach.*

Aber es kam nichts. Ich spürte, wie ich mich umwandte. Starrte auf meine Beine, die fortgingen.

»Thomas.«

Im Begriff, die Straße zu überqueren, blieb ich stehen und wandte mich um.

»Wollen wir vielleicht doch noch was zusammen trinken?«, sagte Black.

Er steckte eine Hand in die Tasche und zog ein kleines weißes Rechteck heraus. Er drehte es um und zeigte mir ein Polaroidfoto. Ich wusste sofort, was darauf zu sehen war. Das Foto war aus einem etwas anderen Winkel aufgenommen als dasjenige, das er mir geschickt hatte, aber das Motiv war genau dasselbe – die vollkommen vollkommene Kugel, deren Oberfläche so schwarz wie ein Loch war.

»Ich glaube«, sagte Black und schaute auf das Foto, »ich glaube, es ist wirklich ziemlich wichtig.«

22

Zwei winzige Monde

Stunden nachdem ich Andrew Black verlassen hatte, irgendwann mitten in der Nacht, klingelte das Telefon in meinem Hotelzimmer.

Brring-brring.

Das Weerby Hotel stand am anderen Ende von Owthorne. Es war ein absurder Ort, vor allem aufgrund seiner immensen Größe. Owthorne war ein kleiner Ort mitten im Nirgendwo, in dem es so gut wie nichts zu tun gab. Und doch wohnte ich im zweitobersten Geschoss dieses gigantischen Hotels. Sechster Stock. *Sechster Stock.* Das Weerby war direkt an einem schilfigen Seeufer erbaut worden, und ich konnte mir nur vorstellen, dass dort einmal mehrere Gebäude geplant gewesen waren – eine am Meer gelegene Ferienanlage mit Seeblick, und nur das Hotel war verwirklicht worden. Es war nur eine Annahme, aber wie sonst war das zu erklären?

Wie dem auch sei.

Brring-brring.

Ich hatte den Rest des Nachmittags und den Großteil des Abends in Blacks Laden verbracht und mit ihm gezecht. Wir hatten eine ganze Flasche Whiskey beinahe geleert und eine beträchtliche Menge Gin getrunken. Einen großen Teil dieser Zeit hatte ich darauf verwendet, eine Möglichkeit zu finden, wieder nach oben zu kommen, um die letzten sechs Manuskriptseiten in meinen Besitz zu bringen, aber Black hatte nicht die Absicht, mich jemals wieder die Treppe hinauf oder in Reichweite seines kleinen Puppenhauses zu lassen. Je länger ich blieb, desto offensichtlicher wurde das, und ich begann, mich zu fragen, was Sophie von Chesapeake wohl für einen beinahe abgeschlossenen Andrew-Black-Roman bekommen würde. Doch zugleich konnte ich nicht zulassen, dass ich aufgab – *es waren doch nur sechs Seiten, um Himmels willen, sechs Seiten in dem Raum direkt über uns.* Also hoffte ich auf eine Gelegenheit, die nie kam, und blieb bis weit über die Zeit hinaus bei Andrew, zu der der Zug um 19.08 Uhr aus Hull – der letzte Zug in Richtung Süden, das musste man sich einmal vorstellen – mich zurück nach London hätte bringen können. Als ich irgendwann nach zehn Uhr schließlich doch aufbrach, überlegte ich, per Taxi nach Süden zu fahren. Ich zog sogar mein Telefon heraus, aber – kein Netz. Ich meine, natürlich hätte ich das Telefon in die Luft strecken und herumlaufen können, bis ich irgendwann zumindest einen Balken gehabt hätte – es gab hier draußen hin und wieder Stellen mit ein wenig Empfang –, aber. Aber, aber, aber. *Sechs verdammte Seiten.* Also traf ich mit mir selbst ein Abkommen. Wenn ich eine Übernachtungsmöglichkeit fände, würde ich bleiben. Am nächsten Tag würde ich zu Andrews Laden gehen und irgendetwas versuchen – ich wusste nicht genau, *was*, aber wenn das scheiterte, würde ich zurück nach London fahren und das Beste aus dem machen, was ich hatte.

Was ein guter Plan war, solange Black nicht in der Zwischenzeit nach seinen Manuskripten schaute und merkte, dass sich jemand daran zu schaffen gemacht hatte.

Aber ich glaubte nicht, dass er nachsehen würde. Abgesehen von allem anderen, schien Black vollständig über *Maxwell's Demon* hinweg zu sein. Die Manuskripte waren offenbar vor Monaten, wenn nicht Jahren beiseitegelegt und vergessen worden. Was ihn umgetrieben, was ihn mehr als alles andere beschäftigt hatte, war, wie gesagt, der Gedanke, ich könnte sein aktuelles Projekt anrühren – dieses gewöhnliche kleine Puppenhaus.

Dieses verdammte Haus.

Es beschäftigte mich, so wie mich das Polaroidfoto der schwarzen Kugel beschäftigt hatte.

Und das ist die andere Sache. Ich meine, genau wie ich diese letzten sechs Seiten nicht zurücklassen wollte, wurde mir bewusst, dass ich Andrew Black auch nicht verlassen wollte. Es kam mir vor –

Es kam mir vor, als *stimmte* etwas nicht mit ihm.

Brring-brring.

Und was die schwarze Kugel selbst betraf, war das Polaroid wieder in seiner Jacke verschwunden, sobald wir drinnen waren. Welche Art von Verzweiflung ihn auch immer dazu getrieben hatte, es aus der Tasche zu ziehen, als ich gehen wollte, sie schien abzuklingen, sobald wir wieder im Laden waren. Zumindest schien sie so weit nachzulassen, dass er nicht mehr den Mut hatte, mir zu sagen, was er mir hatte sagen wollen. Ich glaubte, eine Angst zu spüren, irgendeine Art von Schrecken. Ich bekam nichts aus ihm heraus.

Brring-brring.

Und ja, ich wollte ihm auch einiges erzählen. Ich wollte ihm von dem rauchenden Mann mit dem verbrannten weißen Fedora berichten. Ich wollte mit ihm über Engel und Buchstaben sprechen, über Entropie und das Ende der Welt. *Ein Hyperlink ist eine über einem Text abgeworfene Atombombe.* Und, mein Gott, ich wollte mit ihm über meinen Vater reden. Aber das war Andrew Black, er war schon immer so gewesen. Und in jedem Fall konnte ich den Gedanken an die Passage, die ich gegen Ende von *Maxwell's Demon* gesehen hatte, nicht abschütteln: Umber, der Cleaver fragte: »*Was wissen Sie über die Apokalypse?*« Wenn ich jetzt eines dieser Wörter aussprach – *Umber, Apokalypse* –, wie viel eher würde er dann argwöhnen, dass ich in seinen Sachen gestöbert hatte, während er unten im Laden gewesen war? Es war eine Schlussfolgerung, von der ich ganz und gar nicht wollte, dass er sie zog.

In absolut jeder Hinsicht, in der man auf der Stelle treten konnte, traten wir beide also auf der Stelle.

Nach Stunden dieses langsamen Scheiterns ging ich betrunken los, streifte umher und stieß auf das Weerby Hotel.

Brring-brring.

Ich saß in der Badewanne und las *Cupid's Engine* auf dem iPad, als mir bewusst wurde, dass das Telefon klingelte, dass es vielleicht schon eine ganze Zeit lang geklingelt hatte. Ich hatte Kopfhörer aufgesetzt, weil die Leute in dem Zimmer über mir laut herumgepoltert hatten, obwohl es schon fast zwei Uhr morgens war.

Ich hatte mich nicht nur in den ursprünglichen Text von *Cupid's Engine* vertieft, sondern auch in die Metadaten, die die App bot – Hunderte von Leserkommentaren, die so gut wie jeden Satz des Buches analysierten, verglichen, gegenüberstellten, feierten, verwarfen, verurteilten, korrigierten, liebten, hassten, feststellten, anfochten, theoretisierten, tadelten, lobten, parodierten, lächerlich machten, entlarvten, entlasteten und hinterfragten. Auf diese Weise zu lesen, war aufregend, aber es beraubte mich auch des früher einmal so wesentlichen Gefühls des Alleinseins – dieser beruhigenden, isolierten Abgeschiedenheit –, und darum zertrümmerte es meine Konzentration, zerstreute meine Aufmerksamkeit. Ich fühlte mich wie ein Stein, der über eine bewegte, unruhige Oberfläche hüpfte, obwohl ich nichts weiter wollte, als allein und stumm in tieferen Gewässern zu versinken.

Brring-brring.

Brring-brring.

Verdammte Scheiße. Ich tippte auf den Bildschirm, um ein Lesezeichen zu setzen, legte das Tablet auf den Wannenrand und stieß es dann beim Hinaussteigen prompt hinunter, woraufhin es mit dem Display voran auf dem gefliesten Boden aufschlug. *Verdammte, verdammte Scheiße.*

Ich stieg darüber hinweg und rannte nackt ins Schlafzimmer.

Interessante Tatsache: Das Lesezeichen, das ich an diesem Abend in *Cupid's Engine* gesetzt hatte, würde monatelang in den Metadaten gespeichert bleiben, was bedeutete, dass sich jeder mein iPad ansehen und mit hundertprozentiger Sicherheit sagen könnte, bis zu welcher Textstelle ich an dem Abend gekommen war, als das Hoteltelefon zu klingeln begann. Wo war ich also? Ich hatte gerade eine dieser sonderbaren häuslichen Szenen gelesen, die augenscheinlich keinem bestimmten Zweck dienten. Max Cleaver zu Hause mit Olive, seiner dunkelhaarigen, an Gedächtnisverlust leidenden Frau mit der kleinen s-förmigen Narbe auf der Wange. Wie habe ich diese Szenen früher genannt? Zwei kleine Monde, die im Hintergrund des großen Messingplanetariums ruhen, die sich nirgendwohin zu bewegen scheinen.

Brring-brr–

Ich nahm den Hörer ab.

»Ja?«

Nach einem Augenblick kam die Stimme einer Frau durch die Leitung. »Hallo.«

»Hallo.«

»Spreche ich mit Thomas Quint?«

»Ja.« Mein recht angetrunkenes Gehirn hob eine Hand, um Einspruch einzulegen. »Das heißt, nein. Eigentlich heiße ich Quinn, mit zwei ›n‹.«

»Quinn.« Das Geräusch eines Stiftes auf Papier. »Zwei ›n‹.«

»Wer spricht denn da?«

»Sie waren gerade hier, und ich habe Sie verpasst.«

»Ich glaube, Sie haben sich verwählt.«

»Nein«, sagte die Stimme. »Sie waren gerade hier.«

»Ich glaube nicht …«

»Ich rufe aus dem Palace an. Ich hörte, Sie wollten unser Dracula-Schloss kaufen?«

»Dracula? Ach so, Sie sprechen von Andrews Laden.«

»Verzeihung?«

»Sie sprechen von Andrew Blacks Laden.«

Eine Pause. »Hören Sie, könnte ich morgen zum Frühstück in Ihr Hotel kommen? Wenn Sie noch an dem Dracula-Schloss interessiert sind, würden wir es Ihnen sehr gern verkaufen.«

Mein betrunkenes Gehirn sagte: *Kauf es, um etwas zurückzugeben, als Wiedergutmachung.* Dann: *Sechs fehlende Seiten*, und dann: *Was kann Sophie wohl für einen unvollständigen Roman bekommen?* Aber mein Mund sagte nur: »Es steht zum Verkauf?«

»Natürlich steht es zum Verkauf; wir sind ein Geschäft. Acht Uhr dreißig?«

»Gut ...«

»Also gut.«

»... aber darf ich fragen ...«

Ein *Klack*, dann das stete *Tuuuu* eines Freizeichens.

»... mit wem ich spreche?«, sagte ich ins Nichts hinein.

Ich legte auf und ging dann ins Bad, um mir ein Glas Wasser zu holen und das heruntergefallene iPad aufzuheben. Ich drehte es um und entdeckte einen verästelten, haarfeinen Riss, der quer über den Bildschirm verlief. Auf dem Rand der Badewanne sitzend, fuhr ich mit einem Finger über das Display, folgte den Bruchlinien, die sich wie scharfe schwarze Blitze durch das Glas zogen.

Die Leute über mir polterten immer noch gelegentlich herum, und ich fühlte mich verloren, mir war übel, und betrunken war ich auch, also bewegte ich langsam einen Finger über das gesplitterte iPad-Display, um Schlafraumkamera zwei auf den Bildschirm zu holen.

Ich starrte einen Augenblick lang auf Imogens leeres Bett

und schaltete dann die übrigen Kameras durch. Die gesamte Station war leer. Das war etwas sonderbar. Auf der Osterinsel musste es nach neun Uhr abends sein. Imogen und das Forscherteam arbeiteten selten so lange.

Habe ich Ihnen je erzählt, was Imogen dort draußen mitten im Ozean machte? Nun, neben den riesigen Steinköpfen hatte es auf der Osterinsel noch vieles mehr gegeben wie zum Beispiel Bäume – und Menschen.

Die Bewohner der Osterinsel hatten die Bäume gefällt, um Feuer zu machen, Häuser zu bauen und – immer häufiger – ihre zunehmend wuchtigen Steinköpfe von den Steinbrüchen an verschiedene Orte auf der Insel zu bringen.

Das Problem war nur, dass die Osterinsel nicht über eine unendliche Menge an Bäumen verfügte. Es waren wahrscheinlich ausreichend Bäume. Ausreichend Bäume, wenn man auf sorgsame und vernünftige Weise mit ihnen wirtschaftete. Und das war von entscheidender Bedeutung, da es keine Möglichkeit gab, mehr Bäume zu beschaffen, wenn die vorhandenen Bäume aufgebraucht waren; die nächste Landmasse ist 1850 Kilometer weit entfernt. Bäume sind wichtig. Man braucht sie, um Wärme zu erzeugen, um Behausungen zu bauen, für eine ganze Reihe von Dingen, wenn man auf einer Hunderte von Kilometern vom Rest der Welt entfernten Insel lebt. Nicht zuletzt für Boote.

Die Bewohner der Osterinsel wirtschafteten mit ihren Bäumen nicht sorgsam und vernünftig.

Sie fällten sie alle, jeden einzelnen von ihnen.

Und als sie den letzten Baum schlugen, besiegelten sie faktisch das Schicksal aller Männer, Frauen und Kinder auf der Insel. Es dauerte ein wenig, aber ihre Gesellschaft brach zusammen. Chaos. Schrecken. Niemand konnte die Insel verlassen. Die meisten Menschen starben.

Imogen faszinierte der Gedanke an den letzten Baum der Osterinsel. Wo hatte er gestanden? Ließ sich die Stelle ausfindig machen? Die Position, überlegte sie, war entscheidend. Die Position dieses letzten Baumes könnte uns potenziell etwas sehr, sehr Wichtiges über die Menschheit verraten, und das mit absoluter Bestimmtheit.

Wissen Sie, die Osterinsel ist nicht sehr groß, also hatte Imogen sich gefragt:

Hatte der Mensch, der diesen letzten Baum gefällt hatte, das Land überblicken und sehen – wirklich mit eigenen Augen sehen – können, dass es der letzte war?

Hatte er es gewusst und trotzdem die Axt geschwungen?

Ich schlief mit dem iPad in der Hand auf dem Boden des Badezimmers ein. In den frühen Morgenstunden erwachte ich steif und lädiert und sah den schlafenden Rücken meiner Frau in ihrem Bett auf Schlafraumkamera zwei.

Ich flüsterte *Ich liebe dich* in die Sprünge im Glas des iPads.

Im Zimmer über mir war es endlich ruhig, also kroch ich ins Schlafzimmer, ins Bett und schlief den tiefen, kalten Schlaf der Betrunkenen und allmählich Ausnüchternden.

o

Um 8.29 Uhr saß ich in einer finsteren Ecke des Hotelrestaurants, pflegte einen fürchterlichen Kater und versuchte, eine Gabel voll lauwarmer Bratwurst und gummiartigem Spiegelei in meinen Mund zu manövrieren, als die Frau eintraf.

Sie kam in einem Vintage-Wintermantel mit aufgestelltem Kragen und einem Kopftuch herein, Schutz vor Wind und Regen, die die Welt draußen malträtierten. Ich sah, wie sie an einer dieser »Ihnen wird ein Platz zugewiesen«-Säulen, die über die Grenzen solcher Orte wachen, mit dem Kellner sprach und dieser ihr meine Richtung wies. Ich wappnete mich für das Martyrium, mit jemandem zu sprechen und zu interagieren, während sie auf mich zukam, und fast bevor mein ausgetrocknetes Gehirn sich vorbereiten konnte, stand sie an meinem Tisch.

»Schrecklich da draußen«, sagte sie, dann: »Oha. Sie sehen aber mitgenommen aus, Mr Quinn.«

Ich nickte dümmlich, die Gabel noch immer in der Hand.

Sie knöpfte ihren Mantel auf, nahm das Kopftuch ab, und ich konnte sie zum ersten Mal richtig betrachten. Schwarzes Haar fiel ihr lose um die Schultern, und selbst in der düsteren Ecke konnte ich sehen, dass sie sehr schön war. *Sie sieht aus wie Imogen.* Das war mein erster Gedanke, *sie sieht aus wie eine dunkelhaarige Imogen.* Doch das war nicht alles – da war noch etwas anderes, ein größeres, exotischeres »Sieht aus wie« im Spiel, das ich noch nicht recht zu fassen bekam. Das kleine Grübchen in ihrem Kinn, der dunkle Haarschopf, die blassgrauen Augen. Diese Züge waren vertraut, nicht von Imogen, aber ich kannte sie. Ich *kannte* sie. Ich suchte. Ich kannte sie, weil – ich in einem Buch von ihnen gelesen hatte.

Da sah ich die blasse s-förmige Narbe, die sich über ihre linke Wange zog.

Meine Gabel fiel klirrend auf den Teller.

Das Geräusch ließ sie erschrocken zusammenfahren.

»Sie sind. Nein. Wie?«, bekam ich heraus.

Verstehen breitete sich auf ihrem Gesicht aus. »Nein, ich bin –«

»Sie sind Max Cleavers Frau«, fiel ich ihr ins Wort.

Sie sah mich einen Augenblick lang an.

»Dieses Scheißbuch«, sagte sie. »Ich hatte nicht darum gebeten, wissen Sie. Er hat es gut gemeint. Darf ich mich setzen?«

Ich brauchte einen Moment, doch dann nickte ich. »Wer?«

»Was?«

»Wer hat es gut gemeint?«

»Ah. Der Autor. Ich lege ein Stück von deinem Leben in das Buch, sagte er, bewahre es für immer – und jetzt erschreckt mich so etwas« – sie deutete auf meine Gabel auf dem Teller – »jedes Mal zu Tode, wenn ich am wenigsten damit rechne.«

»Entschuldigung.«

»Nein, es ist –«

»Ich will nur –«

»Einen Augenblick.« Sie hob eine Hand, atmete durch. »Olive Cleaver ist eine fiktionale Figur in einem Buch, und ich bin eine reale Person. Und um ehrlich zu sein, versuche ich, in mir nach Möglichkeit auch mehr als nur die Frau von jemandem zu sehen.«

Eine Ansprache, gut einstudiert und oft gehalten.

»Also gut«, sagte ich. »Sehr schön«, sagte ich und hoffte, mein Gehirn werde irgendwann aufholen.

»Andrew Black ist mein Mann. Darum hat Max Cleavers Frau im Roman eine erstaunliche Ähnlichkeit mit –«

Ich kann mir nur vorstellen, wie ich aus der Wäsche schaute.

»Okay«, sagte sie. »Das passiert normalerweise nicht.«

»Das ist alles sehr …«, sagte ich. »Ich hatte keine Ahnung.«

»Wovon?«

»Dass Andrew verheiratet ist.«

»Sie kennen Andrew?«

»Ich kenne Andrew seit fast sieben Jahren.«

»Sie kennen ihn gut, meinen Sie?«

»Ja. Das heißt, nein. Wir haben eine Verbindung. Einen sehr alten …« *Geist.* »Er war mit meinem Vater befreundet.«

»Und er hat nie erwähnt, dass er verheiratet ist?«

»Nein. Gott, nein. Ich hatte keine Ahnung. Nicht die geringste. Ich nehme an, Sie hatten auch noch nie von mir gehört?«

»Thomas Quinn …« Sie sah mich einen Augenblick lang an, überlegte. »O mein Gott. Sie sind Stanley Quinns Sohn.«

»Na ja. Eigentlich bin ich einfach nur Thomas.«

»Natürlich sind Sie das. Weil Sie nach Möglichkeit mehr als nur Stanley Quinns Sohn in sich sehen –«

Ich nickte lächelnd.

»Gott, es tut mir leid. Natürlich tun Sie das.«

»Kein Problem. Wirklich.«

»Also gut.« Sie streckte eine Hand aus. »Schön, Sie kennenzulernen, einfach nur Thomas. Ich bin einfach nur Isabelle.«

Wir bestellten eine Kanne Tee, und nachdem sie gebracht worden war, zog Isabelle ihre Handtasche auf ihren Schoß, wühlte darin und holte ein Telefon hervor. Sie tippte und wischte ein paarmal, ehe sie es mir gab.

»Damit Sie wissen, dass ich bin, wer ich zu sein behaupte.«

Ich nahm ihr Telefon und hatte ein Fotoalbum vor mir. Ich wischte durch einige Bilder von Andrew und Isabelle, Mr und Mrs Black, zusammen im Urlaub, im Pub, in einem Wohnzimmer, in einer Küche. Auf den meisten Bildern waren sie Arm in Arm. Auf den meisten Bildern lächelte Andrew Black, er lächelte verdammt noch mal tatsächlich.

Leck mich am Arsch.

»Okay.« Ich legte das Telefon auf den Tisch. »Ich bin noch ein bisschen ... das heißt, eigentlich bin ich noch sehr ...« Ich machte eine verworrene *Durcheinander*-Geste mit den Händen. »Darf ich Ihnen noch ein paar Fragen stellen?«

»Nur zu.« Sie goss Milch in ihre Tasse. »Ich will in Kürze versuchen, Ihnen ein sehr teures Puppenhaus zu verkaufen, also ...«

»Okay. Sie sind Andrew Blacks Frau.«

»Mhm.«

»Nicht nur das, sondern auch noch –«

»Ja.«

»Und Sie sehen genau wie Maxwell Cleavers Frau aus.«

»Nein, sie sieht genau wie ich aus. Ich bin das Original.«

»Richtig, ja, und das liegt daran, dass Andrew Ihr Leben in das Buch stecken wollte?«

»Um den Augenblick in allen Einzelheiten perfekt festzuhalten.« Sie blickte von ihrem Tee auf, leicht peinlich berührt. »Das war, als wir gerade ... als wir noch frisch verliebt waren, wissen Sie.«

»Andrew hat das gesagt? Entschuldigung, ich ... Okay. Er hat also Olive Cleaver nach Ihrem Vorbild gestaltet und einige alltägliche Situationen Ihres gemeinsamen Lebens aufgeschrieben –«

»Mhm.«

»Aber nicht die eigentliche Geschichte.«

»Eigentliche Geschichte?«

»Olives Gedächtnisverlust, dass sie Maxwell eines Tages aus heiterem Himmel mit blutiger Wange über den Weg läuft und sich an nichts erinnern kann, was davor war. Die ganzen Sachen, die in *Cupid's Engine* stehen, die sind doch nicht –«

Sie hob die Augenbrauen.

»Nein!« Ich musste vor lauter Überraschung unwillkürlich lächeln.

»Mhm.«

»Sie machen sich über mich lustig.«

»Es stimmt alles«, sagte sie, »ob Sie es glauben oder nicht. Und ich habe ihm gesagt, er soll es nicht hineinschreiben, weil –«

»Weil es wie ein Hinweis wirkt oder wie ein Teil eines völlig anderen Falls.«

»Ganz genau. Aber Andrew bestand darauf. *Den Augenblick festhalten.*« Sie berührte die Narbe auf ihrer Wange, ertappte sich dabei und lächelte mich dann etwas verlegen an. »Ich weiß nur, dass ich Andrew in einer kalten Januarnacht vor fast« – sie dachte nach – »vor fast zehn Jahren begegnet bin. Davor ist nichts.«

»Das ist ...«

»Schwer zu glauben?«

»Ich wollte *unfassbar* sagen.«

»Na ja, jedenfalls ist es die Wahrheit.« Sie schlürfte ihren Tee und blickte mich über die Tasse hinweg an. »Nächste Frage.«

»Warum wollen Sie mir das Vampirschloss unbedingt verkaufen?«

Ich weiß nicht, ob ich auch so direkt gewesen wäre, wenn mein Verstand schneller funktioniert hätte, aber ich versuchte mein Bestes mit einem stumpfen und mühsam arbeitenden Instrument.

»Weil wir pleite sind, Mr Quinn. Also wirklich und wahrhaftig pleite wie in kurz davor, unser Haus zu verlieren. Ich habe Sie mitten in der Nacht angerufen, weil ich nicht wollte, dass Sie heute Morgen abreisen, ohne dass ich eine Gelegenheit hätte –«

»Den Verkauf abzuschließen.«

»Ganz genau.«

»Warum wollte Andrew nicht, dass ich es kaufte, als ich dort war?«

Isabelle Black versuchte, ein bitteres kleines Lächeln zu unterdrücken.

»Hören Sie«, sagte sie. »Von sich aus würde Andrew es nicht aus den Augen lassen, nicht in einer Million Jahre. Ich habe gesagt: *Es ist nur ein Gegenstand, weißt du?* Ich sage ihm das immer wieder: *Es sind verdammt noch mal nur Gegenstände.* Es bedeutet nichts, sie wegzugeben. Wir haben nichts mehr, überhaupt nichts, und er …« Sie hatte angefangen, ihre Papierserviette so fest zusammenzuknüllen, dass ihre Knöchel weiß hervortraten. »Nein, das ist ungerecht. Er gibt sich ehrlich Mühe. Das glaube ich wirklich …«

»Ach, keine Sorge. Ich kenne Andrew«, sagte ich. »Er ist genial, aber er ist auch –«

»Es gab ein Baby.«

Ich starrte sie über den Tisch hinweg an.

»Es gab ein Baby«, sagte sie noch einmal.

»Das tut mir leid«, brachte ich schließlich heraus.

Sie überlegte einen Augenblick lang.

»Sie sagen, Sie würden Andrew kennen«, sagte sie. »Sie glauben, Sie wüssten, wie er ist, aber zu mir war er nicht so, nicht auf diese Weise. Er hat immer viel gearbeitet, und ich würde lügen, wenn ich behaupten würde, dass er sich nicht in der Arbeit verloren hätte. Aber hin und wieder schob er sie zur Seite. Fand aus der Welt von Papier und Buchstaben und später aus der Welt von Holz und Papierschnipseln zurück ins wahre Leben. Manchmal dauerte es eine Zeit lang, bis er sich wieder daran gewöhnt hatte. Wenn er vom Schreibtisch weggegangen war, musste er vielleicht eine Stunde lang einfach still irgendwo sitzen, damit die andere Welt sich zurückziehen und diese Welt ihn wieder absorbieren konnte. Wenn er arbeitete, war es wie eine Art … ein anderer Zustand vielleicht, irgendeine Art von Verbundenheit. Vielleicht übernahmen die strukturellen Teile seines Gehirns, und die sozialen Teile wurden abgeklemmt. Ergibt das Sinn?«

»Ja, ja, auf jeden Fall.« Manchmal empfand ich beim Schreiben etwas Ähnliches, eine Art Rückzug aus der Welt. Das sagte ich Isabelle, und sie nickte.

»Ein Rückzug, ja. Als er den Verlag gründete, baute er ständig irgendetwas, steckte immer zur Hälfte in irgendeinem großen Holzding. Ich rief: *Sag Bescheid, wenn du da drinnen Bäume und Schnee siehst.* Es ist nicht witzig, aber na ja, wir konnten darüber lachen. Ich erzähle Ihnen das, damit Sie wissen, wie er früher war, wie er sogar noch bis letztes Jahr war. Wie sehr sich die Dinge geändert haben.«

Ich nickte.

»Es fing an, als wir erfuhren, dass ich schwanger war. Ich hatte Andrew noch nie so gesehen, er war so glücklich. Er baute eine ganz unglaubliche Wiege, und als sie fertig war, war er der stolzeste Mann der Welt. *Welcher andere Vater könnte das?*, sagte er. *Welcher andere Vater könnte seinem Baby so etwas geben?* Und er hatte recht. Tagsüber arbeitete er für den

Verlag, und nachts machte er Möbel fürs Kinderzimmer. Ich bekam ihn in der Zeit kaum zu sehen; er ging so sehr darin auf, Sachen für das Baby zu bauen, und er war so glücklich. Eines Nachts legte er die Arme um mich, und er sagte, daran erinnere ich mich ganz genau, er sagte, er werde dafür sorgen, dass alles absolut perfekt sei.«

Ich hob die Augenbrauen.

»Ich weiß. Aber Hunderte, Tausende von Vätern sagen genau das, oder? Und für Andrew bedeutet perfekt einfach … So ist er eben, wissen Sie? Ich konnte es nicht kommen sehen. Niemand konnte es kommen sehen.« Sie verstummte, wandte den Kopf ab.

»Ist alles in Ordnung?«

»Ja, es geht schon«, sagte sie. Eine Pause, dann blickte sie mir wieder so fest in die Augen, wie sie konnte. »Als das Baby …«

»Ja.«

Wieder eine Pause. Isabelle holte tief Luft.

»Er war inzwischen mit dem Zimmer fertig«, sagte sie, »hatte alles gebaut. Als es passierte, hatte er gerade angefangen, ihr ein Puppenhaus zu machen. Ich … Einen oder zwei Monate war ich nicht wirklich …« Sie winkte diesen Teil der Geschichte vorbei, sprang vorwärts. »Jedenfalls zog Andrew sich zurück. Es war, als käme ich zurück in die Welt, und er wäre« – sie überlegte – »weiter weg.«

»Weiter weg?«

»Ja, und ich wusste nicht, wie ich ihn erreichen sollte. Er hatte all diese perfekten Sachen für das Baby gemacht – eine Wiege, einen Kleiderschrank, eine Kiste mit Schubfächern –, und er machte sie immer weiter, immer und immer wieder, aber in Miniaturform. Er machte das Gleiche wie vorher – aber ein Stück weiter weg.«

Ich wusste nicht, was ich dazu sagen sollte, also sagte ich gar nichts.

»Es ist, als wären wir aus dem Takt, und es ist auch eine Art von Entfernung, und es ist – Schwerkraft. Es ist, als wäre da draußen ein riesiges Objekt, und es zieht ihn immer weiter hinaus, wie einen Astronauten, der im Weltall verschwindet. Das klingt unsinnig, oder?«

»Nein, tut es nicht«, sagte ich.

»Er ist weit weg, tief in sich selbst versunken und tief … ich weiß es nicht. Ich gehe nicht nach oben – im Laden, meine ich. Ich gehe nicht mehr hinauf. Vielleicht sollte ich, aber …«

Ich nickte.

Sie schwieg einen Augenblick lang, dann sagte sie:

»Es gibt verschiedene Arten von Raum, glaube ich, verschiedene Arten von Entfernung. Ich hatte reichlich Gelegenheit, darüber nachzudenken.«

Ich zeigte auf ihr Telefon. »Darf ich?«

Sie nickte. »Es ist nicht gesperrt.«

Ich öffnete das Fotoalbum wieder, wischte durch, bis ich zu einem Bild kam, das ich vorher nur halb zur Kenntnis genommen hatte. Mr und Mrs Black lächelnd in der Einfahrt eines gewöhnlichen Vorstadthauses. Das Haus hatte ich schon einmal gesehen.

»Das hier«, sagte ich und tippte aufs Display. »Das ist das Puppenhaus, an dem er gerade arbeitet.«

»Sind Sie sicher?«

»Ja.«

»Das ist unser Haus«, sagte sie.

»Das dachte ich mir schon.«

Sie blickte von mir zu dem Foto und wieder zurück.

»Und weiter?«, sagte sie. »Da ist doch noch etwas, oder?«

»Der Maßstab. Es ist viel kleiner als alles andere im Laden. Es ist winzig.«

»Wie winzig?«

Ich zeigte mit den Händen die ungefähren Ausmaße an.

Mrs Black starrte auf die Fläche, die ich auf dem Tisch markiert hatte. Dann nahm sie das Telefon wieder an sich und sah sich schweigend das Foto auf dem Bildschirm an.

»Ich verstehe«, sagte sie schließlich, ohne aufzublicken.

o

Danach blieb nicht mehr viel zu sagen. Das Vampirschloss erwähnten wir beide nicht mehr, und bald darauf ging sie. Ich gab ihr meine Telefonnummer als eine Art Lippenbekenntnis, dass wir später noch einmal auf das Geschäft zurückkämen, aber ich glaubte nicht, dass ich noch einmal von ihr hören würde.

Sie ging, und ich saß da mit meinem kalten Frühstück und meinem Kater und starrte in die Leere.

Minuten vergingen, und dann –

Landete eine Serviette vor mir.

Ich schreckte auf.

Ich hob den Kopf und sah eine Kellnerin. Eine junge Frau, keine zwanzig Jahre alt. Auf ihrem Namensschild stand *Hallo ich bin Janet.*

»Kann ich Ihnen helfen?«, sagte ich.

»Ich dachte, Sie wollten sich vielleicht die Hände abwischen«, sagte sie, ohne mich anzusehen.

»Danke, alles bestens«, sagte ich.

»Nicht alles bestens«, sagte sie, und sie legte die Hand auf die Serviette und stieß sie in meine Richtung. Sie nahm meine Teller und das Teeservice und ging rasch davon.

Ich nahm die Serviette und faltete sie auf. Es stand etwas darauf, mit rotem Lippenstift geschrieben.

SIE SOLLTEN NICHT HIER SEIN. GEHEN SIE, SCHNELL.

Ich hob den Blick von der Serviette und sah drei Polizisten, die durch das Restaurant auf mich zukamen. Ich erkannte denjenigen, der voranging. Sergeant Claybourn.

»Hallo, Sergeant«, sagte ich und versuchte, dabei nicht nervös zu klingen, als sie auf meinen Tisch zukamen.

»Thomas Quinn«, sagte Claybourn, »ich verhafte Sie aufgrund des Verdachts –«

Mein Herz blieb stehen.

»Was? Nein.« Ich dachte an den Scanner oben in meinem Zimmer. »Ich habe nichts getan.«

»Mr Quinn. Sie waren gestern auf der Polizeiwache«, sagte Claybourn. »Sie sagten, Mr Black sei verschwunden, und es habe an seinem Arbeitsplatz Spuren einer Auseinandersetzung gegeben.«

»Ja, aber … ich hatte einen Artikel gelesen. Es war ein Irrtum. Es ging ihm gut.«

»Gestern ging es ihm gut. Aber irgendwann zwischen dreiundzwanzig Uhr und sieben Uhr heute Morgen ist Mr Black offenbar verschwunden. Und an seinem Arbeitsplatz gibt es Spuren einer Auseinandersetzung.«

Oh. Ach du Scheiße.

Claybourn trat einen Schritt zurück, um mir Platz zu machen.

»Ich möchte Sie bitten, jetzt aufzustehen, Sir.«

23

Unter der Polizeiwache

Die Treppe führte nach unten.

Es war eine gut beleuchtete und mit Teppich bezogene Treppe, aber dennoch.

»Warum gehen wir hier hinunter?«, sagte ich, den Blick auf die Treppe gerichtet, aber an Sergeant Claybourn gewandt, der hinter mir im Korridor stand.

»Alternative Unterbringung.«

Ich sah ihn an.

»In der Zelle ist ein Erreger.«

»Ein Erreger?«

»Öffentlichen Ärgernisses.« Claybourn lächelte nicht. »Sie kommen in mein Büro, also wäre ich Ihnen dankbar, wenn Sie nichts kaputt machen würden.«

Ich sah ihn an. Er erwiderte meinen Blick, ohne dass seine Miene etwas verriet.

Nach einem Augenblick streckte er mit ernster Miene einen Arm zu einer *Nach-Ihnen*-Geste aus.

»Sir«, sagte er.

Ich ging hinunter.

Am Fuß der Treppe befand sich tatsächlich ein Büro, zumindest eine Art Büro. Ich trat in die Mitte des Raumes, während Claybourn die letzten Stufen hinunterging. Es war ein kalter, getünchter Keller, aber jemand hatte sich damit alle Mühe gegeben. Ein schlichter Schreibtisch mit Rechner, Telefon und zwei Stühlen stand der Treppe gegenüber. Ein fadenscheiniger Läufer bedeckte das mittlere Drittel des gefliesten Bodens, und ein mobiler Heizkörper, ein Lehnsessel und einige Regale versuchten, eine gemütliche Ecke zu bilden. War das besser, als mit dem Erreger in einer Zelle zu sitzen? Mein Atem bebte, und nicht nur wegen der Kälte. Es gefiel mir nicht, hier unten zu sein, unter der Polizeiwache, umgeben von stummer Erde.

Claybourn ging an mir vorbei und nahm das Telefon vom Schreibtisch; er hatte das Kabel aus der Rückseite gezogen und begonnen, es in Schleifen um seine Hand zu wickeln, ehe ich begriff, was er tat.

»Einen Anruf«, sagte ich.

Er drehte sich um und sah mich an.

»Darf ich … darf ich nicht einen Anruf machen oder so?«

Er hielt inne.

»Ja, Sir, das dürfen Sie.«

»Man hat mir am Empfang Telefon und Brieftasche abgenommen.«

Leicht verstimmt, begann Claybourn, das Kabel wieder von seiner Hand abzuwickeln, und steckte es wieder ins Telefon ein. Er zog den Schreibtischstuhl heraus und bedeutete mir, mich zu setzen.

»Wenn Sie unser Telefon benutzen möchten, müssten Sie das jetzt tun, Sir.«

»Ich weiß nicht, was hier vorgeht«, sagte ich. »Ich habe nichts getan.«

Und ich dachte: *Aber bitte seht euch den Laptop in meinem Zimmer nicht zu gründlich an*, und dann: *Dürfen sie das? Können sie in mein Hotelzimmer gehen und Sachen an sich nehmen? Bitte mach, dass sie das nicht dürfen.*

»Sir«, sagte Claybourn, der noch immer den Stuhl hielt.

»Entschuldigung«, sagte ich.

Ich setzte mich auf den Stuhl, und er gab mir das Telefon.

Ich überlegte, das Telefon in der Hand.

»Ich weiß die Nummer nicht auswendig«, sagte ich.

Claybourn sah mich an.

»Darf ich?«, sagte ich mit Blick auf seinen Computer. Claybourn bewegte die Maus, und das Gerät erwachte zum Leben. Er versperrte mir die Sicht und gab sein Passwort ein, dann trat er zurück und ließ mich tippen.

Tap-tap-tap-tap-tap. Ich klickte auf *Suchen*, und die hübsche Stuckfassade der Literaturagentur Hayes & Heath erschien auf dem Bildschirm. Während ich im Dropdown-Menü nach ihrem Namen suchte, fragte ich mich, ob Sophie Almonds dort überhaupt ein Büro hatte. Ich war zumindest nie dort gewesen. Die Vorstellung, dieser wilde Vogel Sophie mit dem messerscharfen Blick könnte an einem Schreibtisch sitzen, umgeben von weißen Plastikcomputern und Druckern und Kaffeetassen, war mir immer recht absurd erschienen. Aber unter ihrem Namen war eine Nummer angegeben. Ich tippte sie in das Telefon auf dem Tisch ein.

Ich drehte mich zu Officer Claybourn, aber er rührte sich nicht von der Stelle.

Nichts passierte.

»Sie müssen die Null wählen«, sagte er. »Für ein Amt.«

Ich versuchte es noch einmal und landete auf einem Anrufbeantworter.

»Sophie. Hier ist Thomas Quinn.« Ich sah Claybourn an, der so tat, als würde er die Wand anschauen. »Also, wie du weißt, bin ich nach Owthorne gefahren, um mich mit Andrew Black zu treffen«, sagte ich, um einen ungerührten und klaren Tonfall bemüht. »Na ja, er ist verschwunden, und es klingt verrückt, aber die Polizei glaubt, ich hätte etwas damit zu tun.« Ich verstummte und dachte an Mike Chesapeake und seinen Vertrag über eine halbe Million Pfund. Ich fühlte Officer Claybourns Augen auf meinen Hinterkopf starren. »Es ist alles ein ziemliches Durcheinander«, sagte ich schließlich. »Kannst du irgendetwas tun? Ich weiß auch nicht, was, aber –

kannst du irgendetwas tun? Denn ich wurde festgenommen, wie gesagt.« Eine Pause. »Also … vielen Dank.« Ich legte das Telefon auf den Tisch.

»Das war surreal«, sagte ich zu Claybourn, als er das Kabel wieder aus dem Telefon zog. »Das ist alles völlig surreal.«

»Der Chief wird sich alles anhören, sobald er hier ist.«

»Na schön«, sagte ich. »Gut.«

Claybourn zog auch das Netzkabel des Computers ab und wickelte sich beide um die Hand. Er fragte, ob ich sonst noch irgendetwas brauchte, und als ich verneinte, ging er in die Ecke und schaltete den Heizkörper ein.

»Es wird kalt hier unten«, sagte er. »Jemand wird herunterkommen. Sollte nicht lange dauern.«

Ich rief ihm hinterher, als er die Treppe hinaufzugehen begann.

»Officer Claybourn.«

Er blieb stehen.

»Im Auto hatten Sie einige Bücher von Andrew, aus seinem Verlagshaus?«

»Hatte ich«, sagte Claybourn.

»Und das hier ist Ihr Büro?«

»Ist es.« Er zeigte auf das Bücherregal. »In der mittleren Reihe. Lesen Sie, wenn Sie wollen, aber gehen Sie vorsichtig damit um. Der Chief sollte nicht lange auf sich warten lassen.« Und dann ging er die Treppe hinauf. Ich lauschte den Schritten auf den Stufen, die ich nicht sehen konnte, hörte die Tür am oberen Ende der Treppe auf- und zugehen und dann einen Schlüssel, der sich im Schloss drehte.

Die Uhr an der Wand machte *tick-tack, tick-tack, tick-tack.*

Sonst war es sehr, sehr still.

Ich stand auf und ging quer durch den Raum zum Bücherregal. In der mittleren Reihe standen tatsächlich etwa zwei Dutzend Bücher mit der Aufschrift *Palace Press*, beginnend mit *A Novel with One Hundred Characters*, gefolgt von anderen verlorenen Perlen der 60er, 70er und 80er, ehe es mit schön gebundenen Ausgaben von *Der Magus*, Austers *Stadt aus Glas* und Zafóns *Der Schatten des Windes* auf bekannteres Terrain ging. Während mein Blick darüberwanderte, dachte ich: *Black hat doch sicher nicht die nötigen Rechte, um diese Bücher zu veröffentlichen, es sei denn, es gibt eine Vereinbarung über Sonderausgaben?* Doch das kam mir unwahrscheinlich vor. Warum um alles in der Welt druckte er also Ausgaben von Büchern, die er nicht verkaufen konnte? Wozu dienten sie? Meine Augen wanderten weiter die Reihe entlang: *Don Quijote, Es, Der Hexenmeister vom flammenden Berg* … Ich erstarrte. Ich kannte diese kleine Reihe von Büchern. Die Überlebenden. *Diese letzten drei sind die Überlebenden.* Black hatte schöne Hardcover-Ausgaben der drei Romane produziert, die das Feuer im Landhaus meiner Eltern überstanden hatten, als ich dreizehn Jahre alt gewesen war. Sie standen sogar in derselben Reihenfolge im Regal, wie ich sie zu Hause in meinem eigenen Bücherregal gehabt hatte. Wie konnte er von diesen Büchern wissen? Ich hatte ihm nie davon erzählt. Zufall? Ich dachte darüber nach. *Es sind nur drei Bücher. Da sind hier deutlich merkwürdigere –*

Dann sah ich den Titel des letzten Buches.

Die Thomasakten.

Ich riss das Buch aus dem Regal, und als ich den Umschlag sah, fielen mir zwei noch bemerkenswertere Dinge auf. Der Autorenname stand nicht auf dem Buchrücken, aber hier auf der Vorderseite erschien er in säuberlichen goldenen Buchstaben unter dem Titel. *Ursula Black.* Andrews Mutter. Das zweite Bemerkenswerte war ein sorgfältiger technischer Plan, der Grundriss eines Gebäudes, der in Blattgold in das Leder geprägt war. Auch wenn die Räume nicht gekennzeichnet waren, sondern nur als angrenzende Kästen mit den verschiedenen Symbolen für Türen, Fenster und Treppen erschienen, erkannte ich den Grundriss. Ich hatte ihn in einer anderen

Reihe von Skizzen gesehen, halb vergraben unter Tausenden von Polaroids oben in Andrews Werkraum. Es war der Grundriss dieses schrecklich kleinen, schrecklich gewöhnlichen Puppenhauses, das er gebaut hatte. Was bedeutete, dass es auch der Grundriss von Andrews Einfamilienhaus war.

Als ich das Buch aufschlug, bemerkte ich als Erstes, dass der Innentitel sich von jenem auf dem ledernen Umschlag unterschied. Außen stand *Die Thomasakten* und im Inneren *Die verlorenen Bücher der Bibel.* Als Zweites bemerkte ich das Papier. Selbst hergestellt, nahm ich an, wie Blacks gesamtes Papier, aber dies waren nicht die glatten, cremeweißen Seiten, mit denen ich gerechnet hatte. Diese Seiten waren von einem trüben blaugrauen Farbton wie das Vorher-Hemd in einer alten Waschmittelwerbung. Ich rieb die Titelseite zwischen den Fingern. Sie hatte eine grobkörnige Derbheit an sich, schwarze Punkte und Flecken waren in die dicken Fasern gestampft – hastig produziertes Papier.

Die Uhr an der Wand machte *tick-tick-tick-tick.*

Ich klappte das Buch zu und schaute noch einmal auf den Umschlag, auf diese kleinen goldenen Baupläne. Mir war ein wenig übel. Aber ich ging trotzdem mit dem Buch zum Sessel, setzte mich und fing an zu lesen.

Es wurde ziemlich rasch klar, dass *Die Thomasakten* ein gebundener Auszug eines deutlich umfassenderen Werkes waren. Das Buch in meinen Händen enthielt nur zwei Teile – Ursulas vollständige Einleitung zu ihrem langen und größtenteils nicht vorhandenen Text *Die verlorenen Bücher der Bibel* und dazu ein Kapitel, das eines dieser Bücher, *Die Thomasakten*, vorstellte und erläuterte.

In ihrer Einleitung führte Ursula Black kurz durch die verschiedenen Evangelien und heiligen Texte, die es aus unterschiedlichen Gründen nicht in den christlichen Kanon geschafft hatten. Was mich überraschte, war, wie viele es davon gab. Hier ging es nicht um *das eine, das uns nicht gefiel,* und *die Handvoll, die verloren gingen*. Die Liste war ellenlang – Das Evangelium nach Judas, Das Evangelium nach Philippus, Das Evangelium nach Maria, Das Evangelium nach Jakobus, Das Evangelium nach Josef, Das Evangelium nach Thomas, Das Evangelium nach Eva, Das Evangelium nach Matthias, Das Geheime Markusevangelium – ich blätterte um –, Das Evangelium nach Andreas, Das Evangelium nach Barnabas, Das Evangelium nach Lucius, Das Evangelium nach Valentinus, Das Ägypterevangelium, Das Hebräerevangelium, Das Ebionitenevangelium, Das Nazarenerevangelium, Die Logienquelle Q, Die Logienquelle M – ich übersprang eine Seite, dann noch eine –, Das Evangelium der Wahrheit, Das Evangelium des vollkommenen Lebens, Das Evangelium des Widersachers.

Das Evangelium des Widersachers, dachte ich. *Ist wohl sinnvoll, das ganz ans Ende zu stellen.*

Ursula schrieb:

Viele der hier versammelten Texte werfen einen langen Schatten; sie wurden entfernt, gestrichen, und doch hinterließen sie Spuren in der überdauernden biblischen Architektur, wie Geister, die an einem Ort verweilen. Man kann feststellen, dass die kanonischen Texte Behauptungen widerlegen, die nie aufgestellt wurden, oder einen Bogen um Themen schlagen, die nichts als leerer theologischer Raum zu sein scheinen. Die verlorenen Texte verweilen. Sehen Sie sich die moderne Bibel genau an, und Sie werden feststellen, dass Jesus in erster Linie über die körperliche Auferstehung und die Ankunft des göttlichen Himmelreichs spricht. Spirituelle Auferweckung, das ewige Leben für die Seele auf einer himmlischen Existenzebene, ist eigentlich eine gnostische Vorstellung, die in gnostischen Büchern wurzelt, welche im Kanon fehlen. Ebenso sind die grauenvollen Martern und Bestrafungen der Hölle, die jahrhundertelang die Sünder in Schrecken versetzten und den Künstlern und Schriftstellern als Inspiration dienten, in der Bibel selbst nirgends zu finden, sondern haben ihren Ursprung in der getilgten Apokalypse des Petrus.

Apokalypse. Beim Anblick des Wortes versuchte sich ein Bild aus dem Manuskript von *Maxwell's Demon* in meinem Geist zu formen. Ich sah Maurice Umber, der an einem dunklen, dunklen Baum in einem dunklen, dunklen Wald lehnte. *Nein.* Ich schob es fort, ehe es sich ganz zusammensetzen konnte.

Ich blätterte durch die Seiten.

Im zweiten Teil des Buches erläuterte Ursula *Die Thomasakten* und gab den ursprünglichen Text vollständig wieder. In diesem Text gibt es deutliche Hinweise darauf, dass Thomas der Zwillingsbruder von Jesus war. Wie Jesus ist Thomas ein Zimmermann, aber auch ein fähiger Baumeister und Architekt. *Ein Architekt.* An dieser Stelle fühlte ich meine Haut ein wenig kribbeln, und beim Lesen ließ ich den Finger über die goldenen Linien des Gebäudegrundrisses auf dem Buchumschlag gleiten. Die Schatten der Mannigfaltigkeit tanzten wieder an den Wänden meines Geistes. *Aber wozu dient sie? Was macht sie?*

Ich nahm einen tiefen Atemzug und ließ ihn langsam entweichen. Ich versuchte, meine Gedanken wieder zu ordnen, ich drückte den Lärm nieder, so weit ich konnte, und konzentrierte meine Aufmerksamkeit ganz auf den Text, auf die Abenteuer des Apostels Thomas.

o

Eines Tages traf Thomas, der als Prediger durchs Land zog, einen großen König und beschloss, den Auftrag anzunehmen, ihm einen Palast zu bauen. Dem König gefiel Thomas' Bauplan – *Türen sollten eingesetzt werden nach der aufgehenden Sonne hin, dem Licht entgegen; die Fenster nach Westen hin, den Winden entgegen; die Backstube nach Süden hin und zur Versorgung notwendige Wasserrohre nach Norden hin –*, also gab er dem Apostel eine große Geldsumme, um das Vorhaben durchzuführen, und überließ ihm die Sache. Sobald der König fort war, nahm Thomas das gesamte Geld und gab es den Armen. Der König, der davon nichts ahnte, sandte wie vereinbart weiter regelmäßig Geld für Baumaterial und Löhne. Thomas gab auch dieses Geld den Armen. Wann immer der König etwas schickte, gab Thomas es den Armen. So ging das einige Zeit lang. Mehrere Monate später schrieb der König Thomas, um ihn zu fragen, wie es mit seinem prächtigen Palast vorangehe. Thomas antwortete ihm, der Palast sei beinahe fertig, er brauche nur noch etwas Geld für das Dach. Gut, sagte der König und schickte ihm bereitwillig Geld, um ein Dach zu bauen. Thomas gab das Geld für das Dach den Armen. Schließlich kehrte der König in die Stadt zurück und fragte seine Freunde, wie sein prächtiger Palast aussehe. Die Freunde erzählten dem König, was geschehen war. *Als er dies hörte*, so lesen wir, *da schlug der König die Hände vor das Gesicht und schüttelte lange das Haupt.*

Der König ließ also nach Thomas und nach dem Kaufmann schicken, der sie miteinander bekannt gemacht hatte. Er fragte Thomas, ob sein Palast fertiggestellt sei. *Ja*, sagte Thomas, *Euer Palast ist fertig.* Wann er ihn dann in Augenschein nehmen könne, wollte der König wissen. Thomas sagte ihm, er könne ihn noch nicht sehen. Das fand beim König wenig Anklang. Er ließ die beiden einsperren und überlegte, auf welche Weise er sie töten lassen sollte. Er entschied, sie auspeitschen und verbrennen zu lassen.

Am selben Abend wurde Gad, der Bruder des Königs, krank und starb bald darauf. Der König war tiefunglücklich, aber während der Vorbereitungen zum Begräbnis wurde der Leichnam seines Bruders mit einem Mal wieder lebendig. Der auferweckte Gad sagte dem König, er habe für einige Minuten auf die Erde zurückkehren dürfen, um seinem Bruder ein Angebot zu machen – er wolle den neuen Palast des Königs kaufen. Als der König nicht begriff, sagte Gad, im Himmel habe er einen wunderschönen Palast gesehen. Er habe die Engel gefragt, wem er gehöre, und sie hätten gesagt, er gehöre dem König.

Der König ließ Thomas zu sich bringen, und der Apostel erklärte:

»Ihr habt mich gebeten, Euch einen Palast zu bauen, und das habe ich getan. Nicht hier auf Erden, aber im Himmel.«

o

Das Geräusch eines Schlüssels im Schloss weckte mich.

Ich setzte mich im Sessel auf, während Sergeant Claybourn die Treppe herunterkam. *Die Thomasakten* rutschten mir von den Knien und fielen polternd zu Boden, und als ich das Buch wieder aufgehoben hatte, stand Claybourn vor mir, in den Händen einen Teller mit Toast und eine Tasse mit etwas Dampfendem darin. Die Uhr zeigte 6.21 Uhr an.

»Ich sitze schon ewig hier unten.«

Claybourn erwiderte nichts.

»Ist es Morgen oder Abend?«

Claybourn erwiderte nichts. Er stellte nur Teller und Tasse ab und lehnte sich dann an den Rand des Schreibtischs, eine Pose, die vermutlich lässig wirken sollte.

»Der Chief wurde noch einmal aufgehalten«, sagte er. Aber er sah aus, als wollte er etwas anderes sagen. Ich schaute kurz auf das Buch in meiner Hand.

»Haben Sie das gelesen?«

»Ich habe sie alle gelesen.«

»Was halten Sie davon?«

»Von diesem hier?«

»Ja.« Als Claybourn nichts sagte, hielt ich *Die Thomas-*

akten hoch und zeigte ihm den goldenen Grundriss auf dem Umschlag. »Ich habe es gesehen, wissen Sie. Das Puppenhaus. Das neue hinter der verschlossenen Tür.«

»Ich verstehe.«

»Ich bin sein Freund, und ich glaube, Sie sind es auch. Hören Sie, ich weiß von dem Baby. Ich fürchte, er könnte den Verstand verloren haben und irgendwo nackt durch die Felder rennen. Oder jemand könnte erfahren haben, dass er wieder angefangen hat zu schreiben, und ihn – ich weiß auch nicht – entführt haben, um an die Texte heranzukommen, oder irgendetwas in der Art. Das ist es, was mir Sorge bereitet.« Ich sah Claybourn in die Augen. »Was genau bereitet Ihnen Sorge, Sergeant?«

»Andrew Black ist unter rätselhaften Umständen verschwunden, Sir. Wir ermitteln in der Angelegenheit.«

»Ich weiß, ich weiß«, sagte ich. »Ich habe darüber nachgedacht, und die Sache ist die: In der Lobby des Weerby Hotel gibt es Überwachungskameras, und selbst wenn es keine gäbe, war heute Morgen derselbe Rezeptionist am Empfang wie gestern Abend beim Einchecken. Worauf ich hinauswill, ist, dass dieser Mann weiß, dass ich zwischen dreiundzwanzig und sieben Uhr im Hotel war, statt berühmte Schriftsteller zu entführen. Ich nehme an, dass Sie das auch wissen.«

Claybourn sagte nichts.

»Warum sollte jemand in eine Polizeiwache spazieren und von einer Entführung erzählen, um sie vierundzwanzig Stunden später selbst durchzuführen? Das ist doch Unsinn. Es ist absurd.«

Claybourn sagte noch immer nichts.

»Und trotzdem werde ich hier festgehalten. Darum frage ich Sie noch einmal: Was bereitet *Ihnen* Sorge?«

Einige Sekunden des Schweigens vergingen, dann stützte Claybourn die Ellbogen auf die Knie und rieb sich die Augen.

»Sind Sie real?«, sagte er, das Gesicht in den Händen vergraben.

»Entschuldigung?« Ich glaubte, mich verhört zu haben.

Er schaute auf. »Sind Sie real? Sind Sie ein echter Mensch?«

Das überrumpelte mich so, dass ich einen Augenblick brauchte, um zu antworten.

»Ja. Natürlich bin ich ein echter Mensch«, sagte ich. «Was sollte ich denn sonst sein?«

Dann erzählte Claybourn mir eine Geschichte, eine sehr seltsame Geschichte. Eine Geschichte über den Anruf eines sehr verstörten Andrew Black und über den bizarren Bericht, den Black ihm gegenüber abgegeben hatte, als er vor Ort eintraf.

24

Was Andrew Black Sergeant Claybourn berichtete

Claybourn erzählte mir, dass Andrew Black, als er eines Morgens die Vorhänge im Wohnzimmer aufzog, erschrocken gesehen hatte, wie eine alte Frau bäuchlings auf seinem Gartenpfad lag. Sie rührte sich nicht, und der Inhalt ihrer Handtasche hatte sich vor ihr auf die Steinplatten geleert.

Er lief nach draußen.

Die Frau atmete, war jedoch ohne Bewusstsein; ein Auge war geschwollen, und auf der Stirn hatte sie eine schlimme Platzwunde. Black wollte sie nicht alleinlassen, aber seine Frau war zu der Zeit im Krankenhaus, Komplikationen aufgrund der – Claybourn suchte nach Worten – *sehr traurigen Nachrichten, die sie erhalten hatten*, also ging er hinein, um selbst einen Krankenwagen zu rufen. Dann setzte er sich draußen zu ihr und wartete auf das Eintreffen des Krankenwagens.

Er kannte die alte Frau nicht, doch daran war nichts Außergewöhnliches; schließlich gehen häufig Leute zu unseren Haustüren und zurück, und die meisten von ihnen kennen wir nicht. Aufgrund der Situation, seiner Sorge um das Wohlergehen seiner Frau, brauchte Andrew eine ganze Weile, um zu merken, dass doch etwas außergewöhnlich war. Er hatte angenommen, dass sie unterwegs war, um irgendwelche Flugblätter oder Prospekte zu verteilen, aber nun, da er neben ihr saß, konnte er sehen, dass sich ihre Handtasche vollständig ausgeleert hatte – Brieftasche, Schlüsselbund, Schirm, Puderdose und ein halbes Dutzend weitere Dinge lagen über den Weg verstreut. Da waren keine Flugblätter, kein Haufen Prospekte, keine Formulare, keine Visitenkarten. Wenn sie also etwas austrug, was war es dann? Wo war es?

Andrew begann, die Habseligkeiten der alten Frau aufzulesen, und steckte sie zurück in ihre Handtasche, wobei er nach Hinweisen darauf Ausschau hielt, wer sie war und woher sie kam. In ihrer Brieftasche fand Black die in einer alten, zittrigen Handschrift auf ein kleines gelblich-weißes Rechteck geschriebenen Worte »Eigentum von Elizabeth Shaw«. Doch auf dem Kärtchen standen keine weiteren Informationen, keine Adresse, keine Telefonnummer, und die übrigen Fächer waren leer – keine Bankkarten, kein Führerschein, kein Personalausweis.

Black dachte, er habe alle Besitztümer der Frau aufgesammelt, und erst einige Minuten nachdem er sich wieder neben sie gesetzt hatte, sah er den kleinen schwarzen Taschenkalender im Blumenbeet liegen.

Black blätterte ihn durch, suchte nach irgendetwas Hilfreichem – Kontaktdaten von Freunden, Familienmitgliedern oder Pflegepersonen –, doch der Kalender war allenfalls spärlich benutzt worden. Im Januar, Februar und März waren die einzigen Einträge vage, alltägliche und größtenteils aus einem einzelnen Wort bestehende Erinnerungen wie »Lebensmittel« oder »Friseur«. Black wollte das Büchlein schon zu den übrigen Sachen in die Handtasche legen, als er ein nur mit einem Sternchen versehenes Datum sah. Er blätterte um und fand ein weiteres – nur ein einsames kleines schwarzes Sternchen. Er blätterte weiter und entdeckte noch mehr. Anfangs tauchten die Sternchen etwa einmal pro Woche oder einmal alle vierzehn Tage auf, doch von Mitte August an häuften sie sich und traten alle paar Tage auf. Anfang September erschienen die Sternchen bereits täglich. Als Black die Mitte des Monats erreichte, entdeckte er eine ganze Galaxie von ihnen, Hunderte und Aberhunderte von Sternchen, die das weiße Papier bedeckten, den gedruckten Text verbargen, die Ränder ausfüllten, überall Sternchen.

Er wollte gerade die nächste Seite aufschlagen, als er merkte, dass die alte Frau die Augen geöffnet hatte und ihn ansah.

»Jetzt dauert es nicht mehr lange«, sagte sie.

Im selben Augenblick hörte Black die Sirene.

o

Zwei von Claybourns Kollegen kamen an jenem Morgen, um Black zu befragen, und einige Stunden nachdem sie gegangen waren, klingelte es wieder bei Andrew Black.

Als er durch den Flur ging, um die Tür aufzumachen, sah er eine unscharfe Silhouette auf der anderen Seite der Milchglastür. Das war völlig normal, Black war es gewohnt, die Umrisse von Menschen zu sehen, die auf seiner Türschwelle standen, ehe er die Tür öffnete, doch in dem Augenblick, als er diese Gestalt sah – *exakt in dieser Sekunde*, sagte Claybourn zu mir –, übermannten ihn ein heftiges Gefühl von Schwindel und Übelkeit und ein Kopfschmerz, der ihn in die Knie zwang, wo er eine Zeit lang würgend verharrte. Als Black sich schließlich so weit wieder im Griff hatte, dass er aufstehen konnte, sah er, dass nun *zwei* Umrisse statt einem auf der anderen Seite der Tür warteten.

Es klingelte noch einmal.

Black öffnete die Tür.

Ein dicker Mann mit einer hellblauen Krawatte und ein dünner Mann mit einer hellroten Krawatte standen davor und lächelten ihn an. *Ein breites, unnatürliches Lächeln*, sagte Claybourn.

»Ja?«

»Wer wird es zurücklassen?«, sagte der dünne Mann.

»Was zurücklassen?«, fragte Black.

»Wer wird es zurücklassen? Wir gehen andersherum.«

Black hielt sich eine Hand vor den Mund und konnte das erneute Aufsteigen der Übelkeit unterdrücken.

»Andersherum?«, fragte er.

Der dünne Mann hatte eine Habichtsnase, ein hageres, leicht majestätisches Gesicht, ordentlich frisiertes weißes Haar und einen gepflegten Spitzbart. Der Dicke neben ihm war dunkler und kleiner, mit gebräunter Haut, kurzen Stummelarmen und -beinen und einem gestutzten schwarzen Bart. Beide trugen schlichte, unscheinbare schwarze Anzüge, ihre weißen Hemden waren makellos sauber, alle vier Schuhe auf Glanz poliert und die Krawatten – die rote und die blaue – aus leuchtender, heller Seide und perfekt gebunden. Black sagte, sie hätten auch *eine beunruhigende Schärfe und Deutlichkeit an sich gehabt*, eine Eigenschaft, die die Welt um sie herum wie einen *schlechten Druck* aussehen ließ und die Blacks Schläfen pochen ließ, *als würde es gleich donnern*. Ebenso merkwürdig war, dass Black sich sicher war, die beiden Männer wiederzuerkennen, sie nicht nur schon einmal irgendwo gesehen zu haben, sondern wirklich zu *kennen*. Er hatte das starke Gefühl, dass ihm diese beiden Fremden vor langer, langer Zeit einmal nah gewesen waren, sehr nah und sehr bedeutsam. Mit einem Mal hatte Black große Angst. Dass diese Männer zu seinem Haus gekommen waren, dass sie an seiner Tür geläutet hatten, alles daran, wie sie in sein Leben getreten waren, fühlte sich falsch an, *verheerend falsch*, und er wusste nicht, warum.

»Wer sind Sie?«, fragte Black.

Die beiden Männer sahen einander an und setzten dann wieder ihr breites Lächeln auf.

»Wir sind die Polizeibeamten«, sagte der dicke Mann mit der blauen Krawatte. »Wir kommen jetzt herein, wenn es recht ist. Um unsere Arbeit zu machen.«

»Das glaube ich nicht«, sagte Black. »Ich glaube nicht, dass Sie das sind.«

»Wir sind die Polizeibeamten«, sagte der Dicke noch einmal und trat einen Schritt vor.

»Das glaube ich nicht«, sagte Black, und ehe die Männer etwas erwidern konnten, knallte er die Tür zu. Als er wenige Augenblicke später aus dem Wohnzimmerfenster sah – und dann aus dem Fenster im ersten Stock, um die Straße besser überblicken zu können –, waren die beiden Männer verschwunden.

o

Nachdem er sich vergewissert hatte, dass sämtliche Türen und Fenster im Haus geschlossen waren, und zur Sicherheit auch noch alle Vorhänge zugezogen hatte, nahm Black eine Tablette gegen die Kopfschmerzen und legte sich ins Bett.

Er wollte sich nur ein wenig ausruhen, schlief jedoch auf der Stelle ein. Einige Stunden später erwachte er und stellte fest, dass seine Kopfschmerzen fast vollständig verflogen waren. Er beschloss zu duschen, um den restlichen Dunst aus seinem Kopf zu vertreiben; er wusch sich gerade die Haare und dachte an etwas völlig anderes, als ihm auf einen Schlag klar wurde, wer die beiden Männer an der Tür gewesen waren.

Er stürzte Hals über Kopf aus der Dusche und rannte triefend nass und zitternd in sein Arbeitszimmer, wo er nach einem Buch suchte.

Claybourn erklärte, dass in den Monaten, in denen sie ein Baby erwarteten, Andrew Black viel Mühe darauf verwandt hatte, neue Exemplare von Büchern aufzutreiben, die er als Kind besessen hatte. Das Buch, das er nun suchte, war eines davon, eines der meistgeschätzten, ältesten Bücher aus seiner ursprünglichen Sammlung – *Cervantes für Kinder*, ein Geschenk seiner Mutter zum vierten Geburtstag. Black hatte das Buch geliebt und darauf bestanden, dass Ursula es ihm immer wieder vorlas, Abend für Abend, zwei Monate, drei

Monate lang, bis die Worte in seinen Ohren und die Bilder auf den Innenseiten seiner Augenlider blieben, wenn er sich schlafen legte.

Black fand das Buch. Er nahm es mit zum Schreibtisch, legte es hin und schlug es auf.

Und da waren sie.

Da waren sie, die beiden, genau so wie in seiner Erinnerung.

Der dünne Mann mit dem gepflegten weißen Bart und der kleine dicke Mann an seiner Seite, die vor seiner Tür gestanden hatten.

Don Quijote und Sancho Panza.

Der dünne Mann hatte natürlich keine Rüstung getragen, und der Dicke hatte weder einen Schlapphut noch einen Esel gehabt, aber nichtsdestoweniger sahen der linkische Ritter und der naive Schildknappe exakt so aus wie die beiden Männer, die einige Stunden zuvor an seiner Tür gewesen waren.

Wie konnte das sein? *Cervantes für Kinder* war 1974 erschienen. Selbst wenn es irgendeine unwahrscheinliche Verbindung zwischen den Männern und dem Buch gab, wäre jede äußere Ähnlichkeit im Laufe der vielen Jahre seit der Veröffentlichung verblasst.

Stattdessen war die Ähnlichkeit *frappierend.*

Andrew Black zog sich in sein Atelier zurück, einen Ort, den er meist aufsuchte, wenn er entweder eingehend nachdenken oder einmal an gar nichts denken musste.

Er hatte ein ausgezeichnetes Gedächtnis, aber er war selbst überrascht, wie deutlich er sich an die Gesichter der beiden Männer erinnerte. Er erinnerte sich an die drei einzelnen Haare weit oben auf der Wange des Dicken, kurz gestutzt wie die übrigen, aber abseits seines Bartes. Er erinnerte sich an die kleine weiße Narbe gleich rechts neben dem Mund des Dünnen, und er erinnerte sich, dass auf derselben Seite ein paar Zähne gefehlt hatten, was kurz zu sehen gewesen war, als der Mann seine unsinnige Frage stellte. Black wurde klar, dass er wusste, was zu der Narbe und den fehlenden Zähnen geführt hatte. Diese Narbe – diese sehr menschliche, sehr echte Narbe, die Black mit eigenen Augen gesehen hatte – war durch einen gesplitterten Öltiegel verursacht worden, als Don Quijote während seines berühmten Kampfes gegen eine Schafherde, die er für eine Armee hielt, von seinem giftigen »Heilbalsam« zu trinken versuchte. Der Tiegel ging kaputt, und die Zähne gingen verloren, als eine Gruppe von Schäfern Steine auf ihn zu schleudern begann. Black erinnerte sich an die Zeichnung in seinem Buch; der Stein, der gegen Don Quijotes Kiefer prallte, der zerbrochene Tiegel, die kleine Schnittwunde, der komische Ausdruck von Schmerz, Schrecken und Überraschung auf seinem Gesicht, die drei Zähne, die durch die Luft sausten. Black erinnerte sich an die Narbe zwischen den Poren und Runzeln des Mannes, eine kleine weiße Sichel zwischen seinem Mundwinkel und dem gestutzten, gepflegten Bart. Eine echte Narbe, aber erworben in einer fiktionalen Schlacht, auf einer bedruckten Seite, in einem der bekanntesten Romane der Welt.

Black kam zu dem Schluss, dass der dünne Mann nicht nur wie Don Quijote aussah. Das Gesicht, das er gesehen hatte, als er an jenem Nachmittag die Tür öffnete, *war* Don Quijotes Gesicht.

o

Etwas stimmt hier nicht, oder? Ich meine, vom Offensichtlichen einmal abgesehen. Blacks Besessenheit von Ursache und Wirkung, von Fakten hätte ihm nie erlauben sollen, zu einer solchen Schlussfolgerung zu gelangen. Typischerweise wäre Blacks erster Schritt gewesen, die absoluten Gegebenheiten zu identifizieren, in diesem Fall die eine offenkundige Unmöglichkeit – dass die beiden Männer nämlich nicht Don Quijote und Sancho Panza sein *konnten*. Alle weiteren Schlüsse hätten dann mit dieser einen unbestreitbaren Tatsache abgeglichen und nach ihr bemessen werden müssen. Doch das tat er nicht. Er hätte schlussfolgern müssen, dass es selbst bei einem Mann, der genauso wie der Don Quijote aus einem Kinderbuch aussah und der nicht nur einen Freund hatte, der genauso wie Sancho Panza aus dem gleichen Kinderbuch aussah, sondern auch noch die gleichen Verletzungen wie in diesem Buch, noch immer wahrscheinlicher ist, dass es sich bei all diesen Dingen um reinen Zufall handelt, so unglaublich das auch sein mag, weil die Alternative schlechterdings unmöglich wäre. Der dünne Mann *konnte nicht* Don Quijote sein. Doch so verfuhr Black nicht, was nahelegt, dass Black annahm, es könne Umstände geben, unter denen der Mann und sein Freund tatsächlich Don Quijote und Sancho Panza *sein* oder zumindest auf irgendeine Weise ihre Gesichter tragen könnten.

Black erzählte Claybourn, er habe lange über die Sache nachgedacht, ehe er entschieden habe, dass es wohl zwei mögliche Erklärungen gebe – entweder er hatte eine Art psychotischen Schub gehabt, oder das Erscheinen von Quijote und Panza war ein Beleg für *die andere Möglichkeit.*

»Welche andere Möglichkeit?«, fragte ich.

Claybourn sah mich an. »Wollen Sie wissen, was er mir gesagt hat oder was ich glaube?«

»Was er Ihnen gesagt hat«, sagte ich.

»Dass die Welt voller Löcher ist«, sagte er. »Und dass sie auseinanderfällt.«

»Wegen der elektronischen Texte? Wegen des Internets?«

Claybourn antwortete nicht.

»Glauben Sie das?«

Claybourn dachte lange nach.

»Ich kenne Mr Black jetzt seit fünf Jahren, und ich habe ihn noch nie so verängstigt erlebt wie in dem Moment, als er das meldete, das Auftauchen dieser beiden Männer. Er zitterte vor Angst.«

»Also glauben Sie ihm?«

»Würde ich normalerweise nicht, aber …« Er sah mich an. »Ich habe ihn gesehen.«

»Sie haben wen gesehen, Don Quijote?«

»Nein.«

»Wen denn dann?«

»Maurice Umber.«

Ein kalter Schrecken summte in meinem Kiefer, meinen Schläfen.

»Was?«, sagte ich.

»Aus *Cupid's Engine*, mit dem verbrannten Hut –«

»Ich weiß. Sie sagen, Sie haben ihn gesehen? Sie haben ihn wirklich gesehen?«

»Habe ich. Und« – Claybourn sprach beinahe nicht weiter – »ich weiß, wer er wirklich ist.«

»Officer Claybourn, ich will Ihnen nicht sagen, wie Sie Ihre Arbeit zu machen haben, aber wenn Sie wissen, wer als Maurice Umber verkleidet herumläuft, dann sollte derjenige auf Ihrer Liste von Verdächtigen doch deutlich weiter oben stehen als ich und jetzt wahrscheinlich hier unten eingesperrt sein, oder nicht?«

»Oh, ich bin sicher, dass er derjenige ist, der Andrew entführt hat, Mr Quinn.«

»Sie sind was? Warum unternehmen Sie denn dann nicht irgendetwas dagegen?«

»Was sollte ich denn schon tun?«

Ich starrte ihn an. »Was heißt, *was sollten Sie schon tun*? Sie sind der Polizist!«

»Sagt Ihnen der Begriff *Hayyoth* etwas, Mr Quinn?«

Ich starrte ihn an. »Sie machen sich lustig. Sie machen sich wirklich über mich lustig. Sie sagen … Sie, ein Polizist … Sie wollen mir tatsächlich erzählen, dass Andrew von den Engeln entführt wurde?«

»Nein, Mr Quinn.«

»Was denn dann?«

»Ich sage, er wurde vom Teufel geholt.«

25

Schöpfungsakte

Die Türen des Weerby Hotel glitten auf, und ich betrat die Lobby; ich war verschwitzt, zerzaust und sah aus, als hätte ich gute vierundzwanzig Stunden in polizeilichem Gewahrsam verbracht, was ich – wie jeder hier wusste – auch getan hatte. Ich nickte dem Rezeptionisten zu, der heute ein anderer war, und er setzte ein schiefes Lächeln auf, während er verzweifelt nach irgendetwas suchte, was er mit den Papieren auf seinem Tisch anstellen konnte.

Knastvogel, dachte ich. *Verdachtsperson.*

Nach allem, was er unter der Polizeiwache gesagt hatte, fiel es Claybourn schwer, mich nicht gehen zu lassen, als ich ihn darum bat. Schließlich hatte ich dank der Sicherheitskameras ein hieb- und stichfestes Alibi, und als er anfing, vom Teufel zu reden, fragte ich ihn, was seine Kollegen eigentlich von dieser Spur hielten. Das brachte ihn lange genug aus dem Konzept, um mir den Abgang zu ermöglichen, und ich wollte ganz sicher nicht länger bleiben, als ich unbedingt musste.

Sind Sie real? Sind Sie ein echter Mensch?

Meine Güte.

Ich ging zum Fahrstuhl, um meine Tasche und Chesapeakes Scanner-Laptop zu holen und so schnell wie möglich das Weite zu suchen. Der gescannte Text war unvollständig, aber das musste reichen. Vielleicht könnte der Verlag trotzdem irgendetwas damit anfangen. In jedem Fall musste ich es darauf ankommen lassen. Andrew war etwas zugestoßen, und die Gelegenheit, den Rest des Romans zu bekommen, war ganz gewiss verstrichen, jetzt, wo die Polizei ermittelte und so weiter. *Zu heiß*, wie man in Gangsterfilmen sagt. Schadensbegrenzung war jetzt die Devise. Nun, da Andrew vermisst wurde, könnte Chesapeake sich den Rest des Buches vielleicht sogar selbst beschaffen. Falls Chesapeake nicht ohnehin etwas mit seinem Verschwinden zu tun hatte. Wollte ich Andrew helfen? Natürlich, aber was wusste ich schon? Was konnte ich schon tun? Er war einfach verschwunden, und um ein Haar hätte man mich dafür verantwortlich gemacht. *Zu heiß, zu heiß, zu heiß.*

Ping.

Die Fahrstuhltüren öffneten sich, und ich setzte mich gedankenverloren in Bewegung. Im selben Moment stieg Hallo ich heiße Janet – die junge Frau, die mir beim Frühstück die Serviette gegeben hatte – aus dem Fahrstuhl, und wir stießen im Foyer beinahe zusammen.

Sie blieb abrupt stehen, erschrocken über die plötzliche Nähe, und blickte mit ängstlicher Miene um sich, um zu sehen, ob sie ungewollte Aufmerksamkeit erregt hatte.

»Was –«

»Nicht hier«, zischte sie. »Oberstes Stockwerk. In zehn Minuten.«

Und dann schob sie sich an mir vorbei und war verschwunden.

Ping. »Sechstes Obergeschoss.«

Ich stürmte aus dem Fahrstuhl, rannte förmlich den Gang hinunter und rammte den Kartenschlüssel in den Schlitz an meiner Tür.

Drinnen war alles genau so, wie ich es verlassen hatte.

Gott sei Dank.

Ich zog Chesapeakes Scanner aus seiner Tasche und drückte ihn an die Brust. Auch ein unabgeschlossener Roman musste doch irgendetwas wert sein. Selbst ein paar Tausend Pfund würden mir ermöglichen, die Gerichtsvollzieher daran zu hindern, uns unser Leben wegzunehmen.

Aber was ist mit Andrew? Was ist mit Andrew, was ist mit Andrew?

»Ruhe«, zischte ich laut.

Ich packte den Scanner wieder ein, steckte alle übrigen Sachen in meine Tasche und sah zu, dass ich verschwand.

Ich überlegte, direkt zur Lobby hinunterzufahren, tat es aber nicht.

Im Aufzug schwebte mein Finger über dem Knopf für das Erdgeschoss, bevor er sich eigenmächtig zu entscheiden schien –

Ping. »Siebtes Obergeschoss.«

Das oberste Stockwerk des Hotels war eine große offene Fläche. Ein Veranstaltungsraum, seit Jahren ungenutzt. Hier und dort waren staubige Stühle im Kreis aufgestellt wie bei den Anonymen Alkoholikern, ein vulgäres Stonehenge irgendeiner längst vergessenen Willkommenskultur. Tote Pflanzen, Farne und Yuccapalmen, verrotteten in ihren Töpfen oder standen als kahle Äste da, die zerbrechlichen braunen Blätter auf dem einst leuchtend roten und nun staubgrauen Teppich verstreut. An der gegenüberliegenden Wand sah ich eine Bar im Club-Tropicana-Look.

Durch die deckenhohen Fenster konnte man ganz Owthorne überblicken, und dort stand sie und wartete.

Hallo ich heiße Janet wandte sich nicht um, als ich näher kam, und sie sprach erst, als ich neben ihr stand.

»Ich habe nicht viel Zeit. Das hier … das gab es früher alles nicht. Das Hotel. Die Polizeiwache. Die ganze Stadt. Das gab es alles nicht, verstehen Sie? Das war alles Black. Black hat es *gemacht.*«

Ich öffnete den Mund, um zu sagen: *Was soll das heißen?*, aber stattdessen starrte ich auf die Reihen der Geschäfte drüben am anderen Ende der Stadt und musste an Andrew Blacks Pappmachéhäuser denken; an die Miniaturvitrine in der Küche, das gewöhnliche Vorstadthaus in seiner Werkstatt, all die Bücher, die sich in Bottichen zu Papierbrei auflösten. Ich dachte an das verlorene Baby der Blacks und an die beiden Rabbis, die ihr göttliches Wissen gebrauchten, um Buchstaben aneinanderzureihen und ein Kalb zu erschaffen, das sie zum Abendessen verspeisen konnten. Ich dachte an Gutenbergs Geschäftsbeziehung zu Faust und daran, was Claybourn gesagt hatte, als ich ihn fragte, was der Teufel wohl von Andrew Black wollen könnte. *Vielleicht schuldet er ihm etwas.*

Ein tiefes, schleichendes Unbehagen hatte meine Eingeweide fest im Griff.

Ich setzte gerade wieder an, um etwas zu sagen, als ich tief unten einen hellroten Opel Astra von der Straße auf den Hotelparkplatz rasen und vor dem Haupteingang mit quietschenden Reifen in einer Staubwolke zum Stehen kommen sah.

Meine Hosentasche vibrierte. Ich zog mein Telefon heraus und drückte den grünen Knopf.

»Thomas«, sagte Sophie Almonds. »Komm verdammt noch mal sofort da raus, und steig ein.«

26

Sophie Almonds

»Also, was meinst du?«

Der Wagen raste unter dem leeren Himmel über die leere Straße.

Sophie starrte geradeaus.

Engel und Buchstaben, Maurice Umber und der Teufel, Puppenhäuser, Isabelle Black, Hallo ich heiße Janet, Officer Claybourn, der Bericht über Blacks Verschwinden, der dem Verschwinden selbst um vierundzwanzig Stunden vorausging, Entropie, die Zeit, das Ende der Welt – ich hatte alles vor ihr ausgebreitet, hatte nicht zu reden aufgehört, seit wir das Hotel verlassen hatten.

»Meinst du«, stammelte ich, »dass es, ich weiß nicht, stimmen könnte? Nicht alles, aber …«

»Was habe ich gesagt?«, sagte sie. »Weißt du noch? Besteht die Welt aus Steinen, Gras und Bäumen oder aus Bankauszügen, Zertifikaten und Buchstaben? Ist sie eher aus Erde und Flüssen gemacht oder aus Überzeugungen und Meinungen?«

»Du meinst also, da ist was dran?«

»Was denn? Dass Maurice Umber, der möglicherweise auch der Teufel ist, durch die Provinz zieht und Schriftsteller holt? Das bezweifle ich stark. Ich glaube, dass du es glaubst, aber dahinter steckt doch nur Andrew Black, oder? Ich habe dir gesagt, du sollst es lassen, und« – sie streckte die Finger am Lenkrad aus – »das ist jetzt dabei herausgekommen.«

Ich starrte aus dem Fenster.

»Fragst du mich, ob ich glaube, dass du durch die Zeit gereist bist«, sagte sie, »dass du irgendwie am Tag vor deiner Abreise an diesem gottverlassenen Ort gelandet bist, sodass du an einem Donnerstag von Andrews Entführung lesen und sie dann irgendwie am Tag davor der Polizei melden konntest? Nein, das ist nicht passiert.«

»Es klingt wirklich lachhaft.«

»Es hat nichts damit zu tun, wie es *klingt*. Ich weiß einfach definitiv, dass es nicht passiert ist.«

Ich drehte den Kopf und sah sie an. »Wie das?«

»Weil ich weiß, was passiert *ist*, und das ist um einiges trivialer.« Sie sah mich aus dem Augenwinkel an. »Keine Zeitreise.«

»Ich höre.«

»Also gut.« Sophie rutschte auf ihrem Sitz herum. »Was du nicht weißt, ist, dass Sachs & Tuttle, der Verlag von *Cupid's Engine*, sich verspekuliert hat, sogar heftig verspekuliert. Er sollte an ein Unternehmen namens Barton Green verkauft werden.«

»Okay«, sagte ich. »Ich weiß bloß nicht, was das –«

»Dann warte mal kurz ab, und hör zu. Also, Mike Chesapeakes Konzern, dem Sachs & Tuttle gehört, war bereit, ein sehr niedriges Angebot anzunehmen, aber dann kamst du und hast die Bombe mit dem zweiten Andrew-Black-Roman abgeworfen. Das hat die Bedingungen für den Kauf komplett verändert. Sachs & Tuttle mit einer geplanten Fortsetzung von *Cupid's Engine* ist ein völlig anderes Angebot als Sachs & Tuttle ohne diese Fortsetzung. Der Deal war schon ziemlich weit fortgeschritten, aber Chesapeake wollte das ursprüngliche Angebot von Barton Green auf keinen Fall annehmen, nachdem er das erfahren hatte. Wenn dieses Manuskript existiert und er es irgendwie in die Finger kriegen könnte, dann musste er das so schnell wie möglich wissen.«

»Also kam er mit diesem Haufen Geld zu mir und wollte, dass ich mich in den nächsten Zug setze.«

»Ja. Aber Chesapeakes Gegenstück bei Barton will genau das *nicht.* Er will nicht, dass Sachs & Tuttle dieses Manuskript bekommt, zumindest nicht jetzt, weil er unbedingt sein niedriges Angebot durchdrücken will. Er ist dabei, den Verlag für einen Apfel und ein Ei zu kaufen, und weiß, dass er sich das Black-Manuskript auch später noch unter den Nagel reißen und sich damit eine goldene Nase verdienen kann. Was er auf keinen Fall will, ist, dass du mit Chesapeakes Klau-Mission Erfolg hast.«

»Okay«, sagte ich.

»Die schlechte Nachricht ist«, sagte Sophie, »dass Barton Green auch eine Website für Branchennachrichten namens *Book Brief* gehört. Soweit ich weiß, hast du deren Newsletter abonniert, oder?«

Ich nickte.

»Okay. Und hier wird es zutiefst unethisch. Als Chesapeakes Gegenstück dort von dir und deiner Mission gehört hat, haben sie dir eine gefälschte Meldung geschickt – wirklich nur dir, meine ich –, eine Meldung von *Book Brief*, der zufolge Andrew Black entführt wurde.«

Ich drehte den Kopf und sah sie an. »Was?«

»Ich weiß. Sie haben dir tatsächlich eine gefälschte Benachrichtigung geschickt, mit einem Link, der zu einem gefälschten Artikel führte, um dich davon abzuhalten, zu Black zu fahren und das Manuskript an dich zu bringen. Sie wollten unbedingt, dass du aufgibst und umkehrst.«

»Mein Gott.«

»Mhm. Manchen bei Barton Green gefiel das gar nicht, wie du dir vorstellen kannst, und Mike Chesapeake bekam Wind von der Sache und rief mich an. Dann riefst *du* von der Polizeiwache aus an. Übers Telefon konnte ich nichts erreichen, also habe ich mich letzten Endes selbst ins Auto gesetzt.«

»Ich danke dir.«

Die leeren Felder und der leere Himmel rasten am Fenster vorbei.

»Hast du das Buch bekommen?«, fragte Sophie nach einer Weile.

»Zum größten Teil«, sagte ich. »Bekommen wir dafür Geld?«

Sophie überlegte. »Es würde beweisen, dass das Buch existiert, also – ja. Aber sie werden dafür nicht so viel bezahlen wie für den ganzen Roman, nicht mal annähernd.«

Einige Augenblicke vergingen.

»Aber Andrew ist ja trotzdem verschwunden, oder?«, sagte ich. »Ich fahre wieder nach London, und nichts davon erklärt, dass Andrew tatsächlich auf genau die Art verschwunden ist, wie es in der Nachrichtenmeldung stand.«

»Das stimmt«, sagte Sophie, ohne den Blick von der Straße zu nehmen.

»Wie kann das sein?«

»Tja, ich weiß es nicht«, sagte sie. »Aber niemand außer dir hat den gefälschten Artikel gesehen. Na ja, außer dir und den Leuten von Barton Green, die ihn dir geschickt haben, nehme ich an, aber die sind nicht in der Entführerbranche. Und selbst wenn sie es wären, würde es ihnen nichts bringen, es durchzuziehen, oder?«

»Nein. Also?«

»Also könnte nur dann irgendwer wissen, was in dem Artikel stand, wenn du es ihm erzählt hättest, oder? Hast du noch jemandem davon erzählt, Tom?«

»Ich habe es der Polizei erzählt. Claybourn.«

»Der dich prompt verhaftet hat. Sonst noch jemandem?«

Ich durchforstete mein Gedächtnis.

Mir rutschte das Herz in die Knie.

Die Augen auf die Straße geheftet, sagte ich sehr leise: »Dreh um, Sophie.«

27

Zwanzig Minuten später …

Ich stand oben in Blacks Werkraum. Ich stand mit dem Rücken zu der Tür, die normalerweise abgeschlossen war, aber nicht an diesem Tag. Ich stand da und schaute auf den großen Tisch, auf dem sich sein ganzer Stolz befand – das winzige Modell des Hauses der Familie Black. Ich stand da und wartete.

Durch die Polizeiabsperrung hindurchzukommen, war nicht schwer gewesen, die Spurensicherung hatte bereits stattgefunden, wenn es überhaupt eine gegeben hatte, und das Haus war unbeobachtet und unbewacht. Sämtliche Vitrinen unten im Laden waren eingeschlagen worden, und ich hatte mich gefühlt wie Gulliver, der den Raum zu durchqueren versuchte, ohne Hunderte von Stühlen und Tischen, Toiletten, Waschbecken und Öfen der Liliputaner zu zertreten, all die Zimmer und all die Möbel, die überall auf dem Boden verstreut herumlagen. Oben schien alles mehr oder weniger unberührt zu sein. Sergeant Claybourn hatte das vermutlich als einen Hinweis darauf betrachtet, dass sich Blacks Entführung vorne im Haus ereignet hatte.

Ich stand da und wartete.

Zuerst bemerkte ich den Geruch. Zigarrenrauch.

Er drang in einer kleinen blauen Wolke durch die nackten Dielenbretter unter meinen Füßen.

Dann folgte das knirschende Geräusch von jemandem, der unten über das zerbrochene Glas ging.

Ich stand da und wartete.

Das Knarren von Schritten auf der Treppe.

Ich wartete.

Ein lautes elektronisches Jaulen ertönte irgendwo hinter mir, wie eine Rückkopplung durch einen Verstärker. Ich fuhr zusammen und schnappte kurz erschrocken nach Luft, dann beruhigte ich mich wieder. Die Rückkopplung wurde zu einem verzerrten Grollen aus statischem Bass. Ich hörte Schritte, die die Werkstatt draußen durchquerten, ohne Hast näher kamen. Der Geruch nach Zigarrenrauch wurde stärker, und ich drehte mich noch immer nicht um.

Das Jaulen erklang wieder, moduliert diesmal, schraubte sich höher und fiel dann durch die verschiedenen Vokale hindurch als unstetes *aaaaaaah, iiiiiiiih, uuuuuuuh* wieder ab, bis es Wortanfänge zu bilden begann.

»Sprrrrriiiiiii-*iii*«, tönte es. Es klang wie ein starkes Kehlkopfmikrofon, eines dieser Geräte für Menschen, die das Sprachvermögen eingebüßt haben. »Sprrrriiiich, du riiiesiges und ehrenwertes Haupt«, sagte die elektronische Stimme, die sich zu einer annähernd menschlichen Klangfarbe und Tonhöhe modulierte. Ich spürte, wie sich die Haare auf meinen Unterarmen aufrichteten. Die Schritte bewegten sich weiter, bis sie, wie ich vermutete, die offene Tür hinter mir erreichten, dann verharrten sie. Eine Wolke dicken Zigarrenrauchs brach sich von hinten über mir wie eine riesige Welle.

Ich drehte mich noch immer nicht um.

»Spriich, mächtiges Haupt, und sage uns, welch ein Geheimnis du verbirgst. Tiefer als alle Taucher bist du hinabgetaucht. Dies Haupt, auf dem hier oben nun die Sonnenstrahlen glänzen, schwebte einst über dem Grund der Welt. Wo Männer neben Schiffen faulen, deren Namen keiner kennt, wo Hoffnungen verrotten neben Ankern, von denen niemand je gehört, wo die Fregatte dieser Welt in ihrer mörderischen Last als Ballast Knochen von Millionen Wassertoten birgt.« Der Tonhöhe und dem Summen des Kehlkopfmikrofons zum

Trotz erklangen die Worte flüssig und satt, gefährlich und spielerisch. Die durch diese Vorrichtung dringende Stimme klang wild, leidenschaftlich und äußerst *lebendig*.

Mit einem Mal kamen mir Zweifel an meinem Plan. Ich rang die aufsteigende Panik nieder.

Schraub deinen Mut nur bis zum höchsten Grad.

»Hallo, Maurice«, sagte ich so ruhig wie möglich. »Ich bin heute einem Polizisten begegnet, der Sie für den Teufel hält.«

Ich drehte mich noch immer nicht um.

Eine Pause, und dann wogte wieder Zigarrenrauch an mir vorbei und breitete sich im Raum aus. Ich spürte das schwere, stumme Gewicht eines starren Blicks auf mir.

»Also, wie geht es jetzt weiter?«, sagte ich.

Ich wollte abhauen, wenn Sie die Wahrheit hören möchten. Ich wollte unbedingt abhauen.

»Was wissen Sie über die Apokalypse?«, erwiderte die elektronische Stimme. »Als Gattung, meine ich?«

Ich bemühte mich, kontrolliert zu atmen. Ich wollte nicht, dass die Gestalt hinter mir das Zittern in meiner Stimme hörte, also stand ich einfach nur da, das Gesicht abgewandt, und sagte kein Wort.

»Apokalyptische Literatur entsteht vor allem dann, wenn eine Religion einen gewissen Reifegrad erreichen konnte.« Summend und schnurrend bildete die Stimme die Worte. »Es geschieht Folgendes: Eine Religion entsteht. Man glaubt, dass der Gott oder die Götter dieser Religion ihren treuen Anhängern Schutz bieten. Aber dann geschieht etwas sehr Schreckliches – ein lange andauernder Krieg oder ein Massaker. Gott errettet Sein Volk nicht, und die Menschen fragen nach dem Grund. Fast immer kommen sie zu dem Schluss, dass eine dunkle Macht erschienen ist, eine Fäulnis in der Welt, die Gott daran hindert, ihnen zur Hilfe zu kommen und sie zu retten. Das müssen sie, nicht wahr, um weiter glauben zu können.«

Warum, warum, warum? Und das Jod stieg zu Gottes Gesicht empor und fragte: »Warum …?«

Schraub deinen Mut. Bis zum höchsten Grad.

»Ironischerweise ist *tatsächlich* eine Fäulnis erschienen, und die Welt zerfällt. Die Wahrheit wird unterliegen, Mr Quinn. Die Verdunkelung kommt, und sie kommt in Form von Pixeln, in einer Begrenzung auf hundertvierzig Zeichen. Sie ahnen nicht, was unmittelbar bevorsteht, das versichere ich Ihnen. Es wird also nach alter apokalyptischer Sitte ein edler Pilger – das wären Sie – einen Einblick in die schrecklichen Dinge erhalten, die von Hand eines großzügigen, wenngleich furchteinflößenden himmlischen Wesens – das wäre in diesem Fall ich – geschehen werden.«

»Du bist kein Engel.« Es gelang mir, etwas Nachdruck in die Worte zu legen. »Du bist nicht der Teufel, und du bist ganz gewiss auch nicht Maurice Umber.«

»Sie sind jetzt tief im Wald.« Die Stimme kippte und wurde tiefer, summte elektronisch über die *A*s und *E*s. *Was für ein Selbstvertrauen*, dachte ich, was für eine Bosheit, die durch dieses Gerät drang. »Sie sind nur ein kleines Stimmchen in der tintenschwarzen Nacht, dicht an den Papierbrei und die Seiten gepresst. Das müssen Sie wissen. Sie müssen wissen, dass Sie achtgeben sollten, was Sie sagen.«

Ich starrte unverwandt geradeaus. *Schraub deinen Mut nur bis zum –*

»Dein Name ist nicht –«

»Mein *Name*« – die Stimme schwoll zu einem ohrenbetäubenden elektronischen Grollen an – »ist Jota und Jod und I. I. I. I. Ich bin der Handabdruck an der Höhlenwand, weit älter als das Alph oder das Bet. Ich bin das *Ich* aller Denker und Sprecher, Erzähler und Egoisten. Ich bin die Selbstsüchtigkeit und das Selbst, und ich schrecke nicht davor zurück, die Dinge selbst in die Hände zu nehmen. Ich bin das *Und was ist mit meinen Bedürfnissen?* und die unsichtbare Grenze. Meine schwarze Krone ist der Apfel aus dem Garten Eden, der gerade außerhalb der Reichweite hängt, und die Singularität am Ende und Anfang aller Schöpfung – *im Anfang war das Wort.* Ich setze mich selbst an den Anfang und das Ende, und warum sollte ich es auch nicht tun? Ich bin das wahre Alpha und das wahre Omega, und ich werde nicht zulassen, dass mein Großes Werk zerfällt.«

»Und ich«, sagte ich und drehte mich um, sodass die Gestalt in der Tür endlich den großen Holzhammer sehen konnte, den ich an die Brust gedrückt hielt, »ich werde nicht wie eine verdammte Marionette über eine Klippe tänzeln. Das ist vorbei.«

Ich erhob den Hammer über das winzige Puppenhaus, über Blacks Familienheim.

In der Tür versteifte sich die selbstbewusste, lässig dastehende Gestalt kaum merklich. Aus dem tiefen Schatten unter dem verbrannten Fedora drang ein winziges, beinahe unhörbares Schnaufen. Da.

Da.

Ich senkte den Hammer, ließ ihn an meiner Seite herabhängen.

»Gott. Mein Gott.« Das Gewicht der Bestätigung drückte mich nieder. Wie hatte ich das übersehen können? Wer sonst hätte mir als der verdammte Maurice Umber verkleidet folgen sollen? Außer der Polizei hatte ich nur einer einzigen Person von dem Artikel erzählt, den ich auf dem Weg hierher gelesen hatte: *Andrew Black unter mysteriösen Umständen verschwunden.* Ich hatte es Andrew Black erzählt, der dafür gesorgt hatte, dass diese Information zur Tatsache wurde.

»Du hast dich selbst entführt, oder, Andrew?«, sagte ich. »All das, diese ganze verdammte Pantomime mit Umber und dem ganzen Blödsinn, den du diesem Polizisten als die Wahrheit verkauft hast, das warst alles du, und wofür? Um mich von deinem technikfeindlichen Ende-der-Welt-Blödsinn zu überzeugen? Du hast das alles inszeniert, um mich so durcheinanderzubringen, dass ich wirklich glaube, die Zeit und die Welt wären verdammt noch mal tatsächlich zerstört, oder? Du hast mich verhaften lassen – verhaften, Andrew, verdammt noch mal –, und wofür? Damit ich deine verrückten Scheißtheorien aufschreibe – dieses Evangelium, jenes Testament –, weil du verdammt noch mal zu stur bist, um dich deinem Verlag zu beugen und selbst ein einziges verdammtes Wort darüber zu schreiben. Nimm den Hut ab, und was ist das darunter? Eine schwarze Maske oder wie? Nimm sie ab – komm schon. Es ist vorbei.«

Die Gestalt rührte sich nicht.

»War das alles?«, sagte sie mit derselben elektronischen Stimme, wobei es mir vorkam, als hätte sie eine Winzigkeit an Kraft eingebüßt.

»Nein. Ich werde dich vor dir selbst retten. Ich werde deine Frau retten, weil sie auch schon genug durchgemacht hat. Wir haben alle schon genug durchgemacht. Du hast mich einsperren lassen, und ich habe keine Ahnung – wirklich nicht die geringste –, was mein verdammter Vater in dir gesehen hat, du verdammter Dreckskerl.«

Die Gestalt machte einen Schritt auf mich zu. Ich hob den Hammer wieder über das Puppenhaus, und sie blieb augenblicklich stehen.

»Ich nehme an, dieses ist gebaut wie das andere?«, sagte ich und näherte mich weiter dem Puppenhaus. »Wie das Schloss?«

»Fassen Sie das nicht an. Wagen Sie nicht, es anzufassen.«

Ich nahm das Dach ab, so wie ich es bei Black gesehen hatte. Ich hatte diesen Raum nicht bemerkt, als er mir das Innere gezeigt hatte, aber nun war alles so offensichtlich, dass ich wusste, wonach ich suchte. Einer der Schlafräume war ein Kinderzimmer, ein winziges, perfektes kleines Kinderzimmer mit einer Wiege und Bücherregalen und Wimpelgirlanden.

Das hier.

Ich kam mir durch und durch widerwärtig vor.

»Ich versuche, dich vor dir selbst zu retten. Und mein eigenes Leben. Uns alle auf einmal zu retten, verstehst du das nicht? Das hier wird uns alle retten.«

»Bitte nicht«, sagte die Gestalt mit dem Hut. »Bitte.«

Ich griff nach dem Kinderzimmer und zog daran.

Es löste sich, und ich nahm es heraus.

Unmittelbar darunter, in den Kern des Hauses gebettet, lag die durch und durch schwarze Kugel. *Was glaubst Du, was das ist?*

Ich hob sie vorsichtig hoch.

Er streckte unwillkürlich die Arme aus, um die Kugel aufzufangen, sollte ich sie fallen lassen. Ich konnte sein Gesicht noch immer nicht sehen, aber seine Sorge um das Ding in meinen Händen war deutlich spürbar.

»Zurück.« Ich begann, auf ihn zuzugehen, die Kugel in einer Hand, den Hammer noch immer in der anderen. »Zurück.«

Er tat es und hob die Hände, als hätte ich eine Schusswaffe auf ihn gerichtet.

»Bitte«, sagte die elektronische Stimme. »Bitte legen Sie sie hin, bitte seien Sie vorsichtig, bitte. Bitte. Bitte.«

»Zurück«, sagte ich. »Zurück, zurück, zurück.«

o

Zwei Minuten später kam ich mit einem dicken Stapel Manuskriptseiten aus der kleinen Nische der Werkstatt, allen drei Ausfertigungen von Blacks zweitem Roman.

Ich hatte keine Hand frei und die Kugel daher oben auf den Stapel legen müssen.

Black erstarrte völlig, als er das sah, aber er versuchte nicht, näher zu kommen.

Ich ging rückwärts, bewegte mich mit langsamen, behutsamen Schritten durch den großen loftartigen Raum auf die Lagerräume und die dahinterliegende Treppe zu.

»Alles in Ordnung«, sagte ich. »Ich lasse sie auf der obersten Treppenstufe liegen.«

Und dann gerieten die Papiere ins Rutschen, und die Kugel begann zu rollen –

Verzweifelt versuchte ich, den Stapel wieder ins Gleichgewicht zu bringen, aber es gelang mir nicht, und dann fiel die Kugel durch die Luft.

Die Gestalt stieß einen fürchterlichen Schrei aus und machte einen Satz nach vorn, versuchte, das Ding aufzufangen, aber sie war zu weit entfernt, um es rechtzeitig zu erreichen.

Die Kugel prallte auf dem Boden auf und zerbrach. Fetzen von Pappmaché, allem Geheimnis und aller Magie beraubt, nur schwarze Farbe und altes Papier, stoben beim Aufprall auseinander.

Schlitternd kam die Gestalt davor zum Stehen, fiel auf Hände und Knie und beugte sich tief über die zerbrochene Schale, jetzt ihrerseits gebrochen.

»Es tut mir leid«, sagte ich.

»Ihr werdet es sehen«, sagte die elektronische Stimme leise, so leise, dass ich mir nicht sicher war, ob sie überhaupt mit mir sprach. »Die Welt geht unter, und ihr werdet es sehen.« Und dann blieb sie einfach dort, über die zerplatzten und zersplitterten Stücke gebeugt. Da sah ich, dass etwas in den Überresten der Kugel lag – ein kleines schwarzes Rechteck. Ein kleines schwarz glänzendes Rechteck mit weißen Rändern.

Ein Foto.

Ein Ultraschallbild eines ungeborenen Babys.

»O Gott. O Gott, es tut mir so leid«, sagte ich.

In sein Maurice-Umber-Kostüm gekleidet, den Hut noch immer auf dem Kopf, das Gesicht noch immer vor der Welt verborgen, rührte Andrew Black sich nicht. Er blieb über die zerbrochene schwarze Kugel und das Foto gebeugt. Er sprach nicht, und er blieb völlig regungslos.

Ich umklammerte die Manuskriptseiten, so fest ich konnte, wobei ich einige von ihnen zerknitterte, und rannte davon.

o

Ich ließ die Seiten auf die Rückbank von Sophies Auto fallen.

Sie drehte sich um und starrte mich an.

»Ist das das Buch?«

Ich sah wahrscheinlich aus wie der Tod persönlich.

»Thomas, ist das das Buch?«

»Ja«, sagte ich, schlug die hintere Tür zu, ging um den Wagen herum und setzte mich neben ihr auf den Beifahrersitz.

»Es ist vollständig?«

»Ja«, sagte ich. »Es ist alles da. Drei Durchschläge.«

Sophie musterte mich einen Augenblick lang. »Was ist passiert?«

»Nichts Erfreuliches.« Ich ließ einen langen, tiefen Atemzug entweichen. »Es geht ihm gut. Ich meine, nicht gut – aber er ist in Ordnung.«

»Bist du sicher?«

Ich sah sie an. Ich sah noch immer Black vor mir, das Ultraschallbild inmitten der zerbrochenen Pappmachéstücke.

»Nein, eigentlich nicht«, sagte ich. »Aber … es ist zu Ende. Wir haben es geschafft.«

Sophie nickte.

»Können wir jetzt bitte nach Hause fahren?«, sagte ich.

Sophie ließ den Motor an.

»Können wir«, sagte sie.

Die leeren Felder zogen vorüber, und auf der Bank hinter uns zischten und flatterten die Manuskriptseiten und ließen sich wieder auf ihren Stapeln nieder.

»Willst du darüber reden?«, fragte Sophie, nachdem die Feldwege zu Straßen geworden waren und die Straßen zur Autobahn.

»Nein«, sagte ich.

Ich wandte den Kopf ab. Mein Atem ließ das Fensterglas beschlagen, und ich starrte die Fahrerin auf der Nebenspur an. Sie gestikulierte und winkte, ohne es zu merken, redete über die Freisprechanlage mit jemandem, der nicht da war.

o

Am Victoria Park angekommen, rollten wir durch die ruhige Straße, und die Londoner Blätter wehten und wirbelten wie vor meiner Abreise. Ich sah zu, wie sie ausschwärmten und durcheinanderstoben, als die alte Kirche in Sichtweite kam.

»Der Wind hat sich richtig festgesetzt«, sagte Sophie. »Auf der Wetterkarte bewegt er sich gar nicht mehr, das musst du dir mal ansehen.«

»Mache ich«, sagte ich ohne echten Enthusiasmus.

Sophie sah zu mir herüber. »Soll ich das Buch gleich zu Chesapeake mitnehmen?«

»Ja, bitte.«

»Willst du mitkommen?«

»Nein. Ich will einfach nur nach Hause.«

Ich wollte *Maxwell's Demon* niemals wiedersehen. Ich wollte nicht darüber sprechen, wollte nicht daran denken. Vor nicht allzu langer Zeit wäre ich aufgeregt gewesen bei dem Gedanken, es lesen zu können. Jetzt wollte ich es nur noch loswerden. Ich wollte, dass Mike Chesapeake es bekam, und ich wollte mein Geld, damit die Gerichtsvollzieher nicht kamen und uns unsere Sachen nahmen, damit Imogen nach Hause kommen konnte. Ich stellte mir vor, wie jemand ihre »I ♥ Tea«-Tasse von der Arbeitsplatte neben dem Wasserkocher nahm, und ich sagte mir, dass ich getan hatte, was ich tun musste, um unsere kleine Welt zusammenzuhalten. Ich hatte getan, was ich tun musste. Mir wurde übel.

»Kann ich hier aussteigen?«

Sophie bremste ab. »Bist du sicher?«

»Es ist gleich um die Ecke. Ich brauche dringend ein bisschen frische Luft.«

Sie nickte und hielt am Straßenrand.

»Ich fahre damit zu Mike«, sagte sie, über den Beifahrersitz gebeugt, während ich ausstieg. »Und ich sage ihnen, sie sollen das Geld heute noch überweisen.«

Ich nickte und hielt inne, bevor ich die Tür schloss.

»Kommst du zurecht?«, fragte sie.

Ich dachte darüber nach. »Habe ich dem Teufel meine Seele verkauft?«

»Mike Chesapeake ist durch und durch ein Arschloch, aber er ist nicht der Teufel. Und außerdem werden dir Millionen Leser danken, was du getan hast.«

»Das schließt sich nicht gegenseitig aus.«

Sophie fixierte mich mit ihren blassblauen Augen.

»Nein«, sagte sie. »Wahrscheinlich nicht.« Sie setzte sich wieder gerade hin. »Ich schreibe dir, sobald die Sache unter Dach und Fach und das Geld überwiesen ist.«

Ich nickte, schloss die Autotür und sah zu, wie sie davonfuhr.

Ich zog meine Jacke fester um mich und steckte das Kinn in den Kragen, dann überquerte ich die Straße und begann, mit gesenktem Kopf durch die wirbelnden, raschelnden Blätter nach Hause zu gehen.

Als ich am Ende der Straße um die Ecke bog, sah ich eine Frau vor unserem Haus stehen. Ich konnte sie nicht sehr deutlich erkennen, weil sie noch recht weit entfernt war und den Kragen ihrer dicken Strickjacke hochgeklappt hatte, um sich gegen den Wind zu schützen. Doch es sah aus, als läutete sie an der Tür. Während ich mich näherte, gab sie offenbar auf, überquerte die Straße und ging auf ein blaues Auto zu. Ich beschleunigte meine Schritte und erreichte ihr Auto, als sie gerade einsteigen wollte.

»Entschuldigen Sie«, rief ich ihr über den Wind hinweg zu, worauf sie stehen blieb und sich umsah. »Entschuldigen Sie«, sagte ich noch einmal, als ich endlich ganz zu ihr aufschloss. »Kann ich Ihnen helfen? Ich glaube, Sie haben gerade bei mir geklingelt.«

Die Frau schloss die Autotür wieder und drehte sich ganz zu mir um.

»Meine Güte«, drang ihre Stimme aus der Strickjacke. »Sie sehen ja genau wie Ihr Vater aus!«

Das ließ mich erstarren.

»Was?«, sagte ich.

Die Frau klappte ihren Kragen hinunter. Sie kam mir irgendwie bekannt vor, aber ich kannte sie überhaupt nicht. Was ich meine, ist – stellen Sie sich vor, Sie sehen in einer Bar jemanden, den Sie zu kennen glauben, und gehen hinüber, um Hallo zu sagen, nur um festzustellen, dass es sich gar nicht um Ihren Freund oder Ihre Freundin handelt, sondern um jemand völlig Fremdes. Diese Frau war mir völlig fremd.

»Wir haben im Büro Ihre Nachricht erhalten«, sagte sie. »Wissen Sie, Ihr Vater wurde von uns vertreten. Wussten Sie das? Vermutlich schon.« Die Frau versuchte, dem Wind ihre langen schwarzen Haare zu entringen. »Wir mochten ihn sehr«, sagte sie über die Brise hinweg. »Also wollte ich nach Ihnen schauen.«

»Was? Warum?«

»Weil Sie im Büro angerufen haben.«

»Entschuldigung«, sagte ich. »Wer sind Sie?«

Sie legte die Stirn in Falten. »Sie haben mir eine Nachricht hinterlassen.«

»Es tut mir leid, ich –«

»O Gott, ich habe Sie doch nicht verwechselt, oder? Plappere ich hier auf der Straße auf jemand völlig Fremden ein? Ich heiße Sophie. Sophie Almonds.«

28

Nummern

»Sie sind nicht Sophie Almonds.«

Wir hatten uns im Eingang des Mietshauses auf der anderen Straßenseite untergestellt.

»Bitte?«

»Wer sind Sie?«

Die Frau wirkte verwirrt und dann beunruhigt. »Sind Sie Thomas Quinn? Es tut mir leid, wenn ich –«

»Nein, ich bin Thomas Quinn. Und ich kenne Sophie Almonds – und Sie sind es nicht.«

Wobei sie ihr schon ein bisschen ähnlich sieht, dachte ich. *Auf einem Foto könnte ich sie vielleicht nicht –*

Die Beunruhigung wich Verdrossenheit und Gereiztheit.

»Also schön«, sagte sie und nahm ihr Smartphone heraus. Sie ging auf die Website von Hayes & Heath, die ich auch auf Sergeant Claybourns Computer geöffnet hatte, und zeigte mir ihren Namen im Menü. Sie tippte darauf und zeigte mir die Telefonnummer auf dem Display. »Sie haben mich unter dieser Nummer angerufen. Sie sagten, Sie seien festgenommen worden und bräuchten meine Hilfe. Und Sie sagten noch mehr. Im Büro haben wir … wir haben uns Sorgen um Sie gemacht.«

»Augenblick«, sagte ich. Ich suchte in der Kontaktliste meines Handys nach Sophies Mobilnummer und wählte sie. Es läutete. Dann wählte ich ihre Büronummer, und es läutete ebenfalls. »Darf ich mal sehen?«

Die Frau hielt ihr Telefon hoch und zeigte mir die Büronummer auf der Internetseite. Sie endete auf 2231. Ich schaute auf die Nummer in der Kontaktliste meines Telefons. Sie endete auf 2232.

»Nein«, sagte ich. »Da stimmt etwas nicht.«

»Sie sagten, Sie seien in einen Ort namens Owlthorne gefahren, um Andrew Black zu treffen?«

»Owthorne«, sagte ich.

»Owthorne, richtig. Ich habe befürchtet, Sie wären in Schwierigkeiten oder jemand würde Ihnen einen Streich spielen, weil –«

»Sie vertreten Andrew Black, wollen Sie mir das sagen?«

»Nun ja, das ist es. Andrew Black ist mein Klient, aber …«

»Aber was?«

Sie schien mit sich zu ringen.

»Aber was?«, fragte ich noch einmal.

»Ach, um Himmels willen. Es gibt keinen Andrew Black. Das ist nur ein Pseudonym, ein Künstlername. Andrew Black existiert nicht.«

»Was?« Ich starrte sie an. »Das … das ist absurd.«

»Oh, ich gebe Ihnen mein Wort darauf. Es ist ein Pseudonym, das für viel Verwirrung gesorgt hat – die Einzelheiten brauchen Sie nicht zu interessieren. Und ehrlich gesagt, so ähnlich ist es mit Owthorne. Ich habe lange danach gesucht, und wie sich herausstellte, gab es vor langer Zeit einmal ein Owthorne an der Ostküste, aber es ist im achtzehnten Jahrhundert im Meer versunken, und –«

»Ich war doch gerade erst dort.«

»– und als ich es nicht finden konnte, habe ich mir über Ihren alten Verlag Ihre Adresse besorgt. Ich dachte, ich sollte lieber einmal vorbeischauen und …« Sie verstummte, den Blick auf mein Gesicht gerichtet.

»Wer hat Sie geschickt?«, fragte ich.

»Sie haben mich um Hilfe gebeten. Oder zumindest jemand, der sich als Sie ausgegeben hat. Waren Sie das? Erinnern Sie sich nicht mehr?«

Ich verschränkte die Arme. »Sie sind nicht Sophie Almonds.«

Die Frau starrte mich einen Augenblick lang an.

»Ich gehe jetzt«, sagte sie, dann wandte sie sich um und ging zu ihrem Auto, ohne sich noch einmal umzudrehen. »Rufen Sie mich nicht mehr an, Mr Quinn.«

Sie stieg ein und fuhr davon.

Scheiße.

Scheiße.

Was zur Hölle?

Ich versuchte noch einmal, Sophie anzurufen, und ging dabei die Straße auf und ab, aber es klingelte durch. Ich versuchte es dreimal, viermal, fünfmal. Nichts.

Ich steckte das Telefon wieder ein und ging weiter auf und ab, versuchte, einen klaren Kopf zu bekommen und mir einen Reim darauf zu machen, was zum Teufel da gerade passiert war.

Ich stand gerade fast wieder vor unserem Haus, als mein Telefon zu klingeln begann.

Sophie. Ich riss das Telefon aus der Tasche. *Gott sei Dank.* Ich hielt inne. Es war nicht Sophie. Dann empfand ich trotz allem eine Spur von Erleichterung, als ich die Bedeutung der langen, exotischen Zahlenreihe begriff, die sich über das Display zog.

»Hallo, Eagle One«, sagte ich. »Mein Akku ist fast leer, aber ich bin gleich zu Hause. Kann ich –«

Aber Imogen weinte, ein tiefes, kehliges Schluchzen.

Der Welt blieb das Herz stehen.

»Bitte guck nicht hin.«

»Im? Was ist denn –«

»Bitte. *Bitte.* Guck nicht hin. Schalt einfach den Monitor aus.«

29
Imogen nackt

»Im?«, sagte ich. »Imogen?« Aber die Leitung war tot.

Ich eilte die Straße entlang und die Stufen zu unserer Wohnung hinauf. Ich legte die Hand an die Tür, und sie schwang auf – das Schloss war aufgetreten worden. Das Innere war ein Trümmerhaufen aus umgestürzten Bücherregalen, ausgeräumten Schränken, zerschlagenen Bilderrahmen und hereingewehten Blättern, die sich im Flur türmten. Ich schaute in die Küche, und die »I ♥ Tea«-Tasse stand noch neben dem Wasserkocher – *Gott sei Dank, Gott sei Dank.* Ich bahnte mir einen Weg ins Wohnzimmer. Mehr Blätter, mehr Zerstörung. Umgestürzte Kartons. Geleerte und durchkämmte Schubladen. Der Fernseher umgestürzt, die Xbox verschwunden. Aber der alte Rechner war noch da, zu groß und altmodisch, um ihn zu stehlen.

Ich schaltete den Monitor ein; der Gedanke daran, was er mir wohl zeigen würde, erfüllte mich mit mehr Angst als irgendeine ausgeraubte Wohnung. Schlafraumkamera zwei erwachte flackernd zum Leben, und als sie es tat, sank ich langsam in den Trümmerhaufen auf dem Boden des Wohnzimmers. Das Wort *nein* entwich mir fast lautlos.

Imogen saß mit Johnny auf dem Rand ihres Bettes. Sie tranken Bier und lachten gemeinsam, dicht nebeneinandersitzend, Schulter an Schulter, lachend aneinandergelehnt.

»Nein«, sagte ich noch einmal.

Ich suchte nach dem Festnetztelefon, wollte sie anrufen, aber ich konnte es in dem Durcheinander nicht finden. Ich zog mein Handy heraus, aber der Akku war leer. Ich sah nichts als schwarzes Glas.

Auf Schlafraumkamera zwei lachte meine Frau mit Johnny, und dann hörten sie – wie es kommen musste – mit dem Lachen auf.

»Nicht«, sagte ich wie ein Kind.

Was sind die Anzeichen für zunehmende Entropie? Schmelzende Eiswürfel, abkühlender Tee, einstürzende Dächer, splitternde Glasvasen, alternde Menschen, alle möglichen Dinge, die wir zunächst einmal mit *vergehender Zeit* assoziieren. *Während die Zeit vergeht, fallen Dinge auseinander. Oder: Weil Dinge auseinanderfallen, vergeht die Zeit.*

Imogen küsste ihn. Er drückte sie fest aufs Bett, und ihre Arme waren um ihn geschlungen und zogen ihm das T-Shirt über den Kopf.

Das Telefon klingelte unter einem Stapel Bücher. Ich wühlte es hervor und drückte auf den kleinen grünen Knopf, sagte aber nichts.

»Schau einfach nicht hin, ja? Bitte. Ich wollte nicht –«

»Was?«

Imogen weinte. »Ich wollte erst nach Hause kommen und dann –«

»Fünfundsiebzigtausendzweihundertsechs.«

Sie sagte nichts.

»Zuschauer«, sagte ich.

Die Imogen auf dem Bildschirm hörte lange genug auf, den Mann zu küssen, um sich ihr Oberteil ausziehen zu lassen.

»O Gott, Tom, bitte mach es aus.«

»Ich will, dass du damit aufhörst.«

»Gott. Es ist einfach –«

»Wir sind doch glücklich. Diese ganzen Sachen hier.« Ich ließ meine Hand eines der Bücher finden, die aus dem Bücherregal im Wohnzimmer gekippt worden waren. »Unser Leben. Als du noch hier warst. Es war nicht so.«

»Ich wollte auch nicht, dass es so kommt.«

»Es war überhaupt nicht so.«

»Bitte mach es jetzt aus.« Die Stimme der Imogen am Telefon drang hart durch die Tränen hindurch.

Die Mund der Imogen auf dem Bildschirm war geöffnet, ihr Gesicht gerötet, der Kopf in den Nacken geworfen. Ich kannte die Formen, die ihr Körper einnahm, und die Geräusche ihres Atems. Ich kannte die Art und Weise, wie ihr Slip herunterrutschte, und ich kannte ihre Schenkel und das Aussehen ihrer Waden, wenn ihre Knie gegen die Brust gedrückt wurden.

Hinterher fühlte ich mich taub und leer, und ich schrieb die Zuschauerzahl von der Website auf ein Post-it und klebte es an die Tafel, weil – nun ja, aus keinem bestimmten Grund, aber ich ertrug es nicht, einfach nur dazustehen, und ich musste meine Hände irgendwie beschäftigen.

4 442 237.

»Vier Millionen vierhundertzweiundvierzigtausendzweihundertsiebenunddreißig.« Ich sprach die Zahl ins Telefon, und da erst wurde mir bewusst, dass ich schon einige Zeit lang nur noch einem gleichförmigen, leeren Ton lauschte.

30

Die Entropie wächst

Ich rief bei der Polizei an, um den Einbruch zu melden, dann lehnte ich mich mit dem Rücken an die Wohnzimmerwand und glitt daran hinunter.

Ich saß auf dem Boden, zwischen den Blättern und den Trümmern unserer Sachen, während draußen die Sonne unterging und die Straßenlaternen aufleuchteten. Ich saß da und starrte ins Dunkel, bis ich hörte, wie jemand an die Haustür klopfte und sie dann aufgedrückt wurde.

Panik loderte in mir auf, aber ehe ich aufstehen konnte, ging mit einem Klicken das Licht über mir an, und ich saß blinzelnd und blind da.

»Ach du Schande«, sagte eine Männerstimme.

Ich blinzelte in das grelle Licht, bis der schwarze Umriss in der Tür zu einem besorgt aussehenden Polizisten geworden war.

»Geht es Ihnen gut?«

»Ja. Ich bin nicht – es sah schon so aus, als ich nach Hause kam. Einbruch.«

Ich machte keine Anstalten aufzustehen, also stakste der Polizist durch die Trümmer auf mich zu. Er sah recht jung aus, hatte strubbelige Haare und eine große Nase. Er erinnerte mich an Ringo Starr.

»Sie stehen unter Schock.« Er hockte sich aufs Sofa, schaute auf mich herunter und sah sich dann im Zimmer um. »Starker, süßer Tee hilft am besten dagegen. Soll ich?«

»Nein, nein. Entschuldigung.« Ich stand auf. »Ich mache das.«

»Sind Sie sicher?« Der junge Polizeibeamte schien nicht zu glauben, dass ich der Aufgabe gewachsen war.

»Ja. Ja. Wie trinken Sie Ihren Tee?«

Er sah mich an, als hätte ich irgendetwas Merkwürdiges gesagt.

»Kommen Sie, setzen Sie sich«, sagte er und wischte irgendwelche Bruchstücke vom Sofa. »Ich mache das.«

Er ging in die Küche.

»Nicht die mit ›*I love Tea*‹ drauf«, rief ich ihm leicht panisch hinterher, und dann dachte ich: *Das spielt keine Rolle. Das spielt jetzt wirklich keine Rolle mehr.*

»Alles klar«, rief er zurück.

Wie seltsam, dachte ich, *wie seltsam, daran zu denken.*

Ein altes, altes Gefühl überkam mich – das Gefühl, dass Schnee im Inneren fällt, dass alles still und weich wird, unter einer Decke aus Weiß verschwindet.

Nach einigen Minuten kam er wieder und gab mir eine dampfende Tasse mit einem Dalek darauf.

»Hier, Chef.«

»Danke.« Ich trank einen Schluck und hielt die Tasse dann unter meinem Kinn und atmete eine Zeit lang den Dampf ein.

Es gibt keine Möglichkeit, den Dampf in die Tasse zurückzuholen. Der Tee kühlt nur ab, die Entropie nimmt nur zu, und indem sie zunimmt, treibt sie den Zeitpfeil an. Dampf, der in die Tasse zurückgezogen wird, würde aussehen wie ein Film, der rückwärts abgespielt wird. Das ist faktisch unmöglich.

Ich hatte das Gefühl, weinen zu müssen.

»Lassen Sie sich Zeit«, sagte der Polizist nickend. »Sagen Sie mir einfach, was passiert ist, wenn Sie so weit sind.«

»Ich bin gerade von einer Reise mit meiner Agentin zurückgekehrt.« Ich wollte nicht über Blacks Manuskript sprechen, über die Frau, die sich als Sophie ausgegeben hatte, über Imogen. Noch nicht. »Meiner Literaturagentin«, sagte ich. »Ich verdiene meinen Lebensunterhalt mit Schreiben. Also, ja. Ich bin gerade nach Hause gekommen, und da sah es hier so aus.«

»Entschuldigung, was heißt, Sie verdienen Ihren Lebensunterhalt mit Schreiben?«

»Ich bin Schriftsteller«, sagte ich. Ich stellte den Tee ab und hob das Leseexemplar von *The Qwerty Machinegun* vom Boden auf, das in der untersten Schublade meines Schreibtischs beheimatet gewesen war. »Thomas Quinn, das bin ich.«

Der Polizist starrte mich an, als hoffte er, dass etwas sehr Schlimmes doch noch irgendwie in Ordnung kommen würde.

»Ist das so eine Art Rollenspiel, Chef?«, fragte er zweifelnd. »Um sich besser in den Fall einzufühlen?«

»Bitte? Nein, das ist mein Buch. Ich bin Thomas Quinn.«

»Soll ich mitspielen?«

»Was?«

»Soll ich mitspielen, Sie wissen schon.«

»Wobei?« Ich klappte den Rückumschlag auf, um ihm das kleine Autorenfoto zu zeigen, das dort abgedruckt war. »Schauen Sie, das bin ich.«

»Bitte vielmals um Verzeihung, Chef, aber das sind Sie nicht.«

Ich fühlte mich taub, diffus, wie unter einer Schneedecke. Wäre ich sonst ängstlich gewesen? Wütend? Ich weiß es nicht. Ich fühlte mich nur sehr müde und hatte einen vagen Schmerz im Magen, der mich nicht in Ruhe ließ. Auch der Polizist sollte mich in Ruhe lassen.

»Ich hatte einen sehr harten Tag, Officer …«

»Wayburn.«

»… Officer Wayburn. Und ich weiß wirklich nicht …« Ich verstummte.

Der Mann in der Polizeiuniform wertete das als ein Anzeichen, dass ich ihn erkannte, oder vielleicht tat er auch nur sehr überzeugend so.

»Na, sehen Sie. Ich bin's, Sir, Dan Wayburn.«

In Andrew Blacks Buch ist Dan Wayburn der Partner von Max Cleaver. Er hat verstrubbelte Haare, eine große Nase und, ja, sieht ein wenig wie Ringo Starr aus. Ich schaute den Mann an, dann das Buch in meiner Hand und wieder den Mann.

»Ich habe mir schon Sorgen um Sie gemacht, Boss.« Er wirkte erleichtert und schien von meiner Miene keine Kenntnis zu nehmen. »Haben Sie einen Schlag auf den Kopf bekommen oder –«

»Raus.«

»Was?«

»Was auch immer das hier soll, wer auch immer Sie dazu angestiftet hat – verschwinden Sie.«

Der Mann, der sich Dan Wayburn nannte, hob hilflos die Hände.

»Chef, ich weiß nicht –«

Ich sprang auf, marschierte in die Küche. Ich sah Imogens auf wundersame Weise unversehrte »I ♥ Tea«-Tasse neben dem Wasserkocher, und mein Herz machte einen Satz in zwei verschiedene Richtungen zugleich. Dann hob ich die verschiedenen Briefe und Rechnungen auf, die zu Boden geworfen worden waren, und marschierte zurück ins Wohnzimmer.

»Hier«, sagte ich und streckte ihm die Briefe entgegen.

»Was ist das?«

»Meine Post. Mit meinem Namen darauf.« Er nahm die Briefe. »Lesen Sie vor«, sagte ich. »Lesen Sie vor, was da steht, und dann können Sie gehen.«

»Da steht Ihr Name.«

»Dann lesen Sie ihn vor.«

»Maxwell Cleaver.«

»Das steht da nicht.«

Dan Wayburn hielt mir die Briefe wieder hin. Ich nahm sie und überflog den ersten. *Sehr geehrter Mr Cleaver.* Die Adresse im Briefkopf war noch immer meine, aber der Name –

Cleaver. Aber. Nein. Ich kannte diese Briefe. Die Mahnungen, die bedrohlichen Benachrichtigungen, ich hatte sie geöffnet, hatte sie alle gelesen. Und es waren dieselben Briefe, womit ich meine, dass sie beinahe identisch waren, jeder einzelne von ihnen, nur dass sie jetzt alle an einen Mr Maxwell Cleaver adressiert waren.

Ich ließ sie zu Boden fallen, stakste durch die Trümmer in den Flur und nahm meine Reisetasche. Ich wühlte auf ihrem Boden herum, bis ich fand, was ich suchte, den Umschlag, mit dem alles begonnen hatte. Ich nahm den Umschlag aus der Tasche, zog das Polaroid der schwarzen Kugel heraus und faltete dann den Bogen auf. Eine halbe Sekunde lang war ich erleichtert, Andrew Blacks sorgfältige Handschrift zu sehen, dann erstarrte ich.

Lieber Maxwell,
wissen Sie, was das ist?
Maurice Umber

»Ist alles in Ordnung, Sir?« Der Polizist kam durch den Flur.

Entsetzen kroch in mir hoch, ich ließ den Brief fallen, wühlte wieder in meiner Reisetasche nach den beiden Büchern, die ich immer überallhin mitnahm. Der Mann, der behauptete, Dan Wayburn zu sein, hob den Zettel und das Polaroid vom Boden auf.

»Was führt er im Schilde, Chef?«, sagte er beim Lesen.

Ich ignorierte ihn, fand den dicken Klotz der *Gesammelten Schriften* meines Vaters und holte das schwere Buch aus der Tasche. Auf dem Umschlag stand: *Gesammelte Schriften, Stanley Cleaver.*

»Quinn«, sagte ich und starrte auf das Buch. »Da müsste *Quinn* stehen.«

Ich hatte dieses Buch mein ganzes Leben lang gekannt: Jeder Knick, jeder Falz, jede Schramme auf dem Umschlag waren mir vertraut, und alle waren sie noch da, ganz so wie immer. Doch der Name auf dem Umschlag war jetzt ein anderer.

Neben mir drehte Wayburn das, was Blacks Brief gewesen war, in den Händen.

»Das ist alles falsch«, sagte ich. »Das ist nicht … Es ist alles falsch.«

»He, Chef, ist das ein Gedicht hier auf der Rückseite?«

»Was?«, sagte ich und schaute zu ihm hinüber.

Wayburn zeigte mir die Rückseite des Briefes. In derselben sorgfältigen, präzisen Handschrift standen dort die Verse eines Gedichts, das zuvor nicht da gewesen war. »*Drehend und drehend im sich weitenden Kreisel*«, las er, »*kann der Falke den Falkner nicht hören; alles zerfällt, die Mitte hält es nicht; ein Chaos losgelassen auf die Welt, die Flut, bluttrüb, ist los, und überall ertränkt der Unschuld feierlicher Brauch; die Besten zweifeln bloß, derweil das Pack voll leidenschaftlichem Erleben ist.*«

»Yeats«, sagte ich.

»Sehr aufmunternd. Was bedeutet es?«

Der Schrecken zog mich hinab wie Ahabs Wal, hinab in die tiefen, schwarzen, mit ihrem Ballast aus Schädeln beladenen Tiefen des Ozeans, in die tiefe Schwärze der Panik. Ich begann, alles andere aus meiner Tasche zu heben und beiseitezuschleudern, auf der Suche nach dem anderen Buch. »*Sicher steht eine Offenbarung an*«, las Wayburn weiter. »*Sicher steht jetzt das Zweite Kommen an. Das Zweite Kommen! Kaum, dass das gesagt ist, verwirrt ein Riesenbild vom Spiritus Mundi mein Auge …*«

Ich zog ein Bündel heraus, das in Blisterfolie und das spezielle UV-resistente Plastik gehüllt war, das verhindert, dass Superman-Comics in der Sonne zerfallen, und begann, es auszuwickeln.

»*… irgendwo im Sand der Wüste regt ein Geschöpf mit Löwenleib mit Kopf vom Menschen, sein Blick so starr und mit-*

leidlos wie die Sonne, langsam die Glieder, während rings die Schatten der ungehaltenen Wüstenvögel wirbeln …«

Die Blisterfolie löste sich, und da war es. Das Buch meiner Mutter: *Broten's Encyclopaedia of British Plants and Trees.* Vorsichtig, sehr vorsichtig suchte ich darin nach der Rose meiner Mutter.

»… *Dann wieder Dunkelheit; doch weiß ich jetzt, zweitausend Jahre schliefen wie ein Stein, weil eine Wiege sie zum Albtraum zwang; bloß welches derbe Tier …«*

Sie war nicht da.

An ihrer Stelle – an ihrer Stelle fand ich ein kleines schwarzweißes Foto.

Ein Ultraschallbild eines ungeborenen Babys.

Ich ließ das Buch aus den Händen fallen. Es landete mit einem dumpfen Knall auf dem Boden.

Wayburn schaute zu mir auf. *»Bloß welches derbe Tier, ist reif die Zeit erst, schlurft bethlehemwärts, um zur Welt zu kommen?«*

Ehe ich michs versah, war ich wieder auf den Füßen, war auf den Füßen und stakste durch die Trümmer. Wayburn rief hinter mir her, aber ich war schon an ihm vorbei, im Flur, dann durch die Tür hindurch, dann war ich draußen und rannte. Ich rannte hinein in den Wind und in den Sturm aus wirbelnden Blättern. Ich rannte die Straße hinunter und auf den Park zu, mit nichts in mir außer dem Rennen und dem Chaos des Windes und der Blätter und der Blätter und der Blätter …

Er lehnte am Tor der alten Kirche, als ich dort ankam.

»Du hast den Apfel genommen«, sagte Maurice Umber, und Rauch wallte und kringelte aus dem Schatten unter dem angesengten weißen Fedora hervor. »Jeder weiß, was das bedeutet.«

Ich fiel auf die Knie. Mir war übel und schwindlig.

»Schwarzer Apfel, Klatsch und Tratsch. Wissen und Offenbarung, wie versprochen.« Er hob die Hände, und der Rand dieses berühmten weißen Hutes ging in Flammen auf, bildete einen Ring aus Feuer, einen brennenden Heiligenschein um seinen Kopf. »Dies ist mein Evangelium und mein Testament.« Seine Stimme war ein grollendes elektronisches Summen. »Das Evangelium der Tinte und des Herbsts. Das Testament des Gutenberg-Herbsts.«

… auch alle Wörter und Sätze, die … in der Übereinkunft, dass das Wo…
Wörter und Sätze nicht allein der Bibel und …
derswo vorkamen) wörtlich verstanden und als göttlich …
bar und absolut wahr begriffen werden sollte. Der S…
Protoorthodoxie vor achtzehnhundert Jahren wirkt s…
diesem Augenblick sehr stark darauf aus, wie Sie …
Wörter auf diesen Seiten lesen und auslegen.
Hätte der Standpunkt der Gnostiker obsiegt,
wäre unser Verhältnis zu Texten –
und infolgedessen auch
zu Sprache und
Denken –
heute
ein
deut-
lich
an-
deres.

»E
s
kann sein,
daß der Heros durch
äußeres Zutun von
seinem jenseitigen
Abenteuer zurückgebracht
werden muß, das heißt, die
Welt muß kommen und ihn
holen.« – Joseph
Camp-
bell

I
n
t
e
r
e
s
s
a
n
t
e
r

weise vollzieht
Testaments seine Schöpfungsakte
Art und Weise wie Maxwells Dämon. Das heißt, Gott tendiert nicht
so sehr dazu, Dinge herbeizuzaubern, als ihnen vielmehr
durch trennen, sortieren und arrangieren Form zu
geben. Zum Beispiel: »Da schied Gott das Licht
von der Finsternis« (1. Mose 1,4). »Und Gott sprach:
Es werde eine Feste zwischen den Wassern, und die sei ein
Unterschied zwischen den Wassern« (1. Mose 1,4). »Und Gott
sprach: Es sammle sich das Wasser unter dem Himmel an be-
sondere Örter, daß man das Trockene sehe« (1. Mose 1,9). Das 1.
Buch Mose liefert sogar eine kurze Beschreibung des ursprüng-
lichen Universums als einen sonderbaren, hochentropischen Un-
ort: »Und die Erde war wüst und leer, und es war finster auf der
Tiefe; und der Geist Gottes schwebte auf dem Wasser.«
(1. Mose 1,2). Gott teilt
diesen hochentropischen
Nichtraum, um die weni-
ger entropischen Be-
standteile Himmel-
reich, Erde, Tag,
Nacht, Himmel,
Land und
Meer zu
schaffen.

der Gott des Alten
auf eine gespenstisch ähnliche

…gte,
… genannt wurde, sonde…
… ich muss noch recht jung gew…
…reinlich im Haus meines Onkels und …
Zeit, nachdem meine Mutter gestorben war), und …
und Zahlen in physischer Gestalt existieren konnten – ers…
große »3« aus blauem Schaumstoff auf dem Bildsch…
was ich sah, sei eine hundertprozentig reale, echte …
ich hatte den vagen Verdacht, Grobi oder Bibo seie…
der Vergangenheit einmal dort gewesen und hätten mein…
(das eindeutig orange war) mitgebracht und er habe irgend…
es vorne an seinen Namen anzuhängen. »Ich werde eben ei…
sagte mein Onkel. »So wie wir dich Pip nennen, obwohl du eige…
heißt.« Ich versuchte zu erklären, dass die Buchstaben für Pip …
halten waren und die Sache damit ganz anders lag, aber mein …
praktisch veranlagter Mensch, und es fiel uns oft schwer, einande…
Jahre später lernte ich, dass das N meines Onkels in Wahrheit das …
Sprachentwicklung war, die Linguisten als »Reanalyse« bezeichnen. B…
re hinein wurde persönlicher Besitz im Englischen vor mit einem Konso…
Substantiven durch die Wörter »my« und »thy« und vor mit Vokalen begin…
durch »mine« und »thyne« angezeigt. Es gab also viele, die »
Ed« sagten. Sprechen Sie das einmal laut aus, und
feststellen, dass es ganz ähnlich wie »my Ned«
oder »thy Ned« klingt. Mit der Zeit löste
sich das N von »mine« ab und wurde
stattdessen an den Anfang ver-
schiedener Vokalsubstanti-
ve angehängt, wodurch
viele Eds und Anns
zu Neds und Nans
wurden.

In
Der
Heros
in
tau-
send
Gestal-
ten

legt Joseph Campbell dar, dass sich
sowohl in alten Mythen als auch in modernen
Geschichten aus der ganzen Welt immer wieder eine bestimmte
grundlegende Struktur beobachten lässt. Er nennt diese Struktur den
Monomythos oder die Heldenreise. Die Geschichten von Moses und
Christus sind ebenso in monomythischen Begriffen beschrie-
ben worden wie die Abenteuer von Frodo Beutlin, Luke Skywalker
und Jane Eyre. Campbell gibt den folgenden Überblick
über seine monomythische Struktur: »Der Heros verlässt
die Welt des gemeinen Tages und sucht einen Bereich übernatür-
… Wunder auf, besteht dort fabelartige Mächte und erringt einen
…den Sieg, dann kehrt er mit der Kraft, seine Mitmenschen mit
…sehen, von seiner geheimniserfüllten Fahrt zurück.«
… Held zieht los, stellt sich Herausforderungen und bringt
… Sieg. Dann kehrt der Held zurück und bringt
…ise im Folgenden in 17 Stationen, darunter:
… der ersten Schwelle, Der Bauch des
…se, Rettung von außen, Herr
…ss sich jeder Figur, der
grundlegenden
Rolle

»D
i
e alten
Römer glaubten
auch, jeder Mann
habe einen Schutzgeist
…der Verbündeten, sei-
…›Genius‹, und jede Frau
…eine ›Juno‹ … Am eige-
…burtstag brachte man
…ius oder Juno ein Op-
…n Austausch gegen
… und Schutz oder
… zusätzliches
…chmalz.«
…topher
…er

Teil IV

Das Evangelium der Tinte und des Herbsts

31
Der Heros in tausend Gestalten

Max Cleaver saß in seinem Arbeitszimmer und starrte auf die Uhr an der Wand. Das Arbeitszimmer war schwach erleuchtet. In letzter Zeit war alles im Haus schwach erleuchtet, was an seinem Leiden lag. Max Cleaver wusste nicht mehr genau, wie lange er dieses Leiden schon hatte, nur dass es während seiner letzten Konfrontation mit Maurice Umber aufgetreten war, dass ein Manuskript und ein Puppenhaus eine Rolle gespielt hatten und dass helles Licht keine gute Idee war.

Die Uhr an der Wand brauchte neue Batterien. Cleaver sah zu, wie der Sekundenzeiger sich erfolglos an der Ziffer 7 vorbei und hinauf zur 8 zu bewegen versuchte. Er starrte auf den schmalen roten Strich, der es immer wieder probierte und scheiterte, der rhythmisch zur 8 hinaufzuckte, ohne sie je zu erreichen. Ein kleiner zuckender Puls, ein *fast, fast, fast*, das nie zu irgendetwas führte, aber auch nie aufhörte.

In einem Roman gibt es keine Zeit.

Es war kein Gedanke – nur Worte, die er aus irgendeinem Grund im Kopf hatte, und dann verblichen sie aufgrund von mangelndem Interesse. Es war lange her, dass Cleaver wirklich einen Gedanken gehabt hatte, lange her, dass er irgendeiner Sache wirklich Aufmerksamkeit entgegengebracht hatte, wenngleich er oft auf die Uhr starrte, und jetzt gerade konnte er seine Frau im Flur mit jemandem telefonieren hören.

Nachwirkungen und *semikatatonischer Zustand*, sagte Olive Cleaver, und sie dankte ihrem Gesprächspartner für irgendetwas, wobei ihre Stimme finster und gar nicht dankbar klang.

Und dann war seine Frau bei ihm in dem schwach erleuchteten Raum, zog sich einen Stuhl heran und strich ihm im Beinahedunkel über das Handgelenk.

»Max«, sagte sie. »Max – das bist du. Inspector Maxwell Cleaver. Erinnerst du dich? Das war Dan am Telefon. Dan Wayburn, er ist auch bei der Polizei. Er macht sich solche Sorgen, seit er dich an dem Tag gefunden hat und du so durcheinander warst. Er ruft jeden Abend an und fragt, ob du wieder weißt, wer du bist. Er will, dass du wieder der Alte wirst.« Olive strich sich die langen schwarzen Haare aus den Augen und hinter die Ohren, und Max blickte kurz auf die s-förmige Narbe auf ihrer Wange. »Wir wollen dich alle zurück, Max. Ich, Dan, das Baby.«

Cleavers Kopf drehte sich leicht in ihre Richtung.

»Ja, das Baby. Du erinnerst dich doch an das Baby, oder? Ich glaube, das Baby durchbricht deine …« Sie berührte Cleaver sanft an der Schläfe. »Ich glaube, sie kann zu dem durchdringen, was auch immer da drin abläuft.«

Max Cleaver starrte ins Leere.

»Du rufst nachts nach ihr, weißt du«, sagte sie. »Du sagst ihren Namen. Nur wenn du wach bist, vergisst du alles so wie jetzt, Max. Tagsüber kommst du von dem Ort, an dem du bist, nicht zu uns herüber. Aber wenn du schläfst …« Olive atmete langsam aus. Sie nahm einen neuen, gefassten Atemzug. »Ich glaube, wenn du schläfst, bist du wieder Max und Daddy.«

»Mrs Black«, sagte Cleaver leise, so als wiederholte er ein Wort in einer fremden Sprache, ohne wirklich zu wissen, was es bedeutete.

»Nein, Schatz«, sagte Olive, als hätte sie es schon tausendmal gesagt. »Ich bin Olive Cleaver, deine Frau. Es gibt keine Isabelle Black, keinen Andrew Black und keinen Thomas

Quinn. Wir kennen niemanden namens Imogen, und Sophie wird dich *nie* anrufen, weil … sie nicht echt ist, Max. Komm. Komm, Schatz, es ist schon spät. Wir gehen nach oben. Du brauchst deinen Schlaf.«

o

Max Cleaver stand auf und starrte auf das Bücherregal in seinem Arbeitszimmer. Es war etwas Zeit vergangen, und er fühlte sich ein wenig besser und ein wenig mehr wie früher. In den Bücherreihen klafften Lücken, und er wusste nicht, warum. Er schob die Bücher im Regal hin und her, aber es waren nie genug, und ganz gleich, wie er sie anordnete, es schien immer Platz für genau drei Bücher zu bleiben. Cleaver glaubte, dass in diese Lücken *Don Quijote*, *Es* und *Der Hexenmeister vom flammenden Berg* gehörten. Inspector Cleaver hatte keine Ahnung, warum er vermutete, dass das die fehlenden Bücher waren. Cleaver vermutete auch, dass die Wand hinter seinem Bücherregal morsch war. Manchmal saß er am Schreibtisch und fühlte einen Luftzug durch eine oder mehrere der Lücken zwischen den Büchern dringen. Er hatte das Bücherregal überprüft, und es war ihm immer solide vorgekommen. Trotzdem schien durch die Lücken kalte Luft zu kommen, und das blieb auch so, wenn er die Bücher verschob, um die Position der Lücken zu verändern. Vor einer Stunde hatte er einen kalten Luftzug verspürt, und als er sich umdrehte, sah er ein orange-braunes Platanenblatt, das sich auf den Teppich senkte. Als er nachsah, waren alle Fenster im Arbeitszimmer geschlossen, und er sah draußen auch keine Platanen. Es wirkte wie ein Rätsel, aber er fürchtete auch, es könnte sich um Nachwirkungen seines Leidens handeln, also warf er das Platanenblatt in den Papierkorb, zog seine Strickjacke an und gab sich Mühe, die kalten Luftzüge aus dem Bücherregal zu ignorieren.

Einige Zeit später begann in einem der Zimmer im Obergeschoss ein Baby zu weinen. Im Kinderzimmer oder im Schlafzimmer des Babys, vermutete er.

Cleaver schaute zur Decke, durch die das Geräusch kam. Er wusste, dass seine Frau Olive sich um das Baby kümmern würde. Das tat sie immer, und immer hörte das Weinen auf. Doch wenn er darüber nachdachte – er dachte noch immer nicht sehr häufig nach –, wurde Maxwell Cleaver bewusst, dass er seine Frau schon eine ganze Zeit lang nicht gesehen hatte. Wenn er weiter darüber nachdachte, fiel ihm auf, dass er das Baby überhaupt noch nie gesehen hatte. Das bereitete ihm Sorge. Wie konnte es sein, dass er sich nicht erinnern konnte, seine eigene kleine Tochter je gesehen zu haben? Er *musste* sie doch gewiss gesehen haben. Oder hatte man ihn wegen seines Leidens nicht zu ihr gelassen? Die Einzelheiten waren Cleaver unklar. Es war ihm alles unklar.

Und das Baby schrie immer weiter.

Konnte Olive unterwegs sein? Sollte Cleaver sich um das Baby kümmern? Das hielt er für unwahrscheinlich.

»Olive?«, sagte er. »Olive. Das Baby.«

Er lauschte, aber im Haus schien sich nichts zu rühren.

Cleaver beschloss, die Sache selbst in die Hand zu nehmen. Schließlich war es sein Baby. Cleaver öffnete die Tür des Arbeitszimmers und erkannte dann, dass er nicht wusste, welches Zimmer das des Babys war. Abgesehen vom Schlafzimmer und seinem Arbeitszimmer, war sein Wissen über das Haus ebenso vage wie alles andere. Woran lag das? Das Baby weinte noch immer in einem der oberen Zimmer, und Maxwell Cleaver trat aus seinem Arbeitszimmer in den Flur.

Am oberen Treppenabsatz stieß er auf sonderbares hölzernes Spielzeug. Eine Weihnachtskrippe. Cleaver konnte sich nicht sicher sein, dass nicht Weihnachten war; es war kalt geworden, und die Landschaft vor dem Fenster seines Arbeitszimmers wirkte in jedem Fall trist – nichts als zähe, raue Gräser und ein paar kahle, ferne Bäume, der leere Himmel, die Klippen und das Meer, das unten gegen die Felsen klatschte. Es konnte Weihnachten sein, aber wo war dann die sonstige Weihnachtsdekoration? Und die Krippe war sehr merkwürdig. Das Christuskind in der Krippe sah aus, wie es sollte, aber alle anderen Figuren waren durch Engel ersetzt worden. Der Stall war mit Dutzenden von Exemplaren der gleichen Engelsfigur gefüllt. Zwei standen auf den Plätzen von Maria und Josef, ein kleines Grüppchen fand sich dort, wo die Hirten hätten stehen sollen, und drei Engel näherten sich dem Stall in einer Reihe, eindeutig Ersatz für die drei Weisen. Cleaver sah genauer hin. Die Engel waren nicht ganz identisch. Der Engel, der den Platz des ersten Weisen eingenommen hatte, trug eine Gabe, und die Gabe war eine kleine runde und vollkommen schwarze Kugel. *Der Apfel.*

Warum dachte er, dass das Ding ein Apfel war? Weil. Unklar. Er ließ die Worte verdunsten. Sein Baby weinte noch immer, und er musste aufhören rumzutrödeln und zu ihm gehen.

Er folgte dem Geschrei zu einer Schlafzimmertür und drückte sie auf.

Er blinzelte. Drinnen war es nicht dunkel und düster; die Vorhänge waren aufgezogen und der Raum lichtdurchflutet. Trotz des Sturms draußen war es in diesem Zimmer sehr still. Staubkörner hingen golden in der Luft. Es war ein Schlafzimmer, aber nicht sein Schlafzimmer. Doch er kannte es. Im tiefsten Inneren seiner Seele kannte er es. Cleaver ging durch den Raum zum Bett. Auf dem Nachttisch lag ein großes Buch, ein Buch über Gartenbau, über Pflanzen und Bäume. Das Buch war aufgeschlagen zurückgelassen worden, und auf der aufgeschlagenen Seite lag eine schöne rote Rose, frisch geschnitten und voller Leben. Cleaver berührte die Rose mit dem Finger.

Das Baby schrie noch immer. Er sah sich um. Da war noch

eine Tür, ein Raum, der von diesem hier abging – ein Kinderzimmer. Er ging zu dieser neuen Tür hinüber. Ja, das Weinen kam von dort drinnen. Cleaver drückte die Tür auf.

Es war tatsächlich ein Kinderzimmer. Eine kleine weiße Wiege, eine bunte Wimpelgirlande, die von der Decke herabhing, Bücherregale, Stühle und in der Ecke ein kleines Puppenhaus.

Das Weinen kam natürlich aus der Wiege. Cleaver näherte sich. Es lag kein Baby darin. Die Schreie drangen aus einem Laptop in der Wiege. Ein Laptop. Auf dem Bildschirm war Microsoft Word geöffnet, und der Laptop schrie. Cleaver, der noch immer sehr benommen war und das klare Denken erst wieder lernen musste, fragte sich, ob er den Laptop an sich schmiegen sollte, damit er zu weinen aufhörte. Er schickte sich dazu an, aber als er in die Wiege griff, um ihn herauszunehmen, drückte er eine der Tasten, und ein kleines »a« erschien am oberen Rand des Word-Dokuments. Das Weinen wurde sogleich etwas leiser, aber nur einen Augenblick lang. Der Laptop begann wieder zu schreien. Cleaver griff in die Wiege und drückte versuchsweise einige weitere Tasten, und das schien die Schreie wieder etwas zu dämpfen. Cleaver nahm den Laptop aus der Wiege, legte schützend einen Arm darum und tippte die Worte *Als ich klein war, war mein Vater berühmt*. Die Schreie verstummten, und der Laptop gab ein besänftigtes und zufriedenes kleines Gurren von sich. Cleaver empfand eine sonderbare Mischung von Gefühlen. Doch sein Herz schmerzte ein wenig, und er hatte das Gefühl, dass alles irgendwie besser geworden war.

o

Maxwell Cleaver erwachte im Bett. Im Raum war es dunkel und düster. Die Tür des Schlafzimmers öffnete sich, und jemand kam herein, doch dieser Jemand war nicht seine Frau.

»Hallo, Mr Cleaver«, sagte der Mann. »Ich bin Dr. Sackler, und ich komme, um nach Ihnen zu sehen. Um zu schauen, welche Fortschritte Sie machen. Dürfte ich Sie untersuchen?« Der Mann war jetzt nah genug, um ihn durch das Dunkel richtig erkennen zu können. Er hatte rote Haare und lange, breite, lockige Koteletten. Er wirkte vertraut.

Max Cleavers Stirn legte sich in Falten. *Er wirkte vertraut.*

»Ihr Leiden, Mr Cleaver ... Ich muss Ihnen sagen, dass nach derzeitigem Stand eine gewisse Wahrscheinlichkeit besteht, dass Sie bleibende Schäden am Hippocampus, Thalamus, Paläomammalischen Komplex erlitten haben, was sicherlich Ihren verwirrten Zustand erklären –«

Hippocampus, Thalamus, Paläomammalischer Komplex.

Max Cleaver musste plötzlich an einen lärmerfüllten Zug denken.

Hippocampus, Thalamus, Paläomammalischer Komplex.

»Bitte?«, sagte er abrupt.

»Entschuldigung?«

»Was haben Sie gesagt? Hippocampus ...«

»Hippocampus, Thalamus, Paläomammalischer Komplex.«

Max Cleaver richtete sich im Bett auf.

»Ich kenne Sie«, sagte er.

Der Arzt wirkte überrascht. »Nein, Mr Cleaver. Ich habe Ihren Fall gerade erst übernommen, das kann also gar nicht sein. Haben Sie –«

»Ich kenne Sie. Sie saßen im Zug.«

Der Arzt sah Max Cleaver zum ersten Mal richtig an. Über sein Gesicht flackerte ein Blick, in dem Wiedererkennen und Schrecken lagen.

Max Cleaver sah es.

»Das waren Sie im Zug, stimmt's?«

»Nein. Ich glaube, Sie sind verwirrt aufgrund der –«

Unklar. Leiden. Cleaver rieb sich die Augen. Cleaver rieb sich. Sich. Ich. Rieb sich. Ich. Ich rieb mir die Augen. Ich.

Ich rieb mir die Augen.

»Ich verwechsle Sie nicht«, sagte ich durch den Nebel hindurch. »Sie saßen mir im Zug nach Hull gegenüber. Sie hatten einen dicken Stapel ausgedruckter Seiten, und Sie sagten immer wieder medizinische Begriffe vor sich hin.« Ich sprach langsam, gab den Gedanken Zeit, sich einzustellen.

Und sie stellten sich ein.

»Ich dachte, Sie wären ein Student, der fürs Examen übt. Aber so war es nicht. Sie haben für das hier geübt. Der Stapel Seiten, das waren kein Examensunterlagen, oder? Es war ein Drehbuch.«

32

Die Offenbarung des Thomas

Ich sitze auf der zugigen Terrasse von Maxwell Cleavers Haus; ich trage Maxwell Cleavers Kleidung und habe Maxwell Cleavers Jacke gegen die Kälte eng um mich geschlungen. Aber Maxwell Cleaver existiert in Wahrheit nicht. Er ist nur eine fiktionale Gestalt aus einem Buch. Ich heiße Thomas Quinn. Ich bin ein echter Mensch aus Fleisch und Blut, und ich habe lange nachgedacht.

Ich blicke auf, die Augen gegen den Wind zusammengekniffen, als das Geräusch eines Automotors erklingt. Einige Sekunden später biegt der Wagen um die Kurve und kriecht den langen einsamen Weg zum Haus herauf. Der Himmel ist weiß. Das Meer donnert gegen die Klippen. Die Luft schmeckt nach Salz.

Das Auto, ein Polizeiwagen, hält vor dem Haus, und ein Mann steigt aus.

»Ich hatte mich schon gefragt, wann Sie kommen«, rufe ich ihm zu.

Sergeant Dan Wayburn ist natürlich nicht wirklich Sergeant Dan Wayburn; er ist es nie gewesen. Sergeant Dan Wayburn ist auch eine fiktionale Gestalt. Aber das lassen wir für den Augenblick einmal außer Acht.

Dan setzt sich neben mir auf die Veranda. »Alles gut, Max?«

»Ja, Dan. Es ist alles gut, weil ich den Fall geknackt habe.«

»Das ist doch großartig.« Dan zögert vielleicht ein klein

wenig, aber alles in allem macht er seine Sache sehr gut. »Welchen Fall denn?«

»Tja, das ist es. Sehen Sie sich doch einmal um, ja, Dan? Sehen Sie sich das Haus einmal gründlich an, unsere Kleider, Ihren Polizeiwagen dort drüben.«

»Ja, Boss … okay.«

»Sehr gut. Also, die Sache ist die: Hier geschieht gerade eines von zwei Dingen, und es geschieht schon seit einer ganzen Weile.«

»Verstehe.«

»Entweder haben wir es mit Option eins zu tun: Die aufgeräumte Küche einer linearen Erzählung und damit auch unsere Welt, die Gott auf irgendeine Weise ins Sein geschrieben hat, zusammen mit seinem göttlichen Chor aus Mächtigen As, Gierigen Cs und unserem abtrünnigen, teuflischen Freund, dem selbstsüchtigen I – diese Erzählung befindet sich im entropischen Zusammenbruch. Einem Prozess, der durch schwarze Löcher in Gestalt von Hyperlinks, durch elektronische Texte und das Internet ausgelöst wird, denn ohne den Schutz von Anfang und Ende eines guten, soliden, altmodischen physischen Buchs hat die Entropie völlig freie Bahn, und der Endzustand aller Dinge wird zu einem sinnlosen, ungeordneten Staubgewirr.«

»Ich … Aha. Gut, und Option zwei?«

»Option zwei ist … nun ja … Option zwei ist, dass mich irgendwer nach Strich und Faden verarscht, Dan.«

Dan Wayburn vermag mir nicht recht in die Augen zu sehen.

»Spoiler-Warnung«, sage ich. »Es ist die zweite. Aber das war Ihnen schon klar, oder?«

»Ich weiß nicht –«

»Ich heiße nicht Maxwell Cleaver. Ich bin Thomas Quinn, und ich bin Schriftsteller. Oder ich war es.«

»Chef, ich … ich weiß wirklich nicht, wovon Sie reden.«

»Na schön«, sage ich. »Ganz, wie Sie wollen.«

»Ich weiß nicht ...«

»Schon gut. Aber ich bin wie der Ermittler gekleidet, und ich habe den Fall gelöst. Soll ich einfach weitermachen?«

»Ich –«

»Na schön. Also. Der Fall hatte sich versteckt, wissen Sie – das ist ein entscheidender Punkt bei der Sache. Der Fall hatte sich versteckt, so wie die Lösung zu diesem alten Gedankenexperiment mit Maxwells Dämon sich versteckt hatte. Hier«, sage ich, »schauen Sie.« Ich nehme den Stock, der neben mir auf der Veranda liegt, und zeichne einen Kreis in die Erde. »Thermodynamik. Wenn innerhalb Ihres geschlossenen Systems etwas scheinbar Unmögliches passiert, dann folgt daraus zwangsläufig, dass Ihr System nicht wirklich geschlossen, sondern offen ist, dass es Energie hereinlässt und auf eine subtile Weise, die Ihnen nicht bewusst war, Teil eines größeren geschlossenen Systems ist.« Ich zeichne einen größeren Kreis um den ersten herum, dann verwische ich einen Teil des inneren Kreises, bis er wie ein »C« aussieht. »Sehen Sie?«, sage ich.

Dan nickt.

»Bei unserem Fall verhält es sich folgendermaßen: Je größer dieses äußere, versteckte geschlossene System ist, desto unwahrscheinlicher wirkt es. Und dieser Eindruck von Unwahrscheinlichkeit ist genau das, was ihm das Verstecken erleichtert. Haben Sie schon einmal von der Idee gehört, dass ein guter Zaubertrick genau entgegengesetzt zu einer guten Geschichte funktioniert – durch die Ermunterung zur Ungläubigkeit?«

»Ähhh. Nein.«

»Also gut. Die Kurzfassung: Ein Zuschauer sitzt in einem Theater und sieht einen Zaubertrick. Denkt der Zuschauer darüber nach, wie der Zaubertrick funktioniert, und kommt auf eine Erklärung, überlegt sich dann aber, dass die Erklärung zu komplex, zu weit hergeholt und unwahrscheinlich wäre, dann verwirft er diese Erklärung wieder. Der Trick wird nicht durchschaut. Dass etwas ungeheuer komplex und unwahrscheinlich ist, verhindert also nicht, dass es wahr ist. Tatsächlich ist das sogar eine sehr, sehr gute Möglichkeit, diese wahre Sache zu verschleiern.«

Ich beginne, immer größere Kreise zu zeichnen, die einander umschließen.

»Und genau damit haben wir es bei unserem Fall zu tun. Je größer das geschlossene System ist, desto mehr Arbeit muss geleistet worden sein, um es zu schaffen und aufrechtzuerhalten; je hanebüchener und unwahrscheinlicher es wirkt, desto wahrscheinlicher ist es also. Aber. Aber, aber, aber. Wir müssen dieses nagende Gefühl von Unwahrscheinlichkeit ignorieren, weil es genau das ist, was uns daran hindert, die Wahrheit zu erkennen, verstehen Sie? Wir müssen uns immer weiter nach außen bewegen, durch immer größere Kreise hindurch, und uns dabei auf eines konzentrieren« – ich ziehe den Stock durch einen Kreis nach dem anderen, mache in jeden ein Loch, bis ich den größten, äußersten erreiche – »nämlich den Punkt, an dem alles im Gleichgewicht ist. Den Punkt, an dem wir die andere entscheidende Sache identifizieren können: die Energie, die aufgewendet wird, um all die merkwürdigen Dinge zu erklären, die vor unseren Augen durch diese Arbeit entstanden sind.« Ich schwenke meinen Stock in Richtung des Hauses, in Richtung von Dans Polizeiwagen, von Dan selbst. »Und damit meine ich das und das. Und Sie.«

»Aha.«

»Einstein hat gesagt, der zweite Hauptsatz der Thermodynamik dulde keinen Widerspruch, und wir wollen wiederum Einstein nicht widersprechen, oder, Dan?«

»Nein, Sir.«

»So ist es recht.« Ich tippe auf den Rand des größten Kreises. »Damit haben wir es hier also zu tun: mit etwas, was so groß ist, so obsessiv und so unwahrscheinlich und was so viel enthält, dass Sie Mühe hätten, es zu erkennen, Ihren Verstand dazu zu bringen, überhaupt an seine Existenz zu glauben. Es sei denn, die wahre Gestalt dieses gewaltigen geschlossenen Systems gäbe sich auf irgendeine Weise zu erkennen.«

»Wie könnte das passieren?«

»Dazu kommen wir gleich. Sehen Sie diesen Teil hier?« Ich tippe auf das »C« inmitten der Ringe. »Sie und die anderen, die mich in dieses Haus gesteckt haben, die mir diese Sachen angezogen haben, die mich so verunsichert haben, dass ich beinahe so weit war, Ihnen zu glauben, als Sie mich Max Cleaver nannten, all das ist nur das Zentrum von etwas viel Größerem –«

»Aber Sie sind –«

»Nein, bin ich nicht. Ich bin Thomas Quinn, wie Sie ganz genau wissen, Mr Wer-auch-immer-Sie-sind. Im Augenblick bin ich der Zuschauer im Theater, und ich habe den Zaubertrick gerade verstanden. Und er ist wirklich formvollendet. Ich meine, natürlich ist er das. Sehen Sie sich selbst an, Dan. Ich werde Sie weiterhin Dan nennen, weil das einfacher ist. Aber Sie sind nicht wirklich Dan Wayburn, oder? Sie sind ein Schauspieler. Sie sind alle Schauspieler – nein, pscht, Sie brauchen nichts zu sagen, hören Sie einfach nur zu. Sie machen Ihre Sache sehr gut. Aber es ist noch so viel mehr im Spiel. Dieser Kreis ist riesig. Aber es gibt Hinweise, wenn man weiß, wonach man sucht.«

»Was für Hinweise, Sir?«

»Nun, die Sache ist die, Dan: Das alles geschieht nicht von alleine, nicht wahr, Dan? Irgendwo wird Energie aufgewendet, um all diese merkwürdigen, nützlichen Dinge zu schaffen. Wie ich schon sagte, all diese Vorfälle, diese Ereignisse wurden sorgfältig geplant, arrangiert und durchgeführt, damit das Ganze erscheint – damit es *mir* so erscheint – wie eine Reihe echter Vorkommnisse in der echten Welt. Aber das ist es nicht. Nichts davon *geschieht einfach*. Es ist eine Art raffiniert inszenierter … sagen wir nicht ›Schwindel‹. Ich will großzügig sein und es eine ›interaktive Performance‹ nennen. Im Grunde ist es ein Theaterstück, nicht wahr? Ein Stück mit nur einem einzigen Zuschauer – mir –, der gar nicht merken soll, dass es sich um eine Aufführung handelt. Doch selbst das einfachste Theaterstück bedarf eines großen Aufwands hinter den Kulissen, um überzeugend zu wirken. Und jedes Stück braucht jemanden, der es plant, arrangiert, orchestriert – einen *Autor*. Ich nehme an, dass es dieser Autor ist, der diese ganze Energie in das geschlossene System fließen lässt. Gute Geschichten scheinen einfach so zu funktionieren, aber in Wahrheit werden sie zum Funktionieren *gebracht*, durch *die kunstvoll verschleierte Aufwendung eines Riesenhaufens Zeit*. Und mit Autoren verhält es sich so: Sie sind wie Pokerspieler, sie haben alle ihre eigenen *Tells*, kleine Dinge, die sie verraten. Auf diese Weise können Computer bestimmen, welche Teile von Shakespeares Stücken von ihm selbst stammen und welche nicht.«

»Was?«

»Egal. Das Entscheidende ist: Wenn wir hier herauskommen« – ich tippe auf den äußeren Kreis – »merken wir nicht nur, dass jemand eine Menge Energie investiert, damit alles funktionieren kann, sondern daran, wie sich die Arbeit an sich – diese ganze große interaktive Performance – anfühlt, können wir möglicherweise auch erkennen, wer derjenige ist.«

»Und was sind diese *Tells*, Chef? Wonach halten Sie Ausschau?«

»Haben Sie schon einmal von einem Buch mit dem Titel *Der Heros in tausend Gestalten* gehört? Und es gibt noch ein anderes mit dem Titel *Die Odyssee des Drehbuchschreibers*, in dem das verdeutlicht wird – jedenfalls geht es in beiden Büchern sehr viel um Archetypen.«

»Arche–«

»Also gut, noch mal die Kurzfassung. In Geschichten, auf klassische Weise konstruierten Geschichten, fällt jeder Figur eine Rolle, eine bestimmte Aufgabe zu, damit die Geschichte funktionieren kann, und wenn man diese Rollen, diese Aufgaben einmal kennt, kann man die Archetypen dahinter erkennen. *Der Mentor, der Schatten, der Gestaltwandler.* Man sieht sie immer wieder. Sie sind übrigens der *Verbündete.*«

»Bin ich?«

»O ja, und Sie machen das sehr gut. Wie dem auch sei, jedenfalls hält sich unser verborgener Autor dieser interaktiven Performance sehr eng an die Archetypen, das ist sein *Tell.* Dadurch war dies hier« – ich tippe auf den großen Kreis – »als eine konstruierte Erzählung zu erkennen. Im wahren Leben gibt es keine Archetypen. Die Dinge sind nicht so geordnet. Aber dieses riesenhafte geschlossene System« – der Stock wirbelt um den großen Kreis – »ist voll von sorgfältig konstruiertem Storytelling und Archetypen, weil er einfach nicht anders kann. Eine Geschichte ist eine Maschine, wissen Sie, Dan. Sie ist eine Maschine, die nur im Gleichgewicht funktionieren kann. Diese … diese Performance, in der wir jetzt leben, ist eine wunderbare, unfassbar detaillierte, komplizierte Vorrichtung. Es ist eine große …«

Und während ich spreche, wandern meine Gedanken zurück nach Hull, wo ich nach meiner ersten Begegnung mit Black zum ersten Mal *Cupid's Engine* las, zurück zu meinem Staunen über die Konstruktion und die mechanische, akribische Uhrwerkform, die diese Geschichte in meiner Vorstellung angenommen hatte. Und dann schaue ich wie nebenbei auf die ganzen Kreise, die ich in die Erde gezeichnet habe. Ich spüre, wie sich meine Augen vor Überraschung weiten und sich ein Lächeln langsam auf meinem Gesicht ausbreitet – ein staunendes Lächeln, trotz allem. Ich habe neun Kreise in den Staub gezeichnet. Jetzt zeichne ich sorgfältig einen kleinen Punkt irgendwo auf die Linie jedes einzelnen Kreises.

»Es ist ein großes Planetarium«, sage ich. »Dieses Theaterstück, diese interaktive Performance, sie läuft ab wie ein viktorianisches Planetarium, Dan. Sie wissen schon, diese Modelle des Sonnensystems mit all den kleinen Messingplaneten und ihren Umlaufbahnen. Das ist dies hier, so fühlt es sich an. Neben den Archetypen ist diese Akribie sein *Tell*. Jetzt, wo ich es sehe, würde ich es überall wiedererkennen.«

»Ich kann Ihnen nicht folgen.« Er schaute auf die Zeichnung auf dem Boden. »Geht es wieder um Gott und die Planeten? Darum, dass Gott das Universum mit Buchstaben erschaffen hat?«

Ich starre ihn an. Dann starre ich auf meine Erdzeichnung, die wie das Sonnensystem aussieht, und ein kaltes Prickeln läuft mir den Nacken hinauf. Ich spüre, wie sich eine Tür irgendwo hinten in meinem Kopf einen Spaltbreit öffnet und dahinter etwas wirklich Enormes liegt.

Ich schiebe die Bilder beiseite und fahre mir mit den Händen energisch durchs Haar. »Nein, nein. Schauen Sie, es ist ein Modell, eine Maschine. Die Art und Weise, wie es sich anfühlt, und seine Verwendung der Archetypen verraten es. Wir können uns die Archetypen sogar als Planeten vorstellen, wenn Sie wollen, die alle ihre Aufgabe verrichten, um sich gegenseitig auszubalancieren. Wenn wir den Ausreißer finden, können wir die Balance und die Form dieses ganzen Dings erkennen.«

»Ich kann immer noch nicht folgen.«

»Na schön. Also, dieser hier drüben?« Ich tippe den Punkt auf dem größten der Kreise an. »Einer der Archetypen ist als *der Schwellenhüter* bekannt. Die Aufgabe des Schwellenhüters besteht in der Geschichte darin, den Helden daran zu hindern, dass er sich in das Abenteuer begibt, und uns – dem Publikum – zu verdeutlichen, wie gefährlich das Abenteuer tatsächlich sein wird. Er spielt eine wichtige Rolle bei der Eröffnung der Geschichte, verstehen Sie?«

»Einigermaßen.«

»Ich habe meine Agentin seit sechseinhalb Jahren, Dan. Aber in dieser ganzen Zeit war ich nie in ihrem Büro, ist das nicht merkwürdig? Und die Sache ist die: Sie ist eindeutig, offensichtlich, hundertprozentig eine Schwellenhüterin. Das heißt, dieses geschlossene System, diese Pantomime, diese kleine Aufführung, in der wir beide uns gerade mittendrin befinden, fing nicht an, als ich hierherkam, benommen wegen einer Tasse mit Betäubungsmittel versetztem heißen Tee – danke dafür übrigens –, und sie fing auch nicht an, als ich in diesen Zug stieg, um Andrew Blacks verlorenes Manuskript zu stehlen. Dieses geschlossene System – dieses interaktive Theaterstück, bleiben wir dabei – läuft seit sechseinhalb Jahren. Was verdammt noch mal unfassbar ist, ich weiß, aber sie ist die Schwellenhüterin in dieser Erzählung. Die Geschichte funktioniert ohne sie nicht richtig, und weil es bei ihm ohne wirkliche Bedeutung eigentlich nicht geht, hat er sich verraten.«

»Aha. Wer denn?«

»Was?«

»Wer hat sich verraten?«

»Andrew Black.«

»Wer ist Andrew Black?«

»Ganz genau, Dan. Ich glaube, das ist die Frage, die wir uns hier stellen müssen. Ich war immer davon ausgegangen, dass Max Cleaver auf Andrew Black beruhte, aber was, wenn Andrew Black, der Autor, in Wahrheit auf Maxwell Cleaver, der Figur, beruht?«

»Aber das ist doch unmöglich, oder nicht?«

»Ist es das?«

»Ein Autor kann doch nicht auf der Figur beruhen, die er erfunden hat.«

»Sie meinen, die Wirkung kann nicht vor der Ursache kommen?«, frage ich.

»Ja, ich denke, das meine ich wohl.«

»Tja, das stimmt wahrscheinlich. Aber was, wenn jemand hinter den Kulissen eine ungeheure Menge an Energie aufwendet, um es so aussehen zu lassen, als könnte sie es? Geschichten sind verzwickt. Ich rief die University of Hull an. Das ist übrigens der tatsächliche Rand des Kreises, dieser Brief von Black, der mich bat, in seinem Creative-Writing-Kurs einen Vortrag zu halten. An dieser Stelle treten wir in dieses geschlossene System ein, diesen Schwindel, diese reale Pantomime.«

»Sie hatten es ein *interaktives Theaterstück* genannt.«

»Richtig. An diesem Punkt beginnt es. Black bat mich, in seinem Creative-Writing-Kurs an der University of Hull zu sprechen. Nur dass ich die University of Hull vor etwa einer Stunde angerufen habe und man dort noch nie von einem Andrew Black gehört hat und auch nicht von einem Mike Mondegrass, unter dessen Namen er angeblich unterrichtete. Man sagte mir, beide habe es im Lehrkörper nie gegeben. Wissen Sie, ich rief dort an, weil mir bewusst wurde, dass er mich an jenem Tag vor dem Eingang in Empfang nahm, ehe ich hineingehen und nach ihm fragen konnte, und dass er seinen Kurs im Freien gab statt in einem der Seminarräume. Tatsache ist, dass ich mit der University of Hull außer durch Andrew Black selbst keinerlei Kontakt hatte. Woran könnte das liegen?«

»Daran, dass Andrew Black nie dort unterrichtete …?«

»Ganz genau, zehn Punkte für den *Verbündeten*. Die Studenten, die an seinen gelegentlich stattfindenden Kursen teilnahmen, taten das auf persönliche Einladung – sie wurden benutzt, um die Aufführung aufzuhübschen. Wir nahmen alle an einem Universitätskurs teil, der gar kein Universitätskurs war, und niemand von uns hatte eine Ahnung.«

»Was bedeutet …?«

»Was bedeutet, dass Andrew Black im besten Fall durch

und durch verrückt ist. Aber ich glaube, das Ganze geht noch viel tiefer. Wissen Sie, ich habe eine Frau getroffen, die behauptete, die echte Sophie Almonds zu sein. Sie sagte auch, es gebe keinen Andrew Black. Das sei nur ein Künstlername. Ich glaube, das könnte stimmen. Der Arzt war ein Schauspieler, Sie sind ein Schauspieler, Sophie hat ihre Rolle als Schwellenhüterin, so verrückt das klingen mag, jahrelang gespielt. Warum muss Black selbst also echt sein? Ist es nicht möglich, dass derjenige, der dahintersteckt, sich den Roman *Cupid's Engine* sehr genau angesehen und die Figur des Andrew Black sozusagen auf dessen Grundlage nachgebaut hat – einen Autor geschaffen, der ein Buch wie dieses geschrieben haben könnte? Zu diesem Zeitpunkt ist alles vorstellbar.«

Ich stand auf.

»Kommen Sie«, sagte ich.

»Wohin gehen wir denn?«

»Wir gehen Andrew Black suchen.«

Wayburn folgte mir zu seinem Wagen.

»Aber Sie sagten doch gerade, es gebe ihn gar nicht. Oder?«

»Die Sache ist die, Dan: Irgendwer hat *Cupid's Engine* geschrieben, und irgendwer hat« – ich breitete die Arme aus – »diese ganze lebende Pantomime geschrieben. Meine Hypothese ist, dass derselbe Verstand, der für das Labyrinth dieses Romans verantwortlich ist, auch das Labyrinth geschaffen hat, in dem wir uns jetzt gerade befinden.«

Wir stiegen in Wayburns Auto.

»Andrew Black ist ein Künstlername«, sagte ich. »Und ich bin mir ziemlich sicher, dass ich weiß, wessen Künstlername es ist.«

Wayburn schloss seinen Anschnallgurt und ließ den Motor an.

»Also, wo fahren wir hin?«, sagte er.

»In den Wald.«

»Was?«

»Zurück in die eigene Welt der Geschichte. Das ist der komplizierteste Teil der ganzen Sache, der Teil, der besonders aufmerksam überwacht worden sein musste. Fahren Sie nach Owthorne.«

Wayburn sah mich an. »Wissen Sie, wie man dort hinkommt?«

»Nein«, sagte ich. »Aber Sie wissen es, nicht wahr, Dan? Denn ich glaube, dass Sie gerade genau dort herkamen.«

Wayburn sah mich einen Augenblick lang mit undurchschaubarer Miene an.

»Wenn Sie es sagen, Chef«, sagte er dann und fuhr los.

o

Ich stand mit dem Mann, der Dan Wayburn spielte, auf dem leeren Parkplatz des Weerby Hotel.

»Wie heißen Sie wirklich?«, fragte ich.

»Verzeihung, Sir?«

»Wenn Sie sich nicht als fiktionaler Polizeibeamter ausgeben, wie heißen Sie dann?«

Er sah mich an. Keine Ausflüchte, nur ein Gesicht, das der Inbegriff der Ausdruckslosigkeit war.

»Na schön«, seufzte ich. »Wie Sie wollen. Bald ist das sowieso alles vorbei.«

Wir standen eine Weile schweigend da.

»Wissen Sie, was nach der Veröffentlichung von *Cupid's Engine* passierte, Dan?«

»Nein, Chef.«

»Mein Vater starb.«

»Oh. Das tut mir leid.«

»Mein berühmter, brillanter Vater starb, wenige Jahre nachdem er einem wunderbaren neuen Buch von einem mysteriösen Autor ein glühendes Lob ausgesprochen hatte, obwohl er das noch nie zuvor bei einem Roman getan hatte. Er starb vor sieben Jahren, irgendwo in Spanien. Ich sage, er starb, aber ich war nicht bei der Beerdigung. Ich habe nie ein Grab oder eine Todesurkunde gesehen.«

»Verstehe«, sagte Dan.

»Sie wissen, worauf ich hinauswill, oder, Dan?«

»Ich glaube schon.«

»Komme ich der Wahrheit näher?«

»Keine Hinweise«, sagte Dan. »Sie sind der Ermittler.«

Ich sah ihn an. Er setzte wieder seine leere Miene auf.

»Er hat mich angerufen, wissen Sie. Er fing an, auf den Anrufbeantworter zu sprechen.«

Noch immer der leere Blick, also fuhr ich fort:

»Ich glaube, sieben Jahre sind genug Zeit, um diese ganze Sache auf den Weg zu bringen und ein Finale wie dieses hier vorzubereiten. Ich meine, viel schneller ginge es gar nicht. Und mein Vater hat mit seiner Schriftstellerei viel Geld verdient. Sehr viel Geld. Das alles hier, das über die Bühne zu bringen, dafür brauchte es sehr viel Geld, meinen Sie nicht auch, Dan?«

»Wenn Sie es sagen, Boss.«

»Die ganze Sache mit den Babys, den leeren Wiegen. Es geht nur darum, wie verletzt er war, als wir uns zerstritten, wissen Sie. Denn so sind Schriftsteller nun mal, oder? Ein normaler Mensch würde einfach sagen, wie er sich verdammt noch mal gefühlt hat. Ein normaler Vater würde einfach sagen: *Es tut mir leid* oder *Es tut mir nicht leid, du kannst mich mal* oder sonst irgendetwas. Aber mein Vater hatte kein Interesse, er war immer außerstande, sich auf irgendetwas einzulassen, was keine Aufführung war. Es musste von haufenweise Preisen und einer begeisterten ganzseitigen Rezension in der *Times* begleitet sein, sonst hatte er *einfach keine Zeit dafür*, wissen Sie?«

Dan sah mich an.

»Ich dachte, mein Vater würde aus dem Grab zu mir sprechen«, sagte ich. »Nur dass er gar nicht im Grab liegt. Er ist hier.«

Wayburn schaute am Weerby Hotel hinauf. »Und Sie meinen, er versteckt sich hier im Hotel, Boss?«

»Ja. Ich wohnte hier im sechsten Stock, und als ich mit Hallo ich heiße Janet sprach –«

»Hallo –?«

»Tut nichts zur Sache. Aber als ich mit ihr sprach, trafen wir uns im obersten Stockwerk, in der siebten Etage, einem ungenutzten Veranstaltungsraum. Seit den Achtzigern war niemand mehr dort oben gewesen.«

»Und?«

»Wer polterte also die ganze Zeit über mir herum, als ich in dem Zimmer im sechsten Stock wohnte, und hielt mich wach? Wissen Sie, es gibt eine ganz einfache Möglichkeit herauszufinden, wie viele Stockwerke ein Gebäude hat. Man zählt einfach die Fensterreihen an der Außenseite. Würden Sie das für mich tun, Dan?«

»Eins, zwei, drei, vier, fünf, sechs, sieben … acht.«

»Kommen Sie«, sagte ich und ging auf das Hotel zu, »wir sehen mal nach, was sich in Etage sechseinhalb befindet.«

o

Wir traten aus der Drehtür in die ruhige Lobby. Es waren keine Gäste zu sehen, und die Rezeption war unbemannt. Abgesehen von der leisen blechernen Musikberieselung, die irgendwo durch Lautsprecher ertönte, war es völlig still.

Ich sah die Gestalt, die allein an einem Tisch in der Ecke saß.

»Weiter gehe ich nicht«, hörte ich Wayburn sagen.

»Ich verstehe.«

»Viel Glück, Chef.« Er nickte mir zu. Dann drehte er sich um, ging wieder in die Drehtür und war verschwunden.

Ich durchquerte den Raum, meine Schritte hallten.

»Am Ende hätten Sie mich fast gekriegt«, sagte ich.

Der Mann, den ich immer als Andrew Black gekannt hatte, erhob sich, und wir standen uns zum letzten Mal von Angesicht zu Angesicht gegenüber.

»Sie sind nicht er, nicht wahr?«, sagte ich. »Sie sind nicht Andrew Black.«

»Nein«, sagte der Mann.

Ich atmete lange und langsam aus. Etwas zu glauben und etwas zu wissen, ist nicht einmal annähernd das Gleiche.

»Die ganze Zeit über«, sagte ich.

»Die ganze Zeit über«, bekräftigte er.

»Wissen Sie, ich habe mich immer gefragt, warum jemand, der so ordentlich und so obsessiv ist, sein Haar so lang und ungekämmt trägt wie Sie. Der Grund wird mir erst jetzt gerade klar.« Ich streckte die Hand nach seinem Gesicht aus. »Darf ich?«

Er schien kurz zu überlegen. Ich hatte diesen Blick gut kennengelernt, wenngleich ich jetzt wusste, dass er gar nicht überlegte.

Er sah mich wieder an und nickte.

Mit beiden Händen schob ich die langen Haare hinter seine Ohren.

Der Ohrhörer war auf der linken Seite. Ein kleiner hautfarbener Lautsprecher, der ins Ohr gedrückt war, mit einem winzig kleinen Mikrofon, das unter dem Ohrläppchen hervorragte. Selbst mit zurückgekämmten Haaren hätten es die wenigsten Leute bemerkt. Teuer. Natürlich war es das.

»Der Text kommt darüber?«

Er nickte.

»Es war sehr gut«, sagte ich. »Eine sehr gute Darstellung.«

Seine Schultern neigten sich zu einer kleinen Dankesverbeugung. Der Mann hatte eine meisterliche Kontrolle über sein Gesicht, er blieb vollkommen neutral, auf eine Weise, wie Dan Wayburn es nie ganz vermocht hatte. *Und warum auch nicht*, dachte ich, *er ist ja schließlich der Haupt-*

darsteller, oder? Kein Wunder, dass er seine Sache gut macht.

»Ich kannte Sie in Wirklichkeit gar nicht, oder?«

Er verzog keine Miene.

Ich wandte mich ab.

»Aber ich habe etwas Besonderes in dir gesehen, Tom«, sagte der Mann unvermittelt. »Ich hoffe, das weißt du.«

Meine Haut kribbelte. Ich drehte mich langsam um und sah den Mann an, der für mich immer Andrew Black gewesen war.

»Ist das Ihre persönliche Einschätzung?«, fragte ich ihn.

Den Blick geradeaus gerichtet, schüttelte der Mann, der Schauspieler, langsam den Kopf.

»Es kam über den Ohrhörer?«

Ein Nicken.

»Verstehe.«

Ich dachte daran, wie die Worte meines Vaters meine Finger mit Druckerschwärze von der riesigen, großformatigen Zeitung verschmierten, an seine Stimme, die verrauscht durch das Radio drang. Ich dachte an diesen alten, alten Zaubertrick. Daran, wie sich diese verschiedenen Teile wieder zu einem Mann zusammenfügen konnten.

»Weißt du«, sagte ich, »ich glaube, ich habe mein ganzes Leben lang darauf gewartet, dass das passiert.«

Der Schauspieler fasste sich ans Ohr.

»Hallo noch mal, Tom«, sagte er und schaute weiter geradeaus.

»Wo bist du?«

»Du weißt, wo ich bin.«

»Ja«, sagte ich. »Du bist oben. Etage sechseinhalb.«

»Ich warte dort auf dich, wo ich schon immer war.«

»Was soll das heißen?«

Der Mann schwieg kurz, sah mich dann an und schüttelte den Kopf. »Ich habe keinen Text mehr«, sagte er.

In diesem Augenblick wurde mir bewusst, dass ich weinte. Wütend rieb ich mir die Augen.

»Sagen Sie's ihm. Sagen Sie ihm, ich komme rauf.«

o

Eine Sekunde nachdem der Fahrstuhl am sechsten Stock vorbei war, drückte ich den Knopf für den Nothalt. *Denn so machten sie es in den Geschichten.*

Der Fahrstuhl hielt unvermittelt.

Die Türen öffneten sich.

Und dahinter ...

... dahinter lag das geheime Stockwerk.

Ich stieg aus dem Fahrstuhl und sah einen mit Teppich ausgelegten Hotelflur und eine Spur aus Rosenblättern.

Ich bückte mich und hob eines auf. Weich, frisch, ganz neu.

Ich folgte der Spur den Gang entlang, und sie führte mich zu einem kleinen Vorzimmer mit einer großen geschlossenen Flügeltür auf der gegenüberliegenden Seite. In der Mitte dieses Vorzimmers stand ein kleiner Tisch, und auf dem Tisch lagen neben einer großen Vase mit roten Rosen etwa zwei Dutzend Bücher meines Vaters, von denen viele nach seinem Tod erschienen waren, Bücher, die ich nie gelesen hatte.

Gesammelte Werke III, IV, V, VI, VII.

Auf dem Bücherstapel lag ein einzelner weißer Umschlag.

Ich nahm ihn.

Auf der Vorderseite stand in vertrauter säuberlicher und sorgfältiger Handschrift:

Ich habe diesen Brief nach dem Tod Deines Vaters in seinen Sachen gefunden.
Du solltest ihn lesen.
AB

Ich öffnete den Umschlag, nahm das einzelne Blatt Papier heraus und begann zu lesen:

Lieber Thomas,
entschuldige.
Ist das etwas? Irgendetwas? Ein Wort. Zwölf Buchstaben. Kringel und Schleifen, Tinte und Papier. Können wir beide daraus etwas machen? Ist es möglich, dass ich diese Formen niederschreibe und Du sie liest und in dem Abstand zwischen der einen und der anderen Handlung etwas leben und wachsen und sich verfestigen kann? Ich habe mein ganzes Leben lang mit Wörtern gelebt, und ihre Magie und Fremdartigkeit erstaunt und verwirrt mich noch immer und überwältigt mich manchmal vollends.

Ich habe versucht, mein Leben in einer Weise auszubalancieren, die mir richtig erschien. Auf der einen Seite Du und Deine Bedürfnisse, für die ich sorgen musste, und auf der anderen Seite meine eigenen Bedürfnisse. Indem ich mich entschied, meine Zeit in der Welt zu zerstückeln – habe ich mich verkalkuliert. Es tut mir leid. Du brauchtest mich, und ich war nicht da. Als Deine Mutter starb, brauchtest Du mich noch mehr, und Gott im Himmel, ich war noch weniger da. Es ist unverzeihlich. Ich habe Deine Mutter so sehr geliebt. Und dennoch, unverzeihlich.

Meine Assistentin erinnert mich manchmal an Dich. Ich wollte schreiben: »Manchmal frage ich mich, ob ich eine Assistentin eingestellt habe, weil ich die Lücke füllen wollte, die Du hinterlassen hast, als wir uns überworfen haben«, aber ich bin es leid, irgendwelche Kniffe anzuwenden und um den heißen Brei herumzureden. Ich sage es Dir einfach geradeheraus – das ist exakt der Grund, aus dem ich es tat. Ich habe meine Assistentin sogar zum Schreiben ermuntert, weil ich insgeheim immer davon träumte, dich dazu zu ermuntern. Hast Du jemals darüber nachgedacht zu schreiben, Thomas? Hast Du irgendein Interesse daran? Es wäre mir eine Freude, alles zu lesen, was Du vielleicht irgendwann einmal geschrieben hast, wenngleich ich fürchte, dass meine Verbindung zu Wörtern und Geschichten sie Dir vergällt haben könnte.

Ich spreche viel über Dich, vor allem jetzt, wo wir im Begriff sind, zum Abschluss zu bringen, was von meiner Arbeit geblieben ist. Ich habe allmählich den Verdacht, dass meine Assistentin eine gewisse Faszination für Dich entwickelt hat. Meine Güte, ist das nicht ein Ding? Wenngleich ich alles dafür getan habe, es zu verhindern, würde es mich nicht im Mindesten überraschen, wenn Ihr Euch über kurz oder lang begegnet. Zumal wenn ich nicht mehr da bin, um davor zu warnen.

Ein Wort der Mahnung: Wenn meine Assistentin darauf aus ist, Dich zu treffen, und ich glaube, das ist sie, dann wird das wahrscheinlich auch passieren. Wenn sie ein Buch wie Cupid's Engine schreiben und dafür sorgen kann, dass sich die ganze Welt auf die Suche nach einem fiktiven männlichen Autor in mittleren Jahren macht, dann kann sie ganz gewiss auch einen Weg finden, Dich zwanzig Minuten lang bei einer Tasse Kaffee in Beschlag zu nehmen.

Bitte lass Deine Gefühle für mich nicht an ihr aus. Sie ist ein guter und kluger und fähiger Mensch, und ich glaube, Ihr hättet sogar Freunde werden können, wäre es zwischen uns beiden anders gelaufen.

Noch einmal dieses Wort, und ich hoffe, Du kannst, ich hoffe, wir können einen Weg finden, ihm Atem einzuhauchen: entschuldige.

All meine Liebe,
Dad

Den Brief in der Hand, stand ich eine Zeit lang da, ich weiß nicht, wie lange.

Ich starrte auf die Wörter auf der Seite, bis sie zu Formen wurden.

Wenn meine Assistentin darauf aus ist, Dich zu treffen, und ich glaube, das ist sie …

Sie.

Ich steckte den Brief in die Gesäßtasche.

Genug jetzt, dachte ich. Dann ging ich um den Tisch herum, drückte die große Flügeltür dahinter auf und ging hinein.

o

Ich betrat etwas, was wie ein Kontrollraum aussah, vollkommen verwaist und still, mit Monitorbänken und Bürostühlen. Es gab improvisierte Umkleidekabinen, und ich sah Ankleidepuppen, die Dutzende von vertrauten Kostümen trugen: der Rezeptionist, Sergeant Claybourn, Andrew Blacks komplette Garderobe, Isabelle Black. An dem letzten Kostüm hing ein Zettel mit Worten in einer vertrauten Handschrift darauf: *meins, nicht anfassen.*

Ich fand eine kompakte Tonschnitteinheit mit einer auf dem Bildschirm geöffneten Datei, bereit zum Abspielen. Ich drückte auf *Play*, und das Programm durchlief ein halbes Dutzend kleiner Schnipsel aus verschiedenen Interviews und Auftritten meines Vaters im Laufe der Jahre, die unterschiedliche Wörter und Satzteile zu einer Frage kombinierten:

»Warum ein Ochse und ein Engel in Bethlehem?«

Während ich so in der Stille lauschte, konnte ich hören, dass die Tondatei clever zusammengesetzt worden war. Das hatte ich, als ich mit auf den Knöcheln hängender Hose durch die Wohnung rannte, nicht bemerken können.

Ich sah mich weiter um.

Am anderen Ende des Raumes befand sich eine große schalldichte Flügeltür mit einem hell erleuchteten roten Schild darüber – *Aufnahme, nicht stören.*

Ich hielt kurz inne, dann nahm ich beide Griffe in die Hände und stieß die Tür auf.

Ich trat ein und –

Mein Atem sickerte in hoffnungslosen kleinen Japsern aus meinem Körper.

Diesen Anblick kannte ich wahrscheinlich besser als irgendeinen anderen auf der Welt.

Auf diesen Anblick hatte ich wer weiß wie viele Stunden und schlaflose Nächte lang gestarrt.

Ich stand in einem Raum voller Betten.

Doch diese Betten hätten nicht hier sein sollen.

Diese Betten hätten sich in einem 13 000 Kilometer weit entfernten Gebäude befinden sollen, am anderen Ende der Welt, auf der Osterinsel.

Diese Betten hätten einem Forschungsteam dienen sollen, das einen wichtigen Auftrag hatte, das untersuchen sollte, was mit den Ureinwohnern dieses fernen und einsamen Ortes geschehen war.

In diesem Augenblick wusste ich:

Es gab kein Gebäude, kein Forschungsteam, keine zwölfmonatige Reise.

Der Anblick war mir auf eine Million verschiedene Arten vertraut, aber der Anblick war nicht real. An den Rändern des Raumes waren Kameras, Monitore, Lampen, Kabel, Stahlkoffer voller Ausrüstungsgegenstände. Dies war ein Studio.

Es war ein Filmset.
Es war immer ein Filmset gewesen.
Das Set war immer da gewesen, also –
War sie auch immer da gewesen.
Ich betrachtete den Raum aus der Sicht von Schlafraumkamera zwei.
Ich stand in Imogens Schlafraum.

33

Ein Palast im Jenseits

»Hallo, Euston.«

Ich wandte mich langsam um, und da war Imogen; sie saß auf einem Klapptisch und hielt sich einen kleinen rauschgoldenen Heiligenschein über den Kopf.

»Imogen.«

»Hey.«

»Was zur Hölle …?«

»Ich weiß. Ich bin vielleicht ein *bisschen* zu weit gegangen.«

»Verdammte Scheiße noch mal.«

»Ja, das trifft es schon ganz gut.«

»Bist du wirklich echt, Imogen? Bitte sag mir, dass du echt bist und keine Schauspielerin wie die ganzen anderen Arschlöcher hier.«

»Nein, nein. Ich bin echt.«

Ich näherte mich ihr, konnte sie besser sehen. Sie sah ungepflegt aus. Ungekämmte, fettige Haare. Sie roch, als brauchte sie Schlaf, als hätte sie ein Bad nötig. Doch sie hatte frischen Lippenstift aufgelegt, was auf irgendeine Weise echt und ermutigend wirkte und zugleich noch viel merkwürdiger als alles andere.

»Ich habe nicht mit ihm geschlafen«, sagte sie. »Falls du dir das nicht schon gedacht hattest wegen dem ganzen …« Sie gestikulierte zu dem still daliegenden Filmset hinüber.

Ich stand einfach nur da.

»Bitte sei echt«, sagte ich leise.

»Bin ich.«

Ein Augenblick verging.

»Du siehst ganz schön fertig aus.«

»Du hast uns ... ordentlich auf Trab gehalten.«

»Und du riechst zu übel für eine Schauspielerin. Daran erkennt man es doch, oder?«

»Ehrlich gesagt, manche Schauspieler stinken ganz schön. Aber ja, ich bin echt. Ich bin ich.«

»Aber. Wie kann das sein?«

»Weil.« Sie spielte mit dem Heiligenschein aus Rauschgold, drehte ihn zwischen den Fingern.

Mein Gehirn gab sich alle Mühe aufzuholen.

»Sie. Diese Agentin. Sie sagte, Andrew Black sei ein Künstlername. Ich dachte, sie meinte, Andrew Black sei mein Vater.«

»Nein.« Imogen legte den Heiligenschein vorsichtig hin und starrte auf ihre Füße, die über die Tischkante hingen. »Stanley Quinn ist tot, Tom. Na ja. So tot, wie man als Schriftsteller eben sein kann.«

»Mein Vater ist wirklich tot.«

»Wirklich tot.«

»Aha.«

»Andrew Black hat deinem Vater assistiert, hat ihn bei der Recherche unterstützt«, sagte Imogen. »Das ist allgemein bekannt. Dein Vater hat Andrew Blacks Liebe zur Literatur genährt, hat ihr bei der Veröffentlichung ihres ersten Buchs geholfen. Er hat dieses Lob für den Umschlag gespendet, und er hat von seinem Sohn erzählt, den er vergrault hatte.«

»Das hat er gesagt?«

»Ja. Immer wieder. Bis zu seinem Tod.«

»Und. *Sie?* Andrew Black ist eine Sie.«

»Ja, ist sie.«

»Bist du Andrew Black, Imogen?«

»Ja, bin ich.«

»Du hast *Cupid's Engine* geschrieben?«

»Natürlich.«

Eine Million Gedanken, Fragen und Protesterklärungen versuchten gleichzeitig, aus meinem Mund zu drängen, und verursachten eine Art Blockade, die mich sprachlos machte. Ich dachte daran, wie sie in Blacks Creative-Writing-Kurs auf dem Rasen vor der Universität neben mir erschienen war. *Ist hier noch frei?* Und irgendwie folgte sie meinen Gedanken:

»Ich wollte dich kennenlernen. Ich war neugierig, weil dein Vater so viel von dir sprach. Aber dann hat uns die Sache richtig überrollt, wie?«

»Das warst alles du.«

»Ja.«

»Isabelle Black beim Frühstück im Hotel, das warst du. Das warst tatsächlich du, in Fleisch und Blut.«

»Ja.«

»Und das mit Imogen und Andrew Black, alles, was ihnen widerfahren ist. Das Baby?«

Imogen antwortete nicht. Sie senkte den Blick, wandte den Kopf ab.

Ich hatte ihre Miene im Laufe der Jahre zu lesen gelernt, ich wusste, was ihr Gesicht sagte, wenn sie nichts sprach. Plötzlich war kein Geräusch, kein Atem mehr in mir.

»O Gott«, sagte ich.

Dann bekam ich noch neun leise Wörter heraus:

»Warum hast du mir nichts von dem Baby gesagt?«

»Das wollte ich ja«, sagte sie schließlich. »Meinst du, das wollte ich nicht? Ich wollte dir alles Mögliche sagen. Andrews Kindheit? Ursula, Newhall? Dein Vater hat diese Geschichte geschrieben. Ursula Black sollte der Künstlername deiner Mutter für *Die Verlorenen Bücher der Bibel* werden, und er hat sich selbst als Newhall besetzt, den Idioten, der nicht da war, als sein Sohn ihn brauchte. Er hat das geschrieben, um dir zu sagen, dass er wusste, wie sehr er dich im Stich gelassen hatte. Er wollte es dir geben, aber er brachte es nicht übers Herz, dich anzurufen. Also tat ich es, nachdem er gestorben war. Und ja, ich war Isabelle. Und ja, bei Andrew und ihr ging es eigentlich immer um uns. Ich wollte dir sagen, dass … dass …« Sie verstummte, starrte ins Leere.

»Du warst von mir schwanger, und du hast es mir nicht gesagt. Das Baby ist gestorben, und du hast es mir nicht gesagt. Stattdessen hast du das hier alles gemacht. Warum zur Hölle hast du es mir nicht einfach gesagt wie ein normaler Mensch?«

»Wie denn?« Sie schrie es beinahe heraus. Dann sah sie mir in die Augen: »Wie könnte man das denn? Und außerdem, meinst du, ich hätte es nicht versucht? Du bist immer noch so besessen von dem, was vor zwanzig Jahren passiert ist, dass du nicht merkst, wie die Zeit vergeht. Du bist nicht mehr das vernachlässigte Kind, Tom, du bist jetzt der Erwachsene – du. Und du hast es nicht bemerkt. *Du* hast es nicht bemerkt. Ich hatte versucht, es dir zu sagen.«

»Du hattest es versucht.«

»Ich hatte es versucht.«

»Ein normaler Mensch hätte sich dabei mehr Mühe gegeben.«

Imogen breitete die Arme aus. »Noch mehr Mühe?!«

»Ein normaler Mensch –«

»Hör auf, das zu sagen. Ich *bin* kein normaler Mensch.«

»Ach, was du nicht sagst!«

Eine Zeit lang sagten wir beide nichts. Schließlich brach Imogen das Schweigen:

»Als ich mich wegen der elektronischen Bücher mit meinem Verlag überwarf und man mir diesen Knebelvertrag aufzwang – der Teil stimmt übrigens komplett –, dachte ich, es würde keine Rolle spielen, ich könnte einfach mit dir zusammen glücklich sein, das würde mir genügen. Aber. Ich habe den Verlust nicht verkraftet.« Imogen wischte sich über die Augen, stieß ein trauriges kleines Lachen aus. »Die Welt geht unter, weißt du. Ein Hyperlink ist wirklich eine Atombombe, und in ein oder zwei Jahren wird die Wahrheit überhaupt nichts mehr bedeuten, du wirst schon sehen. Es fällt alles auseinander.«

»Das glaubst du wirklich?«

»Es ist keine Glaubensfrage. Es passiert schon.«

»Du willst der Welt also so viele Dinge mitteilen, aber du kannst nicht schreiben, kannst nichts mehr veröffentlichen, also brauchst du jemanden, der alles für dich aufschreibt. Jemanden, der das alles erleben und es glauben konnte, jemanden, der weiter und weiter und weiter vordringen würde, bis er an einem Punkt war, an dem ihm nichts weiter übrig blieb, als es aufzuschreiben, wie ein Prophet, der fieberhaft seine Vision der Apokalypse niederschreibt. Du hast mich sogar eigens für die Aufgabe herangezogen, nicht wahr? Ich bin nicht dein Mann, ich bin dein *verdammter Ghostwriter*, und ich habe es nicht mal gemerkt.«

»Es wäre ziemlich heftig, wenn eine Geliebte und Freundin so etwas täte, oder?«

»Ja. Das wäre es.«

»Aber andererseits wäre jemand, der das alles wirklich, wirklich glaubte, doch auch dazu verpflichtet, es so vielen Menschen wie möglich mitzuteilen, nicht wahr?«

»Und *Cupid's Engine* wurde millionenfach verkauft, willst du darauf hinaus?«

Imogen nickte. »Das Buch wird gelesen, die Botschaft wird verbreitet.«

»Es ist grausam, Im. Es ist unmenschlich.«

Sie antwortete mit einem traurigen kleinen Schulterzucken. »Schon. Aber du gehst davon aus, dass ich Imogen der Mensch bin, der so tut, als wäre er Jota der Engel. Vielleicht bin ich immer schon Jota gewesen. In der Bibel steht, die Engel seien auf die Erde gekommen und hätten mit den Menschen Kinder gezeugt, wusstest du das?«

Imogen nahm den kleinen rauschgoldenen Heiligenschein wieder in die Hand.

Bei der Berührung glitzerte er ein wenig heller.

Einen Augenblick lang *funkelte* er.

Ich spürte, wie sich meine Stirn in Falten legte.

»Was meinst du, woraus die Welt besteht«, sagte sie, »wenn man genau hinsieht? Sind es Felsen und Bäume und Flüsse, oder sind es Buchstaben und Seiten und Wörter? Erzeugen unsere Fragen das Universum? Existiert das Universum überhaupt, wenn es unbeobachtet ist, oder ist es wie eine Geschichte in einem Buch, eine Geschichte, die den Blick eines Lesers braucht, der über die Buchstaben gleitet und Ordnung und Bedeutung in sie hineinbringt, die Welle zu einem Partikel zusammenfallen lässt? Müssen die dunklen Gewässer von einem Maxwellschen Dämon, von einem Gott gesehen und geteilt werden, um aus einem Nichts ein Etwas zu machen?«

»Verdammt noch mal, hast du den Verstand verloren, Im? Ist es das?«

»Vielleicht. O Gott, hier drin passiert gerade so viel auf einmal, Tom, so verdammt viel. Aber ich muss aufpassen, was ich herauslasse, weil ich beim Auswählen und Sortieren nicht zu weit auf die eine oder andere Seite kippen darf.«

»Wovon redest du? Ich bin hier. Du verrückte, verdammte, verrückte … Wahnsinnige. Ich liebe dich, und du sagst mir, es gab ein Baby?« Ich konnte sie nur anstarren, als ich die Worte aus meinem Mund kommen hörte, und sie starrte geradewegs zurück. »Wir hatten ein Baby.«

»Autumn. Sie ist in mir gestorben. Sie hieß Autumn.«

»Gott.« Ich senkte den Kopf.

Imogen schaute mich an, sagte aber nichts.

»Und jetzt glaubst du, du wärst ein Engel«, sagte ich.

»Und jetzt werde ich dir nicht sagen, was ich denke. Nackte Wahrheiten und harte Fakten könnten die ganze Sache ruinieren. Ich wünschte, ich könnte mit dir reden, mein Gott, glaub mir. Ich meine. Sieh mich an. Ich müsste mich wirklich mal gründlich aussprechen.«

»Dann tu es doch.«

»Ich kann nicht. Die Welle fällt erst dann zu einem Partikel zusammen, wenn jemand sie betrachtet – und das bist jetzt gerade du. Du musst Beobachtungen anstellen, statt mich fest zu umarmen, so sehr ich mir das wünschen würde, denn wenn du das tust, falle ich in Stücke und sage dir alles und lasse keinen Diskussionsspielraum, und dann ist alles vorbei.«

»Ich kann dir kein bisschen mehr folgen, wirklich gar nicht.«

»Komm schon«, sagte sie. »Denk nach. Eine Erzählung droht vollständig in Chaos und Entropie zu versinken, nur um in den letzten Kapiteln durch eine die Struktur bewahrende und Ordnung schaffende Wendung auf wundersame Weise gerettet und aufgelöst zu werden. Ist das nicht genau das, was ein Engel tun würde?« Sie überlegte. »Oder ein Dämon?«

»Ich dachte, wir sprechen über das Baby.«

»Und?«

»Und, mein Gott, *und* – du hast ein Baby verloren. Ich dachte, Black hätte versucht, sein Baby zurück ins Leben zu holen, und ich dachte, du hättest versucht, eine Möglichkeit zu finden, dein Buch in die Welt hinauszubekommen.«

»Du begreifst es immer noch nicht, oder? Das Buch und das Baby sind ein und dasselbe.«

»Was?«, sagte ich. Eine kleine Blase aus Empörung stieg in mir auf; ich glaube, ich wollte verlangen zu erfahren, ob sie die ganze Zeit im übertragenen Sinn über dieses oder jenes gesprochen hatte, aber dann tat ich es doch nicht, weil ich begriff, dass sie es nicht getan hatte, oder vielleicht begriff ich etwas anderes – dass die Antwort nichts beantworten würde und *ja* oder *nein* oder *dies* oder *das* mir eigentlich gar nichts verraten würden, weil die Frage an sich hoffnungslos platt, fehlgeleitet und unzureichend war. Der Schatten der Fahnenmannigfaltigkeit tanzte an der Wand. Ich spürte, wie mir die Knie weich wurden, und ich setzte mich auf den Boden.

»Was?«, sagte ich noch einmal.

»Autumn«, sagte Imogen. »Hör auf, *das Baby* zu sagen. Ich habe unser kleines Mädchen Autumn genannt.«

Ich starrte zu ihr hinauf. »Hat es funktioniert?«

Sie antwortete nicht.

»Imogen. Hat es funktioniert?«

»Wir sind so weit gekommen, und du verstehst es *immer noch* nicht – es liegt bei dir. Du hast es komplett in der Hand. Nicht ich. Du hast das Sagen über alles hier, wirklich über alles. Natürlich ist ein Roman eine Maschine, aber wozu dient sie, was macht sie? *Und Gott sprach: Es werde Licht! und es ward Licht.* Sie wird in einem Körbchen aus Schilfrohr den Fluss heruntertreiben oder auch nicht. Es hängt von dir ab. Von dir. Du verfügst darüber, ob es passiert oder nicht. Engel bedeutet Bote, und Engel haben hier die ganze Zeit über nach deiner Pfeife getanzt.«

»Bis auf dich.«

»Nun ja, ich bin ein bisschen aus der Reihe getanzt. Worauf ich hinauswill, ist, dass mir meine Stimme genommen wurde, aber du hast deine noch. Du kannst die Welt noch immer schreiben, wie du sie haben willst, du musst es nur tun. Daher« – sie breitete die Arme aus – »das alles.«

Ich fühlte mich benommen.

»Es ist so lange her, dass ich deine Hand gehalten habe«, sagte ich schließlich vom Boden aus. »Dass ich ihre Wärme gespürt, dass ich sie gedrückt habe und du den Druck erwidert hast, weißt du?«

Imogen antwortete wieder mit einem traurigen kleinen Schulterzucken.

»Alles zerfällt«, sagte sie.

Imogen sprang von ihrem Tisch herunter. Ich sah zu, wie

sie eine Tafel in der Wand des Studios zur Seite schob. Dahinter war ein Fenster, das zum Gerippe des Hotelgebäudes gehörte. Sie öffnete auch das, dann stand sie da und schaute hinaus, blickte vermutlich auf den schilfigen kleinen See hinunter.

Ich konnte Möwen hören, den fernen Klang der Wellen.

»Was machst du?«, fragte ich.

»Eine Frage: Wenn Maxwells Dämon von Informationen angetrieben wird, wovon werden die Schaffensakte Gottes angetrieben? Es muss etwas Mächtiges sein, oder nicht? Um einen Urknall auszulösen, diesen kleinen schwarzen Apfel zu nehmen und ihn zu einem ganzen Universum zu zerschlagen? Sich hinzusetzen, den Computer wieder einzuschalten und ein neues Word-Dokument zu öffnen, nachdem Er Seine Werke und Sich Selbst schon aufgegeben hatte. Es musste etwas ziemlich Bedeutendes sein, um Gott in so einem Maßstab Dinge schaffen zu lassen.«

»Imogen.«

»Es ist alles umsonst, wenn Gott nicht über den nötigen Antrieb verfügt, um anzufangen.«

Ich dachte an die Plastikbuchstaben an dem Kühlschrank in unserer Küche. Ich dachte daran, wie Imogens Augen glänzten, und an den Glanz in Sophies Augen, wenn sie wütend war. Ich dachte daran, wie Imogens Haar in der Sonne leuchtete, und ich dachte daran, wie das Haar meiner Mutter in der Sonne geglänzt hatte, als ich ein Kind war. Ich dachte daran, wie eines langsam zum anderen wurde, und ich dachte an den Dampf aus der Teetasse, der sich im Universum verflüchtigte. Und ich dachte an Entropie und daran, wie alles zerfällt.

»Du weiß doch, dass Moses in einem Körbchen aus Schilfrohr den Nil heruntertrieb?«

Ich nickte.

»Weißt du, was das für Schilf gewesen sein muss? Was

damals an den Ufern des Nils wuchs? Papyrus. Moses trieb in einem Korb aus Papyrus den Fluss herunter und in die Welt hinein.«

Ein forschender Blick – Imogen suchte in meinen Augen nach Begreifen.

»Ich kann dir weiter alles zurechtlegen, Thomas, ich kann es dir weiter zurechtlegen, aber du bist derjenige, der es erkennen muss. Der verdammt noch mal … verdammt noch mal was *unternehmen* muss.«

»Imogen.«

»Thomas. Unternimm etwas.«

34

Die Buchstaben verbinden, aus denen Himmel und Erde geschaffen wurden

Besteht die Welt, in der du gerade lebst, eher aus Felsen und Gras und Bäumen oder aus Bankauszügen, Artikeln, Zertifikaten, Aufzeichnungen, Akten und Briefen?

In der Genesis sagte Gott: »*Es werde Licht*«, und erst nachdem das Wort – L-i-c-h-t – geschaffen worden war, entstand das Licht selbst. Gott teilt und sortiert; Maxwells Dämon teilt und sortiert, und die Boten, die Engel – das Mächtige A, der Auerochse, das Alph, das Bet von Bethlehem, das Gierige C, die ganzen himmlischen Heerscharen – sind über die Seite hinweg zu ihren Chören angeordnet, und etwas Neues entsteht.

Ist Ihr Bewusstsein im Buch der Welten oder im Buch der Worte ansässig? Sie können entscheiden, was Sie denken, in dieser Sache wie in allen anderen, weil Entscheidungen wichtig sind. Wählen ist wichtig. Es ist wahrscheinlich das Wichtigste, was es gibt. Der Autor trennt und sortiert, der Leser trennt und sortiert. Nützliche Arbeit wird verrichtet, und etwas Neues entsteht. Aus Unordnung und Staub werden Wunder geschaffen, übernatürliche Ereignisse. Es lässt sich sehr viel erreichen durch die kunstvoll verschleierte Aufwendung eines Riesenhaufens Zeit.

Im Mittelalter war der Glaube weitverbreitet, dass Gott nicht eines, sondern zwei Bücher verfasst habe: das Buch der Schrift (die Bibel) und das Buch der Geschöpfe (die gegenständliche Welt). Man glaubte, die beiden göttlichen Bücher spiegelten einander auf so perfekte Weise wider, dass das Studium des einen auch Einblick in das andere gewähre. Zwischen den beiden Studien zu wechseln, so glaubte man, würde dem mittelalterlichen Gelehrten daher den besten Überblick über die Schöpfung geben.

Der zweite Hauptsatz erfordert einen kleinen Kern von außerhalb des geschlossenen Systems, der die Schöpfungsmaschine erst einmal zum Laufen bringt, also verrät uns der Input, der Impuls, vielleicht alles, was wir über den Output, das angestrebte, letztendliche Ziel, wissen müssen. Vor diesem Hintergrund könnten Sie sich, wenn Sie praktisch veranlagt sind, all das wohl ansehen und einen kleinen harten Kern aus Liebe finden, ein Festhalten, was verloren geht, was davontreibt, wie es alle Dinge irgendwann tun müssen. Oder vielleicht sind Sie auch jemand, der diese Lücke im Bücherregal, diese Bestätigung/Anerkennung einer Abwesenheit im Blick gehabt hat, und auch eine kleine schwarze Kugel aus Trauer und Verlust und einen Schmerz so schwarz wie ein Loch.

»Es kann sein, daß der Heros durch äußeres Zutun von seinem jenseitigen Abenteuer zurückgebracht werden muß, das heißt, die Welt muß kommen und ihn holen.« – Joseph Campbell

legt Joseph Campbell dar, dass sowohl in alten Mythen als auch in moder[…] Geschichten aus der ganzen Welt immer wieder eine bes[…] grundlegende Struktur beobachten lässt. Er nennt diese Struktu[…] Monomythos oder die Heldenreise. Die Geschichten von Moses und Christus sind ebenso in monomythischen Begriffen beschrieben worden wie die Abenteuer von Frodo Beutlin, Luke Skywalker und Jane Eyre. Campbell gibt den folgenden Überblick über seine monomythische Struktur: »Der Heros verlässt die Welt des gemeinen Tages und sucht einen Bereich übernatürlicher Wunder auf, besteht dort fabelartige Mächte und erringt einen entscheidenden Sieg, dann kehrt er mit der Kraft, seine Mitmenschen mit Segnungen zu versehen, von seiner geheimniserfüllten Fahrt zurück.« Mit anderen Worten: Der Held zieht los, stellt sich Herausforderungen und erzielt letztlich einen großen Sieg. Dann kehrt der Held zurück und bringt etwas mit. Campbell unterteilt diese Reise im Folgenden in 17 Stationen, darunter: Berufung, Weigerung, Das Überschreiten der ersten Schwelle, Der Bauch des Walfisches, Versöhnung mit dem Vater, Apotheose, Rettung von außen, Herr der zwei Welten. Campbell vertritt auch die Theorie, dass sich jeder Figur, der der Held auf seiner Reise begegnet, einer von sieben grundlegenden Rol[len] Archetypen zuordnen lässt, die alle eine bestimmte innerhalb der Geschichte erfüllen. Die acht Archetypen sind alles in allem: Held, Mentor, Verbündeter, Herold, Trickster, Gestaltwandler, Schwellenhüter und Schatten.

Es gibt noch ein weiteres faszinierendes und regelmäßig wiederholtes Charakteristikum von Gottes Art des Schöpfens durch Scheiden, das hier von Interesse sein könnte, nicht zuletzt da es zahlreiche frühe Beispiele (oder vielleicht auch eine frühe Inspiration) für unseren Hang bietet, an die wissenschaftlich-linguistische Verbindung zu glauben. In den ersten Büchern der Bibel neigt Gott dazu, nicht unmittelbar (physisch) an seiner Welt zu arbeiten, sondern durch die Verwendung von Wörtern: um genauer zu sein, durch Namen. 1. Mose 1,3 ist einer der berühmtesten Bibelverse: *»Und Gott sprach: Es werde Licht! Und es ward Licht.«* Aber ist Ihnen einmal aufgefallen, dass das Wort »Licht« geschaffen wird und das Licht selbst so als wäre es durch den Gebrauch des Wortes geschaffen worden? Dieses Muster wiederholt sich mehrfach. Später scheint Gott die … wir ihn … wiederholen, als … inde… …hen,

Thomas, was glaubst Du, was das ist?
Andrew Black

Das Jod [der Buchstabe i], welches Gott aus dem Namen Sarai nahm, flog eilends vo[r] den Th[ron] Gotte[s] spr[…]

ein beliebiges Objekt, das über einen bestimmten Punkt hinaus kollabiert, würde ein schwarzes Loch bilden, in dem sich eine Singularität bilden würde. Der ursprüngliche Zustand des Universums zu Beginn des Urknalls soll modernen Theorien zufolge ebenfalls eine Singularität gewesen sein.

Ein Tüttelchen ist ein kleines Schriftzeichen, ein Pünktchen oder Tüpfel wie ein diakritisches Zeichen oder der Punkt auf dem kleinen i oder j. Das Wort Tüttelchen wird selten verwendet. Eine namhafte Verwendung findet sich in der Bibel unter Matthäus 5,18: »Denn ich sage euch wahrlich: Bis daß Himmel und Erde zergehe, wird nicht zergehen der kleinste Buchstabe noch ein Tüttel vom Gesetz, bis daß es alles geschehe.« In der griechischen Fassung werden hier die Wörter »iota« und »keraia« (griechisch: Κεραία) verwendet. Iota ist der kleinste Buchstabe des griechischen Alphabets (ι). Ersatzweise kann es auch für Jod (י) stehen, den kleinsten hebräischen.

Imogen und ich hatten mitten im Winter im Lake District geheiratet. Ihr Kleid leuchtete rot und golden, und als wir hinausgingen, um die Hochzeitsfotos zu machen, hob sie sich von den Schneewehen und den kahlen schwarzen Bäumen ab wie ein lebendiges, tanzendes Freudenfeuer. Auf dem Fernsehschirm war meine Frau in diesem Augenblick ein kicherndes Feuerwerk, knöcheltief im Schnee, wirbelnd und lachend, befeuert von Champagner und Gin Tonic. Die Imogen in Rot und Gold sah wie die glücklichste Frau auf der Welt aus. »Hallo?«, sagte die Imogen am Telefon. »Entschuldige.« Ich riss mich aus meinen Träumen. »Ich kann mich nicht vom Bildschirm loseisen. Ich schaue gerade das Hochzeitsvideo.« – »Oh, wirklich? Bin ich schon«

Im Anfang war das Wort, und das Wort war bei Gott, und Gott war das Wort. Dasselbe war im Anfang bei Gott. Alle Dinge sind durch dasselbe gemacht, und ohne dasselbe ist nichts gemacht, was gemacht ist. In ihm war das Leben, und das Leben war das Licht der Menschen. Und das Licht scheint

Der Punkt wird beim Schreiben und in der Typografie unter anderem als Satzzeichen verwendet. Der Punkt beendet einen Aussagesatz. Drei Punkte hintereinander sind sogenannte Auslassungspunkte, die z.B. bei einem Zitat für weggelassene Wörter stehen können.

D
e
r
Schwellen-
hüter steht an der ersten
Schwelle und versucht, den
Helden daran zu hindern, von der
alltäglichen Welt in die besondere Welt
des Abenteuers hinüberzuwechseln.
Manchmal sind Schwellenhüter nieder-
rangige Gegner, die im Eingangsteil der
Geschichte überwunden werden müssen,
wie der Wachmann in *Der Sternenwanderer* oder
die beiden Schurken, denen Luke am Weltraumhafen
von Mos Eisley begegnet, aber ebenso gut können es
besorgte Eltern oder Freunde sein, die stark davon
abraten, den Weg des Abenteuers zu beschreiten, oder
dem Helden gleich ganz verbieten wollen, sich auf die
Reise zu begeben. Ein Schwellenhüter existiert, um den Eifer
des Helden herauszufordern und seine Entschlossen-
heit zum Abenteuer auf die Probe zu stellen. Doch der
vielleicht wichtigste Teil der Aufgabe des Schwellenhü-
ters besteht darin, uns – die Leser, die Zuhörer,
das Publikum – über das Risiko zu informieren,
das die Reise birgt. Er ist da, um uns die Fallhöhe
zu verdeut-
lichen, uns in entweder groben oder
detaillierten Begriffen mitzuteilen:
»Das ist ein riskantes Unterfan-
gen« oder gar *»Unser Held*
kehrt womöglich gar
nicht lebendig
zurück«.

Du musst nur entscheiden, wählen, trennen. Den Himmel von der Erde, das Meer vom Himmel, die Nacht vom Tag. Denn wir stecken gemeinsam da drin, du und ich. Deine Augen auf den Zeilen, meine Finger auf den Tasten. Ich tippe jetzt, hastig, dirigiere den Chor. Die Maschine der Welten und Wörter läuft. Die Cherubim, die Hayyoth nehmen mit Wörtern und Taten ihren Platz auf der Bühne ein, während sie auf der Seite noch singend die frohe Botschaft der Schöpfung verkünden – das Alph, das Bet und das impulsive Jota, der Buchstabe, der Gott ins Gesicht geflogen ist.

Vielleicht wird heute hier ein Mysterienspiel aufgeführt werden, eine Krippenszene, aus der etwas wahrhaft Wunderbares entsteht.

Gott aus
Namen Sa-
rai nahm, flog
eilends vor
den Thron
Gottes und
sprach: Herr
der Welten,
weil ich der
kleinste
unter den
Buch-
staben
bin, hast
du mich
wegge-
nommen
von der
gerechten
Sara!

Wo warst du, da ich die Erde gründete? Sage an, bist du so klug! Weißt du,
wer ihr das Maß gesetzt hat oder wer über
sie eine Richtschnur gezogen hat? Worauf ste-
hen ihre Füße versenkt, oder wer hat ihren Eckstein
gelegt, da mich die Morgensterne miteinander lobten
und jauchzten alle Kinder Gottes? Wer hat das Meer mit
Türen verschlossen, da es herausbrach wie aus dem Mutter-
leib, da ich's mit Wolken kleidete und in Dunkel einwickelte wie in
Windeln, da ich ihm den Lauf brach mit meinem Damm und setzte
ihm Riegel und Türen und sprach: »Bis hierher sollst du kommen
und nicht weiter; hier sollen sich legen deine stolzen Wellen!« Hast
du bei deiner Zeit dem Morgen geboten und der Morgenröte ihren
Ort gezeigt, daß sie die Ecken der Erde fasse und die Gottlosen
herausgeschüttelt werden? Sie wandelt sich wie Ton unter dem
Siegel, und alles steht da wie im Kleide. Und den Gottlosen
wird ihr Licht genommen, und der Arm der Hoffärtigen wird
zerbrochen. Bist du in den Grund des Meeres gekom-
men und in den Fußstapfen der Tiefe gewandelt?
Haben sich dir des Todes Tore je aufgetan, oder
hast du gesehen die Tore der Finsternis? Hast
du vernommen, wie breit die Erde sei? Sage
an, weißt du solches alles! Welches ist der
Weg, da das Licht wohnt, und welches
ist der Finsternis Stätte, daß du mö-
gest ergründen seine Grenze
und merken den Pfad zu sei-
nem Hause? Du weißt es
ja; denn zu der Zeit
wurdest du gebo-
ren, und deiner
Tage sind
viel.

Der
Zweite

Hauptsatz erfordert einen kleinen
Kern von außerhalb des geschlossenen Systems, der
die Schöpfungsmaschine erst einmal zum Laufen bringt,
also verrät uns der Input, der Impuls, vielleicht alles,
was wir 4t6tgAAAAAAAAXXXXX8UW3 ange-
strebte wissen müssen. Jqu1klkwjwuh Hin-
tergrund, all das wohl ansehen tfdxfdtrxfdrxfmat
ohl, wenn Sie atum ktisch veranlag ich fermisse mein
Hund und einen kleinen harten Kern aus Liebe finden,
ein Festhalten zu Wainachten nur ein strasen und ein
taschnlem treibt, wi es war mal ein herenlose Kaze und die
Kaze ging jeden morgen zu einem andern Haus und die Leute
sagten nein und die Kaze ging wida dinn die Kaze hate ein Besiza dinn.
sah wie sie einer ankuckte und ließ sie am ende die Lücke
im Autumn regal dautumn einer libe von
einem einer sie ging gut wail es
Rose herzlichn Glückw
autumn autumn
autun quin aq
aq a aut
u

Als sich die Menschen-
kinder vermehrten, wurden ihnen
damals schöne und liebliche Töchter ge-
boren. Als die Engel, die Himmelssöhne,
sie erblickten, gelüstete es sie nach
ihnen, und sie sprachen zueinan-
der: »Wir wollen uns Weiber aus den
Menschenkindern wählen und
uns Kinder erzeugen!«

(Erster Henoch 6,1–2)

war das Wort, und
das Wort war bei Gott,
und Gott war das Wort.
Dasselbe war im Anfang bei
Gott. Alle Dinge sind durch
dasselbe gemacht, und ohne
dasselbe ist nichts gemacht,
was gemacht ist. In ihm war
das Leben, und das Le-
ben war das Licht der
Menschen. Und
das Licht
scheint

Imo-
nd ich hat-
en im Winter im
rict geheiratet. Ihr Kleid
ot und golden, und als wir
, um die Hochzeitsfotos zu ma-
sich von den Schneewehen und den
arzen Bäumen ab wie ein lebendiges, tanzen-
feuer. Auf dem Fernsehschirm war meine Frau
ugenblick ein kicherndes Feuerwerk, knöchel-
ee, wirbelnd und lachend, befeuert von
er und Gin Tonic. Die Imogen in Rot und
wie die glücklichste Frau auf der Welt
lo?«, sagte die Imogen am Telefon.
uldige.« Ich riss mich aus meinen
n. »Ich kann mich nicht vom
nirm loseisen. Ich schaue
de das Hochzeitsvideo.«
»Oh, wirklich? Bin ich
schon«

Ein Tüttelchen ist ein kleines Schriftzeichen, ein Pünktchen oder Tüpfel wie ein diakritisches Zeichen oder der Punkt auf dem kleinen i oder j. Das Wort Tüttelchen wird selten verwendet. Eine namhafte Verwendung findet sich in der Bibel unter Matthäus 5,18: »Denn ich sage euch wahrlich: Bis daß Himmel und Erde zergehe, wird nicht zergehen der kleinste Buchstabe noch ein Tüttel vom Gesetz, bis daß es alles geschehe.« In der griechischen Fassung werden hier die Wörter »iota« und »keraia« (griechisch: Κεραία) verwendet. Iota ist der kleinste Buchstabe des griechischen Alphabets (ι). Ersatzweise kann es auch für Jod (י) stehen, den kleinsten hebräischen.

d beim Schrei-
der Typografie unter anderem
chen verwendet. Der Punkt been-
Aussagesatz. Drei Punkte hinterein-
d sogenannte Auslassungspunkte,
bei einem Zitat für weggelasse-
ter stehen können.

»..., was glaubst
Du, was das ist?
Andrew Black

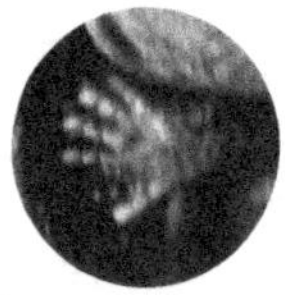

Das
Jod [der
Buc

ein
beliebiges
Objekt, das über einen be-
stimmten Punkt hinaus kollabiert, würde ein
schwarzes Loch bilden, in dem sich eine
ursprüngli-
Singularität bilden würde. Der ursprüngli-
... des Universums zu Beginn
... Theorien

»Es kann sein, daß der Heros durch äußeres Zutun von seinem jenseitigen Abenteuer zurückgebracht werden muß, das heißt, die Welt muß kommen und ihn holen.« – Joseph Campbell

Im Mittelalter war der Glaube weitverbreitet, dass Gott nicht eines, sondern zwei Bücher verfasst habe: das Buch der Schrift (die Bibel) und das Buch der Geschöpfe (die gegenständliche Welt). Man glaubte, die beiden göttlichen Bücher spiegelten einander auf so perfekte Weise wider, dass das Studium des einen auch Einblick in das andere gewähre. Zwischen den beiden Studien zu wechseln, so glaubte man, würde dem mittelalterlichen Gelehrten daher den besten Überblick über die Schöpfung geben.

gewehen
wie ein leben
Fernsehschirm wa
kicherndes Feuerwerk
nd und lachend, befeuert vo
Gin Tonic. Die Imogen in Rot und
e glücklichste Frau auf der Welt
«, sagte die Imogen am Telefon.
uldige.« Ich riss mich aus meinen
n. »Ich kann mich nicht vom
n loseisen. Ich schaue
s Hochzeitsvideo.«
klich? Bin ich

n
nen ist ein
eichen, ein Pünktchen oder Tüpfel
hes Zeichen oder der Punkt auf dem klein
t Tüttelchen wird selten verwendet. Eine na
indet sich in der Bibel unter Matthäus 5,18
wahrlich: Bis daß Himmel und Erde zergeh
n der kleinste Buchstabe noch ein Tüttel vo
aß es alles geschehe.« In der griechischer
erden hier die Wörter »iota« und »keraia«
Κεραία) verwendet. Iota ist der kleinste
des griechischen Alphabets (Ι). Ersa
kann es auch für Jod (') stehen,
kleinsten hebräischen.

ein
iges

…ine
…macht,
…n ihm war
und das Le-
war das Licht der
Menschen. Und
das Licht
scheint

…den
…, tanzen-
…ne Frau
…chel-

…grafie unter anderem
…rwendet. Der Punkt been-
…agesatz. Drei Punkte hinterein-
…sogenannte Auslassungspunkte,
…einem Zitat für weggelasse-
…tehen können.

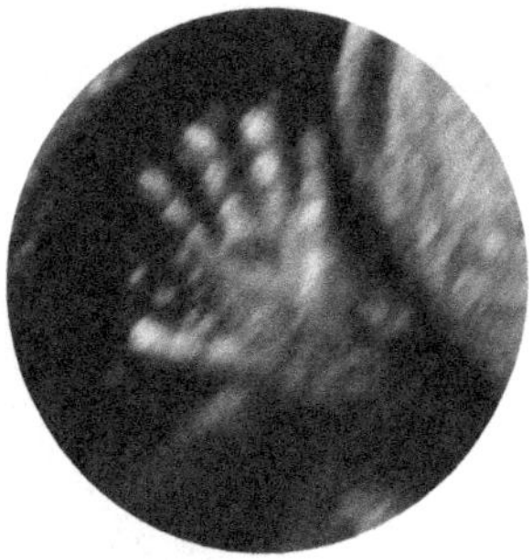

…s, was glaubst
…was das ist?
…drew Black

…fte
…nn ich
…d nicht
…esetz,
…sung
…chisch:
…stabe
…se

…en be-
…haus kollabiert, würde ein
bilden, in dem sich eine
…würde. Der ursprüngli-
…Universums zu Beginn
…dernen Theorien
…e Singularität

Das
Jod [der
Buchstabe i],
welches Gott aus
dem Namen
rai…

Besteht die Welt, in der du gerade lebst, eher aus Felsen und Gras und Bäumen oder aus Bankauszügen, Artikeln, Zertifikaten, Aufzeichnungen, Akten und Briefen?

K

11

»Autumn.«

»Ja.«

»Was für ein schöner Name.«

»Danke.«

ebu

rku

rts-
nde

Die Gemeindeschwester sieht sich die Geburtsurkunde an und gibt sie mir dann zurück. Auf der Wickelauflage tritt Autumn mit ihren pummeligen Füßchen in die Luft und starrt mit staunender Faszination in das durchs Fenster dringende Licht.

»Also, da haben Sie ja ein gesundes, glückliches und wohlgedeihendes kleines Mädchen, Mr Quinn.«

Ich nicke und lächle.

Sanft nehme ich einen von Autumns Füßen in die Hand. Ich spüre sein ganz reales Gewicht, spüre, wie ihr dickes kleines Bein gegen meine Handfläche drückt.

»O ja«, sage ich.

Wir sind im Wohnzimmer der Londoner Wohnung – ich, die Gemeindeschwester und Autumn auf ihrer Wickelauflage. Zweihundertneunundzwanzig frisch ausgedruckte Manuskriptseiten sind säuberlich neben dem Computer auf dem Schreibtisch gestapelt.

Die Gemeindeschwester klickt mit einem Kugelschreiber und beginnt, ein Formular auf ihrem Klemmbrett auszufüllen.

»Es tut mir leid, dass wir den Hausbesuch erst jetzt machen«, sagt sie. »Zum Glück sind solche Datenfehler sehr selten.«

»Das macht doch nichts«, sage ich. »Wir wussten nicht, dass Sie sie nicht im System haben.«

»Oh, sie war im System. Sie war nur als …«

Die Gemeindeschwester verstummt erschrocken. Ich springe ihr bei.

»Hören Sie, es ist wirklich kein Problem. Es geht ihr ausgezeichnet. Sie hat keine Ahnung, was in Ihren Aufzeichnungen über sie steht. Sie ist wohlauf und, na ja … eine sehr gute Esserin.« Ich drücke Autumns Fuß sanft, und er drückt wieder dagegen. Sie ist überraschend stark.

Die Gemeindeschwester nickt erleichtert, dann sagt sie leicht abgelenkt:

»Und Mrs Quinn?« Sie sieht in ihre Aufzeichnungen. »Imogen?«

»Sie ist bei der Arbeit.«

Die Augenbrauen der Gemeindeschwester schießen nach oben. »Sie arbeitet schon wieder? Was macht sie denn beruflich?«

»Na ja.« Jetzt bin ich es, der nach Worten sucht. »Eigentlich nimmt sie eine Auszeit, aber … Sie musste sich um einige Dinge kümmern. Mit einigen Kollegen über … jüngste Entwicklungen sprechen.« Mein Gehirn sagt: *Schluss jetzt* und *Sie bringt dich um.* »Eine Übergabe«, schließe ich.

»Was macht Ihre Frau denn beruflich, Mr Quinn?«, fragt die Gemeindeschwester noch einmal.

»Sie ist im Konstruktionswesen«, sage ich und lächle selbstzufrieden wie ein Idiot.

Die Gemeindeschwester erwidert das Lächeln nicht.

»Entschuldigung, nein. Ich meine, sie schreibt. Sie hat gerade ein Buch beendet. Beinahe. Also, wir haben. Zusammen.«

»Sie sind beide Schriftsteller?«

»Ja.«

Die Züge der Gemeindeschwester entspannen sich. »Ach, das ist ja interessant.« Aber sie entspannen sich nicht vollständig. »Und sie wird nächstes Mal da sein, wenn ich komme?«

»Auf jeden Fall«, sage ich, und ich denke: *Na, das könnte interessant werden.*

Aber dann kitzle ich Autumns warmen kleinen Fuß und denke: *Es könnte Schlimmeres geben.*

Die Gemeindeschwester geht bald darauf, und dann sind da nur noch das Baby und ich, zusammen in der ruhigen Wohnung, während der letzte Sonnenschein des Jahres durch die Fenster fällt. Ich hebe sie von ihrer Wickelunterlage und wiege sie in meinen Armen.

Ich sollte die echte Sophie anrufen, denke ich, und ihr

sagen, dass das Buch heute fertig wird. Bald wird es bereit dafür sein, auf dickes weißes Papier gedruckt und in einen beruhigend festen Umschlag gebunden zu werden. *Ein Universum zwischen zwei Buchdeckeln*, denke ich, *eine ganze Welt, gepresst und konserviert.*

Ich konnte diese Ansprüche an die Veröffentlichung – die echte Sophie nennt es *Forderungen* – stellen, weil der Name Andrew Black einige Türen öffnet, wie sich zeigt. Selbst als Co-Autor.

Und so sitzen das Baby und ich eine Zeit lang still da, und während ich einfach so vor mich hin denke, fällt mir ein, dass ich die echte Sophie nun allmählich schlicht Sophie nennen sollte, weil es, nun ja, langsam merkwürdig wird. Aber vor allem denke ich darüber nach, wie es ist, ein Vater zu sein, der Schöpfer von etwas, was zuvor nicht existiert hat, und ich wiege das Bündel in meinen Armen, und ich bin so froh.

Sie heißt Autumn. Sie ist neugeboren. Sie ist meine Welt, mein ganzes Universum. Ich bin stolz auf sie, und ich fürchte um sie, weil ich weiß, dass es in kommenden Jahren nur wenige wie sie geben wird. Sie heißt Autumn, und sie ist meine kleine Rose. Sie heißt Autumn, Herbst, und während die Tage kälter werden, der Wind sich erhebt und die Sterne in der Gutenberg-Galaxie einer nach dem anderen verlöschen, werden wir uns dem nahenden Winter in den Weg stellen. Ich werde ihre Hand halten und sie meine, und wir werden der Zukunft gemeinsam begegnen.

o

Später gehe ich in die aufgeräumte Küche, um etwas Milch warm zu machen. Die Küche ist nicht mehr *ganz* aufgeräumt. Die Tasse mit dem Aufdruck »I ♥ Tea« steht auf dem Abtropfbrett neben der Spüle, am Rand ist ein frischer roter Lippenstiftabdruck. Und auf der anderen Seite der Küche auf der Arbeitsplatte neben dem Wasserkocher, wo sie monatelang stand, hat die Tasse einen Kreis hinterlassen … einen nicht ganz geschlossenen Kreis.

Danksagung

Danke an Melanie Hall, Simon Trewin, Francis Bickmore, Jamie Byng, Leila Cruickshank, Sharon McTeir und Megan Reid. Joseph Campbells *Der Heros in tausend Gestalten* und Christopher Voglers *Die Odyssee des Drehbuchschreibers* schulde ich einiges. Auf S. 365–372 erscheinen Auszüge aus den Wikipedia-Seiten zu Punkten, Pünktchen und Singularitäten.

Die Passagen aus der *Bibel* werden nach der Übersetzung von Martin Luther (Version von 1912) zitiert.
Paul Auster, *Die Erfindung der Einsamkeit* wird zitiert in der Übersetzung von Werner Schmitz. Reinbek bei Hamburg: Rowohlt, 1993.
Der *Babylonische Talmud* wird zitiert nach Irun R. Cohen: *Regen und Auferstehung: Talmud und Naturwissenschaft im Dialog mit der Welt.* Aus dem Englischen von Eduard Lohse. Göttingen: Vandenhoeck & Ruprecht, 2005.
Joseph Campbell: *Der Heros in tausend Gestalten* wird zitiert in der Übersetzung von Karl Koehne. Berlin: Insel Verlag, 2011.
Stephen King: *Der Anschlag* wird zitiert in der Übersetzung von Wulf Bergner. München: Heyne, 2012.
Herman Melvilles *Moby-Dick oder Der Wal* wird zitiert in der Übersetzung von Matthias Jendis. München: Carl Hanser, 2001
Der midraische Zusatz zur Genesis wird zitiert nach: Hermann L. Strack u. Paul Billerbeck: *Kommentar zum Neuen Testament aus Talmud und Midrasch. Erster Band: Das Evangelium nach Matthäus.* München: C. H. Beck 1994.
Sepher Jesirah. Das Buch der Schöpfung. Nach den sämmtlichen Recensionen möglichst kritisch redigirter und vocalisirter Text, nebst Uebersetzung, Varianten, Anmerkungen, Erklärungen und einer ausführlichen Einleitung von Lazarus Goldschmidt. Frankfurt/M.: J. Kauffmann, 1894.
William Shakespeare, *Macbeth* wird zitiert nach der Übersetzung von Dorothea Tieck
Christopher Vogler: *Die Odyssee der Drehbuchschreiber, Romanautoren und Dramatiker. Mythologische Grundmuster der Heldenreise für Schriftsteller* wird weitgehend zitiert nach der Übersetzung von Frank Kuhnke. Berlin: Autorenhaus Verlag, 2018.
Wilhelm Butler Yeats, *Die Wiederkehr* wird zitiert nach der Übersetzung von Mirko Bonné , München: Luchterhand 2005.
Alle hier nicht aufgeführten Zitatübersetzungen sind von Stephan Kleiner.